樊文举 著

大石城

STONE CITADEL

黄河出版传媒集团
阳光出版社

图书在版编目（CIP）数据

大石城 / 樊文举著. -- 银川：阳光出版社，2016.6
ISBN 978-7-5525-2631-8

Ⅰ. ①大… Ⅱ. ①樊… Ⅲ. ①长篇小说 – 中国 – 当代 Ⅳ. ①I247.5

中国版本图书馆CIP数据核字(2016)第130614号

大石城　　樊文举　著

责任编辑　谢　瑞
装帧设计　晨　皓　魏　佳
责任印制　岳建宁

黄河出版传媒集团
阳光出版社　出版发行

出 版 人　王杨宝
地　　址　宁夏银川市北京东路139号出版大厦（750001）
网　　址　http：//www.yrpubm.com
网上书店　http：//www.hh-book.com
电子信箱　yangguang@yrpubm.com
邮购电话　0951-5045842
经　　销　全国新华书店
印刷装订　宁夏凤鸣彩印广告有限公司
印刷委托书号　（宁）0001324

开　　本　787mm×1092mm　1/16
印　　张　21.75
字　　数　436千字
版　　次　2016年6月第1版
印　　次　2016年6月第1次印刷
书　　号　ISBN 978-7-5525-2631-8/I·690
定　　价　38.00元

序 一

中国文化在数千年的历史演进中，因时代的变迁与区域的差异，形成了丰富多彩的地域文化。地域文化逐步成长为一个地方的精之所存、气之所蕴、神之所附。

西吉是塞北黄土高原上独具魅力的一片热土，历史悠久，文化灿烂，境内新石器时期的人类生存遗迹、战国秦长城、汉代古墓群、石城之战、好水川之战遗址无不见证着西吉的光辉历史。西吉是宁夏南部山区一片钟灵毓秀的土地，农耕文化、游牧文化、伊斯兰文化、红色文化无不彰显着其宝贵而丰厚的文化资源。在历史的长河中，这片热土经过千百年的历练，在其骨子的深处慢慢地形成了一种“团结包容、奋进创新”的西吉人文精神，并不断地长高长大，如今已枝繁叶茂，成为每一个西吉人引以为自豪的宝贵精神财富。西吉人民始终秉承、发扬这种精神，以自己的勤劳和智慧，创造了一个又一个令世人惊羡的奇迹。

西吉人民向来重视文化建设，并将文化的进步作为促进经济社会各项事业发展的支撑力和原动力，经过世世代代的不懈努力，先后荣获华夏古钱币第一县、全国文化先进县、中国马铃薯之乡、中国西芹之乡等殊荣。它们不仅极大地提高了西吉的知名度和美誉度，而且是西吉最为靓丽的名片，让世人瞩目。

西吉文化事业的蓬勃发展，极大地催生了“西海固文学”现象的诞生与发展。“西海固文学”作为中国当代文学的一个现象，能够引起全国的关注，西吉作家的功劳是不可替代的。比如西吉实力派代表性作家郭文斌、了一容、马金莲、火仲舫、火会亮、单永珍、周彦虎等，他们的作品极大地夯实了“西海固文学”的基础；西吉文学生力军代表性作家李义、李耀斌、李继林、李兴民、樊文举、西野、火霞、马强等，他们的作品屡屡跻身中国文学大刊，显耀着他们不俗的文学实力和创作实绩；更为可贵的是王雪怡、袁志学、康鹏飞、马建国等西吉本土农民作家的崛起，为“西海固文学”的发展注入了新的新鲜血液。特别是2011年10月10日，中国首个“文学之乡”落户西吉，它的创建不仅向世人证明了西吉文学创作的实绩和西吉作家的实力，而且在“西海固文学”发展史上具有里程碑式的划时代意义。

十八大以来，西吉县委、政府认真贯彻“四个全面”“五大发展理念”的战略布局，全面落实中央《关于繁荣发展社会主义文艺的意见》和习近平总书记在全国文艺工作座谈会上的讲话精神，深入挖掘西吉文化的本质与内涵，以全面建设“开放、富裕、和谐、美丽”的新西吉为目标，努力推进经济社会各项事业发展。全县经济繁荣、民族团结、社会稳定、城乡面貌发生了巨大的变化，令人欣慰、让人振奋。

2014年，西吉县委审时度势，立足实际，着眼未来，明确提出了大力实施“文化振兴”工程的决策部署，并取得了显著的成效。今天，我县青年骨干作家樊文举同志创作的西吉历史题材长篇小说《大石城》即将出版发行，这不仅是我县作家队伍深入生活、挖掘历史、扎根人民生动实践的一个现实体现，也是我县大力实施文化振兴工程的一个成果汇报，更是中国首个“文学之乡”在其发展过程中的又一次飞跃。

长篇小说《大石城》以明宪宗年间(公元1468年)发生在西吉县火石寨大石城的“满四之乱”为故事原型，作者借助相关历史资料，精心描绘再现了六百年前“石城之战”的全景，向世人全方位展示了西吉的民族风情、人文环境、历史底蕴和奇特的火石寨丹霞地貌自然风光。它的出版发行，不仅我县大力实施文化振兴工程的一大成果，更是我县继承和发扬优秀传统文化的重要媒介。文化的延续性在于继承，文化的包容性在于开放，文化的生命力在于创新。我们继承传统文化，不是抱残守缺，守旧复古，而是在发掘传统文化的历史意义和现实价值的基础上，去粗取精，推陈出新，创造出符合当下时代特征的新的文化产品和新的文化业态，为经济社会发展催生出新的增长点。长篇小说《大石城》的出版发行，无疑在这方面起到了积极的引导和示范的作用。

樊文举同志在我县长期从事行政事业性工作，2011年，他从县委办公室调到火石寨国家级地质森林公园管理处工作，因个人对文学创作的爱好和对本职工作的热爱，本着挖掘和表现西吉历史文化渊源和人文精神的想法，利用业余时间潜心查阅、研究了大量历史资料，在尽可能保持历史事件原始风貌的情况下，以文学艺术的方式向世人再现了六百多年前发生在西吉火石寨一带的“石城之战”全景，不仅为“文学之乡——西吉”再添了一部文学力作，更是对记载“石城之战”这一历史事件文字资料匮乏的一个补充。在此我衷心地希望，今后有更多的有识之士能像樊文举同志一样，积极主动地参与到发掘、研究、宣传、弘扬西吉文化的行动中来，续写无愧于先贤、无愧于时代、无愧于家乡、无愧于后世的西吉文化新篇章！

是为序。

固原市委常委、西吉县委书记　马志宏

2016年3月

序　二

西吉这片黄土高原上的热土，历史悠久，文化灿烂。丰富多彩的历史遗迹和繁花似锦的现代文化是促进西吉发展的重要资源禀赋和后发优势，这里农耕文化、游牧文化、伊斯兰文化、红色文化汇于一地，交相辉映。境内有新石器时期的人类生存遗迹、战国秦长城、汉代古墓群、石城之战和好水川之战遗址，有火石寨国家级地质森林公园、党家岔地震堰塞湖，有拱北、道堂、清真寺等宗教建筑，有红色革命圣地将台堡、单家集、平峰镇、公易镇，它们在西吉这片热土上，形成了独具特色的民俗文化、丹霞胜景、回乡风情、红色圣地四大文化名片。

由于自然条件的制约，这里曾“苦甲天下”，然而西吉人民自始至终以不屈的生命意志与恶劣的自然条件做着顽强的斗争，并形成了一种“团结包容、奋进创新”的西吉人文精神。在这种精神的引导下，一件件讴歌生活、讴歌祖国、讴歌共产党、讴歌社会主义的西吉文化作品也应时诞生，并经历了从个体到集体、从自然原生态到现代多元化的自觉演变，逐步形成了相对稳定且具有一定规模的创作队伍，文学作品呈现“井喷”现象。西吉籍作家先后摘得了“五个一工程”奖、鲁迅文学奖、全国少数民族文学骏马奖、矛盾文学提名奖等全国性大奖。2011 年 10 月 10 日，中国首个“文学之乡”落户西吉，又一次向世人证明了西吉文学的实绩和西吉作家的实力。

日月不淹，春秋代序。今天，在全县上下大力实施“文化振兴”工程的大潮中，欣闻我县青年骨干作家樊文举同志创作的长篇小说《大石城》即将付梓出版，这是自西吉——中国首个“文学之乡”成立以来我县作家所创作出的一部沉甸甸的文学重礼，也是我县大力实施文化振兴工程的一大成果，实感欣慰。

在现代文学史上，长篇小说的创作，代表了一个地区、一个国家、一个民族的最高文学发展水平。从这个层面上讲，作为中国首个“文学之乡”的西吉，我们需要生于斯，长于斯的作家队伍创作出更多可读性强，能够集中反映西吉人民世世代代生活的历史沿革、民俗民情的文学作品，从而进一步充实中国首个“文学之乡”的内涵，提升西吉文学的整体发展水平。

公元 1468 年（即明宪宗成化四年），震惊天下的“满四之乱”（后称“石城之战”）在西吉火石寨大石城爆发，波及陕西、甘肃、宁夏等地。宪宗宵旰，举全国之力镇压，派马文升、项忠、毛忠、刘玉等人平叛。经大小三百余战，死伤万人的代价，满四之乱终于被平定。《明史·本纪卷十三》中记载“秋七月癸酉，都督同知刘玉为平虏副将军，充总兵官，太监刘祥监军，副都御史项忠总督军务，讨满俊。乙卯，朱永代刘玉为总兵官。是月，任寿、陈价、宁夏总兵官广义伯吴琮及满俊战，败绩，都指挥蒋泰、申澄被杀。冬十月乙未，项忠败贼于石城，伏羌伯毛忠战死。十一月，项忠击擒满俊，送京师，伏诛。”一部国家大志，专门就此事郑重其事地记录了百余字，可见此事在当时的影响力之大。遗憾的是，由于史料的缺乏，加上大石城一带自古至今人口的流动，我们对发生在此地的这场战争的发掘程度不够，长篇小说《大石城》的出版，正好填补了这个空白。

《大石城》采用中国古典传统章回体神魔小说书写模式，人物众多却不失典型人物的刻画，比如满四的游侠习气，为实现目的不择手段的毒辣个性，在战争中体现出的高超的军事指挥素养等等，生动地体现出了人性的多重化。小说语言精雕细琢，细细读来，能窥见作者深厚的文学素养、驾驭语言的技巧。更为可贵的是，作为长期从事行政事业工作的樊文举同志，凭着对对家乡的热爱、文学的执着，在工作之余，通过查阅史料、寻访当地古稀老人、实地考察等方式，尽可能地还原了“满四之乱”历史事件发生的原因、经过和结果；明朝官兵平乱所做的筹备、调遣，各位将领的战略才能以及战争双方的此消彼长；考证了大石城、炮架山、蔡祥堡、木头沟、硝河王府、满四堡、酸刺沟、红城子、羊坊堡、杨郎、固原、开城、平凉等与此次战争相关的地方，本着战略的高度认识满四之乱，糅合现代战争意识，不拘泥于古典传统小说写战争的模式，这种考证精神、挖掘、弘扬家乡历史文化的精神值得我们学习、借鉴。

《大石城》的出版发行，对传承和弘扬优秀的西吉文化，建设“开放、富裕、和谐、美丽”的新西吉，服务西吉经济社会发展，尤其是在促进火石寨旅游产业的发展，让子孙后代更多地了解家乡的历史文化等方面一定会起到积极的推动作用。

西吉县人民政府县长　武维东

2016年3月

序　三

向内的功夫

——序樊文举长篇小说《大石城》

欣闻文举君大作《大石城》即将付梓，我的心情便也随之激动不已，同时也在内心深处为文举君送去祝福，千般辛劳，万般汗水，终于可变为枝头一果，更为甚者，《大石城》的出版，必将为西吉文学百花园再添一朵灿烂奇葩，幸甚，幸甚！

在《大石城》出版之际，受文举君重托为其作序，实为汗颜，一是自己才疏学浅，肚里没货，定然辞难达意；二是感觉自己近年因为日子和年事的缘故已不大好动嘴动手，故而今日伏案，更觉囊中羞涩而捉襟见肘；三是如此厚重之作，若请名家为序，方可为其锦上添花，因之亦为之提升影响力，吾等平庸之辈，除过增添蛇足之憾外，又有何补？好在文举君央我说“我们熟悉”，普通的四个字，可看出文举君的平常心和一个作家应该秉持的从文态度是多么朴素而可贵！因之更显出文举君的可敬可爱来，借此便欣然受命，只为写出对文举君其人其文的“熟悉”，同时在内心对眼前这位朴实而不失帅气的大男孩因重新审视而满含敬意，同时也借此强迫着自己满含敬畏之心面对屏幕，面对一部二十万字的大块头来一次比较深刻的阅读，毋宁说是一件乐事！

我和文举君都生活在宁夏西海固地区的西吉县，因为文学和创作的缘故，西吉县于2010年被中国文联授予中国首个“文学之乡”的殊荣，回看西吉“文学史”，从二十世纪八十年代初寥若晨星的几个作家的单打独斗，到今天老中青少几代人组成的蔚为壮观的“西吉作家群”，仅凭三十多年来不间断增加的虔诚而又热爱的底层信徒这种表面现象而言，西吉这片土地确实不负“文学之乡”之殊荣，而且，在中国文学圈，“西吉作家群”中叫得响的领军作家也有其人几个，掷地有声的作品也有那么几部，诸此证之，更使“文学之乡”名至实归。但细数起来，这些作家乃至整个“西吉作家群”里，花一两年甚至更多时间去“讲述”和“琢磨”“一个”“故事”的作家确是屈指可数，当然我指的是长篇小说的创作。有走出西吉的老作家火仲舫的民俗小说《花旦》，郭文斌与人合著的历史小说《西夏》，有仍然生活在西吉本土的袁志学的乡村风情小说《真情岁月》，李义多年酝酿的一部与教育人物有关的小说作品，但至今未出手。打个不太准确的比方，其实不光西吉，整个宁夏文学圈，长篇小说的创作因为艰辛和庞大，抑或切入角度难以寻觅的缘故，可算作是文学创作门类里“垦不动的荒”。甘肃有个作家叫雪漠，二十没出头时在《飞天》发表第一篇作品，为短篇小说，然后时隔十二年在上海发表第二篇作品，是长篇小说《大漠祭》，一时产生较为不小的轰动，这样的作家，不要说西吉，就整个宁夏，恐怕没有一个能出其右。不论何处，咋呼的作家实在不少，而耐得住寂寞的作家的确是寥寥无数。确实，西吉长篇小说的稀缺，实为“文学之乡”之憾事。在此背景之下来看《大石城》的出版，《大石城》的意义便初露端倪，同时也端倪出一点文举君的可贵来。文举君在他的《大石城》后记里说：“经过一段时间的酝酿，便报着迎接流言蜚语的心理准备，报着尝试一回写小说的真实感受的想法，于2013年7月开始动笔，历经近两年的时间，总算完成了对这段历史故事的涂鸦复原。”“历经近两年”，这个时间不算太长，但在今天劳作工具不断革新、传播媒介高度便捷的“碎片阅读”时代，两年，也确实不短，而且我想，在这个“两年”里，行色匆匆的文举君一定是亢奋地走过了这“两年”里的每一个日日夜夜的。而“经过一段时间的酝酿”，这“酝酿”的“一段时间”，也是决然不可以与短短的“两年”等量齐观的。

二十世纪九十年代中期，我在西吉一所乡村中学里混饭吃，时年某月，有一位从大学里刚毕业的小伙子走进了这个乡的政府大院，他高挑个头、瘦削大方、戴一副近视眼镜、满面挂着春风般的笑意和热情，这个小伙子，就是文举君。我和文举君虽说个性在表面上迥然有别，但却骨子里仍然有些“臭味相投”的地方，因为这个缘故，我和文举君便很快走到了一起，又因为学校与乡政府仅存一街之隔，工作和生活的闲暇里便有了我们较多的小聚和闲叙，闲文学叙生活，话题多而不繁。记得有次，到了兴致处，文举君从他的抽屉里拿出了一个装帧非常讲究的十六开硬皮本给我看，原来这是他把自己多年见诸报端的一些“豆腐块”剪辑在一起珍藏在这里，足见文举君对文字的热爱和对自己劳作成果的珍惜！面对此情此景，我虽嘴里没说，但心里是想起了我自己曾经也是做过这么一回事的，我知道我和他都是在学校里读书时就萌生了一个崇高而朦胧的梦想，然后怀揣这个梦想从校园里出来，走向社会、走向生活的，我只在心里为我们祈祷，在这片寂寥的土地上，在很多人为金钱奔忙的年月里，扛着文字的人，在错综的棋盘上能用自己的虔诚和热爱走出一着险棋，走出一片瑰丽的秀色。其后不久，文举君被调到县城的土地局工作，不久，又出土地局，到基层乡政府，继而又到县委大院，几进几出，折腾多年以后，于2011年初调到火石寨国家级地质森林公园管理处工作，至此，文举君似乎是“定居”了下来。“近年来，我如一个百无一用的可有可无之人，又似一位艰难行进中的盲者，看不清眼前、脚下是平、是凸、是凹，是路、是泥、是崖，伤心、无奈、寂寞地在这个纷乱、浮躁的时空里整天无所事事地飘荡着，内心除了孤独就仅剩下伤感做伴了。好在没有被身边的环境完全迷失，也没有丢失个性的所有，在内心深处保留了一份属于自己的爱好——喜欢文字。就凭着这点爱好，以打发生命中的这段闲暇时间而揣摩着写完了自己的首篇小说《大石城》，而且还美其名曰长篇（真不知它够不够这个称呼的资格），几乎连自己都不敢相信这是真的。无论它能否面世，亦无论它的质量、价值如何暂且不议，但它终归是这几年来我的心血所在，是我在自己的人生道路上，曲曲扭扭地留下的一段真实的痕迹。换句话说，就是庆幸没有给生命中的这段旅途留下过多的空白与遗憾，所以我兴奋、我激动。”这是文举君写在“后记”里的一段话，足以看出他胸怀的谦逊和向内的坚守，也看出他对目前的工作和生活的环境是满足的，喜悦的，也可以看出他似乎是找到了自己的位置，也可以看出他目前的态度是趋向于沉静的。

在上上下下折腾的多年里，文举君似乎确实没有多少“作品”面诸于世，这自然也有“忙”的缘故，但没有作品并不等于没有收获，我想，在机关大院里，人事、心机、面具、纠葛等等这些人情世态，文举君定然是亲身体验而了然于心的，当然，这为他日后的薄发积淀了养料。今天，《大石城》的出版当然也就不是那么突兀了。我想，任何一部作品都是含蓄着一种寄托的，《大石城》也不例外。另外，一个作家不可缺少的是冲动，但沉下来更标志着一个作家趋向于成熟。

在火石寨管理处工作的这几年里，文举君相继有《西吉赋》《火石寨赋》《震湖赋》等赋体诗歌面世，也有对火石寨深情吟唱的自由体诗歌，虽然，赋体诗歌为当今一些著名诗人所不齿，但我认为“樊体赋”还是有些推陈出新的，它至少不再是华丽辞藻的堆砌，而是融入了地缘历史人文风俗人情等大量内容，以及作者本人的思索和追寻。不难看出文举君在这几年里确实是沉下来做了大量的考察，读了大量的书。尤其今天的这部历史小说《大石城》，更是蕴蓄着丰富的历史文化内涵，以及与火石寨血肉相连的风土人情、天然的自然风光等。这么一块大部头，没有大量的寻觅追问、考察收集、阅读吸收、思考积淀，要拿出它的这部雏稿便为空谈。停止阅读和思考的作家是闹饥荒的作家，也是自废武功的作家，但种种迹象表明，多年来，文举君并没有闹饥荒，也没有自废武功。而阅读和思考的习惯和方式，其实正是一个作家向内的修炼，向内的功夫。《大石城》的出版，标志着文举君在文学创作的道路上走出了坚实的一步，也标志着作为一个作家的文举君在坚守和追求上的进一步成熟，因为他向着自己的内心迈进了很有丐质的一步。希望文举君能一直坚持这种向内的修炼，让自己不断走向内敛而强大。

也许是因为初试牛刀的缘故，在《大石城》的手稿里确实还存在着这样那样的缺陷，比如，叙述语言还不够精练，体式结构仍然没有脱离中国传统小说的窠臼，叙述视觉仍然沾染着今天流俗的影视作品里所普遍共有的那种弱点和不足，等等。虽然，到一定的境界，形式并不是显得那么重要，而最大的缺陷，我认为，还是文举君的创作心态仍然不够内敛。因为这个缘故，创作者在取材的时候，自然想到的是通过烽火狼烟去凸现地缘现实以及历史的骨感，这当然是一种低级的制作，因为，真正的大作家在着手创作一部作品的时候，首先想到的是如何做到绵里藏针，因之，他会长久地沉寂在自己的内心里，向着自己的内心之神苦苦追讨那一点灵犀，一旦内心的神灯点燃，他便提起笔来，用自己的作品和文字含蓄而平缓地为时代立言，比如曹雪芹和《红楼梦》，马尔克斯和《百年孤独》，屠格涅夫和《猎人笔记》等等，不一而足。

不过话再说回来，一部作品所存在的缺陷仍然不失其可贵之处，因为它为作家以后的创作之路预设出更为广阔的可供提升的空间，同样，《大石城》虽然不是那么尽如完美，但它却折射着文举君的创作张力，希望文举君不要把自己的目标定得过低，也能够一如既往的保持目前这种阅读和思考的可贵行为和状态，用内敛修为自己向内的功夫，让自己的心下沉，再下沉，让自己的心平静，再平静，在下沉和平静里向自己的内心寻找那盏若隐若现的创作神灯。“在春末夏初这个躁动不安的季节，我的内心却仍然像一面平静而澄澈的湖水，又如同初春早晨那片柔和的阳光洒满山川”，这便是向内的功夫。我等待着文举君的下一部长篇，定然会放射着平静而柔和的光芒。

是为序。

李耀斌

2015 年 8 月

目录

引　言

崇山、峻岭。

一支商队自古城长安出发，伴随着声声驼铃向西缓行。快要进入石门关时，眼前的山峰、岩石、沙土，一下子都燃烧了起来，团团烈焰像一群顽皮的孩童，在好几百里的草地上肆无忌惮地奔跑、欢笑、嬉戏……火光中的山峰、岩石、沙土，如飞鹰雄狮、若奔马卧牛、似古寨城堡……商队大惊，以为是神光显现，赶紧跪倒在地，虔诚地朝这片燃烧着的土地顶礼膜拜……

这是两千多年前的一幕。

这片常年燃烧着的土地，便是中国海拔最高、面积最大、位置最北的丹霞地貌群，今宁夏西吉火石寨。暖春来临，山花怒放，云雾缭绕，丹山绰约；盛夏之季，绿草成茵，山色鲜亮，灿若明霞；金秋到来，野果飘香，山若赤壁，天似苍穹；隆冬时节，白雪压顶，红崖竞秀，玉树临风。火石寨，以其美轮美奂的景色，为脚下四季过往的商队献上自己最灿烂的笑颜和最诚挚的祝福。

随后，一批又一批的中原道士、西域高僧和阿拉伯先哲，沿着这条丝绸古道上的驼铃声先后寻来，在此凿洞而居。他们日复一日，年复一年地在这里参禅悟道、修身养性。

岁月的日历翻到公元一千三百多年前后，几面“元”字大旗后，一群群涣散无形的官兵，马驰人奔，发疯般地在中原大地上到处乱撞，一群群饿急了的野兽似的到处物色食物。刹那间，一座座娴静的村庄里击起惊天巨浪。官兵所到之处，鸡飞狗叫，哭爹喊娘，叫嚷声四起……接着，一队又一队打着不同“字号”旗帜、穿着破旧杂乱服装的人马顺风追来。村庄里，厮杀声、惨叫声、哭喊声响成一片……

暗淡无光的夕阳无奈地慢慢西坠。落日的余晖下，山、路、旗、马、人，渐渐地由橙色变成了血色，又由血色变成了黑色。最后，随着夕阳的坠落，一切都慢慢地消失在了马蹄后扬起的阵阵尘埃当中，被随之降临的黑夜所吞噬。

中原大地上，狼烟四起，血腥扑鼻。村庄上空少了袅袅的炊烟，路旁道边平添了成群的灾民，山坡上、沟壑中一堆堆白骨淹没了朵朵盛开的山花，几只苍鹰在寂静的山谷中盘旋着，不时地发出恐惧、凄惨的鸣叫声。

战火连绵的岁月里，安徽农民起义领袖朱元璋汇集天下群雄，率兵攻下元大都，推翻了腐败堕落的元朝政治统治集团，建立了大明王朝，取年号“洪武”，定都应天府（今江苏省南京市）。朱元璋为彻底消灭前元残余势力，进一步稳固壮大新生的大明政权，扩展其势力范围，便任命徐达为征虏大将军、常遇春为征虏副将军，统兵二十五万，祭旗发兵北伐。北伐明军所到之处攻无不克，战无不胜，势如破竹，下开封，入潼关，平太原，定燕京，直取山西、陕西、甘肃等地。

此时，一些还苟延残喘在中原大地上的前元残余势力，既为面临灭顶性的命运心惊肉跳，又为已退居漠北（今河套平原以北的内蒙古草原）的主子们责令其死守疆土、图谋复辟的指令不知所措。生活在前元残余势力统治范围内的百姓，更是度日如年，苦不堪言，天天忍受着饥饿与寒冷的威胁，时时面临着战火与屠杀的蹂躏……

第一章　巴丹降明

洪武二年（公元1369年）春。

呼呼的西北风没黑没明地刮着，地面上干燥的细土被大风卷向高空，把整个天空涂抹成了一张灰色的幔帐。抬头望天，天似乎就要塌下来；低头看地，地好像就要被群山吞噬。灰蒙蒙的平凉（今甘肃平凉市及宁夏西吉县、隆德县等地）大地上空，太阳若隐若现，像一颗浑浊无光的蛋黄，紧紧地贴在死水般的天空上，有气无力地挣扎着、移动着……几棵孤零零的枯树上，干裂的枝丫在一阵紧追一阵的狂风中，发出声声凄惨地哀鸣。山鹰、鸦雀、野兔、狐狸和狼，被大风、沙尘逼在窝巢、洞穴内，它们饥渴的肠胃不停地祈祷着第二天能是一个风和日丽的日子。

在大风吹得无法睁眼的日子里，一群群脸上像涂了墨绿色油彩的人们，拖着光屁股的孩子、搀扶着站立不稳的老人，这一簇、那一簇，低着头、猫着腰，眼睛紧紧地盯着脚下的土地，寻找着能够续命的食物——野菜。他们死气沉沉的脸上写满了世间所有的不幸。一棵棵还未顶破僵硬土皮的瘦弱野菜芽，被连根刨出、带泥而食。有人干脆趴在地上，毛毛虫似的向前蠕动着。他们或许是无力站立，或许是生怕放过一颗小得可怜的菜苗，甚至是在寒冬中死去尚未枯烂的菜叶菜根。山坡上、沟底里，孩子们不时地因一棵野菜而争斗不休，甚至是大人，更为甚者是不时有人在这种频发的争斗中倒下、死去。几个已饿得无法动弹躺在山坡上的孩子、老人，随着他们生命中的最后一次呼吸，肛门里缓缓地流出了几滴墨绿色的便水。

毫无生机的土地上，新挖翻过的泥土像一张张永远无法合拢的嘴巴，日日夜夜地呻吟着、时时刻刻地喘息着……呼唤着和风，呼唤着细雨，呼唤着绿色，呼唤着食物……整个平凉城乃至周边，从早到晚，看得见的不是花红草绿的春的生机与蓬勃，而是一望无际的冬的凄凉与绝望。

平凉城的大街小巷上，空荡荡一片，死一般的宁静。除几家日用品店铺门口前偶尔走过几个身着绸缎的太太小姐们外，其他商铺、作坊的门都紧锁着。铁锁上落了一层厚厚的灰尘，散发着阵阵透骨的寒气。

坐落在平凉城正中央的平凉卫万户府上空，布满了团团灰蒙蒙的阴云。府门前两只石狮子耷拉着沉重的脑袋，没有了往日的神气，似乎是不忍心看眼前成群结队、东倒西歪的灾民，不忍心听耳边接二连三“行行好，给点吃的啊”的讨叫声。院子里的建筑也失去了昔日的光彩，一片暗淡无光。府衙内的正堂上，一位四十来岁、五短身材、满脸胡须的男子，正以凄楚的目光对视着一屋子的寂静，他闪烁不定的目光似乎在无奈地诉说着心中无边的悲痛。此人便是前元豫王部下的平凉卫万户巴丹。

这段日子里，巴丹为时局、为门外逃荒而至的灾民如坐针毡，寝食难安。他坐在这里，每天听到的不是门外又有灾民被饿死的消息，就是其他兄弟部落再被大明北伐大军剿灭或击败后逃亡漠北的消息。这两个消息，无论是那一个，对他来说都是一种钻心的疼痛与无休的煎熬。他虚弱的身子，几乎再无法承受这种无边无际的疼痛与煎熬。面对朝廷的灭亡、连年的战乱和百姓的苦难，他真不知过了今天的明天将会是一个什么样的日子。越想越烦，越烦心中就越乱、越痛。他每每心痛不已时，就攥得一对拳头格吧吧地响。

前几天，传来明朝北伐大将军徐达率兵横扫山西等地、直逼平凉而来的消息。巴丹心想，这应该就是一个新王朝对一个旧王朝的最后清扫。这既是天意，又是人愿，谁也无法阻止。可偏偏就在这时，那些已丢掉了政权的主子们，躲在漠北雪山下的草原上传来密令——命他们这些还苟延残喘在中原大地上、时刻面临着被歼灭的奴才们奋死抵抗，守住还掌控在手中的地盘。这，可能吗？万物生死轮回必有定数。既然天要灭元，又怎能凭一半个人的力量逆天而行、扭转乾坤呢。该战、该退、还是该降？他心中乱成一团，没有一点点主意。尤其是每次听到仆人来报说门外又有灾民被饿死的消息时，他的心就像是被狠狠地捅了一刀。巴丹本想用府内仅存的一点杂粮来救助门外的灾民，可面对这国破人亡的时局和北伐明军即至的形势，他一点儿都不敢妄动这些为数不多的粮食。

一天，一位身材魁梧、满脸正气的蒙古族中年男子，行色匆匆地走进平凉卫万户府大门，直奔正堂而去。此人是巴丹亲如兄弟的心腹爱将庆格尔泰。他二人虽为主仆关系，但一直以“兄弟”相称，向来无话不说。庆格尔泰进屋后，环视了一下房间，见室内只有巴丹一人，才慢慢地从贴着胸口的衣服夹层里，摸出一封书信呈于巴丹。巴丹看完书信后，面色十分沉重，什么也没有说，只是不停地摇头、叹气。良久，庆格尔泰终于忍受不了这比死亡还要难受的寂静，便俯首轻声说道：“大哥，你看这事该怎么办？得尽快有个决断啊，那边还等着你的回话呢！”他的声音轻地几乎让人无法听见。巴丹抬头望着庆格尔泰，只是苦苦地笑了又笑。随后，他站起来拍了一下庆格尔泰的肩膀说：“贤弟，难啊，难！此事你就容我好好地寻思寻思再说吧，这可是关系着成千上万条性命的大事啊！”

庆格尔泰递给巴丹的是徐达劝巴丹归降大明的“密信”。

就在徐达准备率部攻打平凉时，一天，明军北伐大军营外，突然来了一群当地百姓跪地为巴丹求情。他们说平凉卫万户巴丹爱民如子，是世间千百年来难得一遇的一个好官，请大将军不要伤害这样的好人。徐达得知此事后，感到十分的奇怪，便急忙走出营帐，搀扶起几个带头的老人，让他们站起来说话。

一位衣衫褴褛的老人艰难地移动着脚步走了过来，扑通一声，再次跪倒在徐达的面前说：“将军啊，您可千万不能伤害巴丹老爷这样的好人啊，不能啊……他可是大家伙的大恩人啊！”徐达再次扶起老人，问此话怎讲。老人说自从巴丹到平凉卫万户府主事后，不仅平凉城的百姓因他得福，就连与平凉城相邻的他们也曾得到过巴丹的不少照顾……说着说着，老人家的声音就颤抖了起来，随之，两行浑浊的热泪就顺着苍老的脸颊滚落而下。

这时，站在他身边的另一位老人对徐达说老王的儿子阿宝前几年得了一场重病，因无钱求医救治，眼看就要不行了，恰巧巴丹老爷路过这里，听到村内有人放声痛哭，便差人前来询问原因。当他得知此事后，就立马带身边随行的医官前来为阿宝诊病。他们临行时，老王拿出家中仅有的，也是准备为阿宝买张草席送终的三个铜板……巴丹老爷不但分文未收，反而还给阿宝留下了些养病用的碎银。巴丹老爷在这一带人的心中就是一个活菩萨……这时，在一旁哭泣的老王哽咽着，转眼看了看站在身后的儿子阿宝。阿宝会意，“扑通”一声跪倒在了徐达的面前，连连给徐达叩头，求他放过恩公。众人随之。

这种场面，徐达还真是第一次遇上。此时此刻，他真不知该说些什么。良久，他才对大家说：“乡亲们请放心，只要巴丹真像大家说的这样，能识时务、明大局，愿意归顺我大明，本将军就绝不会为难于他。”这些前来为巴丹求情的百姓才算离去。

前元官员腐败堕落成风，百姓恨不能将其分而食之。可刚才的这一幕，又都是真真切切的事实，徐达几乎不敢相信自己的眼睛和耳朵。他怎么也想不通，在前元的官吏中，竟然还会有这么一位深受百姓爱戴之人。

徐达现在虽位居大明王朝北伐大将军之要职，但他出生于贫苦人家，深知百姓的不易和艰辛，自幼心中就非常地敬重那些为民请命之人。经再三考虑，便本着不战而屈人之兵，最大限度地减轻百姓的苦难、赢得民心的想法，派人给素不相识的巴丹送去了归降的书信。徐达在书信中为巴丹详细地分析了当前的时局和形势，并转告了当地百姓为他求情之事，劝他顺应天时，归降大明，以免开战给双方将士、当地百姓带来不必要的伤亡和灾难。

巴丹看完书信后激动不已，觉得徐达信中所言字字真情，句句有理。但他却恰恰又是一个忠义之人，怎能随便败信弃义。

这天夜里，巴丹眼前不停地闪动着一幅幅让他揪心的画面。那些丧家的主子们——大元权贵——横眉怒目、声色俱厉地命他以死抵抗北伐明军；城中的百姓们抱着孩子、扶着老人向他涌来，哭泣着求他不要对抗明军，虽说眼下的日子过得的确是艰辛了点，但他们还是想活着；两军阵前，徐达大骂他不识时务，又要冤死多少无辜的性命；刹那间，一张张熟悉的面孔，或死于刀枪之下，或亡命于乱箭当中，或孤魂野鬼般地游荡在漠北的雪山下、草原上；自己被明军捆绑在法场上，在要开刀问斩的瞬间，成千上万在战争中死去的将士、百姓，像决堤的洪水冲了过来，向他索命……

如果按照主子——大元权贵们的指示做，就凭自己和身边的这几千弟兄去抵御大明北伐雄师，无疑是拿鸡蛋去碰石头，结局是不言而喻的。如果按徐达的意思办，归顺明朝、投降明军，那就得落个不忠不孝、不仁不义的罪名，会被后人唾骂千古。自己到底该怎么办呢？问天，天无语，问地，地无声。巴丹被摆在面前的这个难以决断的选择痛苦地折磨着。

这天晚上，庆格尔泰怀揣一坛他珍藏了多年的上好马奶酒，悄悄地来到巴丹屋中。几杯水酒下肚后，巴丹一下子打开了他苦恼的闸门，心中积攒了多日的苦水喷泉似地喷涌而出。他的一席话，听得庆格尔泰心中不时地泛起阵阵酸楚。庆格尔泰为自己能有这样一位时时刻刻替兄弟、替百姓着想的好主子感到既高兴又悲痛。于是他含泪对巴丹说：“大哥，现在抵御北伐明军是一点点的意义都没有了，因为这是明摆着的一条死胡同。如果上了这条船就永无回头之日，最终的结局只能是让今天还活生生的亲人、兄弟、百姓，明天就变成战争的孤魂野鬼，或退居漠北后被活活地饿死冻死。当下，主子们自己都成了过河的泥菩萨，又怎会顾得上管我们这些人的死活呢？大哥，常言道一山难容二虎。大元、大明注定得有一个要在这个世界上彻底地消失，成为岁月的影子、过眼的烟云。可眼前不争的事实已证实，要彻底灭亡的应该是大元而不是大明。现在亡命于漠北的主子们，他们的所作所为最多只能算是临死前的挣扎，老天爷是绝不会让他们再有机会在死灰里面冒烟的。如果此时还坚持举着大元的旗子不放，对大元的号令唯命是从，那就是违败天意、违败民心，是逆天行事啊，大哥！得民心者得天下。时下，大明之师可称得上是这个世上最得人心的仁义之师，况且徐达又对你这么地抬举。识时务者为俊杰。归顺大明，为平凉全城的百姓避灾谋生，可谓忠，可谓义；为身边的亲人、朋友避难谋福，可谓仁，可谓孝！庆格尔泰滔滔不绝地说着自己对时局的看法。”巴丹只是不停地饮酒、点头。

巴丹深知庆格尔泰的每一句话、每一个字都是掏心窝子的肺腑之言。可无论如何，他还是下不了投降明军、归顺大明的决心。只对庆格尔泰说此事关系重大，容他好好寻思寻思再说。

第二天下午，巴丹一个人在书房里发呆。突然，庆格尔泰推门进来说：“大哥，你这样整天整夜地闷在屋里，是会憋出病来的！要不我陪你出去走走，散散心如何？”

巴丹和庆格尔泰漫步来到府门。可哪知，门刚一打开，灾民就像钱塘湖水般地涌来，将他俩死死地围在了门口。这些讨吃要喝的灾民围得他俩无法走出这扇平日里出入自由的大门。

巴丹站在门口放目而望。眼前，一片脏兮兮的头颅波浪一般地晃动着，人群后面，尸体横七竖八。越过尸体，远处的山野上光秃秃一片，只有满目的荒凉和透心的凄凉。眼前的情景使他深深地明白了这样一个道理：生命在被死亡所威胁时，唯有生存才是最高指令。巴丹被眼前的场面弄得热泪盈眶。

他俩也终因灾民的围困无法出门而掉头返回府中。

经过刚才这一幕，加上数日的前思后想和庆格尔泰的劝导，巴丹终于下定决心，放弃抵抗，归顺明朝，迎接明军，为还活着的亲人、朋友和百姓谋一条生路，或者说至少别让这些现在还活着的人因自己抵御北伐明军而断送了性命。他明白，对任何一个人来说，唯有生命才是这个世上最为宝贵的东西，也是最为神圣的东西。上天赐给每一个人的生命只有一次，任何人没有任何的理由和权力去剥夺它。巴丹擦了一把泪水，急步走到桌前，铺开纸张，拿起笔来，一口气写完了给徐达的回信，并托付庆格尔泰连夜送出。做完这些后，他长长地出了一口长气，在满脸的无奈中才挤出了一丝会心的微笑。这天夜里，巴丹总算好好地睡了一觉。

徐达接到巴丹的回信后激动不已，立刻召集部下将领到帅帐议事。

面对众将，徐达满面春风地说：“平凉卫万户巴丹果真如百姓所言，是一个明智之人，是一个识时务之人，是一个处处为百姓着想的好官。老百姓没有看错他，本将军也没有看走眼。他为了不让平凉城中的百姓遭受战乱之苦，顺天时，合民意，决定归降我大明了！”众将听了这一消息后欢呼雀跃，齐声道：“平凉不战而得，真乃苍天之宠，吾皇之德，将士之幸，百姓之福！”大家对这位急百姓之所急，想百姓之所想的前元旧部巴丹敬佩之至。

不几日，一支大军浩浩荡荡地来到平凉城外。跨马走在最前面的一位将领身穿铠甲，外披大氅，目光炯炯，英姿勃发，他便是大明北伐大将军徐达。他身后的队伍，整齐有序，精神抖擞，威风凛凛。巴丹与庆格尔泰等率众在城门口迎候。平凉城的百姓对巴丹的此项举动赞不绝口，自发地跟随在官兵的后面，期盼着能亲眼一睹这个改天换日的时刻。徐达率部到了平凉城门口后，翻身下马，拉起巴丹的手，与他并步走进了平凉城城门。

这天晚上，巴丹在万户府宴请徐达等人。说是晚宴，其实只是一顿普通的不能再普通的家常便饭。因为巴丹府上压根儿就没有什么好酒好菜。宴席间，徐达向巴丹询问城中的有关情况。巴丹说，近年来平凉一带天灾连年不断，百姓无粮可食，只能以野菜、树皮等充饥度日，还发生了几起易子而食的惨案。当前，城中因饥饿而死的人正在一天天地增加，作为一方父母官的他是一丁点的办法都没有，只能眼睁睁地看着这些可怜的百姓一个接一个地被饿死。徐达听后，立即下令将军中的粮食分出一部分来，发给城中的百姓、灾民，帮助大家度过这个非常时期。

巴丹为徐达能如此慷慨解救平凉城中的百姓，感激地跪倒在他的面前，泪流不止。“男儿有泪不轻弹，只是未到伤心处。”是啊，此时此刻，巴丹实在是再无法控制得了他心中的泪水。

第二天一早，徐达命人在街头设点发放救灾粮食。平凉城内，百姓们奔走相告，热闹一片，过大年似的。大人、小孩都提着布袋、端着锅、碗、瓢、盆，奔跑着、推挤着来到放粮的地点，在官兵的引导下按次序排队领取救命的粮食……

平凉城上空，突然乌云密布，接着便下起了倾盆大雨。百姓们都说这是巴丹和徐达的善举感动了上苍，老天爷才普降了近年来的第一场甘露。

五月，雨后的清晨，平凉大地上发生了翻天覆地的变化。举目远望，干枯的树枝开始试探着吐绿，被挖得遍体鳞伤的山坡上隐隐约约地泛起了淡淡的绿意……

明太祖朱元璋得知前元平凉卫万户巴丹率部归顺的消息后，十分高兴。为在黎民百姓中不断扩大大明王朝的仁爱之举和富民强国之心，从思想上彻底地征服目前还处于观望状态的前元残余势力，他积极采纳群臣之谏，给归顺的前元平凉卫万户巴丹予以厚待，降旨新设平凉卫固原州（今宁夏固原市原州区）开城县（今宁夏原州区开城梁一带），任命巴丹为开城县正千户，并赐姓“满”，取圆满之意。还安排巴丹所部土达（指归附明朝后经朝廷批准定居的，具有区域自治性质的蒙古族及后裔）到固原开城、火石寨（今宁夏西吉县火石寨乡）一带定居，并按实有人口分给他们牛羊、马匹和粮食，让他们安居此地。

朱元璋还降旨巴丹以其原有军队为基础，从所属部落及开城一带回汉百姓中再选拔一批青壮年扩充到军中，组建开城卫队。新组建的开城卫队由巴丹统一管理指挥，具体负责辖区内的社会治安，并全力配合平凉卫、宁夏镇的一切军事行动。同时，还恩赐巴丹所属部落不必向朝廷交税纳赋。

巴丹接到明太祖朱元璋的圣谕后感动不已。奉旨后的第三天，他便率领全部家眷、士兵及部落成员，面向东南跪拜明太祖圣恩。随后，与徐达在平凉城门口把手告别，前往封地开城。

巴丹率部来到开城后，第一件事就是立法约束自己的士兵、家人及部落成员，严禁任何人以任何理由、方式或借口骚扰当地百姓，争抢土地和财物；积极鼓励本部人员向当地回汉百姓学习耕织技术、发展生产。

接着，巴丹组织人员按照朱元璋的旨意，在封赐的区域内为部落成员划分牧地，搭建帐篷，解决生活所需。经过半年多时间，从平凉迁入开城、火石寨一带的土达慢慢地进入了正常的生产生活轨道。这时，巴丹才开始着手在开城三岔沟（今宁夏固原市原州区杨郎乡铁家嘴）修建千户府，并将这里改名为“满家营”。

一天，庆格尔泰接到一封加急书信，说其母病情十分严重，想在临终前见他最后一面。于是，庆格尔泰便匆匆告别巴丹，心急如焚地返回蒙古大草原。

固原开城一带，气候凉爽，水草丰茂，十分适合农牧业生产，且因朝廷减免各种赋税，巴丹治理有方，百姓辛勤劳作，不几年，无论是新迁到这里的蒙古土达，还是原来就定居在这里的回汉百姓，家家骏马数十匹，牛羊过百头，丰衣足食，安居乐业。

开城县大街小巷上，各种商品琳琅满目，过往客商川流不息，处处呈现出一片繁荣昌盛的景象。

第二章　云台进香

苦难的日子总是漫长无边，而幸福的时光又是转眼即逝。不知不觉中，巴丹到固原开城已十多年的时间过去了。

这年六月初五晚上，开城一带下了一夜大雨。这天夜里，巴丹做了一个非常可怕的噩梦。梦中，一怪兽破门而入，张牙舞爪地来抢他的官衣官帽、牛羊马匹、粮食及金银珠宝。他与那怪兽拼命地厮打、争斗……

噩梦中的巴丹，在炕上（此时定居在开城的蒙古族人已习惯了睡炕）不停地抽搐着，不时地发出怪怪的叫喊声，惊醒了身边的夫人娜仁托娅。娜仁托娅急忙推摇、唤叫丈夫。巴丹在夫人的推摇和唤叫下从噩梦中惊醒，心跳不已。

这时，娜仁托娅已点亮油灯。她见丈夫惊恐万分，大口大口地喘气，全身是汗，便急切地问他怎么了。巴丹只说是做了个噩梦。他见夫人眼神非常惊慌地看着自己，就说没什么，并让她先睡。娜仁托娅本能地端过放在炕边柜头上的水杯，递给丈夫。巴丹接过水杯，美美地喝了一口，似乎生怕手中的杯水也会被刚才梦中的怪兽所抢走。冰凉的水穿过喉咙进入胃部，慢慢地浇灭了他心中的惊恐，使他从梦境中彻底地走了出来。此时，巴丹扫视了一下屋子，见一切依旧，没有任何的变化，心中这才感到安定了好多。就再次催促夫人先睡。娜仁托娅接过水杯放到柜头上，顺势钻进了被窝。巴丹伸手拉了拉被角，为夫人盖好露在外边的肩膀。不一会，娜仁托娅又面带笑容地进入了梦乡。

巴丹拿过在柜头上安静地躺了多日的烟袋，装了满满一锅旱烟，点燃。旱烟这时在中原还是一种十分稀罕的东西。这些烟叶是一位常去西域做生意的朋友送给他的，他视如珍宝，只有在最兴奋或者最烦恼时才舍得抽上一锅。烟锅里的火星随着嘴唇的吮吸不停地闪烁着，烟气慢慢地在他眼前盘旋着、扭动着散开，然后消失在灯光里。巴丹脑子里一片空白，就像此刻窗外的夜色，伸手不见五指。等他抽完这锅旱烟后，心中才感到平静了许多，便熄灯睡下，但他还是能清晰地感觉到心在胸中不停地跳动着。随着灯光的消失，刚才噩梦中的画面又恶作剧似的扑到了眼前，活灵活现的，搞得他心神难安。他再次点亮油灯，呆呆地望着屋顶，心中七上八下，无论自己怎么安慰自己，都难以再次入睡。就这样，他一直辗转反侧地折腾到快天亮时才迷迷糊糊地小睡了一会儿。

巴丹醒来时，夫人娜仁托娅已将一杯热腾腾的奶油香茶端到了他的面前。虽然府上仆人很多，但巴丹的生活起居一直都是由夫人亲自料理，从无例外。清早刚刚梳洗打扮过的娜仁托娅身穿一件淡粉色衣裙，长及曳地，细腰间束了一条紫红色的云带，发间插着一支七宝珊瑚簪。虽然她已是快五十岁的人了，但看上去依然面若芙蓉，成熟中暗含着无比的艳丽、温柔与贤淑。看着幸福、快乐的贤妻，巴丹本不想把自己低落的情绪带给她，但是他们夫妇二人还没说上几句，他就忍不住将昨夜梦中的情形原原本本地告诉了夫人。

娜仁托娅出身墨香世家，其父是以前蒙古草原上有名的大儒商，深受中原孔孟之道的熏陶。还可能是因为生意上的原因，他对中原文化，尤其是中原传统文化颇有研究。受父亲的影响，娜仁托娅对中原传统文化也是了解甚多。听了丈夫所言之后，她心中就莫名其妙地升起一缕不祥的预感，但为了不让丈夫多想，还开玩笑地说："老爷，常言道'日有所思，夜有所梦。'莫非老爷近日是交了桃花好运，怕哪个狐狸精找上门来？别害怕，为妻是不会为难你的！"娜仁托娅边说边留意着丈夫的表情。她见丈夫脸色依然沉重而忧虑，便收起了娇笑问："老爷，是不是遇上什么麻烦了？"因为巴丹向来是一个嘻嘻哈哈很乐观的人，像今天这种情况，只在当年徐达兵临平凉城的那段日子里才有过。

巴丹仰头细思了一会儿后说："没有什么麻烦的事啊，看着大家日子过得一天比一天的红火，开心都来不及呢，能有什么麻烦呢？"

"老爷，咱来此地已有十几年了吧。这十几年里，不仅远避了战乱之苦，还年年风调雨顺，过着舒心安稳的日子。这既是老天爷对咱的宠爱，也是老爷当年明智选择的结果！"娜仁托娅说着把头靠在了丈夫的肩膀上。巴丹顺势搂住夫人的香肩深情地说："是啊，夫人。看来我们当初的确是看准了时局，走对了路子，没有亏下人，老天爷才这般地宠爱咱。可是昨夜的这个梦，我总觉得像是老天爷在提示什么，甚至是在给我们预示这里将有什么灾难要降临了！"

"老爷，不就是一个梦嘛。那只是一种虚无缥缈的东西，谈不上什么预兆不预兆的，你不去理会它便是。"

"话是这么说的，可我心里总是感到很不安！夫人，我是一个粗人，读书不多，明白不了其中的含义。夫人出身墨香世家，见多识广，不知能否帮为夫寻解此梦的含义？"

"老爷，我看你就不必再计较它了，不就是一个梦嘛，何必如此地认真呢？"娜仁托娅嘴上虽这么说，但心中也是非常地不安。她还是一个小姑娘时曾背着父亲读过《周公解梦》一书，至今还隐隐约约地记得书中的一些解说，像这种噩梦，书中的解释的确是属不祥之兆。

“我是怕又会遇上什么麻烦，甚至是灾难啊！”巴丹心情沉重地说。

“如果老爷担心的话，为妻倒有一个主意，可帮老爷解除这个噩梦带来的不安。”

“夫人快快说来！”

“听说附近火石寨一带寺庙里的神佛非常灵验，如果老爷确实被此事闹得心中不安的话，不如上那儿去烧香祭神拜佛，一则祈求神保佑老爷平安、家人平安、族人平安、家园平安；二则出去散散心，等心情好了，这些烦人的东西也就被忘掉了，不知老爷意下如何？”

其实，这也是娜仁托娅此时心中最想要做的事，只是她没有一点点想去散心的意思而已。她将此事在丈夫面前说的如此的轻描淡写，其目的只有一个，就是让他不要再往这方面多想了。

巴丹也常听人说火石寨云台山、石寺山、禅佛寺（也称后须弥山）的神灵十分的灵验，也早就想去那里烧香，祈祷神灵保佑，可因他平时一直忙于日常政务而未能如愿。

夫人言之有理！今天正好是六月六（即农历六月初六），听说每年六月六这天，云台山都要举办大型庙会，这可是祭神拜佛的最佳时辰。不如你我一同前去火石寨烧香，祈祷神灵保佑，如何？

老爷吩咐便是。

好！那就这么定了，我们现在就去火石寨进香。

是，老爷。我这就去安排，咱们早点出发，别错过了时辰。娜仁托娅说着便快步走了出去。

不一会儿，娜仁托娅进来说，一切准备妥当，请老爷移步出发。

巴丹一行十余人离开满家营，骑马直奔火石寨云台山方向而去……

雨后清晨的开城大地上，天格外的蓝，地格外的绿，清新的空气殷勤地擦洗着每一个角落。远处山坡上的羊群像一朵朵盛开在绿地毯上的白牡丹，随风摇曳；又如一朵朵游荡在蓝天上的白云，悠然自得。牧人嘹亮的歌声穿过清新的空气，源源不断地从远处飘来钻入耳中。近处散落在草地上的帐篷和房子相依相映，袅袅娜娜的炊烟从帐篷和房子上空升起，随微风在空中东躲西藏，孩子般地嬉戏着，让人不得不想起那飘香的农家饭菜和奶油香茶。山脚下的路边，小麦、豌豆、胡麻、谷子绿油油地成片连带。树上的小鸟叽叽喳喳地叫着，不时打落几滴挂在叶尖上的露珠，跌落在行人的脸上、身上，一丝凉凉的感觉、甜甜的味道，给人一种无限地惬意。巴丹随大家在这沁人心脾的“空气”中、美轮美奂的“仙境”中走了一段后，他郁闷的心情就随着这美丽的景色活跃了起来。于是，他一马当先，扬鞭催马，快速前行。大约一个多时辰后，他们便出了石门关，进入了火石寨地界。在他们前行的山间小道右侧，一座蜿蜒起伏的大山如一道屏障，竖立在天地之间，名叫七旦宝山。

七里宝山又叫月亮山。关于这座山，在当地还流传着这样一个神奇的传说。

相传很久很久以前，火石寨井儿沟一带有一湾湖水，人们叫它湿山湖。湿山湖的西北边上有一座特别高大的山，远看好似一匹狂奔的骏马，尾甩六盘山，蹄越万马关，整个影子尽映在湖中。

山上寺庙林立，住着许多明神大仙。在来来往往的各路神仙中，难免也有那么几个刁钻无赖、争权夺利的神仙。在这座山上，就有一个叫大头光山的显道神和一个叫刁险姚三的跛脚仙，他们二位就属于这类神仙。

一日，他俩因争夺神坛权位公开地争斗了起来，而且一个比一个凶狠。他二人斗了不知多少回合仍不分胜败，斗着斗着，跛脚仙姚三求胜心切，便顺手从南天底下抓起南斗八星劈头就砸，想把大头光山砸成一滩肉泥。这大头光山也不是饶爷爷的孙子，立即从天河巨浪中抓起一颗柱天石，猛地一挥还击过去，只听“啪啦啦……轰隆隆……”几声巨响。顿时地动山摇，电闪雷鸣，南斗八星的斗底被柱天石撞了个粉碎，瞬间散成了八块。有一块像月亮一样的碎石落在了这座大山的山顶上。跛脚仙姚三一看事情不妙,顺手将少了一颗星的南斗八星甩到北边的天空上。这少了一颗星的南斗八星在北边的天空中就变成了北斗七星。跛脚仙姚三因损坏了天上的宝贝，十分害怕，便仓皇地逃跑了。大头光山也知闯下了大祸，遂溜到八山四海中去了。只是落在大山顶上的这颗星石，一直银光闪闪，不分白天黑夜地放着光芒，就像刚爬上山顶的月亮一样，它的影子白天映在湖里，晚上也映在湖里，如一轮皎洁的新月一样，远庄近村的人，白天黑夜都能看得见。后来，人们便把这座山就叫做月亮山了。又因这座山的跨度长约七里左右，有人又叫它七里宝山。

出了寺口子峡，巴丹一行沿着较为宽阔的路绕怀远城（今西吉县偏城乡），再经沐家营（今西吉县城驻地）向北前行不久，眼前突然一变，仿佛进入了另一个世界。重重叠叠的山峦，突然间都变成了红色，而且红得那么鲜艳、那么灿烂。重峦叠嶂的山峰，像一团团在绿地上熊熊燃烧着的烈焰。巨大而厚重的岩石散落在翠绿的林间草丛中，像一颗颗红色宝石，璀璨夺目。山峰、岩石，有的像一头饿急了的雄狮，贪婪地饱餐着这人间的美景；有的像楼阁窗户，一层层地敞开紧闭千年的心灵，如情豆初绽的少女之心；有的像飞来之石，在尖尖的峰顶搁立，似从天而降，久久悬浮于空无法着地……山，如葱如笋，千姿百态；石，或立或卧，峥嵘峻峭；树，延坡漫去，郁郁葱葱；洞，或在与天公一比高低的悬崖峭壁上张望，或在草木繁茂的沟底密林中窥探（火石寨这种神奇的自然地貌景观后来被人们称之为“丹霞地貌”）。这里的一切，被大自然打造的如此的神奇、如此的惟妙惟肖！既让人以为是进了天上仙境，妙不可言，又仿佛是到了奇险无比的幻境，惊不敢语。要不是巴丹一行人多，说不定哪个胆小一点的人就会被此奇特的地貌景观吓得毛骨悚然，不敢前行。

快中午时，随风从远处飘来阵阵梵铃声，深沉而悠远。

巴丹等经过一段转弯路后，一座庞大高耸的红色山峦映入眼帘——这便是有名的火石寨云台山了。云台山又称扫竹岭或西武当山。从远处望去，主峰十分险峻，高约三四十丈，三面绝壁。主峰四周群山环抱，山上林木繁茂，深邃优雅，既拥有江南水乡之秀，又富藏北国粗狂之雄，被人们誉为“云台叠翠”。“每当山雨欲来，云台必先幽然作云，即晴亦多烟岚，啼鸟钟声隐约其中，花香扑鼻。”巴丹、娜仁托娅等人边行边看。娜仁托娅不由地感叹道：“真乃一步一景，十步一天，天地悠悠，好一人间仙境，好一地上奇观！”

接近云台神山放眼而观，笔直峭立的山岩上，大自然鬼斧神工地打造的洞穴、能工巧匠们开凿出来的石洞石窟处，旗幡随风飘扬，香烟袅袅升空，梵铃阵阵入心。路上、山间……人头攒动，热闹非凡。信男善女们接踵而至，虔诚地在神像、佛像前烧香、许愿、叩拜……山下驼队来来往往，操着不同口音、不同语言，穿着不同服装的商客们川流不息。这里，已被千百年的驼铃声串入了丝绸之路东段北道之上，变成了一个十分热闹的集市。

火石寨一带，山清水秀，自古以来就为中原道教人士所青睐，在此凿建了好多石窟、庙宇。南北朝时期，随着丝绸之路的贯通，中西文化、商品的交流，一些西域佛教人士也随之而来，在这里凿石修建寺院、广传佛教，隋唐时期最为兴盛。这时的大多数佛教石窟、寺院也就是在那时所开凿修建的。

巴丹率家人沿着云台山东北角上的人造石阶而攀,先后来到万寿宫、阎王殿、药王殿、牛王殿、玉皇阁等大大小小四十余处道教庙宇和大佛殿、菩萨殿、罗汉殿等三十多处佛教寺院。庙宇中的神像大多为石雕和泥塑，寺院中的佛像大多是石雕和铜铸。神像有玉皇大帝、王母娘娘、四大天王、药王像等。佛像有释迦牟尼佛、弥勒佛、观音菩萨像等。石雕佛像最大的身高约十五六尺，腹围约十四五尺。铜铸佛像以宋代鎏金释迦牟尼佛佛像最大，身高一尺三寸。每一尊造像，看上去都是那么的慈祥、庄严、宁静。巴丹等人在神像、佛像前虔诚地烧香、叩首、祈祷。

日偏西山时分，巴丹一行离开云台山，前往石寺山而去。

他们前行不到一顿饭的工夫,一座外形宏伟壮观的清真寺横于眼前。寺中央高耸的八卦亭鹤立鸡群，琉璃瓦片盖顶，宝瓶月牙直入云霄，四周房屋卷蓬整齐有序。这便是伊斯兰教嘎德忍耶门宦的圣地龙潭寺（又称干石窑拱北）。相传元朝至元年间，伊斯兰教先哲撒马尔罕从西域沿丝绸之路来到中原立足于此——卧龙潭，修建了龙潭寺，广传伊斯兰教。

巴丹等人在龙潭寺参观完毕后继续前行。不多时，他们被迎面拔地而起的三座暗红色石峰挡住去路。经询问路人才知这便是石寺山了。石寺山又称后云台山、笔架峰或驼岭峰。三座石峰并列拔地而起，高约三四十丈，四面绝壁，嶙峋险峻，若巨剑长矛直插云霄。远看石寺山，像一头座狮昂首怒吼，故称“石狮山”，后来因石峰上凿建了寺庙，改称石寺山。从远处不同的方向看去，有时像一个悬空的笔架，有时又像一头奔跑的骆驼，所以又称笔架峰、驼岭峰。登上峰顶极目远眺，整个人间仙境尽收眼中。夕阳照射处，峰顶放射万道霞光，尽显佛光宝气。

四周雄伟的红色山峦显得更加璀璨、艳丽、壮观。

在石寺山东南面的群峰之中，有一形如一对小鸟依依相偎亲吻的奇峰，十分别致，非常可爱，名曰情鸟峰。它向世人讲述着一对青年男女忠贞不渝、悲欢离合、催人泪下的爱情故事。故事是这样的：

相传很久以前，火石寨一带只有水、火两姓人家，水家贫穷，火家富裕。水家世代为火家做工谋生，但两家关系向来很好，一直到了水家的旺旺和火家的秀秀这一代。旺旺和秀秀自幼在一起生活、玩耍，关系十分融洽。随着年龄的增长，秀秀不知不觉地爱上了为自家做工的旺旺。因秀秀父母不同意这桩婚事，便将旺旺赶出了家门，秀秀也被关进绣楼不得出门。

就在旺旺被赶出火家后第二年的六月六，云台山举办一年一度的盛大庙会。火家的大人孩子都到云台山赶庙会去了，家里只剩下秀秀和丫鬟小翠两人。秀秀与小翠关系十分要好，亲如姐妹。这天，趁着家中没有其他人，秀秀让小翠偷偷地去云台山庙会上找旺旺，叫他晚上前来家中相会。这天晚上，旺旺应约来与秀秀相会，结果被中途回家的秀秀父亲发现了。秀秀父亲被女儿和旺旺的行为气急了，喊来家中的长工把绣楼团团围住，将旺旺活活地打死。秀秀见旺旺已死，悲痛不已，就跳楼殉情了。

旺旺和秀秀死后，正好被前来赶庙会的观音菩萨在空中看见。观音菩萨见这对年轻人如此恩爱，就动了怜悯之心，于是施法将他二人化作一对小鸟。它俩便以此峰为家，日出而翔，日落而息。年长日久，就在这座石峰上化成了一对石鸟，至今耸立峰尖，不离不弃。

巴丹一行顾不上花更多的时间去欣赏这人间少有的胜景，便急急地沿着石寺山东面的人凿石阶攀登而上，进庙烧香祭拜。在石寺山二十余处寺庙烧香结束时，天色已晚，他们便在寺庙内歇脚用餐。

晚饭后，巴丹夫妇毫无睡意，披衣下山散步。

虽已是六月天气，但这里夜间仍凉风嗖嗖，清新的夜空中不时地掠过丝丝寒意。远处的山峦在朦胧的夜色中，连绵不断，相依相连，像老人、少女，似雄狮、怪兽，又如遥远而深邃的城堡……

这天夜里，虽没有皎洁的月光，但石寺山上空繁星点点，下面灯火通明，香客、商客来来往往，川流不息。三台社火正在山脚下同时演出，十分热闹。

巴丹夫妇刚行至山下，忽闻一阵女子的啼哭声。他们夫妻二人便沿着哭声穿过人群寻到哭者，原来是一位年轻女子席地而坐，衣衫破烂，头发纷乱，面黄肌瘦，头上插了一束野草，有气无力地哭泣着，看上去十分的可怜。问后得知她乃甘肃天水人氏，汉族，名叫阿兰，因家中欠账，其父被村中恶霸活活打死，而她又因这恶霸逼婚而逃离到此，无以生存，只好卖身为奴。娜仁托娅见她可怜，又身患伤寒，如不及时治疗恐怕就会有性命之危，便恳求丈夫将她收留在府。巴丹十分赞同夫人的意见。于是，他们夫妻俩将阿兰留在身边。

第二天一早，巴丹一行在石寺山寺院用过早餐，准备出发前往禅佛寺。

一出寺院，他们就被眼前的奇景所惊呆、所陶醉。袅袅的雾霭加着阵阵清凉，在群山之巅飘飘荡荡，犹如一群天真无邪的孩童在山间嬉戏。隔雾望山，群山绰约，近眼观雾，雾气缥缈。远处的云，脚下的雾，似一朵朵翩跹起舞的白絮，一簇簇迎风飘雪的梨花……云雾中，既似有仙乐萦纡，又似有一尊尊的罗汉、玉女掠过……一座座连绵起伏的山峰，出没于云海里、雾海中，竞相展露峥嵘，千姿百态……

巴丹一行边看边走，大约不到半个时辰就到了被称作后须弥山的禅佛寺。见一尖顶塔式的红色石峰拔地而起，犹如长矛刺天，直插云霄，石峰四周群山环抱，绿荫缭绕。仰望石峰顶端，寺庙形如方桌大小，旗幡随风飘动，行人不足三尺。他们沿着人造木梯小心翼翼地随着人流上行，直奔石峰顶端的寺庙而去。

火石寨禅佛寺与固原须弥山一脉相承，有着许多神奇的传说，相传须弥山是古印度神话传说中的名山，是佛教经典中所说的众山之王，世界的中心。山顶为释帝天的居所，四面山腰为四大天王的居所，仅此就可见它在佛教中具有举足轻重的意义。

在禅佛寺烧香结束后，巴丹本想带夫人娜仁托娅等游览一番这人间独有的美景，但因阿兰重病在身，就不得不扬鞭催马，快速赶回满家营。

第三章　因病纳妾

白驹过隙，时如流水。转眼间，又到了第二年。

这年春节过后不久，巴丹就一病不起。先是上吐下泻，高烧不退，接着是神志不清，尽说些让人听不明白的胡话，再后来就整天整夜地昏睡不醒。这段日子里，尽管夫人娜仁托娅形影不离、无微不至地侍候着，但他一天就只能喝下半碗羊奶，身体一天比一天地消瘦，看上去像一具皮包骨头的干尸。开城千户府日日郎中进进出出不断，诊后又都说他得的是一种怪异之症，闻所未闻，自然，就谈不上如何下药医治了。只是在主人的再三哀求下，郎中们才留下一些安神滋补之类的药物，随后便无奈地摇头离开。巫婆夜夜在府上做法驱邪镇魔，也是一点效果都没有。全家老老少少时刻为他提心吊胆，夫人娜仁托娅更是焦急万分，日夜以泪洗面。

一天，一位云游和尚来到开城千户府门前讨水喝，见府中人人愁眉不展、个个闷闷不乐的样子，便问端详。当他得知府中主人生有怪异之症的情况后，说自己略懂一些医术，愿为病人把脉诊病。家人便报着碰一碰运气的心里，将此事报知夫人娜仁托娅。此时的娜仁托娅，真是“病急乱投医，逢庙就烧香”。她为了能医治好丈夫的怪病，不敢放过任何的机会。当她得知这一消息后，就赶紧随家人出门以礼相请，期盼这位和尚能医好丈夫的怪异之症。

娜仁托娅带着和尚进府后直奔内堂。

和尚手指扶在巴丹的手腕上，认真地为他把脉。一会儿眉头紧锁，像遇上了什么十分棘手的事，一会儿又双目紧闭，昂首仰面，似乎在仔细地辨析着什么……大约一顿饭的工夫后，他拿出随身携带的银针，密密麻麻地在巴丹的头部、胸部、手部扎上了针。忙完这些，才端起女仆早已为他沏好的香茶慢慢地呡了一口，面带微笑地长出了一口气。此时，娜仁托娅和在场的所有人都目不转睛地盯着躺在炕上的巴丹。不一会儿，巴丹开始微微地抽搐。渐渐地，抽搐的幅度变得越来越大，额头上不断地渗出汗滴，脸色也随之变得青紫。接着，口吐白沫。这可吓坏了所有在场的人。娜仁托娅疯了似的号啕大哭着向巴丹扑去。和尚急忙站起来阻挡道："阿弥陀佛，施主，使不得！病人是生是死就在这一关键时刻，万万不能打扰他！贫僧相信他能挺得过来！"

听了和尚的话后，丫鬟们急忙挡住夫人娜仁托娅，并在两个胳膊上搀扶住已无法站立的她。娜仁托娅虽强忍哭声，但泪水依然成线地往下流淌，红肿的秀目死死地盯着躺在炕上抽搐的丈夫。此时，大家都为巴丹的生死捏了一把冷汗，心都提到了嗓子眼上。看着巴丹痛苦不堪的样子，有人用手遮住了眼睛，女眷们都不由自主地随着夫人开始小声呜咽……大家都以为老爷这次怕是真的熬不过来了，要离开他们了，要离开这个家、这个世界了。

突然，巴丹一阵急促地咳嗽，急咳后吐出了一口块状的黑血。丫鬟们急忙替他擦洗。随之，他抽搐的身子渐渐地平静了下来。和尚满脸微笑着站起来走到炕边，慢慢地拔下扎在他身上的银针。此时，巴丹脸色已开始慢慢地好转。不一会儿，他竟伸手擦了一下额头上的汗珠，尽管动作非常的艰难。接着，他还努力地睁了睁疲惫不堪的双眼，看了大家一下，并吃力地笑了笑。他可能是在向大家表示谢意吧，或者是在用这种方式来为自己的苏醒、复生而表示庆贺。和尚也随着巴丹的微笑长长地叹了一口气说：“阿弥陀佛，恭喜施主，没事了！”大家见巴丹苏醒过来，都激动地哭了起来。

接着，和尚为巴丹开下药方。家人便急忙地抓药、煎药。这期间，和尚多次叮嘱夫人娜仁托娅一定要为他按时服药，半月后方可康复。随后，和尚面带为难地对娜仁托娅说：“施主，要让病者彻底痊愈，贫僧还有一件事不得不如实相告，可不知当讲不当讲……不过这事可与他的病情息息相关！”他边说边看了看在场的几个仆人，欲言又止。娜仁托娅明白和尚的意思，便让仆人们退下。“请大师明示，只要能救我家老爷的性命，就算是上刀山、下火海，奴家都绝不会有半点的含糊！”和尚这才说要等巴丹病愈之后，需为他再娶一外族年轻女子为妾冲喜，才可保他一生平安无事，还可贵及子孙。否则，百日之后，旧病复发，无药可救。如若近，则在子；如若远，也过不了孙。此话听得娜仁托娅糊里糊涂的。她欲问端详。可和尚却摆了摆手将她还没有说出口的话挡了回去，只是微微地一笑后说：“施主，天机不可泄露！你尽管按贫僧所说去做就是了，确保只有百利而无一害！”和尚沉思了半天后，又拿起笔来，开下一药方交给娜仁托娅。说这个药方可在今后最危急的时候一试，但事先不能让任何人知道，否则就不灵验了。

于是，娜仁托娅就不便再多问什么了，遂吩咐仆人端来重金，以示答谢。和尚却分文不取。口中念了声“阿弥陀佛”后说：“施主向来慈悲为怀，积德行善，这既是他的劫难也是他的造化，只是万事不可强求，如若强求，恐怕只会事与愿违，或许还会招来血光之灾！”说完后便扬长而去。

自和尚医治后，巴丹病情日渐好转。第十天时，已能自己下炕走动了，脸色也一天比一天红润。半月之后，巴丹的怪异之症果真如和尚所言痊愈。千户府上上下下高兴不已。

巴丹和夫人娜仁托娅自结婚以来，感情甚好。当娜仁托娅将和尚临走时的叮嘱告诉丈夫时（但她始终将和尚又留下一个药方的事没有告诉丈夫），巴丹觉得此事十分的蹊跷，弄得他摸不着头脑，何谈明白。他只对夫人娜仁托娅说，我们俩得终生记住和尚的救命之恩。可当夫人每次提及纳妾之事时，他却说这怎么行呢，你不会是……随后，又安慰夫人说，这些行走江湖之人，都好故弄玄虚，也许他是在故意吓唬咱呢。既然我的病已经好了，就不必再去理会那些没头没脑的话了，并叮嘱夫人不要向任何人提及此事。听了丈夫之言，娜仁托娅也不知说什么才好。

娜仁托娅逢人就说和尚的医术如何如何的高明，日日念叨着和尚的救命之情。在她的眼中，那和尚简直就是一个活神仙。因为是他神奇般的医术才将丈夫从死神的手中夺了回来，这怎能不让她高兴、激动呢？可高兴、激动之后，她又常因和尚临走时的叮嘱心中不时地泛起一股莫名其妙的烦恼，而且这烦恼与日俱增。如果不按和尚说的去做，她真怕丈夫会旧病复发，如果按和尚说的去办，作为一个女人，她的内心又是多么的酸楚。是啊，在这个世上，有哪个做妻子的愿意把自己心爱的丈夫与别的女人分享呢？没有，绝对没有这样的傻瓜！她思来想去，为了丈夫的安危，就算是让自己去死她都会义不容辞，又何况这点小事？再说了，将丈夫对自己的疼爱分出一点总比彻底地失去要强得多啊。于是，她忍痛割爱、下定决心要劝说丈夫再娶一房。可她每次在丈夫面前提及此事时，巴丹都显得十分地生气，而娜仁托娅一直没有放弃对丈夫纳妾之事的周旋。因为她是这个世上最需要他的人，所以她比任何人都怕失去他。

这段日子里，巴丹表面上装得没事似的，整天早出晚归的忙于公务，回到家时也像往常一样乐呵呵的，但心中常因夫人在耳边的劝说与那和尚的叮嘱而感到十分地烦躁，虽然他心中非常地理解夫人的良苦用心，可……他一边寻思着怎么对付夫人软缠硬磨的劝说，一边琢磨着那和尚叮嘱之语的用意。这段时间里，他心中从来就没有有过丝毫的轻松。在死亡的面前，谁能不怕呢？除非是到了迫不得已的时候。一会儿他想，也许这是那和尚与他们夫妇开的一个玩笑，一会又怕他所言属实，百日之后，旧病真的要是复发了，那又该如何是好？一会儿他又想，当初夫人不顾岳父岳母的反对，以死抗争下嫁自己，讨吃要喝多年。随后自己从军，夫人独守空房，胆战心惊地独自度日。这么多年来，她跟随自己不知经历了多少风雨、受了多少罪、流了多少泪，无论是自己落泊之际还是得意之时，夫人都是全心全意地帮助着自己、支持着自己，任劳任怨，从无悔言。想起这些往事，两行热泪就不由自主地沿着脸颊流了下来。有如此贤良之妻，如果再娶一房，那不是对她的最大伤害吗？不管怎样，自己都决不能做对不起患难之妻的任何事情！他在心中这样不时地、暗暗地叮嘱着自己。

巴丹夫妇在为巴丹再娶一房与否的争执中，日子不知不觉地已接近了五月。从那和尚来府上为巴丹诊病之日算起，已快一百天了。随着时间的流逝，他们夫妇二人的心情也变得越加地矛盾、焦躁和不安。

说来也真是奇怪，就在端午节这天，向来都早早起床的巴丹却躺在炕上迟迟未起。几个孩子为过节的事几次前来催促他起床。这几个小家伙是想学当地汉族人家，在自家门口插些杨柳枝条，营造节日的气氛。

可巴丹总是以再稍微睡一会为由将孩子们支走。娜仁托娅顿时心感疑惑，真怕如和尚所言，丈夫的旧病再次复发。因为这天已是那和尚为丈夫诊病后的第八十天了。她虽心中十分地不安，但对孩子们说阿爸最近公务太忙，累坏了，就让他乘过节不去衙门办差多睡一会儿。为此，她无精打采地带着几个孩子，折来几枝还带着露珠的杨柳枝条，插在了院子里的每个房门前。孩子们都陶醉在了节日的欢乐之中，可娜仁托娅却心事重重，烦躁不安，心中不时地掠过一种不祥的感觉。

世间有些事就是这么奇怪，最怕什么事发生时，什么事就偏偏地发生。端午节过后的第二天，巴丹的旧病真的复发了。和上次的症状一模一样，上吐下泻，高烧不退，只是此时神志尚还清醒。这可再度吓坏了一家老小。

娜仁托娅赶紧拿出和尚留下的药方让家人立刻去抓药、煎药，接着就心急如焚、泪流满面地恳求丈夫赶紧再娶一房。巴丹虽也觉得十分地无奈，但他依然没有给夫人一个明确的答复。

这时，一位身穿淡粉色长裙，装束淡雅的年轻女子端着一碗冒着热气的汤药走了进来。这女子举止大方，梳妆淡雅，全身上下飘逸着一股高雅之美，可这一切都无法掩饰她眸子里泛起的丝丝悲凉。她就是巴丹夫妇去年在火石寨进香时从石寺山下救回来的阿兰。

穷人家的孩子早懂事，这话说得一点儿都不假。阿兰自从到了开城千户府后，巴丹夫妇对她一直都很好，夫人娜仁托娅让她跟随在自己的左右，只负责照顾自己和丈夫的生活起居，对她视如亲人。阿兰也总是任劳任怨，只要是府上的活，她什么都干，从来不怕脏、不怕苦、也不怕吃亏，一天到晚忙里忙外，好像天生就是一台运转不停的机器。为此，全府上上下下对她赞不绝口，巴丹夫妇更是对她疼爱有加。可又有谁能知道她内心的苦处呢？因为她觉得只有通过不停地干活，才能报答主人的救命之恩，也才能忘记自己家破人亡、漂泊异乡的痛苦。

看着主人被这奇怪的病魔，一次又一次地折磨得死去活来的凄痛样，阿兰心中不时地泛起阵阵无法言传的痛……

天下没有不透风的墙。虽然纳妾之事只有巴丹夫妇二人知道，但随着巴丹的旧病复发，这一消息在千户府就不再是什么秘密了。当阿兰得知主人需再娶一房外族年轻女子为妾，方可根治其病的消息后，心中突然莫名其妙地将此事与自己联系了起来，但她随即又为自己心中产生这样的想法而自责不已。为此，她还狠狠地抽了自己几个嘴巴……尽管如此，但这个念想在她心头已再无法抹去。

阿兰总觉得主人人好、心地善良，而且千户府上上下下，自己是唯一的一名外族（汉族）女子，又侍从他们夫妇二人也已快一年的时间了，对他的生活起居了如指掌。阿兰越想越觉得如果主人真需再娶一房的话，那自己就是再合适不过的人选了。要是娶了别的女子，她还真担心她照顾不好主人。看着主人的病情一天重于一天，她心如刀绞，再也无法忍心就这样白白地耗下去，耗掉主人的性命。为报答主人夫妇的救命之恩，她下定决心，冒着被赶出府门的危险、被众人唾弃的压力，主动向夫人娜仁托娅表明了自己的心愿。她对夫人哭着说自己这样做不求别的，只求老爷能早日康复，以报答石寺山下的救命之恩。夫人娜仁托娅听了阿兰的话后，急忙扶起阿兰，不但没有怪罪她，反而十分地感激她，也十分地赞同她的想法。

人在生命垂危的时候，就会舍得放弃一切，包括平时视之为生命的金钱和权力，想方设法地先活下来。巴丹也因旧病复发，就不得不听从夫人的劝说，又因所娶女子是他们夫妇身边的丫鬟阿兰，也就没有别的什么顾虑了，便抱着碰一碰运气的想法，终于点头答应了夫人娜仁托娅和阿兰。

三日后，阿兰与重病中的巴丹举行了简单的婚礼仪式。

说来也怪，不知是因按和尚留下的药方服了药，还是因娶了阿兰为妾，总之，巴丹的病情一天一天地好转了起来。

阿兰虽成了府上的二夫人，但她还是像以前一样，时刻侍候着巴丹夫妇。不管娜仁托娅怎么劝说，她还是坚持着这么做，从来没有因身份的转变而改变自己日常的行为和习惯。为此，娜仁托娅对她就像对待亲妹妹一样，全府上下，老老小小对阿兰也比以前更加的敬重了。

几年后，阿兰为巴丹再添一男一女，全家十分高兴。无论是夫妻之间、妯娌之间、孩子之间，还是主仆之间都相处的十分地和睦，整个千户府沉浸在幸福与快乐之中。

随着巴丹家产的不断扩大，牛羊马匹所需牧地不得不向外扩延。在巴丹决定向外扩延牧地的过程中，他始终告诫家人要把握这样一个原则：不能因自家牧地的扩延而影响乡邻们的正常生活。经过对朝廷封赐区域范围的详细察看，巴丹决定在硝河城（今宁夏西吉县硝河乡政府驻地）修建山庄（为生产生活方便而临时修建的居住地），并取名为满家山庄。巴丹准备将一部分牛羊马匹赶到那里交给阿兰，由她经营管理。

巴丹是个考虑事情十分细密又很周全的人，他这样做也有他自己的道理。从表面上看是为了不影响乡邻们的正常生活，其实更重要的是他在为阿兰母子以后的生活暗暗地打着基础，以防将来两位夫人生活在一起的时间长了，因鸡毛蒜皮的小事闹得不合，甚至反目成仇。

修建山庄的地址选定后，巴丹立即命人施工。还经常亲自前往工地察看。几个月之后，一座崭新漂亮的山庄就竣工建成了。

第二年春天，正当满山遍野绿草疯长、山花怒放的时候，阿兰母子及近三十名仆人，在巴丹和娜仁托娅的亲自引领下前往新建的满家山庄。从此，巴丹也就经常地来回奔走在满家营和满家山庄两地之间。

满家山庄一带气候湿润，野草茂盛，也得功于阿兰经营管理有方，牛羊马匹逐年不断地增添，而且一旦满家山庄这边遇上什么大事、或者是与钱财有关的事，阿兰都是先派人去满家营请示老爷巴丹和夫人娜仁托娅，从不自作主张。巴丹和娜仁托娅对阿兰的所作所为感到十分地满意。

几年后，不少乡亲们也搬迁了过来。慢慢地，满家山庄这里就变成了一个蒙古族、汉族、回族共同居住、生活的大村庄。

第四章　满俊出生

十八年后。

一个初冬的清晨，满家山庄二十多岁的掌柜满福礼起床后，由于没有啥忙活，就习惯性地沿着庄院的四周一边散步，一边查看生长在这里的每一棵小树、每一株小草。他一会儿揭开压在已经枯黄了的草叶上的石子，一会儿抚摸几下叶子已全部凋谢了的树枝。每遇闲暇时，他都会绕着庄院这样细心地查看一番。他的这个习惯，一方面与他肩挑着这个一百多号人的大家有关，另一方面也许与父亲巴丹、母亲阿兰对他自幼的教育有关。就算这个习惯是从他接管了这个家后才养成的，也已快十年之久了，现在想改也都难以改掉。

不知为何，这年刚入冬时的几天，气候突然一下子变得特别的冷，可没过几天，又变得比入冬前都暖和了好多。除早晚飘来一阵丝丝的凉意外，根本就不像个冬天，暖烘烘的跟阳春三月一样。

突然，满福礼看见离他不远处的一棵小桃树上，好像绽放着一朵洁白的小花。他感到十分的惊奇与纳闷。心想是不是自己看花眼了，便揉了揉眼睛后再看，可分明就是一朵白色的小花。于是，他便急步向那棵小桃树走去。他边走边想，桃树冬天怎么会开花呢？世上不会有这样的怪事吧！也许是一团棉花或者羊毛之类的东西被风吹起挂在了树枝上。

他心里这么想着，已到了小桃树旁。事实却让他彻底地惊呆了，因为摆在他眼前的的确就是一朵盛开着的白中带粉的桃花。虽正在亲眼注视，但他还是有些不能相信自己的眼睛，于是用手摸了摸，花瓣嫩嫩的，又伸过鼻子嗅了嗅，一阵芳香。是桃花，是真的盛开的桃花，一点儿也没有错。可从上次他来这里的日子算起，才十几天的时间，怎么会变成这样呢？再细看，这棵桃树的所有枝条上都挂满了含苞待放的花蕾。他急忙向周边的其他桃树走去查看，见大多数枝条上都挂满了花蕾，即将开放的样子。天大的奇事啊！满福礼惊讶不已。于是，他三步并作两步地跑回家中，将此怪事告诉了母亲阿兰和妻子巴雅尔等人。“桃树冬天开花，这真是世间少有的稀罕事！”老夫人阿兰一边念叨着，一边在儿子的搀扶下，与儿媳巴雅尔等人一起来到这棵开花的小桃树前。大家都被眼前这奇怪的景象惊呆了。

没过几天，满家山庄的四周就像到了阳春三月一样，到处的桃树上都盛开着桃花，像一团团落地的祥云。这个消息一传出，就一传十，十传百地传遍了附近十里八乡。一些好奇的人，还专程赶几十里的山路，跑到满家山庄来看冬天盛开的桃花奇观。

对满家山庄桃树冬天开花一事，大家都议论纷纷，但谁也不知这到底是什么原因。一些老年人说他们以前也听说有过这等怪异之事，但是谁都从来没有亲眼见过。还有人说桃树冬天开花有时是吉兆，有时是凶兆。于是，今年冬天满家山庄桃树开花是吉兆还是凶兆，一时间便成了人们议论的一个焦点话题。各种五花八门的猜测层出不穷，自然也是无奇不有。还有人借机编了一大堆的“疯话”，说什么的都有。

时间是消磨记忆的最好方式。随着第二年春天的来临，大家都开始各忙各的事了，满家山庄桃树冬天开花的事也就自然而然地被慢慢地淡忘了。但没过多久，另一个话题又成了大家在田间地头谈论的焦点。

有人从外面带来消息说，去年八月，汉王朱高煦乘北京地震之机在乐安（今山东省广饶县东北一带）谋反。宣宗皇帝御驾亲征，重兵包围了乐安。几仗之后，朱高煦已无抵抗之力，只好举手投降，其党羽也几乎被宣宗统统擒获。八月二十四日，宣宗押着朱高煦等叛乱之人回到京都。随后，朝廷将参与这次谋反的大臣王斌、朱恒等重犯全部予以处死，将山东都指挥靳荣以及天津、青州、沧州、山西等地的都督、指挥，凡与朱高煦造反有关的全都抓捕，处死的处死，流放的流放，共计一千五百余人，其中被发配到边远地区的家属就有七百二十多人。因主犯朱高煦是宣宗皇帝的叔父，所以当时就没有处死，只是用铁链锁了手脚，囚禁在西安门内的逍遥宫里。这年冬日的一天，宣宗皇帝去看望囚禁在逍遥宫内的皇叔朱高煦，实则是进一步地审查。朱高煦怕宣宗再次当众羞辱于己，等宣宗一进门，他就运足力气，猛地拿起一根长木棒向宣宗砸去，宣宗猝不及防，一个趔趄差点摔倒。于是，他龙颜震怒，便命侍卫用门口三百多斤重的装水铜缸将朱高煦扣起来。朱高煦大怒，在缸内哇哇大叫不停，并奋力举起铜缸欲砸宣宗。宣宗大惊。侍卫急忙压住铜缸。宣宗命人取来干柴、木炭堆积在铜缸周围点燃，把朱高煦活活炙死在了铜缸内。大名鼎鼎的汉王朱高煦就这样变成了一只名副其实的“北京烤鸭”。

朱高煦被处死的时间正好是前一年冬天满家山庄桃树开花的时间。于是，有人就猜测说，满家山庄前一年冬天桃树开花与此事有关。接着，在一些好事之徒的渲染下，满家山庄的名气就逐渐地大了，都说这是一块风水宝地，能预示国家大事，了不得。一时间，这事在固原及周边一带传得沸沸扬扬。

这年八月初的一个傍晚，满家山庄一带，突然乌云遮天，电光四射，雷声隆隆。村中，牛羊骡马焦躁不安，鸡鸣犬吠；山中，鸦雀盘旋，久鸣不落。村庄、山谷中，家畜、鸦雀的怪叫声连成一片。人们都以为是要发生地震了，便扶着老人、抱着孩子，急急忙忙地往附近的空旷处跑。因为当时这里经常发生地震，把大家都吓怕了。可电闪雷鸣之后，并没有发生地震，而是一场铺天盖地的大暴雪从天而降。大雪淹没了这里的一切，只留下死一般的寂静。整个村庄、田野，甚至是每一丝空气，都静得让人毛骨悚然。不少大树被积雪压断了枝条，田间还没有收割的庄稼，也被这场提前来临的大暴雪封了个严严实实。大雪过后，天空马上又变得晴朗了起来，一轮朦朦胧胧的弯月孤零零地挂在了夜空中。

这场大暴雪足足下了一尺多厚，以满家山庄一带为最。朦胧的月光下，放眼望去，漫山遍野一片惨白，山是白的，沟是白的，树是白的，房子、帐篷全都是白的，整个大地、天空好像一下子都变成了清一色的白。遇上如此怪异的天象，大家又自然而然地与前一年这里桃树冬天开花的事联想到了一起，一个个都一副忧心忡忡的样子，但又说不出个什么缘由来。当然，大家心中都认为这一定又是一个什么预兆。一些老年人说，六月飞雪的事他们只在戏剧《窦娥冤》中看过，可今天真是亲眼见识了八月落雪的怪事。再加上前一年大家对满家山庄的传闻，就都毫不置疑地认为一定是有什么大事将要发生或者已发生了，只是不知会在哪里发生，或者发生在了哪里，发生了什么事。大家嘴上议论纷纷，心中惶惶不安。

就在天降暴雪的这个晚上，满家山庄大院内灯火通明，没有一个人顾得上跑出家门去躲避地震，也没有一个人顾得上像乡亲们一样谈论、推测这怪异的天象，而是不停地忙碌着，焦急地等待着……就连窗户里透出的灯光也闪闪烁烁地显得十分地着急、焦躁。朦胧的月色下，院子里人影不停地晃动着。有抱柴的、烧水的、提着热水桶奔跑的……原来是少奶奶巴雅尔正在生孩子。

突然，从南边又传来一阵滚滚的雷声，还伴随着闪电，只是这雷声听起来与满家山庄相距很远很远。

这时老夫人阿兰正双膝跪在堂屋里的观音菩萨像前，双目紧闭，手中数着念珠，口中不停地念着“阿弥陀佛”。桌上，观音菩萨像前的一对烛光随风闪闪烁烁，香炉中升起的青烟缓缓地在观音菩萨像前摆动着。原来她在祈求观音菩萨保佑儿媳和即将出生的孙儿母子平安。这雷声虽然没有前一阵的那么响，但阿兰听后，还是不由地全身一颤，好在她又马上镇静了下来，接着又念起了“阿弥陀佛”。也就是在这一阵雷声响过之后，满家山庄院子里的东厢房里传出一阵婴儿的啼哭声，哭声洪亮得让在院子里忙乎的每一个人都听见了。为此，大家都认为这个孩子不一般，将来一定是会有大出息的。大家都在为主人家新添人口而高兴不已，奔走相告。阿兰听到婴儿的哭声后，她苍老的脸上终于露出了一团团倾心的笑容，急忙叩头拜谢观音菩萨。随后，在丫鬟珠露的搀扶下站起身来，伸了伸酸痛的腰腿，急不可待地拖着瘦弱的身子摇摇晃晃直奔东厢房而去。

当阿兰来到东厢房时，见儿媳巴雅尔面带笑容安详地躺在炕上，被汗水淋湿的头发上还冒着阵阵热气，额头上不断地往外渗着汗珠。几个丫鬟忙前忙后，还不失时机、忙里偷闲地伸头过来，瞟上一眼这个刚刚出生的孩子。阿兰从儿子满福礼手中接过孩子，看着他胖乎乎的小脸，开心地笑个不停。

阿兰为孙儿取名为满俊，希望他长大后才智出众，一生平安。因满俊在巴丹的孙子辈中排行老四，所以，后来大家又叫他满四。

满俊出生时，爷爷巴丹和大奶奶娜仁托娅已去世十多年了。巴丹家世袭的千户官职已由他的大儿子满福仁继承，满家营的家产也已由他的二儿子满福寿经营了多年，但满家山庄的家产一直由阿兰和小儿子满福礼所操持着。虽然大家平时都各自过着各自的日子，但一直亲如一家，从未因巴丹的去世或相距较远而变得疏远，大家一直像巴丹和娜仁托娅在世时一样，时常来往地走动。

自从巴丹和娜仁托娅相继去世后，无论是满家营那边，还是满家山庄这边，只要家中有个什么大凡小事，满福仁、满福寿都要亲自过来到满家山庄与二娘阿兰、弟弟满福礼商量。

就在满俊出生的这年冬天，由于八月天降暴雪，开城一带气温急降，尤其是满家山庄这儿。在这个滴水成冰的冬季里，满家山庄的牛羊马匹冻伤冻死了不少，年迈的老夫人阿兰也因操劳过度，积劳成疾，最终没有抗过这个严寒而又漫长的冬天就与世长辞了。

为此，满家山庄一带的人又猜测说这年八月天降暴雪，冬天气候奇冷的天象不是与满俊的出生有关，就是与善良贤惠的老夫人阿兰的归天有关。

这时，北元（指与明军战败后，退居河套平原以北蒙古大草原上的前元残余势力重新组建的政治势力）势力经过数十年的生息修养，日渐恢复强大。

北元势力内部，各部落之间也是随着力量的壮大各怀鬼胎，各打着各的如意算盘，就免不了矛盾重重。建文三年（公元 1402 年），鬼力赤杀死捏特穆尔汗（顺天皇帝）称可汗，改国号为“鞑靼”。居住在鞑靼部落之西的前元残余势力及蒙古各部落被统称为“瓦剌”。鞑靼、瓦剌部落首领对大明王朝夺其先祖江山之事始终怀恨在心，他们借蒙古草原水草丰茂之利，抢抓时间生息修养，厉兵秣马，拉拢人心，时刻准备着再度反扑中原，一雪前耻，再统山河……

宁夏三面与蒙古草原相连接壤，由于其独特的地理位置，就自然而然地成为北元势力反扑中原的首选突破口之一。其实此时，这些退居在漠北大草原上的蒙古部落，已经开始悄悄地从阿拉善高原通过贺兰山关口，或者是在黄河封冰时沿河套地区趁机进入宁夏境内，深入中原各地，寻求返扑中原的机会。他们途径之地，鸡犬不宁，百姓遭殃，生灵涂炭。

自大明王朝建立以来，北元势力就一直是他最大的威胁，直到努尔哈赤率领的女真族崛起之后。为此，大明王朝在北方沿边境驻扎重兵，并设有九边重镇，但仍然是常年战事不断，百姓天天过着提心吊胆的日子。

虽然宁夏境内常有北元势力入境骚扰，但此时固原境内倒还安宁，一直没有什么大事发生。

第五章　少年满俊

对黎民百姓来说，最大的幸福莫过于平平安安，最大的期盼莫过于衣食无忧，只要能日出而作、日落而息，不挨饿、不受冻就已心满意足了。满福礼正是这样一位憨厚本分的牧民。他认为一个人来到这个世上，就应该与亲人、朋友以及一生中遇到的所有人和睦相处，以诚为本、以勤为基、以平为福，不该有过多的奢望。因为人的奢望总是无休止、无边际的，也正是这种无休止、无边际的奢望使人丧失本性，毁掉一生应有的幸福和快乐，深深地陷入各种痛苦、甚至是罪恶当中，最终落个身败名裂、众叛亲离、死无葬身之地的下场。他常常这么想、这么说、这么做，也这么教导子女和家人。可是，他的儿子满俊自幼把他的这些教诲只当作是耳边的风、眼前的云，甚至，还认为这是父亲对自己无能的一种自我掩饰。

一天，小满俊与村里的王宝顺、乌力罕、阿古达木等几个孩子玩耍时，为了争当“大王”，就与王宝顺、乌力罕二人大打出手。王宝顺被满俊打得鼻青脸肿，乌力罕也被他一石块咋破了头皮，血流不止。阿古达木等见状，就一溜烟地逃了。满福礼出门看见这一场面后，急忙为额头流血的乌力罕止血、清洗脸上的血迹。随后，他才强忍着怒火问儿子这是怎么回事。小满俊见父亲凶神恶煞般地盯着自己质问，便撅起小嘴、低下头，除了不吭声，还不停地用手抠自己的衣襟，崭新的衣服被他硬生生地抠出了两个小洞，像一双愤怒的眼睛直视着父亲。满福礼见儿子打架后不但没有一丝的悔意，反而又弄破了衣服。顿时，一种男人固有的征服欲涌上心头，狠狠地扇了他一个耳光。随着“啪”的一声，满俊的小脸上顿时显出几道紫红色的血痕。可让满福礼万万没有想到的是，这个小家伙竟发疯般地向他扑了过来，把头顶到他的怀中说：“你打……有本事你就打死……你再打……打呀……”满福礼被逼无奈，正欲再次举起巴掌，却被及时赶到的家人和乡邻们挡下。

后来，满俊又背着大人骑马去玩，却被父亲最喜爱的白马摔下了地，疼得他一阵龇牙咧嘴，一对小眼睛里虽然饱含着泪水，但一声也没有哭喊。等疼痛过后，他就把这匹白马拴在一棵大树下，随后拾起一把锋利的铁锹，向白马的一只后蹄子上砍去……被砍伤了后蹄的白马疼得顿时前扑后撞，仰首鸣嘶。可它此时却被牢牢地拴在粗壮的树干上，无论如何挣扎都是徒劳无功。挣扎中，它的头部在树干上碰伤了好多处。满俊看着它痛苦的样子却在一旁开心地大笑起来。这匹可怜的白马终因筋疲力尽，慢慢地停下了无济于事的挣扎，提着那只滴血的蹄子不停地颤抖着，委屈地承受着来自这位小主人狠心的惩罚。它头部撞伤处，鲜血不停地顺着皮毛往下流淌，一滴一滴鲜红的血液无奈地滑落到地上，被干烫的细土包成一个个黑红色的小球。满俊看着它狼狈的样子，还不停地大喊“叫你家伙再坏，再坏咱家就砍下你这只蹄子……”

那一个做父母的不希望自己的孩子能出色些、优秀些？满福礼夫妇也不例外。满俊八岁那年，被父母送进满家山庄学堂。满福礼夫妇希望儿子能多读一些圣贤之书，长大后能成为一个知书达理的人，如果有可能考取功名、光宗耀祖的话，那便是求之不得的美事了。可满俊压根就不喜欢这玩意儿，他既不愿天天背那些之乎者也的“四书五经”，也不愿听他听不明白、也根本就不愿听明白的那些孔孟之道，就变着法儿跟先生作对。学堂里的先生因满福礼在满家山庄的地位和为人，都不愿意因娃娃的这点小事自寻烦恼，就一个一个地离开学堂，一走了之。为此，其他的孩子就无法上学了。大家心中对这事很是不满，但也都看在大人的面子上又不好说什么。满福礼不是一个糊涂蛋，他很清楚造成这个结果的原因，也知乡亲们啥话也不说的缘由。他心中既气又恼，可儿子毕竟还是个小孩子，又能怎样呢？

为了解决儿子给乡邻们造成的这个困境，满福礼出重金请来了附近最有名的教书先生王先生。因为不管有多调皮捣蛋的孩子，只要经过他的调教都会变得明理懂事。这也是满福礼费尽心机请王先生来满家山庄学堂的另一个重要原因。满俊的调皮捣蛋在附近十里八村是出了名的，自然，王先生对满俊以前的一些事也就有所耳闻。但满福礼作为满家山庄的主人，在这一带算是有头有脸的人物，哪能不给他一点面子，况且他还重金邀请。在这个世上，又有几个人能不为金钱所动心呢？况且，王先生只是一个靠教书养家糊口的穷苦百姓。王先生想，圣人曰“人之初，性本善。”他一生又坚信这个“理”，也坚信世上没有教不好的娃娃，只有不会教的先生。为此，便答应了满福礼的邀请，去满家山庄学堂教书。

王先生来到满家山庄学堂的第一天，孩子们在课堂上都很认真，也很听话，就连平日里经常调皮捣乱的满俊这天也变得出奇地安分。

第二天，王先生让孩子们挨个背诵前一天教的《三字经》总论中的前八句。绝大多数孩子都背得滚瓜烂熟，当然也有那么一两个不太熟悉的，但最终都勉强地背下来了。这时，王先生环视了一下屋子，见满俊趴在桌子上睡着了。此时也就剩他一个人没有背诵了。王先生走过来敲了敲桌子，让他站起来背诵《三字经》总论中的前八句。满俊站起来时就一副十分狼狈的样子，低着头，抠鼻子揉眼睛的。等了半天，他才开口念道："人之初，性……性……本善；性相……远，习……相近。狗……狗咬仗，鸡……鸡……鸡踏蛋……"他一边抠头一边这样地背诵着。课堂上顿时一阵爆笑，王先生被气得脸色发青。满俊见情况不对，就趁同学们的爆笑声和课堂上的瞬间混乱逃跑了。

满俊虽然逃脱了先生的责惩，可被父亲狠狠地揍了一顿后又揪着耳朵带回了学堂。王先生当着满福礼的面让满俊背诵昨天学的东西。满俊支支吾吾地念道："人……之初，性本……善；性相……远，习……相近。狗……咬仗，鸡……"满福礼听着听着，再也无法控制心中的怒火，一脚向儿子的屁股踢了过去。正当这时，王先生急忙一把将满俊拉到自己的怀中，满俊算是躲过了父亲这狠狠的一脚。王先生对满福礼说："看来娃娃真的是没有记下，不是故意捣乱，让他多读几遍，背会不就得了，打什么啊？"王先生边说边和蔼地看了一眼满俊。满俊也乘机委屈地撇着小嘴说："大家都这么念……嘛……，还有'猪坏墙，驴上房'……"

一天，王先生为了和孩子们拉近关系，就和他们在课间玩起捉迷藏的游戏。轮到王先生蒙眼孩子们藏时，满俊等几个平时不爱学习的淘气鬼趁机泼了他一身粪水。王先生就这样又被气得离开了满家山庄学堂。

再后来，无论是那位先生来到满家山庄学堂，都过不了几天就被以满俊为首的几个淘气鬼所气走。满家山庄学堂的先生一时间来了又走，走了又来，不停地变换。

满福礼觉得儿子土匪似的，不得了，不但不愿读书识字，而且还经常惹是生非。自从有了他，这个家就没有平休过一天。不知为何，他心中时常隐隐约约地掠过一丝莫名其妙的、说不清的怪怪的感觉，但天下做父母的又有几个愿意把自己的亲生骨肉往坏处想呢？哪怕他将来真的就是一个土匪，一个十恶不做的坏人。尽管如此，但这小家伙的人缘却很不错，乡邻们都夸他身上充满了一股子蒙古人的勇敢和豪爽，长大后一定能成为一个大名鼎鼎的大人物。

当然，无论什么样的人总会有自己所喜欢的东西和事。满俊喜欢的是骑马狩猎、舞枪弄棒，可这却正好与其父母的意愿相悖。满福礼夫妇为此也只有摇头叹息，无可奈何。大家在一起闲谈提起儿子时，满福礼就一个劲地直叹气。为此，朋友们还劝他，娃娃小的时候不调皮捣蛋，长大后就没有啥出息，尤其是男娃娃。况且你家世代行武出身，娃娃好武也不足为奇，说不定这碎怂长大后还真能成为一位统领千军万马的大将军呢。每每听到这些话，满福礼只有摇头苦笑的份儿。

满俊十岁那年的一个夏日，他偷偷地与从满家营前来的堂哥满能、堂弟满玉，还有本村最要好的朋友火敬、南斗、毛哈刺等十余人又背着大人去打猎。

满能、满玉分别是满福仁的小儿子、满福寿的二儿子。满能虽与大哥满平是一娘所生，但年龄相差较大，他与大哥的大儿子满璹同龄。可能是因为家庭环境的影响，这帮小家伙都十分地喜欢习武。只是满俊因父亲满福礼和母亲巴雅尔不好武功，才被强送进学堂去读书识字。南斗、毛哈刺分别是巴丹旧部南迪将军、阿尔斯楞将军的小孙子。这两个小家伙也是自幼习武，别看他俩才十岁左右，可身手已十分了得，一个没有习过武的年轻力壮小伙子未必就是他俩的对手。火敬是开城本地人，其父火存仁在开城卫队从军，官至队长。因火存仁这时具体负责沐家营、满家山庄一带的社会治安，夫人孩子也随他暂居在硝河城的满家山庄。

满俊几个人骑马一路疾奔，越过沐家营向北，来到一座高山下，见山坡上到处野花怒放，景色十分迷人，便勒马停下赏景。正当他们被这美不胜收的风景所陶醉时，不知是谁激动地大喊了一声——“老天爷啊，美死我了！”没想到这喊声惊起了附近草丛中的一只野兔。被惊吓的野兔“嗖”地一下从草丛中跃起，拼命地向旁边的一个峡谷中逃去。看到猎物的满俊等人，本能地翻身上马追了过去。当他们追进那个峡谷时，却意外地发现这个峡谷中山峦叠嶂，沟壑纵横，犹如迷宫一般。本来就无所畏惧的他们，再加上好奇之心，便将追野兔的事忘了个一干二净，只想着深入峡谷丛峰之中一探究竟。

没过多久，他们就来到了这个峡谷的深处，奔跑的马蹄声和爽朗的欢笑声，惊起了在这里觅食的或者是休息的一群群红腹锦鸡、百灵、伯劳、岩鸽、苍鹰、兔子，还有许多不知名的鸟雀和小动物。哇！这么多的猎物，真是令这帮小子喜出望外，高兴得不得了。他们一边追赶一边拉弓搭箭。就在他们玩的十分尽兴的时候，一座老大的城堡耸立在了眼前，仔细一看，原来是一座形似城堡的高大石峰。

这座天然城堡坐落在峡谷中的一个躺湾地内，东西长约四百丈，南北宽约百丈。天生内外两城，地势十分险要。内城雄居中央，形似一头卧牛，四面绝崖峭壁，突兀孤立，垂直高度约二十丈左右，无处可攀。外城由包围内城的突兀孤立的悬崖峭壁组成，峭壁平均厚度约百丈左右。外城仅西、北两端的峡谷入口处有天生形似城门的两个通道可供出入。整个城池东依炮架山，西靠七里宝山，南连将军山、照壁山，北临石城沟天堑，与马圈山相望。在外城西、北两端的出入口处，不知何时谁人为何，凭借这奇特的地形，在峡谷两端修建了城门，虽然此时外表已破败不堪，但主体建筑仍然坚不可摧。好一个军事战略要地，若不是亲眼所见，恐怕真不知什么叫“一夫当关，万夫莫开”之险。这就是有名的火石寨大石城。据说唐朝时，此处被吐蕃人攻占，借此天险而驻军，并构筑了牢固的军事设施，称之为石堡。

如果大家想知道这座石城的来历，就先听听当地民间流传的一个传说吧。

相传很久以前，有一天，泾河老龙在游玩中不知不觉地来到了火石寨湿山湖，看见月亮山顶峰银光闪闪，顿生好奇之心。于是，他摇身一变，变作一位长袍老道，走上山去。他见闪闪发光的原来是一块圆如月、大如锣的石头。这块石头就是掉在月亮山顶上的那颗南斗八星中的一块星石。老龙乐得眉开眼笑，不由得惊叹道：“哎呀，好宝贝啊，宝贝！”他想，如果将这宝物搬回龙宫，既能昼夜照亮龙宫，又能随时观赏，何乐而不为呢？

老龙拿定主意，伸手去搬宝石。可他还未触及宝石，就听“啪”的一声，一团红气如刀似剑地向他直刺而来，惊得老龙就地跌倒，滚了七八滚才停住。待老龙站起身来，定了定神后再看四周，一个人影也没有。老龙瞅着心爱的宝石，仍不死心，又从另一边窜上，谁知又是“啪”的一声，吓得老龙连跌带爬，摔了个仰面朝天。被吓得惊慌失措的老龙有气无力地躺在地上，过了好一会才爬起来逃回了龙宫。

龙太子见老龙回宫后精神恍惚，心神不安。便问：“父王，您这是怎么了？有何不顺心的事情就讲出来，孩儿愿为父王分忧！”

老龙叹了口气说：“儿啊，今日我在月亮山上遇见一块宝石，本想带回宫来让大家见识见识，可不知是哪位大仙看守，难以下手。”

龙太子轻蔑地说：“这有何难？待孩儿前去给您拿来便是。”

“不行啊，孩子，镇守宝石的大仙十分了得，你是不知他的厉害啊。

父王连他的影子都没有看到，就被打得满地滚爬。你又有何能耐？”

龙太子想了想说：“父王请放心，待孩儿请来三山五湖的朋友，不怕搬它不来。”

龙太子辞别老龙，先去东桥山请来了大个子跛蛤蟆精，又去贺兰山请来了三只眼的瘦猴精，接着又去西海请来了独眼龟……

他们带着山魔水怪，来到月亮山前，见两位镇守宝石的大仙正在打盹，便将他们团团围住。顿时，月亮山顶峰杀声惊天动地。龙太子一伙中数瘦猴精能耐最大。他凭借着从太上老君炼丹炉中偷来的混元棍，在混战中趁机跳过去就搬宝石。可他用尽了猴力，宝石还是纹丝不动。正在这时，镇守宝石的一个大仙急抽一鞭，瘦猴精眼尖手快，急忙闪躲，但他的左腿还是被狠狠地抽了一鞭，疼痛难受。被激怒的瘦猴精便趁这位大仙被前来的跛蛤蟆精缠住之机，朝那宝石就是一棍，只听“咔嚓”一声巨响，宝石被砸得粉碎，一股红光直冲天庭。刹那间，地动山摇，烈火万丈，将山魔水怪都烧成了焦石，只有龙太子和独眼龟逃出了火海。

大火一直烧了三天三夜，把月亮山及附近的山都烧成了光秃秃的红色石山。秀丽的湿山湖湖水也被烧了个一干二净，湖底随之露出一座小石山，这座小石山也被大火烧得遍体通红，至今未变。小石山方方正正，四周如斧劈刀削，犹如一座城堡。它的周围，奇山险峰林立环绕。后来人们就给这座小石山取名为大石城。

满俊等去大石城狩猎，虽是偷偷地，可还是被村里的独眼龙古老二看见了。古老二是个游手好闲之徒，而且还非常地爱惹是生非。这事被古老二看见就像被满福礼亲眼看见了一样，满俊回家后自然又被父亲暴打了一顿。满俊对这个独眼龙古老二算是讨厌极了。

满俊自上次狩猎回去后，天险大石城的神奇就时时刻刻地诱惑着他、召唤着他。他一直想再次深入一探究竟。

一天，他突然想到了一个攀登大石城的绝妙办法，就约上满能、满玉、火敬、南斗和毛哈刺等人，带上绳索偷偷地去了大石城。

到了大石城后，他们按照满俊早已想好的办法，经过一番仔细地观察后，决定在大石城内城的东南角处着手攀登。因为这里石壁上的岩缝中长了一条带状的、大小不一的松树。满俊在腰间系了几根绳子，又将手中拿着的一根绳子向长在悬崖上的树干上一甩，绳索就牢牢地拴在了树干上，接着他就顺着绳索往上爬，等爬到绳索的尽头时，从腰间抽出另一条绳索，再用力向上一甩，将绳索拴在更高处的树干上，接着再往上爬。就这样，满俊凭借绳索率先登上了大石城。接着，满能、满玉、火敬、南斗、毛哈刺和其他几个胆大一点的孩子也效仿他的样子，猴子似地爬了上去。

满俊登上大石城后，见大石城顶端是一片十分宽阔的平地，东西长约一百二十多丈，南北宽约四十多丈。可真是一块“风水宝地”！如能天天在此练习“武艺”该有多好啊！即便是父亲有通天的本事也是不会找到这里来的。于是他高兴得手足舞蹈，心花怒放。

站在大石城顶端向下看，远处的村庄、房子、帐篷、树木和牛羊马匹顿时变小，但头顶上的蓝天却无比开阔，好像比其他地方看到的要更蓝一些。前后左右的外城城墙——岩峰——威武无比，犹如待战的士兵，雄赳赳、气昂昂地待命即发。再看远处，周围无数山峦险峰护卫着城池，威风凛凛，剑气森森。站在这里，满俊感到自己就像一位统领千军万马的大将军。

他们在上面玩够后，就一个接一个地沿着绳索下了大石城。在离开大石城时，满俊要大伙发下毒誓，任何人不能将今天的事说于他人，尤其是家中的大人。

虽然满福礼和巴雅尔不让儿子满俊习武，可满俊从骨子里就喜欢这玩意，而且一看就会，一学就通。虽然满俊不敢明目张胆地习武，可只要是满能、满玉、火敬、南斗、毛哈刺等人会的招数，他都会，甚至比他们还熟练。因为他们几个小家伙脾气相投，关系密切，满能、满玉、火敬、南斗、毛哈刺等人一旦学了新的招数，就跑来偷偷地教给满俊。只是满俊在父母面前从来不敢露相而已。

大石城下，夕阳的余晖中，这群孩子盟誓结为死党，还推选满俊为他们的老大。从此，他们就经常以放牧为名聚集到这里舞枪弄棒。

第六章 活埋生父

日月如梭，暑去寒来。一眨眼工夫，几年的时间就过去了，满俊已变成了一个十二三岁的小伙子。

一天清晨，满俊像往日一样去放羊。不知为何，这天火敬、南斗等一个都没有出来，满俊也就没有心思去大石城了，便无精打采地随着羊群乱转，但还是不知不觉地进入了火石寨境内，来到了一个非常寂静的峡谷。

随着羊群，满俊在淡淡的雾霭中爬上峡谷入口处的一个高坡。顿时，眼前的景色使他为之一震，惊叹不已。峡谷中到处翻滚着的雾霭像一帘乳白色的轻纱将群峰齐腰削断，暗红色的峰峦飘荡在云海之上，千姿百态，仙境一般。眼前的奇观，活像一幅笔墨清爽、疏密有致的水墨山水画。在翻滚的雾霭中，远处的一座巨峰活跃地游动在云海当中，周围那些数也数不清的小石峰好像紧紧地跟随着它。猛然一看，云海中的那座巨峰像是手握金箍棒的齐天大圣孙悟空腾云而起，围绕在他四周的小石峰就自然而然地成了一群抓耳挠腮、活蹦乱跳的小猴子，他们好似随着孙悟空正在云海中舞枪弄棒。这神奇般的景致把满俊一下子勾进了一个幻境。他顿时飘飘欲飞，觉得自己成了手持火尖枪、脚踩风火轮的哪吒三太子，欲与这不知天高地厚的孙悟空激战一番。满俊一边幻想着，一边舞起手中的“混天绫”——羊鞭，一时间，空旷的山谷中响起了“噼里啪啦”的声音……

太阳慢慢地从云层中探出头来，露着灿烂的笑脸。

随着阳光逐渐增强，满俊眼前的仙景却渐渐退去，刚才雾霭中的一座座石峰慢慢地从仙境中走了出来，落在了峡谷内的绿草地上，露出了真实的面目。石峰、峭壁、岩石都被阳光照得通体赤红，在蓝天白云下与绿的树、绿的草相互映衬，少女般羞羞答答地平添了几分妩媚之意。随着日出雾散，满俊的思绪也回到了现实。他低头看看自己，还是原来的那个放羊娃，不是什么哪吒三太子，手中拿的既不是火尖枪也不是混天绫，还是那杆旧羊鞭。他失落地摇了摇头，笑了又笑，感觉整个人一下子从云端掉进了万丈深渊，失落极了。

满俊随着羊群走下山坡进入峡谷,眼前的石峰顿时一座座都变了样，好像一下子变得无比的高大、雄伟、层叠、杂乱。往上仰望，山就是天，天就是山，往下俯视，地就是山，山就是地，前后左右都是山，似乎只要一伸头，鼻子就可触及到山。他越看越觉得好奇，越看越觉得全身是劲，一种占山为王的意念跃然而生。

羊群悠闲地在山坡上啃着还带着露珠的野草，不时抬头“咩咩”地叫唤着，好像也感到了这里的奇特。

也许是出于孩子的本性，不一会儿，满俊就对身边这奇特的美景失去了兴趣，无所事事地东瞅瞅、西望望，或漫不经心地看着羊群在山坡上走动、吃草、追逐……太阳已经老高了，精神地照射着地上的每一寸土地。在暖烘烘的阳光下，加之无人说话、玩耍，满俊不知不觉地有点困了。正当他想寻找一个比较避风的、舒适的地方躺下睡会儿时，眼前突然一亮，前方不远处突兀孤立的一座石峰钻入了他的眼睛。石峰下是一个椭圆形的山丘。再看，那山丘的形状活像传说中观音菩萨的莲花宝座，而它上面的这座石峰恰如观音菩萨手中的玉净瓶。一颗大松树，孤零零地耸立在石峰的顶端，枝条不时地随风摆动着，巧妙地暗应了玉净瓶中插着的杨柳枝。好一个神奇的地方，满俊心中这么想着。这时，他的好奇之心又一次被激活，便朝着对面的那座山丘走去。

满俊踏上山丘时，见这里林木、野草十分茂盛，郁郁葱葱的松树、柏树、白桦树、红桦树、山楂、榛子、沙棘等把整个山丘以及周边的山坡、沟壑包得严严实实，漂亮极了。满山满坡的山花竞相怒放，有认识的，有不认识的，一朵、两朵，一丛、两丛……盛开的山花连成了云，汇成了海。红的、黄的、蓝的、紫的……五颜六色、五彩缤纷，漫山遍野盛开的山花，将整个小山丘装饰成了气势磅礴的彩色海洋。阳光温柔地对着每一朵怒放的花儿微笑，鸟儿在空中飞翔、歌唱，还有那自由自在的轻风，少女般不停地舞着。梦一般的美丽。

在如此的环境中，有谁会不被大自然的美所陶醉、所征服呢？又有谁不想将自己置于这种美中，让身心融入大自然，饱餐一顿她的美与爱呢？满俊找了一片杂草较厚的地方躺下。厚厚的野草在正午阳光的照射下，像一条厚厚的棉褥子，躺上去，舒服极了。泥土和野草的芳香源源不断地流入他的鼻中、侵入他的五脏六腑，他陶醉在无限的惬意之中。

正当满俊进入似睡非睡之时，好像听到空中传来一阵仙乐。仙乐过后，两位身穿道袍，手持拂尘，脚踩祥云的道士飘然而来，落在了他身旁的这座石峰顶端，站在那颗大松树下。他们二人在石峰顶端不停地前后左右张望，似在寻找着什么，又像在饱餐着这里的秀美景色。

片刻之后，一位身穿黑色道袍的道士自言自语地说："没想到在这万山丛中，竟有如此奇特的人穴地貌造型，老夫云游江湖半生还是首次见得。此真乃九五尊位之绝地，难得啊难得！”他一边说一边捋了捋齐胸的黑须。

“是啊，道兄所言极是。只是位置尚偏了些，要是头再往东南方向稍移一下，应该就是正穴了。”另一身穿白色道袍的道士说。

黑衣道士没有接话。但此时躺在地上的满俊觉得自己听的真真切切，就装做熟睡撑腰的样子，将头朝东南方向挪动了一下。

白衣道士说：“此番正好！”

黑衣道士问：“何以见得？”

“日后若有坟茔在此，便可长出毛竹一片，其中有一株一天就能长出一节，待百日之后，这株毛竹长成，子孙后代大事必成，定能成为一代帝王！”

两位道士接着又在峰顶指指点点地说了一会什么，随后就飘然离去了。

这时，满俊也从似睡非睡的状态中醒了过来。他一时不知刚才的这一幕是梦境还是事实，便揉了揉眼睛翻身坐起，不由自主地向那石峰望去，欲验证刚才的一幕，但那里一切依旧，没有丝毫的变化。当他低头查看自己刚才睡过的地方时，被刚刚压倒的野草证明自己的确是向东南方向移动过身子……于是他想，这一定是天意，是老天爷想让他做皇帝，刚才在石峰顶上说话的那两位道士也一定是老天爷特意派来点化他的神仙。想到这时，满俊赶紧翻身跪下，朝天连连叩头、朝刚才那两位道士飘走的方向连连叩头。随后，他沿着自己刚才留在草地上的身印画下了图记，觉得还不放心，就又按照所画图记的范围把自己刚才压倒的野草全部拔掉，这才觉得心里踏实了些。接着，他便坐在这块被扒光了野草的空地上，开始幻想如何做皇帝的美事。想着想着，他似乎觉得自己就是皇帝了，便身不由己地站了起来，模仿着戏中皇帝的样子，挺胸抬头地在山坡上晃悠了起来。一时间，他觉得这座山坡上的一块块乱石一下子都变成了他的文武群臣，正在向他朝拜；山坡上的花草树木，也仿佛变成了一个个天真烂漫的孩子，手举鲜花向他致敬。而他，在众臣的前呼后拥下缓步前行，巡视着自己的疆土和子民。

为了将这个“天意”变成现实，在后来的日子里，满俊每天一个人独自赶着羊群来到这里，一边放羊，一边开始按照自己留下的图记挖坑。他挖一会歇一会，歇一会挖一会，天天如此。

一天，满福礼好奇地问儿子满俊最近为什么常常一个人出去放羊而不与同伴一起去。满俊骗他说自己找到了一处野草非常丰茂的地方，要是约了其他人一起去，那里的草不几天就会被别人家的羊吃完，他是想让自家的羊多吃几天好草。可怜天下父母心。只要儿女们稍有些进步，哪怕只是那么一点点，都会感到无比的高兴。满福礼还真是第一次为儿子的所作所为感到了一丝欣慰，他觉得儿子长大了，也变得懂事了。

这里的地层全是由砂石沉积而形成的，虽然表面有一层肥沃的黑土和大量的枯叶枯枝，还长满了丰茂的野草，但表层下面的砂石层却十分地坚硬。满俊大约挖了半年多，才挖出一个长九尺多，宽三尺多，深六尺多的石坑。坑挖好了，可往坑里埋谁呢？这却成了他心中的一个大难题。

满俊躺在草地上，望着空中悠然飘荡的白云，听着风吹树叶的响声，大脑里一会儿一片空白，茫茫然不知去向；一会儿思绪又如狂风巨浪，一个想法接着一个想法地喷涌而出。尽管如此，他还是使劲地让自己平静下来，在脑海中展开一次拉网式地搜寻。爷爷奶奶早已过世，是没有办法再往这里埋的，父母亲都很年轻，而且也很健壮，近期内是绝对不会有什么不测的，哪可怎么办呢？不管怎么，为了自己能当上皇帝，父母亲就必须得有一个人被埋在这个石坑里，否则，那……

埋父亲嘛，父亲还不到四十岁，身体十分健壮，况且家中的一切都要由父亲来操持，如果没有了父亲，这个家怎么办呢？埋母亲嘛，母亲比父亲更年轻，更疼爱自己，如果把母亲埋了，这个世上就再没有比她更疼爱自己的人了。况且，他还听人说，母亲是外姓人，死了以后埋在风水好的地方，发的大多是娘家人。可他又想，母亲那么地疼爱自己，怎么会把做皇帝这么美的事让给她的娘家人呢？这个皇帝自己一定要做，万万不能让给别人，因为这是老天爷的旨意。父母亲似乎谁都不能埋，但又必须得埋一个，怎么办呢？他天天牵挂着这个事，思考着这个事，可又无法决断，也无法一时实现。有时他想，还是再等等吧，等父母老了，去世了，谁先去世就把谁埋在这个坑里。就算是把母亲埋进了这个坑，也就算是舅家的哪个人做了皇帝，也少不了给自己一个大臣做，要是这样的话，那也能行。反正谁做了皇帝都是自家的人嘛。

满俊整天整夜地思考着这件事，心中纠结极了。作为一个孩子，有哪个希望自己的父母早早地就死去呢？不得已之下，他砍来一些树枝搭在坑口上，再拔来些茅草蓬在了上面，把整个石坑遮盖得严严实实的。一来避免被别人发现，二来防止周围的砂石被风吹落其中，再就是为了等待父母慢慢地老去。自此以后，满俊就隔三岔五地来这里看看。经过一年多地观察，他见这里春夏时节，满山遍野山花怒放，香气袭人，秋天的时候，山坡上、沟底里到处都是五颜六色的霜叶，分外妖娆，冬天到来，大雪封山，银装素裹，红崖竞秀，风光无限。他越来越觉得这儿真是一个好地方，一块风水宝地。

随着时间的推移，满俊猴急猴急的性子又犯了。他想，成大事者不必拘泥于小节。无毒不丈夫。为了稳妥起见，他牙齿一咬，心中一恨，一个活埋生父的念头便浮上心头。因为他想，只要自己当上了皇帝，父亲即便是到了阴间也是不会怪罪自己的。

一天，满俊得知父亲一个人去沐家营赶集的消息后，觉得机会来了。就将羊群赶到一年前他挖有石坑的那个峡谷，扒开遮盖石坑的树枝、茅草，接着将一只小羊羔推下石坑。被惊吓的小羊羔在坑底四处乱窜了一会儿后就乖乖地卧下了，眼睛里含着泪花不时地朝上张望着、“咩咩”地叫唤着。而其他的羊只悠闲地在山坡上走着、挤着、啃着嫩绿的野草。

满俊看了一会被自己推下石坑的小羊羔后，随手抓起两把沙土在自己的身上、脸上胡乱地涂抹了几下，就急急忙忙地赶往沐家营的集市上去找父亲。结果他在半道追上了去沐家营的父亲。一见父亲，满俊气喘吁吁地说：“阿爸，一只小羊羔掉进石坑里了，我怎么也拉不上来，快去救救它吧。”满福礼得知羊羔掉进了石坑里，二话没说，就随儿子急急忙忙地去救羊羔。

他们父子来到石坑前，满福礼见小羊羔可怜巴巴地卧在坑底，一纵身就跳下了石坑。这时，满俊趁父亲不注意，拿起铁锹猛地向他的头上砸去。满福礼眼前顿时一黑，脑袋“嗡”的一声就倒在了石坑中。满俊忙跳下石坑，先将小羊羔弄了上来，又把父亲的身躯按道士说的那样摆放好后才爬了上来。接着，他用石坑前的野草盖住父亲的身子，随后，就将周围的沙石迅速地填入了石坑中。

这时，天空突然黑云翻滚，狂风怒吼，紧接着雷电交加，下起了暴雨。满俊因刚刚活埋了父亲，心中十分地紧张不安。突然，一道闪电从他头顶上掠过，接着又是一声炸雷，满俊以为是因自己活埋父亲作了孽，雷神来找他算账、击他的头，吓得缩成一团“哇哇”大哭。接着，空中又一道闪电掠过，神情极度紧张的满俊把空中的闪电看成是一条张牙舞爪的金龙。他见这条金龙在空中摇头摆尾，东张西望，好像在寻找着什么。金龙在空中盘旋了瞬间后，一个俯身直朝他这边冲来，一下子钻进了埋有父亲满福礼的那个石坑。满俊顿时被吓得失去了知觉。

当满俊醒过来时，已雨过天晴，羊群依然在山坡上吃草，只有那只被他不久前推下石坑的小羊羔在用愤怒的眼神看着他。他虽然对这只小羊羔如此的眼神感到很是不满，但由于刚才自己所做的一切和这里所发生的一切，也就没有心思去理会这只小羊羔的态度了，只是呆呆地在地上坐着。

就在满俊活埋了父亲满福礼的这段时间里，北元那些野心勃勃、位高权重的部落首领们随着自身势力的不断壮大，时时惦念着、谋划着再度返扑中原，推翻大明王朝，称霸中原。

在日渐恢复强大起来的北元势力中，以瓦剌部落和鞑靼部落为最，也数他们的野心最大，一幅丧心病狂之像完全暴露在了光天化日之下。他们时常派骑兵化作归顺大明王朝土达的样子，偷偷地从贺兰山一带潜入宁夏，在宁夏境内横冲直撞。所到之处，鞭打老人，刀刃孩婴，抢夺少女，无所不为。

由于北元势力与归顺大明的土达有着千丝万缕的关系，因此，北元势力进入宁夏境内后，就自然而然地与当地的一些土达很快取得了联系，形成内外勾结之势，不断祸害百姓。一些不安分的土达还干脆冒充蒙古骑兵，和潜入境内的北元势力一道摧毁明军的一些军事防御设施，与驻地明军展开激烈的厮杀。此时的宁夏大地，时局十分混乱，战事频频发生。

第七章　坟头生竹

夕阳挂在西山尖上将落未落。游荡在它周围的丝丝薄云，不仅把天空任性地涂抹成一片深浅不一的血红色，还变戏法似不停地组合出各种似像非像的图案，惹逗着水晶玻璃般的天空，以其独有的才智勾画着夏日阵雨后傍晚特有的风景。满家山庄的院落及周围的树、路、庄稼，还有远处的草地、山坡、山峰，一律披上了金黄的色彩，着满了夕阳的余晖，整个村庄弥漫在一股清新的泥土香味中。巴雅尔身穿粉色绣花上衣，下罩浅蓝色散花裙，鬓发低垂，斜插一支碧玉凤钗，站在村口的一棵大柳树下，目不转睛地盯着南山“豁岘”下的那条泥泞小路。

夕阳在玩皮中慢慢地钻进了西边的群山。去沐家营赶集的乡亲一个接一个地返回了，可唯独不见满福礼的影子。巴雅尔焦急地向赶集返回的乡亲们不停地询问看见丈夫了没有。回答都是一样的——没有。随着时间的脚步，她瘦小的身影被渐渐降临的黑夜所吞没。

不知为何，巴雅尔这天心中老是感到七上八下的。丈夫出门晚归或不归是经常的事，可她从来都没有有过这种急躁与不安。她想，是不是因为下午天降暴雨的缘故，连自己也都说不清楚。这时，村子里已点亮了油灯。一闪一闪的灯光在夜色中似一条条毒蛇的芯子，不停地挑逗着这个瘦弱女人烦躁、着急、不安的心。随着孩子们打闹声的渐渐消散，一种无法言表的烦恼填满了巴雅尔的整个心窝。

在丫鬟的搀扶下，巴雅尔拖着沉重的脚步走进家门。灯光下，她面色灰沉，一脸的疲惫与不安。晚饭后，她回到自己的房间，静静地坐在炕沿上，静听着、等待着丈夫归来的脚步声。

不知什么时候，她倒在炕沿上睡着了，惊醒时，天已大亮。就这样，她在不安与烦躁中度过了三天三夜。可三天的时间过去了，丈夫还是没有回来，她想，再也不能就这样地等下去了，便打发仆人四处寻找。

此刻，巴雅尔的心中像爬满了无数的蛆虫，不停地蠕动着，全身到处都是莫名其妙的烦躁和不安。她想，丈夫是不是在那场暴雨中遭遇了什么不测，还是在路上遇到了强盗……每每想到这时，她就急忙“呸呸呸”地唾上几口。但在这天灾人祸频发、兵荒马乱的日子里，什么事情都是有可能随时随地发生的。

满福礼去沐家营赶集一连几天不见回来，满家山庄上上下下为此焦躁不安，提心吊胆。于是，各种猜测也就随之而来。

三四天的时间又过去了，派出去寻找满福礼的人也一个接一个灰头土脑、失魂落魄地返回。他们不仅没有找到主人，甚至连关于主人的一点点消息也都没有打探到。大家虽不愿明言，但心中都隐隐约约地觉得主人已十有八九不是遭歹人所害，就是被那场暴雨后的山洪所……大家都暗暗地在心中为他祈祷，也为他心痛。

在家人、乡亲们都忙着四处寻找满福礼的日子里，满俊也装作十分着急的样子，跟着仆人四处寻找父亲的下落。可此时，在这个世界上就只有满俊，而且也只能是满俊才知父亲满福礼多日不归的真实原因，他不但心中没有丝毫的内疚和不安，反而还暗暗地在为自己做了一件大事而激动着、兴奋着，时时刻刻地幻想着当皇帝的美事。

满俊想等自己当上皇帝后，先要将村子里与自己经常做对的王宝顺、乌力罕、阿古达木等人关进大牢，而且要关他们一辈子。然后再美美地整治一下那个独眼龙古老二，最少也得弄他个半死不活。因为古老二平日里在他面前总是摆出一幅盛气凌人、不可一世的样子，不仅对他指手画脚，而且说他这也不好，那也不对，最可恨的是他还常常跑到父亲那儿去告状，弄得父亲不时地揍自己一顿。接着他考虑得建立自己的势力圈。满能、满玉是他的堂哥和堂弟，也是他这辈子最信任的人。他们二人虽身手不错，但性格暴躁，丞相这个官职是不能给他俩任何一个人的。火敬虽说是文武全才，对他又非常地要好，可他是外姓人，丞相的位置也是给不得的，最多给他个大将军就不错了。还有南斗、毛哈刺……

这段日子里，满俊最惦记的还是父亲的坟头上是不是长出了毛竹？是不是有一株长得很绿、很茂盛，很粗壮……他真想一下子飞到那儿去看个究竟，可这么做是不行的，因为他怕有人跟踪自己，查出父亲未归的实情。一直到这时，他才想如果那两位道士说的是假话，或者那一幕只是自己做的一个梦，父亲不就白死了吗？想到这时，再加上母亲整日的伤心啼哭，他心中才有了那么一丝的悔意。

就在满家山庄包括满家营的人都忙着四处寻找满福礼，整天议论满福礼失踪之事的日子里，时间已不知不觉地过了两个多月，但依然没有一点儿关于满福礼的消息。为此，大家都认定他是在去集市的路上遭遇了不测了。

不仅满家山庄、满家营上上下下，就连开城乃至固原一带的所有人都为满福礼所遭不幸而感到十分地悲痛。因为他是大家心中的一个大好人、大善人、大孝子。但事已至此，谁也没有一点办法。大家也只能暗暗地诅咒几句这个黑白颠倒的世界，诅咒几句老天是瞎了眼了，或者是老糊涂了，死的为啥不是哪些作恶多端的坏人，而是这样的一个好人。什么“恶有恶报，善有善报”，这不是明摆着的谎话吗？在这个乱世当中就只有善有恶报，哪有善有善报？有人这样愤愤地咒骂着这个黑白颠倒的世间。这些日子里，因满福礼的失踪，固原一带布满了异常恐惧的气氛，大家都认为满福礼的“未归”也许就是“北元强盗”践踏这片热土的开始。

死了的人已经死了，但活着的人总还得活着。国不可一日无君，家照样不能一日无主。满家山庄上上下下一百多口人，每天都要吃要喝，怎么办呢？可怜的巴雅尔顾不得失去丈夫的凄痛，顾不得自己瘦弱多病的身子，只好替丈夫挑起这副千斤重担。

随着时间的流逝，大家渐渐地对满福礼失踪之事也就淡忘了好多。而那两位道士“九五尊位”的话也不时地在满俊的耳边响起。一天，他终于再也克制不住自己迫切的心情，便赶着羊群偷偷地来到亲手活埋了父亲的那个峡谷中。

满俊来到石峰下的山丘上时，第一眼看见的是父亲的坟头上果真长有一株毛竹，而且已经长得老高了，竹叶嫩绿，竹竿紫翠。竹子随着山谷中吹过的阵阵微风，轻轻地摇摆着，似乎是父亲的那张笑脸。他欣喜若狂，忘乎所以，既跳又吼。因为事实证明那两位道士的话是真的，他多日的担心也就荡然无存了，还想自己做皇帝的日子也就要到来了。等他心情慢慢地平静下来时，便认真地一节一节地数竹子的节杆，已经有八十六节了。再细看四周，刚刚破土而出的竹芽一大片一大片的，有高的，有低的，还有刚刚探出土皮的。看着这些绿中带紫的竹芽，他身不由已地又跌进了幻境。觉得自己像是突然间从这棵竹子中走了出来，身穿龙袍蟒带，周围的这些小竹芽都变成了他的文武大臣，在他的带领下前来祭奠父亲，父亲为他做了皇帝而高兴地直涌热泪。

随后的日子里，满俊就隔三差五地以放羊为名掩人耳目，来到父亲的坟头前查看这棵毛竹的长势。每次来到父亲的坟头后，他都要用手轻轻地抚摸几下这棵毛竹，还小心翼翼地防着不踩伤周围的小竹芽。因为他认为这些小竹芽就是他以后的臣子。他还不时地自言自语：“宝贝，快点长吧！快点长到一百节吧！”在此期间，他感到时间过得真慢，慢得就像不动的山峰，冰封的河水。

当竹子长出第九十九节的这天，满俊实在是再也按拉不住他猴急猴急的性子了，就慢慢地刨开竹子下面的沙土来想看个究竟。当他刨了三尺多深时，这棵竹子突然“哗”的一声，连根都拔了出来。这突如其来的变化把他吓了一大跳，于是，他又想起了活埋父亲那天的情形。他抬起头时，见众山龇牙咧嘴，怪兽般地向他扑来，而且刚才竹子倒地时砸起的灰尘，顿时在他眼前又化成了一条龙形，似乎就是他活埋父亲那天在空中看见的那条……

待满俊恢复平静后，才把注意力拉回到了这棵倒在地上的竹子上。谑！好家伙！它根部竟然长得跟画上的龙头一模一样。他小心地擦去根上的泥土，见它黄灿灿的金光发亮。接着，用手掂了掂这根竹子，大约有五六十斤重。这家伙大概是实心的吧。不对，哪有竹子是实心的呢？就算是实心的也没有这么重啊！嗯，他又想这也许就是它的特别之处，要不自己怎能凭它当上皇帝呢？满俊这么一边想，一边从腰间拔出小刀，剔去竹竿上的毛枝。等竹竿上的毛枝全部被剔除后，他再次仔细地端详它，一道光线似的，直溜溜的，约有两丈多长。好一兵器把柄。满俊如获珍宝，手持竹竿舞动不停，爱不释手。

临走时，他回头看了看父亲的坟地，见坟旁那一大片小竹芽经过刚才这一折腾，像霜杀了似的，灰头土脸、可怜巴巴的。为此，他心中又感到了一阵无比的失落。当他向前正好走了九十九步时，脚下好像被什么东西挡了一下，差点儿摔了一个马趴子。等他站稳时，心中不由地冒上一股怒火，接着就开始教训起这堆不知趣的乱石来。他后退几步，鼓足力气用手中的竹竿去戳那堆乱石。谁知，等竹竿插入乱石当中时，就像被什么东西钳住了似的，无法拔出。他以为是竹竿被恰在了石缝中，于是就连身子爬上竹竿的根部，准备将竹竿那端的石头撬开。突然，从竹竿上传来一股无穷的力量，把他弹到了几丈远的山坡下，随后就什么也不知道了。

等满俊醒过来从地上爬起时，只觉得屁股痛得走也走不动了。慢慢地，他一瘸一拐地来到竹竿旁边，见竹竿插入的石缝中不时地泛出道道蓝莹莹的光。他感到奇怪极了。便蹑手蹑脚地走过去，一把抓住竹竿，猛一用力，拔了出来。哇！竹竿的头部已套上了一口三尖两刃的刀头。这刀头、竹竿简直就是天生的一对，地配的一双，套在一起，天衣无缝，他高兴极了。据后人推测，满俊得到的这口三尖两刃的宝刀，应该是当年一位唐朝英雄与吐蕃人在此交战时，唐朝英雄战死后丢在战场上的遗物。满俊不敢将兵器带回家中，就悄悄地带上心爱的“宝贝”，赶着羊群去了大石城。

满俊来到大石城下，手持三尖两刃刀，杀气腾腾，威风凛凛，好一个少年英雄！正当他准备去大石城内城顶峰时，天空突然乌云密布，狂风怒吼，电闪雷鸣。夏日的天气真像小孩子的脸、女人的心，说变就变，尤其是在火石寨这个地方。刚才还晴空万里，可瞬间就暴雨将至。可这种天气，对于长期生活在这里的满俊来说就见怪不怪了。他急忙寻找避雨的地方，但大雨已倾盆而下，满俊不得不就近钻进眼前山坡上的一个山洞里。随着一声炸雷，一道电光直扑满俊藏身的山洞而来。瞬间，三尖两刃刀金光闪闪，刀头上发出无数条蓝色的电光。满俊只觉得全身一麻，接着就失去了知觉。

等满俊醒过来时，已雨过天晴，一轮红日又高高地挂在了蔚蓝的天空上，而他全身酸麻，四肢无力。当他回头寻找自己的“宝贝”时，已不知去向。满俊顾不得身体不适，急忙翻身起来四处寻找。当他走出洞口时，见洞口前新塌陷了一个大坑，坑底一束金光游动。原来他的“宝贝”是掉到这里去了。他急忙跳下大坑。正当他捡起“宝贝”准备爬出大坑时，突然看见半壁上有一个黄灿灿的东西。他就好奇地移步过去，原来是一块黄色的玉石。满俊惊喜万分，便用手中的三尖两刃刀轻轻地撬开它周围的砂石，再轻轻地取下这块玉石，原来是一樽黄色的玉印(传说为唐朝时的帅印)，玉印下面还压着一本用丝绸包着的书本。他带上自己的“宝贝”、玉印和书本爬上大坑，三步并作两步地直奔大石城内城而去。

满俊熟练地爬上大石城的顶峰后，才细细地端详这块黄色的玉印和这本陈旧的书本来。他慢慢地擦去玉印上的泥土，见它的上方有雕刻成一只猛虎样子的把手，这只猛虎威风凛凛地爬在四方四正的玉印的正上方，正下方的一面刻有文字，可他一个也都不认识。接着，他又打开书，原来是本兵书，他感兴趣极了。书中有好多人物画像，还配有简短的文字。画像的造型都是些古怪的武功招式和行兵、布阵、打仗的示意图。满俊被这些东西彻彻底底的迷住了。虽然他不认识书上的文字，但出奇地看得懂这些图案的含义。他开始边看边按书中的招式试着做，并试着将书中的阵式布于大石城之下。顿时，他觉得城下拥有了千军万马。

大约半个时辰后，他看完了这本书，并神奇般地记住了书中的所有招式和阵法。正当他准备将书收起时，不知为何，兵书突然起火自焚了。满俊再次被惊呆了。随后他又记起那两位道士的话来，认为这一定又是老天爷再次赐给他的宝贝，也是他今后登上“九五尊位”的法宝，于是双膝跪地，叩首谢天。

得此三物，满俊如获至宝。他也更加的坚信那两位道士的话了。

这年冬天，满家山庄门前来了一位道士，嚷着要见府上的少爷。满俊得知后走出大门，见那道士身穿黑色八卦道袍，大嘴方脸，手持拂尘，一缕干净的胡须随风在胸前飘动。满俊走到这位道士的面前问：“是你要找我吗？”满俊一连问了好几声。可那道士面带笑容，只是一个劲仔细地打量着满俊，并没有回答他的问话。满俊正欲转身而去，忽听那道士喊道：“徒儿留步！”于是满俊转身问道：“老道士，是你在叫我吗？”道士还是微笑着，但这回他对着满俊点了点头。“我什么时候成你徒儿了，你不会是想占本少爷的便宜吧！”“天机不可泄露！还不快请为师入室叙话？”那道士边说边甩开步子走进了满家山庄的大门。

道士对夫人巴雅尔说，他是云台山道士无为子，今日路过此地，算出府上小少爷与他今生有师徒之缘，故前来府上带他前去云台山学艺，将自己终身所学倾囊相授。满俊一听这道士想教自己武功，就高兴得不知所措，赶紧跪倒在地给无为子叩头。巴雅尔也因儿子不愿读书识字，又偏偏喜欢这一行，而且现在又有高人欲收他为徒，也算是一桩好事，便满口答应了。

巴雅尔好茶好饭招待了无为子后，又命人拿来一百两黄金作为答谢。可无为子分文未取，只带上满俊朝云台山方向而去了。

六年后，因母亲巴雅尔病逝，满俊不得不拜别师父无为子，下山回家。

第八章　李俊策反

朦胧的夜色下，喧闹了一天的山川河流，少女般地舒展开美丽的身躯，接受着静谧的月光的沐浴。

大青山脚下的帐篷、房子四周，卧满了牛羊马匹，门口、窗口闪闪烁烁的灯光，犹如黑夜的眼睛，淘气地四处张望。东边最大的一座帐篷门口前，一虎背熊腰、满头长发的男子，脚穿一双白色羊皮靴子，腰系金带，在月光下不停地徘徊着。他靴子上、腰带上系着的玉佩抢抓从门口、窗户中透出的灯光，炫耀似的闪闪发亮，玉佩清脆的碰撞声在寂静的夜空下断断续续地响着。他高高隆起的鼻梁上，一双勾魂摄魄的深紫色眸子，如鹰眼般地在夜色中闪烁着，似乎在寻找着什么。此人便是固原李俊（今宁夏海原县李俊乡）土达首领李俊。李俊也是因祖父查干巴日随其部落归降明朝后而定居到这里的，其姓氏“李”也是当年明太祖朱元璋所御赐的。

查干巴日和巴丹是一对十分要好的朋友,所以满俊与李俊自幼相识，并成为继祖辈之后的又一对知音朋友。

自北元势力潜入宁夏境内以来，李俊就心生回归漠北之意，常与蒙古各部落暗中私通。但满俊对他的这种想法、做法很是反感，认为大丈夫做事应当光明磊落，敢作敢当，不应该低三下四、偷偷摸摸，甚至向别人低头哈腰，俯首称臣。为此，他曾多次劝阻过李俊。

因祖辈间的关系，满俊二十二岁这年，查干巴日将自己的孙女、李俊的姐姐李素芝许配给满俊为妻。成亲后，两家的关系自然比以前更亲近了一步。满俊和李素芝也是自幼相识相知，可算得上是青梅竹马的一对。在满俊的眼中，李素芝是一位温文尔雅、秀外慧中、十里挑一的好女子。他为自己能娶到李素芝这样的女子为妻而感到十分地高兴。

婚后，他二人相敬如宾，十分恩爱。但人世间就根本没有十全十美的事。满俊夫妇的不完美之处是李素芝不生育。为此，他们夫妇东奔西走，求医问药，看遍附近大小郎中，也吃了几背篼的药，可还是一点点的疗效都没有。家人、朋友，还有李素芝为此多次劝满俊再娶一房以续香火，但满俊总是不闻不问。满俊从云台山学艺归来后，完全变了一个人似的，不像以前那么的淘气，还经常帮乡邻们干这干那。大家都说他长大了、懂事了、也出息了。自从他执掌了满家山庄后，就时常将一些流落街头、无家可归的人收留在家中，与他们整天整夜地不是谈论武艺就是酒后大骂官府的所作所为，还经常与官府对着干，对妻子及家人要他再娶一房的事好像从来都没有放到心上过。满俊二十六岁这年，好友火敬夫妇生下了一对双胞胎男孩，火敬夫妇见好友满俊至今膝下无子，便把满俊和李素芝二人拜为两个孩子的义父、义母。

正统十四年（公元 1449 年），瓦剌部落首领也先欲进犯中原。

这年二月，也先假意讨好大明王朝，称向大明朝进贡汗血宝马千匹以修千年之好，永不相犯。其实，这是也先为了进犯中原，以此为借口派人到中原打探情况的一个举措。为了这事，也先选派了两千多人组成贡马队伍。他一面向大明朝廷称其贡马队伍为三千多人，另一面在贡马队伍中安插心腹人员，令他们在返途当中寻机留在中原，设法与土达取得联系，发展势力，做随后大举进犯中原时的眼线。明朝廷对瓦剌部落的突发好意也是心生怀疑。可当时，由于明朝廷基本上由司礼监太监王振专权。王振为了套取钱财，借机对瓦剌部落贡马人员按实际人数进行了奖赏，并对他们进贡的马匹也按五分之二的比例消减了价格，但他却依然按瓦剌人报说的贡马人数和马匹价格向朝廷领取了钱财。也先得知后大怒。

七月，瓦剌部落首领也先调遣人马，兵分三路进犯中原。也先亲自率兵进犯大同、宣化，脱脱卜花王率兵进犯辽东、阿乐率兵进犯陕西等地。英宗皇帝在司礼监太监王振等人的挟持下，不顾众臣的反对，仓猝率五十万大军御驾亲征。由于出征时间仓促，准备不足，加之英宗亲征大军到达宣府时又遇上了连日暴雨，军中痢疾蔓延，还未开战，人员已死伤无数。

将士们历尽千辛万苦，终于在八月初一这天进入大同地界。可此时，大同镇守总兵郭登坚终因抵挡不住来势汹汹的也先铁骑，大同已沦陷。半道上，英宗亲征大军遇上了败退的郭登坚所部。王振得知大同沦陷的消息后惊慌失措，急令全军后撤。归途中，王振为了炫耀乡里，不听白圭、郭登坚等人入紫荆关驻守的建议，反而挟持英宗，要大军经过他的故里蔚州(今河北省蔚县)，以驾幸其第，一显威风。可大军前行不到四十里，王振担心大军经过时损坏他家的庄稼，又令全军转道去宣府。就在他们快到宣府时，突然，也先的大队人马从后面追袭而来，英宗亲征大军中的三万多骑兵被也先所部就地杀掠殆尽，英宗全军慌忙后退，宣府沦陷。

八月十三日这天，英宗亲征大军终于甩开了瓦剌军队的追击来到了土木堡(今河北怀来东南一带)。其实这是也先有意给明军布下的一个圈套。因土木堡四周沟壑纵横，中间是一片几百亩大的平坦之地，而且地高缺水，是一个打伏击的好地方。也先也正是看准了这点，在其他所有路口上都布兵阻击，只留下通向土木堡之路，所以英宗亲征大军才比较顺利地摆脱了瓦剌军的追击到达了土木堡。到达土木堡后，众将建议英宗在怀来城驻扎防御，但王振坚决反对，一意孤行，下令就地宿营。结果没两天，全军在土木堡被瓦剌军四面包围。瓦剌骑兵冲杀过来，挥刀肆意砍杀。英宗亲征大军因日夜奔波，疲劳至极，又加之土木堡地高无水，将士们强忍饥渴，仓促应战，整个战局自然只能是英宗亲征大军节节败退。瓦剌军包围圈内，明军尸体遍野。深夜，英宗在亲兵的护卫下欲乘车突围逃命，结果被瓦剌军所俘。英宗的五十万亲征大军死伤十多万，文武官员战死五十多人，王振也被英宗的护卫将军樊忠一气之下一锤砸死在了土木堡。

随后的日子里，中原大地狼藉一片，瓦剌犯军所到之处，烧杀掠抢，惨不忍睹，民不聊生。

天顺四年（公元1460年），孛来、毛里孩统领也先余部前来进犯固原。固原一带百姓的牛羊马匹几乎被他们掠夺一空，房屋、帐篷等生活设施也几乎被他们全部烧毁。百姓日不敢耕牧，夜不敢作息，家破人亡，流离失所。固原大地上空，不时传来苍鹰食尸后直击长空的声声鸣叫。

在孛来、毛里孩入侵固原期间，李俊觉得自己的机会来了，便给孛来、毛里孩的军队送去肥羊美酒予以犒劳。同时，他还帮孛来、毛里孩到处收集明军的情报。为此，孛来、毛里孩赏给了李俊十几匹汗血宝马和一些兵器、盔甲。满俊对李俊的这种做法心中感到十分地不满。为此，他就不再和李俊常来常往了，除了年头节下一些作为亲戚的常规性走动之外。

成化年初，蒙古各部落再次联合大举进犯中原，中原大地鸡犬不宁，生灵涂炭。

当时，宁夏有一都督名叫张泰，他告老还乡后，在鸣沙洲（今宁夏中宁县鸣沙乡一带）兴办牧场。鸣沙洲张泰的牧区和固原土达的牧区紧挨在一起。满俊手下的一个小头目张把腰借时局混乱，背着满俊，和手下的一帮弟兄经常冒充蒙古瓦剌、鞑靼部落的骑兵，多次到鸣沙洲张泰的牧区去抢掠羊只。经张泰暗中调查，掠抢他家羊只的并不是什么蒙古部落的犯军，而是开城满俊手下张把腰等人所为。但因满俊在当地的霸名，张泰也不敢把他们怎么样。

张把腰自幼双亲亡故，是流落在开城城内的一个孤儿。满俊在从云台山学艺回家的途中，正好碰上他躺在雪地里冻得失去了知觉，但庆幸的是那时他还有一丝气息尚存。满俊便将他救回家中，后来就成了满俊手下的一个小头目。

成化三年（公元1467年）春，陕西巡抚都御史陈介巡视宁夏等地。当张泰听说都御史陈介来到宁夏时，便连夜书写诉状，派人日夜兼程赶往巡抚都御史行辕，状告满俊、张把腰等人抢掠之罪，请求陈介派人抓捕满俊、张把腰等人，希望陈介能够依法对他们予以惩戒。恰好这时，陕西巩昌府通渭县的一个农民——满俊的师弟巴图达赖为躲避繁重的徭役也逃到了满俊的家中。二事合一，陈介责令固原州派人抓捕以张把腰、巴图达赖等为首的不法之人。

巴图达赖与满俊都拜在云台山无为子道长的门下学艺。因他家中一贫如洗，一直没有娶妻生子，这年唯一的亲人母亲也因病去世，加之官府天天前来抓徭役，无奈之下，他便前来满家山庄投奔师兄满俊。满俊便让他住在家中，以兄弟相待。巴图达赖为人豪爽，武功虽不比师兄满俊高，但也是数一数二的高手。

为了朋友，满俊强忍怒火，对上门来抓捕张把腰、巴图达赖等人的官差好言相劝，并送以重金。官差们见钱眼开，就答应了他的请求。然而，这帮不知好歹的家伙自此之后，一旦手中缺钱就跑到满家山庄来抓人，满俊强忍愤怒，多次以重金将他们打发回去。一天，满俊听说官差又来家中抓人。他想，官府的这帮狗东西真的是欺人太甚，简直就是一个填不平的沟、塞不满的洞。如此官府，何以为尊？如此官差，何以为敬？他想着想着，气就不从一处来，便顿起杀心。本来，满俊自幼心中就根本没有“惧怕”这两个字。等这次抓捕张把腰、巴图达赖的官差一到，没等他们说上几句，满俊大怒。他一声令下，大伙一拥而上，三下五除二就将官差拿下，并悄悄地拖出家门给砍了。之后，只要是来满家山庄寻事的官差就没有一个人能活着从这里走出去。

此时，中原西北一带年年天灾不断，旱灾、水灾、虫灾、瘟疫接二连三，百姓饥寒交迫，疾病缠身。地方官府不但不加以赈灾，反而肆意搜刮民财，百姓怨声载道，苦不堪言。

这年夏天，朝廷调配地方官员，内务府大总管太监梁芳的门徒孙钦升任宁夏按察使，山西太原游击刘清任宁夏靖虏卫（今甘肃省靖远县）参将。

固原留守指挥冯杰等地方官员为了讨好新到任的上司孙钦，便指使手下以各种借口为由，在辖区内的土达诸部中大肆勒索财物，以上贡为名巴结孙钦。

谁知，这个新任宁夏按察使的孙钦却爱财如命，不但不对行贿的下级有所管束，反而为了索取更多的财物来孝敬自己的靠山大太监梁芳，还暗中教唆宁夏辖区内的地方官员不仅强逼强抢辖区内的百姓，还连来云台山烧香的香客都不放过，对香客也开始征收赋税。至于征收标准自然是因人而异了，如果遇上穷人的话，开价就低一点，因为向穷人要得多了也是白要，他们根本就没有；如果遇上富有的人，就开价高一点，富人为了保命多掏几个钱也是乐意的。尤其是对路过云台山的外地商队，不管是中原的还是西域的，都予以重重地征收，一旦在检查中发现商队所带货物贵重就全部予以没收。慢慢地，只要知道这件事的商队就宁可绕着多走几日的路程，也不敢走火石寨云台山这条近道了。

以冯杰为首的宁夏地方官员本来在索取百姓财物上就不是什么省油的灯，加之又来了这么一个上司，他们强逼强抢百姓财物的行为就更加的明目张胆、肆无忌惮了。为此，固原一带的百姓家家户户不得安宁，官差到处，鸡犬不宁。

这年腊月的一个下午，满俊在狩猎回家途中，遇上新上任的开城县县里王伯岩（当地人称他“王白脸”“白眼狼”）带着十余名官差，正在抢夺村里一位七十多岁的老人仅剩的十几只绵羊。老人用他廋弱的身躯护着一只瘦弱的老母羊不放，口中哭喊着求官差老爷将这只老母羊给他留下，让他还不到一岁的小孙子吃奶续命。这位老人的儿子在前一年秋天因得罪了收税的官差，被他们抓去后活活地折磨而死。几个月后，儿媳妇生下了这个可怜的孩子。由于饥饿，孩子的母亲没有一点点的奶水，全凭这只老母羊的奶水养活着这个可怜的孩子。为此，满俊还经常派人给他家送去一些粮食和钱物。谁知，在老人的哭求面前，这些官差不但没有丝毫的恻隐之心，反而见老人体弱多病，没有力气反抗，又无什么后台，更是变本加厉，把他一顿暴打后将他的十几只羊都准备牵走。满俊看在眼里，气在心中。但他还是强忍着心中的愤怒上前好言相劝。谁知这帮猪狗不如的东西不但不听，反而威风凛凛，恶语四出。就在满俊替老人求情时，县里王伯岩耀武扬威地一脚将老人踢下了悬崖。这位可怜的老人顿时口吐鲜血，在愤怒与厌世中与世长辞。气得全身发抖的满俊，终于再也无法控制自己，一个箭步上去，一把拧住王伯岩，只听“咔嚓”一声，王伯岩的胳膊就断了。这帮平日里为非作歹惯了的官差们见县里大人被打，怎能咽下这口窝囊气呢？当然，恰好他们当中也没有人认识站在面前的这个人就是大名鼎鼎的满俊，便一拥而上，一边大喊捉拿反贼，一边向满俊扑了过来。他们哪是满俊的对手，不几下，就都被满俊踢下了悬崖，为刚刚死去的老人做了陪葬。

这些日子里，固原官府到处宣扬着要抓捕满俊，但因他们一无满俊杀人的证据，二又熟知满俊不是好惹的主，就只见呼声，不见行动。

就在这期间，一天，满俊的老朋友、妻弟李俊突然前来家中造访。当然，此时心事重重的满俊夫妇，对李俊的来访是发自内心的高兴。李素芝不但吩咐家人准备宴席招待弟弟，而且还亲自下厨帮着做饭去了。

酒过三巡，李俊问满俊道：“听说你前几天杀死了几名官差？唉，常言道，纸里包不住火、雪里藏不住人。恐怕官府很快就会查明此事，又派人前来找你的麻烦。你可要千万小心啊，大哥。”

“怕什么？就固原州养的这群狗东西，咱家量他们还没有这个胆。就算他们真的有胆敢来，来一个咱家就杀一个，来两个咱家就杀一双得了。”

“你这么做犯的可是杀头的大罪啊！”

“什么罪不罪、法不法的，你看现在的这个世道，哪儿还有王法？再说了，他们这些当官的天天到处杀人放火，难道就不违法、不犯罪了？”

“理是这个理。可现在我们又能到哪里去说清这个理呢？天下虽然这么大，可根本就没有老百姓、尤其是咱们土达人说理的地方。唉，现在的这个世道，正如老年人说的那样——只准州官杀人放火，不准百姓点灯。可话说回来，你……你这么长期下去也不是个办法啊！得想一个万全之策才行。”

“来来来，贤弟，喝酒！满俊为李俊和自己斟满酒杯，二人对饮。贤弟，说心里话，不是咱家爱惹事，真的是这些狗官仗势欺人太甚！不让咱家好好地过日子，好好地活嘛。”

“是啊，是啊。现在的这些当官的，暗中得不到就开始明抢了。尤其是固原的那个冯杰，真不是个东西。为了巴结上司，只知用老百姓、尤其是咱们土达人的鲜血染他的顶子，哪知咱们这些人的疾苦？”

“他那个新来的上司孙……孙钦也不是个什么好鸟！”

“是啊。这样下去，我们可怎么活啊？”

“要是把咱家逼急了，咱家就反了，将这帮猪狗不如的东西全部杀了不就得了！”

“我的好大哥、好姐夫，这回咱俩算是想到一块去了，为弟早就有这个心思了。”李俊见满俊已有反心，心中暗暗高兴。

满俊睁大双眼看着李俊问：“是吗？”

“当然是啊！难道这话是随便就能说的吗？难道连你也不相信小弟？”

满俊摇了摇头说：“怎么会呢。”

“听说鞑靼、瓦剌正在准备着再次大举进犯中原。我们何不就此举兵，与他们来个里应外合，灭掉这个黑白不分、是非颠倒、狗屁不如的朝廷。到那时，我们弟兄可算是功臣一个吧，无论如何他们也得给咱们封个大官做做，毕竟大家都是一家人，好说话。再说了，现在的朝廷表面上说的好听，但心中总是把咱们这些土达人当外人看待，就像婆家对媳妇似的始终防着。”李俊边说边斟酒。

“贤弟，你的这个想法可不靠谱啊！常言说靠人不如靠已。也许到时候，就又成了鞑靼、瓦剌身边的一条狗了。咱家以前就跟你说过，还是打消这个念头吧！”

“其实我真正的想法是想借助他们的力量，先灭掉朝廷，随后，咱再趁机将他们一举干掉，自立为王，何乐而不为呢？这叫借力打力！”

满俊满饮了一杯酒后笑着说：“这个想法倒不错，有点出息！其实，在满俊的心中就只有自己称王称霸的日子,哪能屈服于他人之下？贤弟，借刀杀人必要的时候是可用的，但过河拆桥的事是万万不可为的！”满俊说着又满饮了一杯。

“无毒不丈夫，量小非君子。你自小就常说，成大事者，何必拘泥于小节呢？”

“是啊，可不拘小节，何以成大事？失信于人，死路一条，以何自立，以何称王？”

“是，是，是。大哥教训的对。”李俊心知满俊有勇无谋，为了能让满俊起兵造反，就顺着他的意思应付着、试探着。“我手下现在大约有三百多知心弟兄，你手下我猜也有五六百弟兄吧，并且高手如云。要不咱们现在就反了？如果不抢先下手，我们这些土达人可真就成了官府案板上的鱼肉！何况你又杀死了那么多官差？”

满俊只是一杯接一杯地喝酒，什么也没有说。

“你是固原、平凉一带我们土达人的主心骨，大家心目中的大英雄，只要你肯站出来带这个头，我想大伙一定会积极响应的，大事必成啊！为咱们土达人谋一条生路的事也就全靠你了，大哥。关键是看你现在是个什么想法了。如果事情成了，大伙一定会拜你为王的。”

满俊知道这是妻弟李俊在给他使激将法，就什么也没有说。随后他不知为什么头脑中突然闪过一个奇怪的想法，李俊是不是对自己也会像对鞑靼、瓦剌一样，等事成之后再来个卸磨杀驴。于是他“哈哈”大笑了几声。

这时，李素芝走了进来。一身素白的长袍衬着如雪的肌肤，黑色柔亮的发丝伏贴地垂至腰间，明眸皓齿，薄薄的嘴唇好像快滴出血般的殷红。她双手端一盘冒着热气的羊羔肉，满脸堆笑。满俊见妻子进来，便向李俊使了使眼色，他二人不再提及此事。

没过几天，李俊又来到满家山庄。给满俊送来了五匹汗血宝马，五付盔甲。其中一匹白色宝马和一付银色盔甲深得满俊喜欢。是啊，一个好武之人怎能不喜欢这些东西呢？当然,李俊也正是瞅准了满俊的这点，才舍疼割爱地拿出自己的宝贝送给他。李俊的这些东西自然是孛来和毛里孩送给他的心爱之物。酒席间，李俊再次动员满俊造反。对李俊的游说，满俊只是笑而不答。

第九章　满俊暴动

成化四年（公元 1468 年）二月。

固原州、平凉卫上报满俊杀死官差之事的文书，一封接一封如雪花般飞至陕西都御史陈介的案头。陈介看着案头上的这些文书，两道剑锋一样的黑眉不由地皱起，一双清澈灵秀的眸子里充满了不安与愤怒。他一边想满俊到底是一个什么人，竟敢如此目无王法、胆大妄为；一边又想固原衙门从上到下也真是只养了一帮无用的酒囊饭桶。可他再细一想，现在大多数衙门、官吏不都是这样吗？不仅帮不了百姓什么，而且还经常变本加厉地祸害百姓。在这种大环境下，农民暴动此起彼伏也就显得十分正常了。虽然他在外人面前不敢明言，但心中时常为当今这种腐败的社会和堕落的官场现状感到十分地痛惜。人在江湖，身不由己。尽管如此，他想自己还是坚持做好自己应该做的，只要在位一天就得尽职一天。

陈介想满俊等人杀死官差之事决不像大家想象的那么简单，一定是有什么不为人知的渊源。他根据已掌握的各种信息分析，无论怎么说，满俊能在开城、乃至固原一带掀起如此大的风浪，就绝不只是一个地痞流氓而已。如果情况真是这样的话，那抓捕满俊的事恐怕不是一件容易的事。遂与众官员商量对策，欲派兵前往开城抓捕满俊等人治罪，但他又难于没有确切的证据证明那些失踪的官差的确就是满俊等人所杀。而固原官府说失踪官差为满俊等人所杀也只是个猜测。所以抓捕满俊的事就一连几个月没有任何的动静。

这年五月，固原州铺头杨庆因手头缺钱，又带着手下的一帮人来满家山庄寻事，结果又被满俊等人杀死后埋在了一个山沟里。

杨庆等在来满家山庄的路上，他的部下王良、张桐因近期好多同僚失踪，而且大家都猜测是被满俊所杀，所以就多了个心眼，中途以解手为由掉队跟在杨庆等的后面。他二人打算如果杨庆等像以前一样顺利得手的话，就立即赶到现场，自然也少不了自己的那一份好处；如果杨庆等遇上什么麻烦，他们也好逃命。结果，藏在满家山庄附近土坎后的王良、张桐见杨庆等人被杀，吓得魂飞魄散，连爬带滚地返回衙门向知州大人报告了此事。陈介得知这一情况后，才下令平凉卫派兵前去抓捕满俊、张把腰、巴图达赖等人。

平凉卫都指挥何达功生性胆小如鼠，平日里生怕树叶掉下来砸破头，但心中的诡计倒是不少。他要不是凭着这点舔沟溜渠、巴结上司的本事，也就根本混不到今天的这个位置上。七十二行，行行出状元啊！何达功这小子舔沟溜渠的本事虽算不上数一数二，但也决不会落到他人的后面。据说老天爷在造人的时候就赋予了每个人一种独有的生存能力，也许这就是老天爷赐给何达功这辈子的生存能力。何达功接到陈介要求抓捕满俊等人的命令后，一时间觉得十分的棘手，不知如何是好。如果强行前去抓捕，一定不会得逞，就算自己亲自带兵前去也是白搭。要是运气不好的话，恐怕连自己的这条小命也得交给满俊。如果拖着迟迟不动，上司定会追查渎职之罪，弄不好到最后还会落个私通匪寇的罪名，这可是死路一条啊。为什么何达功为此事这么作难呢？因为他太清楚满俊的家底了——武艺高强、身手不凡，身边能人济济，高手如云。如果明枪明刀地对着干，几千人也许都不是他的对手。

正当何达功为此事左右为难、一筹莫展之时，他的军师秦寿生——人称“禽兽生”献上一计。他听后高兴地拍案叫绝，跷起大拇指直夸军师秦寿生的这一招高！真高！可谓是一本万利之策。秦寿生也因得到了主子的夸奖而乐得一双小眼眯成了两条细线，几根山羊胡子不停地在下巴上抖动着。接着，他二人又经过一番周详地密谋，何达功遂命卫指挥佥事满璹带人前去捉拿满俊。

满璹系巴丹与娜仁托娅大儿子满福仁的大孙子，满平的大儿子，满俊的大侄子，为人忠厚老实，武艺超群，人送外号“铁面人”。因承袭祖辈官职，初任开城县千户，后因战功卓著被提升为平凉卫指挥佥事。

近几年来，鞑靼、瓦剌部落常潜入中原地带作乱，虽然百姓们受尽了苦难，但给满璹提供了好多创建战功的机会。随着满璹战功日益显赫，何达功越来越觉得满璹对自己的仕途形成了极大的威胁，生怕自己的这个都指挥职位有朝一日会被战功显著的满璹取而代之。

这回，他觉得让满璹前去抓捕满俊等人，真是天赐良机。因为这对他何达功来说的确是个一箭双雕的好计。如果满璹抓住满俊，他自然功不可没；如果满璹抓不住满俊，不但与他无关，反而他还可借机以徇私枉法之罪弹劾满璹。这样一来，他获得的不仅仅是上司的嘉奖，更为重要的是拔掉了心中多年的钉子、眼中多年的刺，至于能不能抓住满俊那就是另外一回事了。无论结果如何，对他来说都是天上掉馅饼的好事。

满璹接到抓捕叔父满俊等人的命令后，感到十分地作难。他也明白何达功如此安排的用意。但无论何达功是何用意，可军令如山，不去不行啊，何况何达功及其党羽此时都眼睁睁地正盯着自己的一举一动。无奈，满𬤇不得不率自己的两员副将，现任隆德县镇抚火敬的儿子、满俊的义子火能、火四及二十余名部下，踏上回乡抓捕叔父的心酸之路。

火能、火四兄弟二人就是当年满俊夫妇认的义子，火敬夫妇的那对双胞胎儿子。他俩自幼生活在满俊夫妇的身边，而且十分地喜欢义父义母，尤其是义母李素芝。在他俩的心中，满俊夫妇就是他们的长辈、亲人，与亲生父母没有什么两样。满俊夫妇也将他们兄弟二人当作是自己的亲生骨肉，视为掌上明珠，时时刻刻地挂念着、惦记着。

火能、火四兄弟二人在半路上才得知这次的任务是去抓捕义父满俊等人，就对满𬤇大发脾气。但在满𬤇的再三开导劝说下，加之他俩与满𬤇长期出生入死的关系，才勉强跟着去了。但他兄弟二人知道，满𬤇为人忠厚老实，又忠于朝廷，是不会因抓捕的对象是自己的叔父而徇私枉法的。于是，他二人私下里就开始暗暗地盘算着如何解救义父满俊的事，哪怕是牺牲自己的性命也在所不惜。

满俊多次杀死官差之后，也心知官府是决不会轻易放过这事的，说不定等那天他们掌握了确切的证据后就会派人来抓捕自己。即便是官府找不到确凿的证据，也不敢前来抓捕自己，可那些不知死活的官差肯定还会以各种借口前来寻事，自己也一定还会一一地将他们杀掉。常在河边走，哪能不湿脚？他心中打定主意，一不做，二不休，只要有官差敢来，他就敢接着“咔嚓”了他们。但让他万万没有想到的是这次前来抓捕他的竟是他的侄子满𬤇、义子火能和火四，这真让他纠结、叫他心痛。这个消息是他从几日前收到的一封匿名书信中所得知的。这封匿名书信是火能、火四在半道上出重金让人写给满俊的。为了这事，满俊真是恨透了这些当官的人，也真是服了这些当官的人，这帮狗娘生的东西，为了私欲，真是什么法子都能想得出来，什么事也都能干的出来。

面对如此惨无人道的世事，满俊敌视官府、敌视朝廷的怒火每时每刻都在不断地高涨。这次，他终于再也无法忍受官府无休无止的欺负了，遂答应李俊与他一起起事暴动，彻底杀光这些无恶不作的狗官，为天下雪恨，为百姓申冤。于是他们计划在这年的六月十一日起事。

六月初五这天，满璹一行来到了满家山庄。

满俊得知侄子满璹、义子火能、火四带着二十余人到来时，已心明其意。遂对手下的弟兄们如此这般地安顿了一番后，装做十分高兴的样子和妻子李素芝到村口去迎接他们。其实，听说侄子满璹、义子火能、火四回来，满俊和李素芝也是从心底里感到十分地高兴。

满璹虽为满俊的侄子，但论年龄，他还大叔父满俊两岁。幼年时，他们常在一起放牧玩耍，感情很好，关系甚密。满璹见叔父满俊和婶娘李素芝亲自在村口迎候自己，心中充满了感激之情，可随之又泛起了阵阵的酸楚。因为他这次来满家山庄不像以前是来探亲的，而是来抓捕叔父予以治罪的。人心都是肉长的，这事搁到谁的身上谁才能真正地体会到它的滋味，体会到官场上的阴险恶毒。于是，他急忙下马跪地给叔父、婶娘行礼。火能、火四也忙翻身下马跪地给义父、义母问安。

满俊见侄子满璹身穿一套水墨色外衣、头扎浅蓝色毡巾，腰间挂着一把护身宝剑，两条弯眉浑如刷漆，双鬓白发已现，一双大眼中闪烁着悲伤之情。满璹也是因这次来是抓捕叔父才特意换了这身便装，没有披甲戴盔。火能头戴亮银盔、身披亮银甲、外罩黄色罗袍，面色如玉，重眉阔目，鼻直口方，齿白唇红，大家平时都亲昵地称他“金面童子”。火四与哥哥火能的长相、穿着打扮极为相似，只是他穿了一身白色罗袍，人称“玉面童子”。两个还不到二十岁的小家伙站在一起，如不从罗袍上分辨，还真一时难分清哪个是哥哥，哪个是弟弟。满俊、李素芝看着他们，心中的喜悦之情真是无法言表。他们身后的二十几名官兵虽身披盔甲，手握兵器，但看上去并不怎么精神。满俊热情地搀起满璹。李素芝搀起火能、火四，并将他兄弟二人紧紧地搂在怀中，高兴地泪水在眼中直打转。接着她就上上下下、前前后后地查看着义子火能、火四的全身，这两个小家伙也调皮地在义父、义母的面前不停地转圈。他们在问寒问暖中慢慢地向家门走去。淘气的火能、火四围着满俊和李素芝还像小的时候一样问这问那，左蹦右跳的。

一到家中，李素芝就忙着去为他们张罗饭菜去了。满俊、满璹、火能、火四进入房间分长幼落座。这时，仆人已端上了热气腾腾的奶油香茶、水果和瓜子。相谈间，满璹问叔父满俊为何多次手刃官差之事，满俊急忙解释说都是因自己脾气暴躁，一时糊涂，才犯下了如此大错。现在他也知道自己已犯下了不可饶恕的罪孽，并且愿意随满璹等前去领罪，决不难为于他们，至于张把腰和巴图达赖两人，由他安排，也会随他一同前去受罚的。他还恳求侄子满璹在都指挥何大人面前替他们说说情，让他通融通融，能从轻发落。满璹满口答应。

此时，火能和火四两人一直没有说话。他们二人想，如果义父这次前去，一定是凶多吉少，无论如何都不能去。他俩想，是不是义父还没收到他们的书信？就算是没有收到书信，他也不应该这么做啊。义父是一个多么聪明的人，为何这次就这么糊涂呢？但是这时他们又不便多言。于是，他俩心中就又一次地盘算着如何在半道上搭救义父的事。

晚上，满俊设宴招待满璹、火能、火四等人。

就在晚宴快要结束时，突然一群乡亲前来满家山庄大院，给满璹和火能、火四带来了好多土特产。火能、火四见了乡亲们高兴得不得了，拉起这个人的手问大爷好，拉起那个人的手问大伯好。而满璹见乡亲们对自己如此的友好，心中就更加的难受了。他谢过大家之后，说大家的心意他收下了，但现在兵荒马乱的，家家的日子都不好过，这些东西大家还是都拿回去吧。可大伙就是不依。满俊见状，就对侄子满璹说，这是乡亲们的一片心意，你们就收下吧。大家伙的日子的确是过得不易，但他们的这些东西还是要收下的，不然就辜负了大家伙的一片心意。满俊还说，随后他会吩咐家人照价付给大家伙钱的。满璹这才不得已再次谢过乡亲们，将礼物收下。

接着，乡亲们又恳请满璹将他的随行人员安排到各自的家中去住宿，一来让他们尽点地主之谊，二来也让自家沾沾满璹、火能、火四的福，好光耀光耀门庭。满璹对叔父满俊白天的话信以为真，加之他心情不好，在晚宴上又多饮了几杯，此时已失去了所有的戒备心理。本来，谁到了自己的家中还会心存戒备呢？满璹见乡亲们对自己如此抬爱，就从了大家的意愿，让随从人员分散到乡亲们家中去住宿。他与火能、火四弟兄二人在叔父家中过夜。

乡亲们前簇后拥地带着客人们走后，满俊对侄子满璹说他还得把家中的一些琐事安顿一下，过两天就随他前往平凉卫接受处罚，并吩咐仆人照顾满璹和火能、火四就寝。与满璹等告别后，满俊立即吩咐丫鬟紫燕通知大伙到内堂议事。

不一会儿，郑成伟、南斗、毛哈刺、巴图达赖、洪满、杨虎力、张把腰、白云等人先后来到内堂。不多时，满玉也急急忙忙地赶了回来，他听说侄子满璹和火能、火四回来了，就急着要去看他们，可满俊告诉他说他们都已睡下了。满玉也就没有去打扰他们。

洪满为同心县人氏（今宁夏中卫市同心县），回族，因路见不平，多次杀死抢夺乡邻财物的官差，后因官府追捕逃往五台山拜师学艺。他学成下山后，听说开城满俊行侠仗义，解救百姓，便前来投奔了满俊。

杨虎力，云南大理人氏，自幼习得一身好武艺，使一铁方槊，但家境十分贫困。他十六岁那年，其父身患重疾，为了给父亲医病，他和母亲拉着父亲到处求医问病，一路上边卖艺、边乞讨地来到开城。可他们来到开城不久，父亲就去世了。因无钱葬父，他便在开城街道卖艺丧父，被路过的满俊看见。满俊见他可怜，就帮他埋葬了父亲，并将他们母子收留在了家中。后来，满俊还为他出钱娶了妻子。这时，他的一儿一女也已经十多岁了。

白云是开城本地人，其祖父以打铁为生，其父自幼好武，在云台山练得一身好武艺。只因那时此地人烟稀少，匪寇出没无常，在一次与匪寇的打斗中死去。受父亲的影响，他与哥哥白刚二人自幼练就了一身好武艺。近年来，因官府的强逼强抢，他兄弟二人早就和满俊串联在了一起。

满俊向大伙说了满璹等人的来意后，郑成伟就气愤地说，朝廷的这帮走狗，真是应验了老年人常说的那句话——官官相护无好人，他们心中只有自己，哪有百姓。唉，本来我等多次杀死官差，官府又怎会轻易地放过我们呢？

满俊向大伙解释说他深信侄子满璹、义子火能、火四三人对自己没有丝毫的恶意和邪念，这一点，他能从与他们三人谈话时的表情和神态中判断得出来。他们也是被平凉卫何达功所逼无奈而为之。这次前来捉拿自己，他们三人也是迫不得已，心中不知有多么的痛苦呢。

大伙认为这事算是真的越闹越大了，现在官府已确切地掌握他们多次杀死官差的证据，一定是不会轻易罢休的。看来，现在真的是到了不得不反的时候了。如果不反就会任人宰割，如果反了，不管结果如何，也算是轰轰烈烈地大干了一场，没白来这个世上一回。

大伙的这个想法正合满俊的心意。满俊边听边想，这回，也许自己少年时的那个梦可能真的就要实现了，就算做不了真正的皇帝，但一个土皇帝是做定了。于是，满俊也就坦白地告诉大伙说他已答应和李俊合兵一处，于本月十一日准备暴动起事。而且这几天他已安排郑成伟、满能、满玉、南斗、巴图达赖等人正在暗中部署，只因此事关系重大，所以还没有对大伙言明。大家听后一个劲地直说早就该如此了。接着，满俊安排大伙分头悄悄地前去通知乡亲们，今夜三更时分，以满家山庄院内的火箭为号，让大伙将住在自家的官兵杀死后，提上他们的人头来满家山庄大院集合。其实，刚才乡亲们来满家山庄大院邀请官兵去自家住宿这件事也是满俊和郑成伟提前就安排好的。

深夜三更，天空繁星点点，晚风吹来，凉意阵阵。

满家山庄的院子里，中等身材的满玉手持弓箭，站在院落中央。灯光下，他两眉入鬓，凤眼朝天，面色白嫩，眉心间一铜钱大小的红色胎记十分地明显。因此胎记，人送他外号“天眼狼”。满玉自幼因常常打猎练得一手百发百中的好箭法，只要一箭射出，绝不落空。随着满俊一声令下，满玉拉弓搭箭，一枝火箭从满家山庄院内射出，在夜空中画出了一道闪烁耀眼的亮光。乡亲们见火箭升空，便手起刀落，将熟睡在家中的官兵不费吹灰之力全部杀掉。不多一会，大伙都手提官兵人头来到满家山庄大院。熟睡中的满璹、火能、火四还不知是怎么回事，已被洪满、杨虎力、白云等人捆绑的结结实实地带到了院中。等满璹、火能、火四看到院子里一颗颗血淋淋的人头时大吃一惊。满璹也才知叔父白天对自己说的都是假话，可事已至此，又有什么办法呢？而火能、火四也才明白了义父白天装糊涂的用意。

满俊对满璹、火能、火四说：“当今官府昏庸无道、到处残害百姓，你们三人堂堂七尺男儿之身，是站出来替百姓申冤，还是继续效忠昏庸的官府，你们自己好好掂量掂量。”随后，便命人将他们三人暂时关押在后院。

这时，郑成伟对满俊说：“今晚我们再杀官兵之事，天亮后也许就会传开。如果让官府知道了咱们准备暴动的消息，提前做好准备的话，攻打他们就不会那么容易了。我们不如今晚就动手起事，来个先下手为强。”南斗问他先从何处下手。郑成伟想了想说：“常言道软处好取土，硬处折锨把。今夜，我们就趁机攻打附近官兵人数较少的固原苑马寺，先搞一批像样的兵器把自己武装起来，这样，我们也就有了与官兵抗衡的家底了。如果大家手中没有兵器，就算有一身的力气，在刀枪之下也是显得无能为力、弱不禁风，又怎能报仇雪恨呢？”大伙点头称是。

郑成伟，汉人，甘肃人氏，饱读诗书、兵书，上通天文，下知地理，精于兵法，足智多谋，是位不可多得的军事人才，人送外号“小诸葛”。尽管如此，但他毕竟只是一介书生，虽胸藏百万雄兵，但手无擒鸡之力，甚至连自己的妻儿也无力保护。

六年前，郑成伟之妻王氏带着五岁的儿子上街购物，被当地的蔡知府遇见。蔡见王氏长得标致，欲将其强行霸占，王氏死活不从，便一头撞死在大街上。蔡知府心中怒火无处发泄，当众一脚把郑成伟和王氏五岁的儿子踢死。郑成伟悲痛之余，深夜悄悄潜入知府后衙，在水井中下毒将蔡知府一家全部毒死。随后他背井离乡、流落街头，被满俊收留。

夜色下的灯光中，郑成伟穿一身浅蓝色长衫，腰间束一条深蓝色腰带，上系一块暗红色羊脂佩玉，外罩深蓝色罗纱，手持一把白色折扇。乌黑的长发上束着一条浅蓝色丝带，一双充满仇恨的眸子闪烁着怒火。大伙听了郑成伟的话后，都觉得应连夜攻打驻扎在附近的固原苑马寺，夺取兵器、马匹及粮草。

满俊一声令下，他们一行二百多人拿起平日里狩猎的工具，趁着夜色，直奔固原苑马寺而去。

夜色中，固原苑马寺内，火光冲天，杀声四起。酣睡中的官兵被一阵杀喊声从梦中惊醒，乱作一团。满俊等人刀枪所到之处，鲜血四溅。没损一兵一卒，满俊等人就把苑马寺的五六百名驻守官兵全部杀了。他们打开仓库，拿了仓库内的全部兵器、粮食、衣物，赶上所有的马匹凯旋而归。

天刚麻麻亮，李俊就带着马冀、咬歌、宝歌、李刚、李仁、李洪、王冲等三百余人赶到了满家山庄大院。

马冀，李俊本地人，汉族，因沿承祖辈自幼练得一身好轻功，飞檐走壁如履平地，被大伙称作“飞天猴”。后又得高人指点，练得一手好刀法。咬歌、宝歌为李俊祖父查干巴日好友的后人，他二人力大无穷，武艺高强。李刚、李仁是李俊大哥李达的大儿子和二儿子，李洪是李俊弟弟李胜的大儿子，受家庭环境的影响，他三人自幼习武。王冲本是陕西庆阳一戏班内的一个武生，暗恋师妹多年无果。有一次，他们戏班来固原一带演出，王冲见师妹与师兄卿卿我我，心中极度伤感。于是酒后杀死师兄到处逃命。李俊见他身手不凡便留在了家中。

李俊一见满俊就说：“他得知满璹带人来到满家山庄的消息后，心里总感忐忑不安，怕会出啥大事，就急忙带人赶了过来。”满俊握着李俊的手，感激不尽。并对李俊一贯的看法有了绝对性地转变，此时他觉得李俊为人仗义，能救亲人、朋友于危难之时。他心中还为自己以前对这位老弟的看法而感到惭愧不已。随后，满俊将杀死平凉卫官兵和夜抢固原苑马寺的经过，简单地与李俊等人说了一番。大家都十分赞成他们的做法，说干得好，干得漂亮，这就叫旗开得胜。

满俊、李俊二人为满璹、火能、火四亲自解开绳索，好言相劝他们入伙铲除这些搜刮民脂民膏的狗官。满璹被逼无奈，不得不答应留下。

可火能、火四听说义父要起兵铲除贪官时，却高兴得不得了。因为他俩受满俊的影响，自幼造就了一幅侠义心肠。而且义父是他们心目中顶天立地的大英雄，不听义父的还听谁的？加之他俩在平凉卫受何达功等人的排挤，早就对这个世道深感不满，对朝廷官员欺压百姓的行为，尤其是何达功等人的嘴脸也早就看不下去了。火能、火四二人参加满俊的暴动队伍后，急忙写信给父亲火敬，让驻扎在隆德县的父亲火敬赶快带上母亲和火光、火花两位哥哥前来参加义父发动的农民暴动。火敬此时为隆德县镇抚，五短身材，方脸上长着一对圆溜溜的眸子，三须胡子，背背一对钨铁豹尾双鞭，军中人称“双鞭王”。大儿子火光、二儿子火花听令于他的帐下。亲不亲，一家人。没过几天，火敬果然率全部家眷和陈光、吴凯两员心腹爱将及二百多人前来加入到了满俊的暴动队伍当中。此时，满能也从满家营带着二百多人来到了满家山庄。

由于满俊等夜杀平凉卫官兵，强抢固原苑马寺之事，他们原计划起事的时间就不得不提前了。

在大家商量提前起事的过程中，满俊突然想起了大石城。并将大石城的基本情况给大家作了详细的描述。满能、满玉、南斗、毛哈剌等人又对满俊的描述做了细致的补充。因为当年他们几个人经常和满俊一起爬上大石城，在那里舞枪弄棒，自然对那儿的情况不比满俊知道的少。听后，大家都同意以大石城为据点起事，遂放弃了以前打算以沐家营为据点的打算。因为大石城易守难攻，无论是在地理位置上还是在战略地位上都要比沐家营理想的多。

暴动之事定下来之后，满俊遂吩咐大家杀羊煮肉，酒足饭饱后携带家眷、粮食等物品直奔大石城驻扎。三声炮后，满俊、李俊率领大伙进入大石城，砍伐树木，安营扎寨。

第十章　驻兵石城

满俊、李俊率众进驻大石城后，急忙组织大家砍树伐石、搭建帐篷，修建炉灶，安置栖身之所。

此时，大伙虽然已跟随满俊、李俊起事来到了大石城，并满怀信心地准备着轰轰烈烈地大干一番，但心中还是或多或少存在这样哪样的一些顾虑，比如担心暴动的消息传出后，前来抓捕他们的官兵到村子里去祸害还没有撤离的亲人，目前大石城所需的粮食、草料及兵器等等。让大家最为关心的还是今后由谁来主事的事。因为这个主事人关系着大家今后的身家性命，谁能不关心呢？当然，这时来到大石城的每一个人，不是已跟随满俊多年就是已跟随李俊多年，跟随满俊的人都希望由满俊来主事，什么事都由满俊说了算，而跟随李俊的人又希望由李俊来主事，一切都由李俊说了算。虽然大家都没将此事说穿，但满俊、李俊和郑成伟还是看出了这点。他们三人商量，暴动之事才刚刚拉开序幕，搞好内部团结是关键中的关键。当下，千万不能有什么一差二错，更不能出现内乱，否则，就会一败涂地、一事无成。为了既能稳定人心、鼓舞士气，又不伤和气与斗志，郑成伟为满俊和李俊出了一个八面玲珑的法子，深得他俩的赞同。

在满俊、李俊等进驻大石城后的第三天，郑成伟组织大家召开推选大石城农民起义军主帅会议。通过掷豆投票的方式，他们最终确定满俊为主帅，称“招贤王”，李俊为副帅，称“顺理王”。这样的结果也可能与满俊当时手下人数较多有很大的关系。因为人心都是靠左长的，都存在着一定程度上的私心，圣人都是如此，何况乎百姓？接着，大家还推选郑成伟为军师，火敬为内务总管，满能、满玉、火能、火四、马冀、南斗、咬歌、宝歌为八大将（并按此顺序排名），洪满、巴图达赖、毛哈剌、杨虎力、白云、满太、张把腰、李琦、火光、火花、哈福成、哈福礼、马定山、白刚、满安、李洪、李刚、李仁、李莺、陈光、王冲、吴凯二十二人为副将。还集体决定将主帅营设在大石城内城的顶端。其实从决定驻扎大石城后，满俊就一直是这么想的。接着，大家还提议西、北两个城门分别由满玉、咬歌及副将哈福成、马定山把守，外城附近的东山、南山分别由火能、南斗及副将满太、李刚把守。大家提出这样的建议，满俊、李俊也觉得十分合理，心中非常高兴。因为这说明大伙的心都在往一处想，已经拧成了一股绳。只要大家团结一心，就没有克服不了的困难，也就没有过不去的坎、干不成的事、打不赢的仗。随后，大石城民军举行了盛大的祭旗、拜帅仪式。满俊在祭旗、拜帅仪式上喊出了“杀贪官，救百姓”的口号。就这样，满俊、李俊等在火石寨大石城树起了明朝时宁夏历史上农民反对官府、反抗朝廷的第一面旗帜。

到了第四天，大伙吃饭、睡觉的事基本上有了眉目，也算是把“家”安在了大石城。

恰恰就在这天下午，一对中年夫妇扶着一个老汉来到大石城外，边号啕大哭边大骂满俊缺德。满俊、李俊得知后，十分惊讶，便出城来到他们面前询问情况。这位中年男子说他们家住沐家营，今天一早，四五个年轻人来到他家中，说他们是满家山庄的人，跟随庄主满俊起事，已进驻大石城，专杀贪官污吏，替百姓报仇雪恨。他们夫妇虽没见过满俊，但也听说过满俊的为人，就好茶好饭地招待了他们。谁知，他们酒足饭饱之后，就将他家中一扫而空……这时，在一旁一直哭啼着的老人气愤地对儿子说："你能不能拣重要的说，他们打死了我的孙子，糟践了我的孙媳妇，害死了一对可怜的孩子！你们的庄主在吗？我老汉今天就算拼了这条老命，也要找他评评这个理……"

满俊听后，怒目圆睁，正欲发火，站在他身边的郑成伟急忙走了过去，搀扶起他们三人说："老人家，我们庄主今天不在，但这事我完全可替他做主，如果这事真是满家山庄的人干的，当定斩不饶；如果不是满家山庄的人干的，我们也一定会找出真凶，替你的孙子、孙媳妇报仇，还我们一个清白。"满俊、李俊向郑成伟点头表示同意。

郑成伟带着他们一家三口来到大石城内，正准备集合所有人员，让他们一家三人现场辨认凶手。可还没有走上几步，突然，这位中年妇人大喊："土匪，你还我儿命来！"喊着向一旁走过的麻五扑了过去。老汉对郑成伟说："就是这个不是人的东西，畜生啊……"满俊看了看中年男子，中年男子胆怯地说："就是这个人，没错。"麻五做贼心虚，正欲撒腿逃跑。满俊大喊一声："麻五！"麻五就不由自主地站下了。

按麻五的交代，老汉一家三口所言属实。满俊下令将与麻五一起作恶的满家山庄的刘彻、杨英、杨雄，李俊手下汪二、季强五人带到现场，就地斩首示众。并命人给这位老人拿来二十两黄金，以示安慰。

这事之后，郑成伟向满俊、李俊建议说："目前大石城有千余人，人多，是一件好事，但人多了事也就多，没有规矩难成方圆，应当给大家立个规矩，才能便于今后行事。"经大家共同商议，满俊、李俊为大石城民军立下三条铁规：

一是只杀官府，不扰百姓；

二是服从调度，听从指挥；

三是上下一心，石城为家。

满俊强调，不论职位高低，只要今后有违这三条铁规的，轻者割耳警示，再者断臂警告，重者砍头，绝不姑息迁就。同时，他们还就当前急需解决的一些事也进行了细心地梳理部署：

一是抓紧时间在大石城周围修复、修筑必要的军事防御工事；

二是积极组织攻打附近的官府衙门，充实粮草、钱财、兵器和战马；

三是全力照顾好乡亲们，只要本人愿意，就尽快将他们接到大石城来居住，以防官兵前来祸害；

四是敞开大门欢迎前来参加暴动的各路英雄豪杰；

五是尽快与北元各部落取得联系，拓宽后路。

其实这第五条是在李俊极力推荐，郑成伟等人的全力劝说下满俊才勉强同意的。

因满俊、李俊重处麻五等人一事的消息在开城、固原及周边等地的传播，不几天，附近贫苦百姓前来参加暴动的竟有千人之多。看着有这么多人前来加入到他们的队伍当中，大伙心中都十分地高兴，尤其是满俊和李俊。这说明他们暴动起事是民心所向啊。李俊遂令军师小诸葛郑成伟和内务总管双鞭王火敬具体负责安置前来参加暴动的人员。

六月十一，也就是满俊、李俊原计划起兵暴动的这天。为了不忘记、不背叛自己的诺言，满俊、李俊决定这天发兵攻打固原千户府。

这天一早，郑成伟、火敬按照既定的方案，率领部分青壮年及妇女、老人、孩子开始修筑工事。他们有的沿大石城外城修复护城沟渠，并在原来没有但又很有必要的一些地方着手新开沟渠，有的往大石城里面搬运滚木雷石，有的在大石城内城东南面（即当年满俊等人攀登大石城的地方）开凿石阶，有的忙着去家中接父母妻儿、搬运日常用品，有的继续砍伐树木为新来的家人、乡亲们和参加暴动的人员搭建帐篷……大伙信心百倍，热火朝天地干着，还时不时地喊上几句当地的山歌、花儿。欢笑声、歌唱声在深邃空荡的群山中回荡着……

满俊命满玉、火能、南斗、咬歌留守大石城，一边操练军队，一边负责乡亲们的安全。李俊派堂弟李琦、侄子李连二人前去与漠北蒙古各部落联系。李俊选派李琦、李连二人去漠北是经过了一番深思熟虑的。李琦性格暴躁，但武功高强，而李连虽武功不怎么样，可他为人心细谨慎，善于察言观色，能随机应变。况且李连以前一直就是他与漠北蒙古各部落之间的“使者”，这次派他去可谓是轻车熟路。李俊觉得派这叔侄二人搭档去漠北是再合适不过的了。一切安排妥当之后，满俊、李俊披甲戴盔，率领三百余人，带上兵器，一路轻骑直奔固原千户所而去。

到固原城附近时，满俊、李俊命大伙隐藏在城外的密林中，令宝歌、火四带上五六个弟兄，身藏短兵器，前去杀掉守门的官兵，打开城门。宝歌头顶剃得光秃秃的，四周长发披肩，与浓黑的胡须连在一起，皮肤黝黑黝黑的，猛一看好像一头黑熊似的，所以背地里大家都叫他“黑面兽”。不多时，宝歌、火四等人得手。城门打开后，满俊、李俊率领大队人马从密林中杀出，箭一般地冲入固原城中，直向固原千户所杀去。

满俊头戴白金盔，身穿白金甲，外披一件白色大氅，跨一匹白色汗血宝马，手持他视如珍宝的三尖两刃刀，左右开弓，没等守门的官兵明白是怎么回事，就已死在了他的刀下。满俊身后的巴图达赖、白云、火光、李仁、王冲、陈光、吴凯等人一拥而上，砸开千户府大门杀了进去。进入千户府后，满俊以万夫不当之勇冲杀在最前面，只见他手中的三尖两刃刀似蛟龙入海、猛虎出山，上下飞翻。

李俊头戴乌金盔、身穿乌金甲、外披一件黑色大氅，跨一匹黑色汗血宝马，紧随其后，手持一杆祖传的丈八乌金长矛，如长蛇出洞，似雄鹰击空，左右舞动，无人能挡。

民军到处，手中兵器上下飞翻，官兵不死即伤。千户府院子里，刀光剑影，血光四溅，兵器相撞之声震耳欲聋。千户府内毫无防备的这些官兵们在这支不速之客的突袭下，显得毫无抵抗之力，不堪一击，十分狼狈。这时，马冀率五六名弟兄杀开一条血路，直奔千户府后衙而去。正在后衙品茶的千户冯建元还没有明白是怎么回事，就被马冀活捉了。

突然，在场的人被一声炸雷般地“放下武器，否则就杀了这狗官”的喊声吓了一大跳。大家都不由地朝着喊话声方向看去，见千户府正堂的屋檐下，一个个头不高，身体单薄的汉子一手提着一把板刀，一手提着一个吓得缩成了一团的人站在那里。再细看，见此人一身黑色紧身衣，外套一件明光闪亮的牛皮护心，面色清瘦，一双猴眼叽里咕噜不停地转动，原来他就是刚才冲进千户府后衙的飞天猴马冀，他手中提着的这个人正是固原千户冯建元。众官兵见千户大人被抓，就不得不乖乖地放下武器。

千户府院子里，顿时一片寂静，静得能听得见每个人的心跳。满俊等也随之收住刀枪，向千户府正堂门前走去。李俊一见狗官冯建元就像一头发了疯的公牛，一个纵步冲了过去，大喊一声："狗官！还我大哥命来！"手中丈八乌金长矛已闪电般地刺出，直扎冯建元的心窝，冯建元的身体随着长矛的刺入猛烈地抽动了几下。李俊怒目圆睁，牙关紧咬，脸上横肉凸起。接着，他手中长矛一转，一股黑血随着长矛的拔出从冯建元的胸口喷射而出。李俊算是为三年前因冯建元带人抢夺自家财物而逼死的大哥李达和十几名仆人报了仇、雪了恨。在场的人都被李俊刚才的这一幕吓傻了眼。放下武器的官兵们更是被吓得全身发抖，气都不敢出。生怕他下一枪刺向的就是自己，尤其是当年跟随冯建元前去杀害李达的那几个人。这时，李仁、李洪二人手扶兵器跪倒在地，边哭边喊："爹爹、大伯，二叔今天为你报仇了……"

满俊站在屋檐下的台阶上对吓得战战兢兢的官兵们说："你们身为官差，过去也跟着这狗官干了不少坏事，但又都是贫苦人家的后人，咱家就不再追究你们过去所干的坏事了。如果有愿意加入咱家这支杀贪官，救百姓队伍的，咱家举双手欢迎，以兄弟之情相待；如果不愿意，咱家也不为难你们，请各自回家好好照顾自己的妻儿老小，以后不要再跟着这帮狗官祸害乡邻、百姓便是。如果今后谁还敢狗仗人势，欺压百姓，这就是下场。"他说着指了指躺在血泊中的冯建元的尸体。

随后，宝歌让大伙清点死伤人数，对千户府的所有财产如数登记造册运往大石城。

令满俊、李俊等万万没有想到的是千户府一半以上的官兵愿意跟随他们。此时，满俊、李俊领导的大石城农民起义军人数已达四千余人，能参与战斗的人数也剧增到三千多人。

满俊、李俊一不做，二不休。遂留下火四、白云、李仁、李洪及一百多人负责打扫战场、搬运财物、押解俘虏。他二人又带领其余人直奔附近的甘州群牧所而去。他们真可谓是乘胜追击，所向披靡，接着轻松地拿下了甘州群牧所。

攻下甘州群牧所后，满俊、李俊率领队伍押着被俘的官兵和夺得的牛羊马匹、粮食、草料及兵器，浩浩荡荡地回到了大石城。回到大石城后，满俊、李俊吩咐郑成伟、火敬负责犒劳三军，按功行赏。

随着暴动队伍的节节胜利和人数的不断扩大，满俊不由自主地再次想起当年那两位道士在石峰顶端上的言谈。虽然随着时间的流逝，年龄的增长，他也慢慢地忘却了当年的那事，而且对成年的他来说，这又是多么滑稽可笑之事，但面对目前的形势，不得不让他心中再次暗暗地点燃曾经的那个梦想——九五之尊，一统天下。他虽口中不说，但心中还是不时地惦记着。

二十多天过后，原本空空荡荡的大石城一带，随着起义部队的与日俱增而变得到处彩旗招展，鸡鸣狗吠，马嘶羊叫，生机勃勃，热闹非凡。

大石城内城东南角处的石阶这时已经凿开，一共五段九十九级，即代表九九归一之意，又暗藏九五至尊之意。将石阶分成五段九十九级的造型，当然是满俊按照自己的心思设计的。在石阶的外边沿上，他们还用松椽安装上了栏杆，即险要又安全。在每段石阶的接连处他们还依崖凿洞，为把守这段的人员修建了遮阳避雨、临时休息的场所。

在大石城内城顶端的边沿上，小诸葛郑成伟也设计安装了防护栏杆，并在栏杆上挂起了五颜六色的彩旗。同时，他们还在栏杆内的城顶凿石立柱，搭建了几十个大小不同的牛皮帐篷。主帅营营帐搭建在正中央，占地面积最大，大约一分多地。这时，主帅营门前已树起了两面杏黄色大旗，一面旗面上绣着一个斗大的“满”字，另一面旗面上绣着一个同样大的“李”字。在这两杆旗的两面，一字儿排立着军师、内务总管、八大将及二十二副将的姓氏旗帜，迎风飘扬，威风凛凛。在营帐中间的地面上，他们还凿挖了六个大石坑，坑边安装了栅栏。每个石坑大约长两丈、宽一仗、深两丈，用来储存雨水，解决大石城顶部居住人员的生活用水。在大石城顶端的西北面，郑成伟还别出心裁地让人顺着山势凿建了一间石房，供满俊、李俊夜间休息而用。其实最主要的原因还是为他们二人的安全着想而建的。

外城西、北两个城门此时也已修复好了，门口附近搭建了好多帐篷，挂起了许多彩旗。东、南两边的山坡上也不例外，到处彩旗招展，帐篷遍地。外城与内城之间更是热闹，都是新搭建的帐篷。有棉布的、皮革的、茅草的，颜色、材料各种各样。中间的帐篷主要供老人孩子妇女住，靠近两个城门的供防守士兵住。外城周边的护城沟壑也已修好，沟壑宽三丈多，深三丈多。

为了抵御官兵前来围剿，满俊、李俊召集大家商议应敌之策。经大家认真地分析和谋划，决定将能参加战斗的两万多人进行整编，所有人员、马匹分成九份，组成八个营队和一个自卫队。八个营队分别由满能、满玉、火能、火四、马冀、南斗、咬歌、宝歌八大将率领，为大石城的主要战斗力，自卫队又分成六个小队，分别由巴图达赖、洪满、毛哈刺、杨虎力、李洪、王冲六人负责，直接受满俊、李俊的指挥，为机动增援部队，并承担大石城及满家营、满家山庄李府（即李俊的家院）等地的安全保卫工作。并决定让满能、马冀、火四、宝歌所部分别外移到大石城东侧的炮架山、西侧的七里宝山、南侧的将军山、照壁山，在那里修建工事，布防设卡，安营扎寨，为前沿守护部队。为了安全期间，粮草全部集中存放在大石城。驻守炮架山等地四个营队的粮草实行定时供给。

并积极动员大家出主意、想办法积蓄粮草，做好与官兵长期作战的准备。满俊还凭借记忆，将当年那本兵书上记载的行军布阵的方法，全部说与郑成伟、火敬、满能等八大将和负责自卫队的巴图达赖等六人。

安排完这些之后，满俊、李俊又决定在硝河城满家山庄挂“招贤王王府”大匾，竖“招贤王王府”旗帜，在沙沟（今西吉沙沟乡）满寺新建“顺理王王府”。满璹、满通、哈福礼率五百余人驻守招贤王王府，李庆、李贵、吴凯率五百余人负责修建、驻守顺理王王府。满俊、李俊将满璹安排到招贤王王府驻守，主要是当时满璹因不得已而答应他们留在军中，可他坚决拒绝与官兵作战，这也是满璹没有进入大石城八大将、二十二副将的原因。满俊深知侄子的秉性，无论如何，他都是不会抛弃自己的家的。满通、李庆、李贵分别是满俊、李俊的家仆，武艺高强。

炮架山位于大石城的东面，与大石城相距二十余里，与石寺山遥相呼应，四周峰峦叠嶂，地形十分险要，是一个布防设卡的绝佳位置。它对大石城来讲是一个具有重要战略意义的高地。满能奉命率领两千多部下来到炮架山，与副将侄子满安等人详细查看周边的地形，结合满俊所受兵法和军师郑成伟的叮嘱，在炮架山外围布防设卡。又根据满安的提议，将主营设在了炮架山的最高处。一切安排妥当后，满能站在炮架山主营前环视四周，各个防卡尽在眼中，他为自己的杰作感到十分地得意。身披黑色大氅的满能，站在山顶山风中，他修长高大但不粗犷的身材，宛若穹空中的一只雄鹰耸立在山巅，一双细长锐利的黑眸显得冷傲孤清而又盛气逼人，不亏别人都称他为“黑鹰”，也怪不得大家推选他为大石城八大将之首。站在他身旁的副将满安是他二伯父满福寿的大孙子，五短身材，豹头环眼，嘴若缸边，从骨子里向外渗着一股猛虎之气。

从炮架山主营门前向北遥望，不远处有一孤峰离地三十多仗，峰顶有一巨石如飞来一般耸立于山顶，似一方桌，表面平整光滑，占地一小屋大小。传说这是当年华山陈抟老祖与大宋皇帝赵匡胤下过棋的棋盘，所以至今人们还叫它棋盘梁。满安又提议在棋盘梁上再增设一个哨点。满能顺着满安的手势边看边听他的解释，等满安说完后，满能在满安的肩膀上重重地砸了一拳说：“大侄子，真有你的！那你就是陈抟老祖，我就是赵匡胤。一切按陈老祖说的办吧。”满安嚷着说打疼他了。叔侄二人哈哈大笑。

相传赵匡胤除了能征善战、治国有方外，还特别喜欢下棋。小白龙造反时，宋太祖赵匡胤御驾亲征。华山老道陈抟老祖算出赵匡胤在这件事上会听信欧阳芳的谗言，导致兵败，兵败后必经火石寨，在火石寨的崇山峻岭中又定会迷路。于是，陈抟老祖就借助火石寨炮架山这一带复杂的地形和棋盘梁这个制高点，抓住赵匡胤喜欢下棋的特点，专程从陕西华山云游到火石寨棋盘梁等待赵匡胤的到来。

赵匡胤与小白龙交战失败后，不得不率兵退至火石寨。当他来到石寺山一带时，见面前石峰林立，沟壑纵横，壁如刀削，林海茫茫，不知何去何从。正当他焦急之时，抬头见一位老者站在一座高山顶上张望。

赵匡胤不顾一切地打马来到这座山下，下马绕后山攀到峰顶。走近一看，见这位老者身穿白色道袍，手持拂尖，鹤发童颜，独自一人走着两家的棋子。眼看两个过了河的小卒逼得对方老将团团转，他还连连说：“我叫你转，还想上前，前面死路一条，还是后退吧！”

赵匡胤看了半天后忍不住说了一句：“老丈，请您把老将上一步，卒子就不是没有办法了吗？”

这时，老者才抬起头来。“嗯，原来是位军爷啊，怪不得棋高一招。请和老汉下几盘吧？”

赵匡胤此时心急如焚，只想探路，哪有心思下棋。便对陈抟老祖说：“老丈，实在是对不起，我没时间啊，我的千军万马无路可行了，我是来向您问路的，不是下棋的。”

陈抟老祖说：“哎，有的是时间，如果军爷不敢下，看来在这个世上就再没有能下过我老汉的人了。也罢，如果棋无对手，将无良才，岂不无济于事？”

搬兵不如激将，陈抟老祖一句话激起了赵匡胤。“既然如此，我就和您下三盘，不过有个条件，如果我赢了，您得给我指条行军的大道，让我的人马顺利通过此处，好吗？”

陈抟老祖一听便说：“好。但我也有个条件，如果我赢了，你得把陕西的华山送给我，我仍然给你指行军大道。”

赵匡胤问：“我大宋十万里江山，好地方多的是，您为啥偏偏要华山呢？”

陈抟老祖道：“实不相瞒，我已在华山修行多年，只因官兵经常前来骚扰，使我无法清净，才向你提出这个条件，如果你答应了，咱俩就下棋，如果你不答应就算了，你走你的阳关道，我过我的独木桥。”

赵匡胤心想，我有十万里江山，一个小小的华山真乃九牛一毛。再说，他也不一定能赢我，便点头应允了。谁知赵匡胤三盘全输了，只好无奈地写下了字据，并让陈抟老祖指路。

陈抟老祖拂尘一扬道：“沿那条沟往前走，再出寺口峡就到三营了，便可安营扎寨。”说完后就飘然而去。

赵匡胤顺着陈抟老祖指的路，果然走出了困境，后来又打败了小白龙。华山自然也就归陈抟老祖所有了。

大石城西面的七里宝山、南面的将军山、照壁山的地形基本上与炮

架山相差无几，都是兵家制胜之战略要地。马冀与副将李洪、火四与副将白云、宝歌与副将张把腰也分别带领本部人马先后到达了七里宝山、将军山、照壁山，在各自的据点上安营扎寨，布防设卡。

第十一章　李俊阵亡

满俊、李俊率众进驻大石城、夜袭固原苑马寺、血溅固原千户府、甘州群牧所的消息像一颗惊天炸雷，响彻开城大地，并迅速地向外扩散着、延伸着，瞬间轰动了周边各地。固原、隆德、静宁、靖远、会宁、平凉等地深受官府欺压的贫苦百姓、英雄豪杰闻讯后，就像一群饥渴了多日的野马突然看见了一条滚滚流淌的清流，潮水般地涌将过来，汇入到大石城农民起义队伍当中。他们或是为了替死去的亲人报仇雪恨、或是为了逃避官差的追杀、或是为了躲避官府的课税……可开城及周边一带的官府衙门听了这个消息后，一个个都吓破了胆，惊慌不已。这些平日里威风八面的官老爷们真是着急了，他们一边全速调兵遣将，在各个路口、关卡、驻地急速增加防守兵力，加强戒备，一边一封紧接一封地向上司衙门快马飞报情况、告急求援。

娇艳了一天的太阳在临近黄昏时，如新娘似的羞答答地步入了西山的怀抱。层层叠叠的山峦随着天地间光线的渐渐变暗连成了一片、合为一体，为即将步入洞房的夕阳搭起了一道屏障。

在固原州通往靖虏卫参将府的官道上，一匹快骑飞一般地奔跑着，骑马之人不断扬鞭催马。马蹄后扬起的阵阵灰尘在血色般的夕阳余晖中无欲无望地飘荡着，随后被慢慢降临的夜色所吞噬。

靖虏卫参将府门前的两盏大红灯笼已经亮起。灯光下，灯笼上公公正正的“参将府”三个大字庄严而威武。门口刚刚换哨的侍卫，在清凉的夜风的沐浴下，握刀而立，威风凛凛。一飞奔而来的快骑，随着一声有气无力的“吁”，全身流汗、气喘吁吁的马儿便收住了它发烫的四蹄，站在了参将府门前，鼻孔不停地扇动着。马背上的官差已被一路地颠簸累得上气不接下气，随着坐骑的驻足，便从马背上无力地滑落了下来。口中嘶哑地喊道：“固原——急报，固原——急——报……”参将府门口领头侍卫忙从他背上取下公文袋，跑步进府禀报。另两名侍卫搀扶着送信人一瘸一拐地走进了府门。

参将府内，灯火四溢，如同白昼。高大的院子里，墙檐砌筑斗拱，古朴厚重。四面房屋群起，重廊复殿，气势磅礴。前来巡抚靖虏卫的新任宁夏按察使孙钦正坐在内衙的太师椅内，悠闲地品着奶油香茶，几名侍女矫情地为他捶肩揉腿。宁夏靖虏卫参将刘清小心翼翼地侍奉在他的身边。屋子里不时地传出一声声娇滴滴的打情骂俏声。

“报，固原急报！”随着喊声，刚才府门口的那名领头侍卫急步进入内衙。坐在太师椅内的孙钦听到喊声后放下茶杯，不悦地喊道：“什么事？嚷什么嚷？”刘清急忙使眼色给这名侍卫示意，让他不要进门，并恭敬地对孙钦说：“大人，我去看看。”侍卫吓得战战兢兢地不知将已跨进门槛的脚此时是该退回还是落下。就在刘清正欲走过去时，孙钦一脸怒气地扬手说：“刘大人，不必了，就让他进来当面禀报吧。”刘清只好止步。孙钦笑盈盈地对着正在给他捶背揉腿的几名侍女摆了摆手，示意让她们退下。可侍女们扭扭捏捏显出一百个不情愿的样子。孙钦满脸堆笑地说：“宝贝，一会儿，就一小会！”侍女们这才噘着小嘴扭着肥大的屁股向门口走去。刘清对还站在门口的那名侍卫说：“快送进来！”

侍卫顾不上理会这几名侍女对他极不友好的眼神，急忙将急报双手递给刘清。刘清转身双手递给孙钦。孙钦傲慢地接过急报，漫不经心地看着。突然，脸色大变，触电似的从太师椅内站起，将急报摔在桌上，怒不可遏地骂道："这帮混账小子，真是吃了熊心豹胆了！竟敢聚众造反，与官府作对，本按察使不将他们粉身碎骨，不足以扬我大明王朝神威，不足以平黎民百姓之愤！"刘清胆怯地拾起被摔在桌上的急报细看。这时，刚刚进来的靖虏卫游击将军马飞龙得知情况后说："大人，以满俊、李俊为首的固原'土达'反心已久，近年来到处惹是生非，实是可恶！这帮不知天高地厚、胡作非为的家伙，不给他们点颜色看看，还真不知道什么叫王法、什么叫厉害！"

孙钦对着马飞龙点了点头说："嗯，马将军之言正合我意。"

刘清说："大人，下官到此虽不是很久，可听说满俊、李俊二人有万夫不当之勇，收拾他们怕不是一件容易的事！"孙钦听了后很不高兴地对刘清说："刘大人，这可是你的地盘，如今发生了这样的事，你总得给我有个说法吧。不然，我怎么向朝廷、向圣上交代呢？"刘清一脸羞愧难为的样子。孙钦接着说："既然这事让我遇上了，这次剿匪我就要亲自随军督战！"刘清欲说什么，可被孙钦举手挡回。

马飞龙说："大人多虑了，一群山贼，乌合之众，何足挂齿？末将出马，定能取他等首级献于大人！"刘清只是脸色复杂地看了一眼马飞龙，但什么也没有说。

孙钦笑着说道："有马将军此言，我就放心了。素闻二位将军英名，可我还没有亲眼一睹你们的神勇。如果二位这次能活捉满俊、李俊等反贼，我定会向朝廷如实上报，为二位将军请功！"

刘清听了孙钦的话后不由地心中一阵好笑，你孙钦是这样的人吗？

但还是和马飞龙齐声说："大人言过了。我等既食朝廷俸禄，就应为朝廷效力，为圣上分忧。剿灭匪寇，保一方平安，乃我等之本分！何功之有？"

"对，对，对。二位言之有理。二位将军能如此深明大义，真乃我大明之幸，圣上之福！二位将军请放心，本官向来公私、爱憎分明，决不会辜负你们对朝廷、对圣上的一片忠心，也绝不会蚕食你们的一分功劳！"

"多谢大人栽培！"刘清虽嘴里这么说着，但他心想，这个不知自己是个什么玩意的东西，真是说的比唱的还好听。唉，这次来宁夏遇上这样的主，怕是自己倒霉的时候到了……

刘清、马飞龙二人都是朝廷有名的虎将，有他们二人出手，那这次征讨大石城满俊、李俊等匪寇的胜算就大大地增加了，可以说基本上有百分之八九十的把握，孙钦这么想。有刘清、马飞龙二位出征的确是减少了孙钦心中的不少顾虑，可孙钦偏偏又是一个爱财不要命、贪功不怕死的主。虽然他心中比谁都清楚自己的这个按察使是怎么来的，也知道自己到战场上去什么作用也起不了，可他这辈子从来就不肯放弃任何升官发财的机会。他是想利用刘清、马飞龙的英勇来克制满俊、李俊，给自己再创造一个加官晋爵的机会。

刘清到靖虏卫后，多次听人说开城满俊、固原李俊二人经常与官府作对，而且这两个人武艺非常高强，地方上的官员都十分地害怕他们。为此，刘清还暗中对满俊、李俊的一些情况做过调查，结果是这两个人确实是两个不好对付的主。现在他们又聚集了这么多人造反，怕是一块难啃的骨头。加之这个不知天高地厚的按察使孙钦，除了会阳奉阴违地巴结大太监梁芳之外，可以说是百无一用。如今，这个不知半斤八两的东西，既给他找难堪，又要亲自督战，实在是让刘清不知如何是好。如果他只是抢功，倒也罢了，可刘清最为担心的是万一到了战场上，他又瞎指挥该怎么办呢……唉，可人家的靠山是当朝内务府大总管梁芳，连圣上都对梁芳言听计从，谁又敢得罪他的门徒走狗呢……刘清想，事到如今，也只能走一步看一步，听天由命了。

第二天一早，孙钦命刘清速传靖虏卫全体官员到参将府议事厅议事。

参将府议事厅上，靖虏卫大小官员依次序而坐。孙钦穿戴整齐后由刘清陪同着，表情十分严肃从后衙走出，在正堂公案后威坐。待众官员行礼完毕后，他才清了清嗓子向众人通报满俊、李俊驻兵火石寨大石城、夜袭固原苑马寺、血溅固原千户所、甘州群牧所之事。随后，便问哪位将军愿随他前往火石寨剿灭以满俊、李俊为首的大石城匪寇，以除朝廷之患。

他的话刚刚落音，游击马飞龙、守备李成、王远三人出列，拱手齐声说道："末将愿意前往！"这时，参将刘清也慢腾腾地随和着马飞龙等人说："末将愿意前往。"孙钦高兴地说："有四位将军出战，我军定会马到成功，一举剿灭大石城匪寇！"并吩咐刘清立刻到校场点兵，备足粮草，明日寅时做饭，卯时出发。同时还命人飞马告知固原留守指挥冯杰，命他调遣本部人马两千前往七里宝山处等候汇合。

第二天卯时，孙钦头戴金盔、身穿金甲、腰佩青龙宝剑，披挂整齐来到校场。三十来岁的孙钦，肤色白净，秀眉小眼，一行修剪得十分整齐的短须不停地在上嘴唇上抖动着。他身后紧跟身穿盔甲的刘清、马飞龙、李成、王远等人。

校场上彩旗飘飘，鼓声阵阵，士兵们盔甲护身，兵器在手，排列整齐有序，威风凛凛。斗大的"刘"字帅旗高高飘扬，帅旗后面"马""李""王"

字姓氏旗帜紧随。孙钦站在点将台上，向出征的将士们做了暂短的讲话。算是战前动员吧。孙钦讲完后，马飞龙举手大喊一声："剿匪必胜！"随之，三军将士手举兵器，一片"剿匪必胜"声震耳欲聋。三声炮后，刘清下令出征。

孙钦、刘清等跨上战马，率领靖虏卫三千多人马浩浩荡荡地向火石寨大石城方向开拔。

中午时分，探马来报招贤王满俊、顺理王李俊说宁夏按察使孙钦、靖虏卫参将刘清率领三千官兵正在向大石城方向扑来，此时已到海原境内。李俊道："再探！"便与满俊等急忙拿过地图铺在桌上查看。

双鞭王火敬对满俊、李俊、小诸葛郑成伟等说："孙钦虽名为宁夏按察使，其实只不过是大太监梁芳门下的一条走狗而已，没有任何的能耐，他能混到今天这个地步都是他巴结梁芳的结果。但靖虏卫参将刘清、游击马飞龙却是名副其实的两员虎将。刘清一把寒铁大刀下战功赫赫，马飞龙一杆钩镰枪使得出神入化，令敌人闻风丧胆，人送外号'钩镰太保'，很难对付。"

小诸葛郑成伟说："虽然孙钦只是一草包饭囊，但这仗是我们进驻大石城后抗击前来征讨官兵的第一仗，关系着鼓舞我军士气，挫败官兵威风的重任，所以决不能掉以轻心，麻痹大意，无论如何，得打他一个漂亮的开门红才行。"

满俊一边听，一边仔细地查看地图。突然，他说："孙钦、刘清大军要来大石城，我看不如先放他们通过七里宝山进入咱家的地盘，再来个关门打狗。你们以为如何？"

大家听了满俊的话后都凑到了桌前。郑成伟看了一会满俊在图上指着的地点后，伸手在图上边指边说："好计啊，大王，好计！大家看，咱们可让驻守七里宝山的马冀隐藏在这个山谷的两侧，只留一小部分人员把守七里宝山关卡，等孙钦、刘清来到关卡时，让守关将士洋装战败往后撤退，孙钦、刘清定会因求胜心切追击。那么，我们就在这个叫落魂沟的峡谷内设伏，等刘清所部进入后，哈哈哈……他就上天无路，入地无门了！”

李俊大笑着说：“如此打法甚好，定叫孙钦、刘清有来无回！”

满俊哈哈大笑着说：“不管他是飞禽还是走兽，只要进了落魂沟，定叫他魂飞魄散！”

大家听后都哈哈大笑。接着，满俊说道：“那就这么定了，赶快传令各营队做好迎敌准备。”

大约下午未时左右，探马再次来报说固原冯杰率两千多人马已与孙钦、刘清所部在七里宝山外二十里处汇合，他们一路直扑大石城而来。满俊道：“再探！”他转身对李俊说：“咱家还怕这帮龟儿子不敢来呢！”

“如果那样的话，不就白丢了一顿肥肉美餐？”李俊说。

满俊等人又对刚才的计划进行了一番详细地补充完善。随后，满俊令七里宝山守将飞天猴马冀率众进入落魂沟入口处设伏，副将李仁率百余人守卡，等刘清一到便向西南方向的落魂沟败退，引诱他们进入伏击圈。自己与李俊、满玉、火能、洪满、毛哈刺率洪满、毛哈刺部下两千多自卫队前往落魂沟深处设伏，东山、西门的把手任务分别由满玉部下副将哈成福、火能部下副将满太负责。

一切布置妥当之后，满俊、李俊、满玉、火能、洪满、毛哈刺率部从大石城出发前往七里宝山西南方向的落魂沟。

刘清率部来到七里宝山关卡前时，孙钦见关卡前民军寥寥无几，而且狼藉一片，便以为是他们因害怕官兵而仓皇逃命所致。于是心中一阵暗喜，便不加任何思索地传令：命全军不休息、不安营、不扎寨，抢抓匪寇慌乱之际直接列队开战，打他个措手不及。

刘清忙劝孙钦说：“大人，这里山大沟深，四处密林，匪寇诡计多端，还是小心为好。”

孙钦大怒说：“刘将军，你竟然这么胆小怕事，我真不知你是怎么带兵打仗的？这明明就是匪寇慌乱逃跑所致。如果此时不乘胜追击，贻误了战机，我看你这个参将也就当到头了。”刘清遭孙钦斥责后就什么也不敢再说了，只好下令全军出击。

王远横刀立马出列叫阵。七里宝山副将李仁手提虎头双钩迎战。二人大战三十多个回合后，李仁故意露出破绽，败阵逃跑。孙钦见民军主将败逃，于是一把夺过刘清手中的令旗一挥，全军追击。

他们进入关卡不到两公里时，见面前峡谷两侧石峰林立，壁如刀削，山坡上一片茫茫林海，刚刚败逃的民军蒸发了似的不知去向了。

刘清不愧是一员身经百战的老将，他随着大队人马边追边仔细查看这里的地形。突然，他大叫一声：“不好！有埋伏！赶快撤退！”

就在刘清大喊撤退的瞬间，他们身后的山坡上炮声齐鸣，接着，峡谷深处两侧又是一阵炮声，但四周不见一人，只有如蝗的飞箭从二面山坡上的密林中、石峰上飞来。官兵大乱。飞箭过后，满俊站在右边的山坡上、李俊站在左边的山坡上，他二人手挥令旗。满俊身边的满玉、洪满，李俊身边的火能、毛哈刺率领大队人马如从天而降的神兵，从峡谷深处的二面山坡上杀下。马飞龙一边大喊“撤退！”一边与冯杰急忙保护孙钦原路后退。

混战中，刘清左腿被射中一箭，马飞龙前胸被射中一箭，但他们二人都似乎没有感到丝毫的疼痛，依然奋勇厮杀。刘清掉转马头，一马当先，一把寒铁大刀上下舞动，打飞挡住去路的李仁手中的虎头双钩，砍伤他的右肩，杀开一条血路，马飞龙与冯杰二人保护着孙钦紧随在刘清身后，向峡谷出口处撤离。李成、王远负责断后，全力阻止后面追来的民军，可民军哪肯放他们逃走，紧追不舍。这时，李俊见刘清等快要逃出包围圈了，便翻身上马冲下山来，向李成、王远直冲而去。他手中乌金长矛刺出，李成还没来得及招架就被刺落马下。王远见势不妙，打马就逃，李俊跃马而追。突然，逃跑中的王远右手向后一摔，几道蓝色闪光直向李俊飞来。由于李俊一心想追杀正在撤退中的孙钦、刘清二人，没有顾及周围情况，被迎面飞来的袖箭射穿喉咙，跌落马下。

守在落魂沟出口的飞天猴马冀见刘清等率众杀出李仁的第一道包围，便跃马而来挡住刘清、孙钦、马飞龙、冯杰等人的去路。刘清、马飞龙见民军又挡住他们的去路，便奋不顾身地与他们激战在了一起。冯杰拼命地保护在刘清的身边。

满玉、火能这时也杀开了官兵的围堵从后面赶来。满玉见李俊受伤，急忙下马将他抱在怀中。好一个金面童子火能，纵马前来，挥动手中乌金枪，一枪挑下刚才暗放袖箭伤人的王远。

此时，虽然王远已被火能一枪挑于马下，但他暗器打伤顺理王李俊之事再次勾起民军将士心中的仇恨，新仇旧恨加在一起，随着洪满和毛哈刺“不要放走一个狗官”的喊声，将士们奋不顾身地冲杀，刀枪到处，鲜血飞溅，人头落地。洪满一对红铜锤闪过，官兵脑浆四溅，毛哈刺手中八卦板斧到处，官兵倒下一片。孙钦吓得丢掉了手中的青龙宝剑，双手只紧紧地抓着坐骑的缰绳，在冯杰的保护下随着厮杀的人流前前后后、左左右右地晃动。此时，刘清见势不妙，便跳出与马冀的打斗，跃马过来，与马飞龙、冯杰三人紧紧贴在孙钦的身边。刘清舞动手中寒铁大刀在前奋力杀敌开路，马飞龙一杆钩镰枪前刺后扫，冯杰一把大刀左劈右砍，奋力地抵抗着一批又一批围攻上来的民军，保护着孙钦。

等满俊从山坡上下来赶到李俊、满玉身边时，李俊已死在了满玉的怀中。满俊从满玉的手中接过李俊的尸体紧紧地抱在怀中，虎目圆睁。他见袖箭已全部插入了李俊的喉咙，周围黑色的鲜血不停地流着。显然，这是一支喂过剧毒的袖箭。满俊心如刀绞，号啕大哭……

满玉见顺理王李俊阵亡，前边激战中的弟兄们又不时地倒在刘清、马飞龙和冯杰的刀枪之下，便提起飞鸿锐欲杀官兵，为顺理王李俊报仇。就在他准备飞身上马时，满俊却悲伤地大喊鸣金收兵。满玉不得不按满俊的意思下令收兵。

刘清、马飞龙、冯杰这才算捡了一条性命，向固原方向逃去。他们急逃到七里宝山边界外时，见民军没有追赶上来，这才稍微松了一口气。刘清才勒马停下，他一把拔出还插在腿上的竹箭，简单地将伤口包扎了一下。冯杰一边帮气喘吁吁的马飞龙包扎伤口，一边命人清点人数，他们所率五千官兵此时剩下不到三千。

满俊率兵回到大石城后，按照李俊妻子的意愿，准备将顺理王李俊厚葬于他的家乡——李俊。

李俊出殡的这天，全体民军将领身穿白衣，士兵腰系白带，泪流满面。李俊坟前，满俊接过郑成伟递来的香茶、火敬递过的奶酒，慢慢地泼洒在他的坟前。随后走到哭的泪人般的妻子李素芝和侄女李莺的身边，慢慢地将她俩扶起，抱在怀中……

这时，郑成伟、火敬、满玉、火能、巴图达赖等人也扶起了趴在地上哭得死去活来的李俊妻子、李刚、李仁、李洪、马冀、宝歌、咬歌等人。

随后，郑成伟大声喊道：“谁能拿到狗官孙钦、刘清、冯杰的脑袋祭奠顺理王的灵魂就赏白银一千两！”全体送葬的民军高呼——杀死狗官孙钦，杀死狗官刘清，杀死狗官冯杰，为顺理王报仇。

第十二章　王府劫难

燥热的空气终于随着清淡的月色慢慢地凉爽了下来，夏夜长安街上婀娜多姿的柳条在夜色中随风轻轻荡漾，似一个个沉睡中面露微笑的妙龄少女。街道两旁所有的店铺都已关门熄灯，整个长安街进入了甜甜的梦乡。更夫的梆子声清晰悦耳，在静静的夜空中响起……

一阵马蹄声疾驰而过，打破了长安街浓稠的夜色。一位风尘仆仆的官兵在马背上频频加鞭……

陕西都御史陈介官邸客厅的灯光亮了起来。身着内衣的陈介手持刚刚接到的一封信函，在闪闪烁烁的灯光下阅后，显得十分地焦躁不安。原来刚才那位在长安街上飞驰而过的官兵，是新任宁夏靖虏卫参将刘清派来长安报信的信使。刘清信中的内容自然不是什么好消息，而是他与冯杰惨败大石城后向陕西省报告满俊、李俊聚众造反、对抗朝廷之事的。不过，他对宁夏按察使孙钦在战场上的瞎指挥只字未提。因为他知道说了这些话后，除了只会给自己带来更多的麻烦之外，别无任何的好处。

陈介沉思良久，觉得此事干系重大，丝毫耽误不得。于是，便命人备轿，立即前往陕西镇守太监黄泌官邸汇报。虽然陈介此时为陕西省最高行政长官，但要调用军队还必须得向当地镇守太监请示。在这个宦官参政把权的时代里，他不得不亲自去找黄泌商量此事，虽然黄泌不是那种霸道的人。

四盏标着“陕西都御史”字样的大红灯笼随着一顶八台大桥，在夜深人静的长安街道上急行……

陕西镇守太监黄泌官邸。

门前两个正在打盹的值班侍卫被一声“落轿”声惊醒，他们见是都御史陈大人驾到，便急急入内堂向还在批阅公文的黄泌禀报：“巡抚都御史陈介陈大人求见。”一头花白头发、身体微微发胖的黄泌心中一惊。这么晚了，什么急事啊？但陈介深夜来访，一定是发生了什么大事，否则，他是不会来的。于是只说了一个“请”字！

陈介在侍卫的引领下进入内堂，一边向黄泌施礼，一边歉意地说：“深夜造访，打扰公公休息，实在是对不住……但此事关系重大……不得不……”

黄泌道：“陈大人这是说那里的话啊，大家都是为了百姓、为了朝廷嘛。我这不是还没有睡嘛，即便是睡下了，再起来就是，又有何妨？公务重要！什么事，陈大人，你就直说吧。”

陈介说：“黄公公，刚刚接到宁夏靖虏卫参将刘清的急报，说固原土达满俊、李俊一个月前聚集千余人在火石寨大石城举旗造反，目前聚集造反人数已达两万余人。其中能参加战斗的就有一万二三，其余的都是一些妇女孩子和老人。他们先后夜袭固原苑马寺、血溅固原千户府、甘州群牧所，手刃固原千户冯建元。几天前，刘清与固原守备指挥冯杰二人率领五千多人前去围剿，结果误入他们的圈套，靖虏卫守备王远、李成阵亡、游击马飞龙重伤、刘清轻伤，全军大败而归。五千多将士战死一千多、被俘一千多，折损过半……”陈介边说边将刘清送来的急报递给黄泌。

黄泌接过急报，边听边阅。随后，他将急报重重地摁在案上，愤怒地大骂："反了，反了，真的是反了！这帮王八羔子还真的是反了，王法何在？"这时，黄泌站起身来说："这个刘清啊，打了一辈子的仗，这次怎么就……只是可怜了那些死去的将士们！"

陈介说："刘清、冯杰这次围剿匪寇全军失败且损伤惨重，按理应治他大意轻敌之罪，只是……"

黄泌对陈介说："唉，陈大人，事已至此，我们就不说这些了，你我皆知满俊、李俊不是好惹的主。话又说回来，刘清一战能击毙匪寇首领李俊也算是大功一件。"

陈介说："虽然李俊被击毙，但满俊还活着。如不将他们彻底消灭，恐怕他们会为李俊报仇而变得更加疯狂。况且这才一个月时间，他们就聚集了两万多人，看来这二人的确不简单。如不赶紧剿灭，照这样下去那还了得？"

黄泌说："是啊，是啊。唉，陈大人，还是赶紧通知宁远伯任寿任大人吧，让他立即前来，一起拿个主意，看该怎么办。如果照这样下去，我们如何向朝廷交代啊！"陈介点头称是。

于是，黄泌吩咐侍卫急请宁远伯任寿前来。

任寿急急来到黄泌官邸，当他听完陈介和黄泌之言后，十分地震惊，一张大方脸上本来就不大的一对眼睛，此时在闪闪烁烁的灯光下显得更小了，不停地用右手捋着胡须。随后，他说自固原土达归降以来，太祖皇帝对他们施以敦睦之道，而满俊、李俊等人生性野蛮，不思悔改，辜负皇恩，多次杀死官差，并与北元贼寇经常暗中串联，祸害百姓。此恶不除，杂胡效仿，一则怕局面不好控制，二则也难向朝廷交代。

陈介说："宁远伯言之有理！我等的职责就是守一方水土，保一方平安。在咱们自己的辖区内出了这等事情，实在是不好向朝廷交代啊！得想法速速将其消灭掉才对！”黄泌随声说：“是啊，是啊。”

陈介、黄泌、任寿三人连夜秉烛分析形势，最后决定以最快的速度剿灭大石城以满俊、李俊为首的匪寇。

虽然大石城目前匪寇已有两万之众，能参加战斗的也有一万二三，但他们毕竟都是一些临时聚集起来的老百姓，实质上就是一群乌合之众，应该没有多强的战斗力。陈介、任寿等分析的最后结果是这样的。于是，他们决定调集一万精兵，分两路征讨大石城。其实，这时大石城能参加战斗的人数已远远超过了两万人。

可这两路兵马从何处调遣、又由谁来挂帅却成了他们十分头疼的一件事。如果按照兵力调度的一般原则，靖虏卫参将刘清、游击马飞龙、平凉卫指挥佥事“铁面人”满璹等是最合适的人选，但此时刘清、马飞龙有伤在身，而满璹又被满俊等所俘，怎么办呢？

快天亮时，他们才决定从庄浪卫调集六千人马，由庄浪都指挥邢瑞、指挥蒋太率领，从庄浪发兵经沐家营从东南面包剿大石城；再从定西、会宁两地调集四千多人马，由定西都指挥申澄、会宁指挥王震率领，从会宁发兵经白城子（今宁夏西吉县新营乡白城子）从西南面包剿。

第二天一早，陈介、黄泌、任寿立刻派人赶往庄浪、定西、会宁给邢瑞、蒋太、申澄、王震四人下达调集人马征讨大石城的军令。

邢瑞、蒋太、申澄、王震接到命令后，急忙整顿队伍，立刻发兵。

申澄、王震率兵不几日就来到了固原境内。进入固原境内后，申澄下令四千多人马进驻白城子，准备血洗大石城，手刃匪首满俊。

可他们左等右等，没有一点儿邢瑞的消息，也不敢孤军贸然挺近。就在申澄、王震十分焦急之时，探马回报说在沙沟满寺发现一小股匪寇，不到一千人，其中还有好多是民工，好像正在修建一个大型庄院，工地上飘扬着“顺理王王府”旗帜。申澄对此大感兴趣，责令再详细侦探。再探的结果还是如此。王震遂请命欲带兵前去剿灭。

王震率八百轻骑，神不知鬼不觉悄悄地窜到满寺附近，见这里山大沟深，地形复杂，怕中埋伏，便令全军散开潜入密林，详细勘察周边情况。傍晚时分，各路探马回报，已探清满寺驻守匪寇不到五百，其余均为民工，在此除为匪首李俊修建顺理王王府外无任何异常。这里顺便交代一下，虽然顺理王李俊已死，但修建顺理王王府的事一直没有停止。王震便令各队人马抢占有利地形，暗中埋伏，深夜以鼓声为号，杀进工地，全歼匪寇。

深夜一更，王震见四周静悄悄地，新建顺理王王府工地上的灯光相继熄灭，辛苦了一天的民军、民工都已进入梦乡，便下令擂鼓发令。八百轻骑箭一般地冲进工地。顿时，杀声震天。李庆、李贵、吴凯等人急忙迎战。可仓忙之人怎能战过有备而来之军。混战中，李庆、李贵二人先后阵亡，吴凯见大势已去，便凭借熟悉地形的优势，带人冲出重围，逃回了大石城。王震命张林率五百官兵驻守满寺。

吴凯等人逃回大石城时，仅剩一百来人了。满俊大怒，发誓要马踩申澄、王震二人，替李庆、李贵报仇。

邢瑞与满璹二人比较熟悉,所以他对满俊的一些情况也就有所了解。就满璹来说，陕西省的武将中就没有几个能与他相提并论。可满璹常说他还不是叔父满俊的对手。邢瑞接到征讨满俊的军令后，表面上积极响应，但心中总是有不少的顾虑和担心。所以，一路上以刺探敌情为由瞻前顾后、磨磨蹭蹭。

这天，邢瑞、蒋太率部来到火家集（今西吉县将台乡），探马回报说硝河城满家山庄高树“招贤王王府”旗帜，城内住有五六百名匪寇，以满璹为首。

邢瑞听到满璹的名字后，不由地皱了皱眉头。长叹一声道：“唉，真是冤家路窄啊！”蒋太却不以为然地说：“将军不必担心，末将这就带人前去踏平硝河城满家山庄。”说完，遂率一千人马离队向硝河城方向飞驰而去。邢瑞对着远去的蒋太等人大喊：“小心！”

蒋太一行纵马来到硝河城满家山庄——招贤王王府门前，点名要满璹出来回话。满璹站在城墙上对蒋太施礼。蒋太却大骂他背叛朝廷，落草为寇。满璹苦笑不言。这时，站在一旁的满通见蒋太恶语不断，实在是欺人太甚，便不听满璹劝告，打马出城迎战蒋太。

眨眼间，满通力斩蒋太手下两员副将。蒋太气急败坏，亲自打马出战，逼得满通连连后退。满璹见蒋太如此嚣张，心中怒火顿起，便率哈福礼等出城迎战。

满璹没使几招，手中的大刀就架在了蒋太的脖子上，蒋太吓得脸色发白。满璹对蒋太说：“将军不要欺人太甚，老夫今日在此也是迫不得已，有苦难言，并非真心背叛朝廷。他日若时机成熟，定将返回报效朝廷。老夫之心，日月做证，苍天可鉴！如老夫在此有碍将军公务，只要将军答应不践踏此地百姓，老夫明日即可撤退！”“将军不杀之恩，末将终生难忘；将军一片忠心，苍天可见。望老将军说到做到！”“好，你回吧。老夫一言九鼎，绝不失信于你。”

满璹收兵回城，见满通在混战中身中数枪，血流不止，忙命郎中救治，可已来不及了，满通终因失血过多而亡。

晚饭后，满璹突然下令，命满家山庄所有人员带上全部财物、粮食，赶上牛羊马匹前往大石城。因为他想，就算自己有通天的本事，四百多人怎能战胜六千多人呢，还是保护好亲人为上。

蒋太返回营中，向邢瑞如实禀报了情况。虽然邢瑞了解满璹的为人，但此时，他还是忧心忡忡。蒋太说：“如果满璹所言不实，自己早就没有命了。”

第二天一早，探马来报，说硝河城满家山庄匪寇昨夜已全部撤离。邢瑞、蒋太心中大喜，一边派人驻守硝河城满家山庄，一边号令大军拔营进驻沐家营。

邢瑞所率六千人马一进沐家营就安营扎寨。两日后才向申澄部传信说他们在硝河城大败满璹，拿下了硝河城满家山庄——招贤王王府，现驻扎沐家营，并约定第二天一早同时从两侧进攻，夹击大石城，一举歼灭大石城匪寇满俊。

就在邢瑞驻扎在沐家营的这两天时间里，满俊等人已将官兵主帅、他们一贯的作战习惯及这次的作战计划弄了个一清二楚。小诸葛郑成伟献策说对前来的两路官兵采取各个击破的战法，先打申澄，再打邢瑞。因为申澄所部人数较少，而且是两地兵马的临时组合，战斗力应该差一点，可集中兵力先一举歼之。然后再回过头来，集中力量收拾邢瑞的六千人马，一报他们践踏招贤王王府、顺理王王府之仇。

经满俊、郑成伟、火敬等人详细研究，从西南方向来大石城的申澄、蒋太所部应经七里宝山和将军山地界。他们分析申澄过将军山走乱石沟这条路的可能性较小。虽然这是条近道，但山大沟深，为兵家之大忌。“兵者，诡道也。”既然这里有路，就不得不防。于是，他们便命将军山守将火四抽调一千人马，由火四、白云指挥，埋伏在将军山脚下乱石沟峡谷两侧的密林中，如果申澄敢进入乱石沟就切断其退路。命咬歌所部抽调一千人马，由咬歌、陈光指挥，埋伏在乱石沟深处的南、北两侧，北门镇守任务暂时由副将马定山负责。如果申澄所部敢经乱石沟进入大石城，就在这里消灭他们。

接着，满俊在七里宝山的老鹰沟埋伏重兵，因为他认为申澄走这条道的可能性最大。遂命七里宝山守将马冀抽调两千人马，由马冀、李仁指挥，埋伏在老鹰沟入口处的两侧密林中，等官兵进入老鹰沟后，斩断他们的退路。命满玉、宝歌从其所部各抽调一千人马合兵一起，由满玉、宝歌指挥，埋伏在老鹰沟的深处。等消灭了申澄、王震所部后，火四、咬歌、满玉、宝歌立即率部回撤，火四、咬歌向大石城西门、南山方向靠拢，满玉、宝歌向大石城东山方向靠拢。马冀、李仁、白云立即撤回驻地七里宝山和将军山，以防官兵有后援部队并乘虚来袭。命满能在炮架山敞开门户，先放邢瑞所部通过炮架山，随后断其退路，形成包围圈。命南斗率领二千人马在大石城与南山之间的大岔沟峡谷中设伏，挡住邢瑞一行进入大石城之路，将其先围堵起来，随后在大岔沟将其分而歼之。他们就这样在大石城四周设下三个伏击圈。满俊、火能与其他人员负责镇守大石城本部，并做好随时前去支援的准备。

满俊还下令各关卡、路口守将，可采取随机应变的策略，按照实际情况对前来的官兵分而歼灭。

第二天一早，东方刚刚露出鱼肚白，申澄、王震二人就率部杀气腾腾地来到将军山山前。他们见所有关卡、路口无人把守，且一片狼藉，大有慌乱逃亡之象。王震见此地山大沟深，地势险要，而且四处林密，疑心眼前的狼藉场面是匪寇所造假象，不易贸然行进。而申澄却不以为然，说匪寇一听我大兵到来，就闻风丧胆而逃，怕个什么？遂命全军抄近路通过乱石沟峡谷，直捣匪寇老剿大石城，杀他个片甲不留。

咬歌来到设伏地后，依据当地民间传说诸葛亮曾在此摆下乱石阵吓跑陆逊的故事，也摆下了一个所谓的“乱石阵”，正在等着前来的申澄等人。当然咬歌所摆的“乱石阵”不是传说中诸葛亮当年所摆的乱石阵，他只是让将士们在山坡上准备了大量的石头，等官兵进入峡谷后，将事先准备好的乱石从山坡上滚下，封住峡谷出口，意欲全歼敌人的计划而已。火四因受咬歌的影响，也凭借乱石沟复杂的地形，独出心裁地摆下了一个所谓的“利剑阵”。火四的“利剑阵”也像咬歌的“乱石阵”一样，只不过是凭借地形优势，把攻击方式安排的像一把利剑，等敌人进入峡谷后，出其不意，将其拦腰斩断，使其身首异处，首尾不顾，打乱阵脚，分而歼之的一个计划。

申澄头戴乌金头盔，身披黑铁鱼鳞甲，王震身披盔甲，与申澄并马走在队伍的最前面，在乱石沟峡谷中急速行进着。

申澄等进入乱石沟峡谷前行不久，忽然一声炮响，身后右侧一山沟中杀出一队人马，为首之人高举亮银枪，一把利剑般地直向申澄所部的腰部冲来。这人便是玉面童子火四。未等申澄等人反应过来，队伍已被火四拦腰截断，整个队伍顿时阵脚大乱。申澄忙令王震掉转马头迎战匪寇。就在这时，他们前方左侧山谷中又是一声炮响，接着冲出一支队伍，为首之人腰圆体胖，脑袋剃得光秃秃的，露在外面的头皮被太阳晒得黝黑发亮，铁青色的脸上一对虎目圆睁，可能是由于天热的缘故，他上身一丝不挂，光着膀子，手提一把加钢板斧催马而来。此人便是人称“秃鹰”的咬歌。这时，白云手持红缨长枪率兵已封住了乱石沟峡谷的出口，陈光站在一高处一挥手中令旗，顿时，峡谷前后、左右山坡上的密林中顿时万箭齐发，射向官兵。瞬间，峡谷中的官兵如一群无头的苍蝇到处乱窜，一个个在乱箭中倒在了地上。乱箭过后，火四截住返回的王震。咬歌、陈光二人也率部冲杀过来，攻向申澄。混战中，只听得峡谷中阵阵兵器撞击、惨叫之声四起。

火四纵马前来，王震举鞭便打，火四也不搭话，举起手中亮银枪就战。转眼间，他二人已厮杀了十多个回合。申澄见王震被挡住去路，欲纵马过去援助，可被飞马而至的咬歌挡住了去路。

火四见王震一对双鞭越战越猛，便佯败向刚才冲出的那个沟口逃去。王震哪知是计，纵马便追。等王震进入山沟百丈左右时，突然，二面山坡上利箭蜂拥而下。王震大喊一声："不好！"急忙举鞭挡箭。接着，山坡上又滚下无数大小不一的石头。王震单人独马，防不胜防，心中不由一阵暗伤。就在这时，一块巨大的山石从山坡上呼啸而下。王震见状，大吃一惊，心中不由长叹一声，吾命休矣！就在这时，一支利箭射中他的胸部，接着那块呼啸而下的大石就从他的头顶上砸过。

这时，乱石沟入口处，白云一杆红缨长枪上下飞翻，欲冲出谷口逃命的官兵一片接一片地倒下……

申澄见已中埋伏，就像一头发疯的狮子，双目圆睁，高举手中乌金大刀，不顾一切地向扑上来的民军砍去。他手中的大刀无情地砍杀在一波又一波围攻上来的民军头颅上，大刀过处，脑浆迸裂，血花四溅。咬歌等人被这位大刀将军的神勇惊得目瞪口呆。

火四见王震已葬身于乱箭山石之下，便打马再出山沟。他刚出山沟就被眼前的一幕所惊呆。见申澄手中乌金大刀过处，兄弟们哗啦啦倒下一片。这时，陈光也被身边的官兵缠得死死的不得脱身，只见他手中一把金背铜环刀上下舞动，与官兵全力激战。于是，火四急忙舞起亮银枪，杀开一条血路，冲到咬歌身边，欲与咬歌一起迎战申澄。申澄见火四前来，心知王震已凶多吉少，便使尽全力冲杀。此时，申澄就像一台杀人的机器，眼睛里布满了鲜红的血丝，喉咙里发出野兽般地吼声。他们三人大战八十多个回合时，仍不分上下。

这时，埋伏在附近老鹰沟的满玉听到乱石沟炮声后急忙赶来支援，宝歌等怕官兵调虎离山而继续埋伏在老鹰沟。满玉见火四、咬歌、申澄三人杀得难分难解，急忙将手中的飞鸿锐挂在得胜钩上，拉弓上箭，瞅准时机，嗖，一支利箭射中了申澄的左眼。申澄“哇”的大叫一声，从战马上跌落而下。火四手起枪落，申澄身首异处。官兵见主帅已死，心知抵抗也只是白白送死，遂放下了手中的武器。

就在这不到半个时辰的战斗中，民军死伤三百余人，而官兵主帅阵亡，死伤过半。火四令副将白云率人押解俘虏撤离战场，返回将军山驻地。随后他与咬歌集合队伍立即向大石城西门、南山方向靠拢，准备参与歼灭邢瑞的战斗。

满玉见申澄所部已被全部歼灭，就返回老鹰沟命设伏人马立即整队向大石城东山火能所部靠拢。

将军山下乱石沟峡谷中，尸横遍野，一片狼藉。

天色大亮时，驻扎在沐家营的邢瑞、蒋太所部才沿着羊肠小道慢悠悠地向大石城方向而来。他们一路顺利地通过了炮架山。

邢瑞、蒋太率兵通过炮架山后前行不多时，就远远地望得见大石城了。但见那里帐篷遍地，彩旗招展，没有丝毫的戒备。转眼再观周围群山，重峦叠嶂，沟壑纵横，山如猛虎恶狼，石似雄狮猛兽，十分险峻。邢瑞见申澄、王震所率人马未到，甚是不悦。他那知申澄、王震二人此时已死于非命。

就在邢瑞、蒋太离大石城不到十里的大岔沟时，突然，身后一声炮响，接着是大队人马突现，为首之人正是敞开道路放他们进来的满能、满安。还没等邢瑞、蒋太惊慌之时，前面不远处的山谷中又是一声炮响，接着涌出一队人马挡在了他们的前面。

这时，火四、咬歌所率人马已与满能、满安所部会合，满玉、宝歌也已与南斗所部会合。

邢瑞身后的这支人马一到官兵面前，全身是血的火四飞马冲上前来就杀，蒋太还没弄清此人为啥全身是血，就强迫举枪迎战。瞬间，他二人已大战六十多个回合。渐渐地，火四体力开始有点不支。就在这时，忽见民军队伍中一头戴锅形尖顶头盔，身穿灰色粗布长衫，腰间、手腕扎了牛皮护腰、护腕，脚蹬牛皮鞋子，身材高大魁梧，黄色长须之人高举虎头银枪前去替下火四，与蒋太直杀得天昏地暗。此人便是人称“金钱豹”的南斗。只见他二人手中两杆银枪到处，招招勾魂，枪枪夺命，可又都被对方拆分化解为安。

周围观战的将领和士兵大多被南斗、蒋太二人的激战所吸引而忘记了其他的一切。可咬歌却双目紧紧地盯着邢瑞的一举一动，生怕他跑了似的。其实，此时邢瑞已被眼前的阵势吓得六神无主，毫无主帅风度，左顾右盼，正在寻找着逃命的法子。

邢瑞抓住大家注意力都集中在南斗与蒋太二人身上的这个机会，便向旁边一峡谷打马而逃。咬歌大喊一声“狗官，哪里逃？”两腿一夹，纵马而追。此时，大家才如梦初醒，陈光、满安等人率兵紧随咬歌追截邢瑞。战场上一阵混乱。蒋太不知发生了什么事，转目去看。南斗抓住机会，一抖手中虎头银枪刺去，蒋太落马而亡。邢瑞拼命而逃，总算捡了一条命。但摆脱追兵时，他身后的士兵已不足三千来人了。

咬歌、陈光、满安等人追出二十余里时，见邢瑞等人四处落荒而逃，遂掉转马头，收拾官兵丢下的大量兵器，随后凯旋而归。

第十三章　围困陈介

刘清、冯杰、邢瑞、申澄等先后两次率一万五千多人征讨大石城，都以失败而告终，甚至可以说是惨败。在这两次征讨战斗中，官兵都指挥申澄、指挥王震、蒋太、守备李成、王远五人阵亡，三千多人战死、四千多人被俘、一千多人四处逃亡不知下落。陈介、黄泌、任寿等人闻讯后十分惊慌，不知所措。这对朝廷来说，可谓是奇耻大辱，丢尽了颜面。

一时间，官兵在大石城两次惨败的消息如同一阵劲风吹遍黄河两岸、中原各地。百姓闻者，无不举手称赞，官府闻者，无不胆战心惊。一些说书人还偷偷地将此事编成一些小段子，从固原向中原各地悄悄地流传着。

官兵两次征讨，两次惨败。这不仅关乎固原、平凉、宁夏、陕西等地的社会安定问题，更为重要的是涉及到了大明王朝政权的巩固与否。陈介、黄泌、任寿等人不敢不将此事上报朝廷。

兵部接到陕西军事急报后，甚为震惊。

这天早朝，二十一岁的明宪宗朱建深头戴金冠，身穿衮冕，正坐在乾清宫正殿的龙椅上。文武百官进殿礼毕后，兵部尚书白圭急忙出班奏报。将固原土达满俊、李俊率众驻兵大石城造反，夜袭固原苑马寺、血溅固原千户所、甘州群牧所，先后击败刘清、冯杰、邢瑞、申澄大军之事奏报于宪宗。宪宗听后，十分震怒。本来就有点结巴的他，气急之下，结结巴巴地问各位大臣此事该如何处置。

首辅彭时出班奏说："圣上息怒！我军虽先后两次征讨大石城匪寇失利，但依臣看来，刘清、邢瑞等人不是大意轻敌就是杀敌不力。大石城匪寇应该没有陕西急报中说的那么可怕，一群乌合之众岂能翻天。我天朝兵强马壮，良将济济，岂能被一群亡命之徒、小小毛贼而困扰。圣上可命兵部调遣精兵良将，一举歼灭便是！"

宪宗道："彭爱卿言之有理！可派谁……谁为主帅前去征讨匪寇？哪位卿家有……有合适的人……人选，就速速奏来。"

白圭接着奏道："圣上，兵贵神速。依臣看，暴乱发生在陕西，还是让陕西驻军就近解决为好。臣以为可令陕西都御史陈介会同宁远伯任寿、宁夏总兵广义伯吴琮为一路，率陕西、宁夏兵从大石城北面前去围剿。另一路可令延绥都御史王锐、参将胡凯率延绥军从东面前去围剿。这样即可及时剿灭匪寇，防患于未然，又可不给朝廷增加库支。"

宪宗沉默了一会儿后点头说："白爱卿言之有理，那就这么办吧。另外，兵部要尽快查清大石城暴乱的起因及刘清、冯杰、邢瑞、申澄等人兵败的原因上报于朕，朕要严惩玩忽职守、不思报效朝廷、有负皇恩之人！"

白圭奉旨后，一面命兵部侍郎戴纶前往固原调查满俊、李俊在大石城聚众暴乱的起因和刘清、冯杰、邢瑞、申澄等人征讨大石城失败的原因，一面召集兵部大员，商讨剿灭大石城匪寇的具体对策。

兵部议事会上，以兵部侍郎商铬为代表的一派，认为剿灭大石城匪寇不急于这几天的时间，等戴纶调查回来，弄清前两次失败的真正原因后，再对症下药，可保将匪寇一举剿灭。以兵部主事阎让为代表的一派，认为满俊等既然能夜袭固原苑马寺、血溅固原千户所、甘州群牧所，又接连挫败刘清、冯杰、邢瑞、申澄征讨大军，一定不是等闲之辈，得谨慎为之。还有人认为，满俊等只不过是一群乌合之众、山野亡命之徒，没有什么可怕之处，可速派大军一举歼灭。如果剿灭一群山野毛贼朝廷也顾此思彼，其不是在长匪寇气焰，灭朝廷威风？而满头白发、花白胡须、面色清瘦的白圭坐在案后一言未发，只是静静地聆听着大家的谈论，到最后，他还是没有表态。不过，在他心中，倒是倾向于第一种意见，但第二种意见说的也不无道理。

由于第二天宪宗称身体不适没有上朝，而且宪宗自登基以来就从来不在宫内召见大臣，所有事宜都由司礼监太监负责传递奏折。但白圭觉得此事关系重大，还是当面呈报为好。所以，第三天早朝时，白圭才向宪宗奏报了自己的看法。宪宗也表示同意，就没有急着降旨发兵。

半个月时间过后，戴纶从固原急急赶回京都，将调查结果向白圭做了详细汇报。白圭连夜主持召开兵部紧急会议，向大家说明戴纶这次前去调查的结果。

满俊等在大石城聚众暴乱是因以固原留守指挥冯杰为首的地方官员暴敛民财，激起民愤所致，此事还牵扯到了宁夏镇、京都的一些官员。白圭对梁芳、孙钦之事只含糊其辞地提了这么一句。刘清兵败是因无主见、大意轻敌所致；申澄阵亡系他个人刚愎自用，不听劝阻所致；邢瑞兵败主要是因他临阵脱逃所致。虽然大石城匪寇首领李俊已死，但满俊及他手下的“八大将”“二十二副将”人人都有万夫不当之勇，个个都是非等闲之辈。大石城匪寇已有三万余众，而且还在继续增加。

兵部各位大员听到这样的调查结果后，个个惊得目瞪口呆。看来此事不仅涉及陕西官员，而且还牵扯到了一些京都官员。大家都心中忐忑不安，生怕此事与自己沾上边儿。这世间，有哪个人不怕死？又有哪个当官的不怕丢了乌纱帽？几乎没有，或者说是凤毛麟角，少得可怜。此时，大家已心生明哲保身、少说为妙、以防引火烧身之意。兵部正堂上一片鸦雀无声。

白圭见大家如此神态，便知其中原委。他有意咳嗽了一声后说："各位大人不必惊慌，清者自清，浊者自浊。这件事的真实情况就是这样，老夫要如实向圣上禀报。如果圣上怪罪下来，由老夫一人承担便是。"大伙见尚书大人如此说话，不由地感到自己的脸上一阵火辣辣地烫。白圭接着说："我意决定先罢免陕西庄浪卫都指挥邢瑞和固原留守指挥冯杰的职务，将他二人先羁押在陕西大牢。对因用人不当，贻误战机，轻敌致败的陈介、黄泌、任寿、刘清等人也要予以严惩。至于如何严惩，等我奏明圣上，听候圣上裁决。"至于发兵征讨大石城匪寇一事，我看还是按就近用兵的原则，令陈介、任寿戴罪立功，与宁夏总兵广义伯吴琮、延绥都御史王锐、参将胡恺各率本部兵马即日拔营出发，会战大石城，剿灭叛乱，不知各位意下如何？白圭做出这样的决定，也是他深思熟虑之后才说的。如果按照他的意思，孙钦也应打入陕西大牢，但在戴纶的劝说下，他才将孙钦之事没有挑明于众。虽然白圭、戴纶对孙钦之事没有明说，但大家此时已略知一二。在太监当权的这个时期，谁愿意去得罪他们，谁又敢去得罪他们？大家一个个都抱着人云亦云的态度，巴不得落个两头光，站在谁都不得罪的道上。这也是中国千百年来官场上形成的一条潜规则。大家齐声说："请大人明断！"声音低得像蚊子一样。白圭失望地看了一眼这帮拿着朝廷俸禄，不思朝堂之事，只想着自己头上乌纱帽的势利家伙，哭笑不得。但话说回来，他还是很理解大家的心情的，就强忍心中的气愤说："好，既然大家都没有什么异议，那我明天早朝就奏报圣上，请圣上定夺。”说完，气愤地甩了一下袖子后，走出兵部大门。

乾清宫内，宪宗听了白圭的奏报，他完全同意白圭的意见。便降旨陈介、任寿调集陕西一万两千人马、吴琮调集宁夏一万人马，王锐、胡凯调集延绥一万人马，共三万多人前去剿灭大石城匪寇。

任寿从心底里来说，无论是于公于私，对满俊等人已是恨得咬牙切齿，恨不得能食其肉、饮其血。遂与陈介一同率本部人马日夜兼程赶往固原。

吴琮一到固原，当天就一举收复了被满俊、李俊抢去的固原千户府和固原苑马寺。陈介、任寿到达固原听到这个消息后十分高兴。他们兵至固原的第二天，王锐、胡恺传来消息说至少还得两天时间才能到达固原。任寿为报私仇不听陈介的劝阻，积极主张马上开战。加之吴琮又是一个有勇无谋，好大喜功之人，他二人想报仇的报仇心切，想立功的立功心切，一拍即合。陈介觉得这么做虽有点不妥，但多次劝阻又无结果，虽然自己是一地长官，可任寿、吴琮二人又都是当朝有公爵身份之人，况且兵权在他们的手上，又能怎样呢？他们遂不等王锐、胡恺到来，便从固原出发直奔火石寨大石城而去，欲先擒满俊等人以报仇雪恨、抢头功。

陈介、任寿、吴琮率两万多人急急向海原李俊蔡祥堡（今海原县李俊乡蔡祥堡）推进，部队到达蔡祥堡时已是戌时了。任寿命部队就地安营扎寨，烧火做饭。饭后，大约已是亥时。一连几天的急行军，将士们已十分疲惫，刚想吃完饭后好好地睡一觉，可此时任寿命令：明天寅时做饭，卯时出发，一举歼灭满俊等大石城匪寇。

就在朝廷调兵遣将，来势汹汹的同时，满俊等在大石城也没有闲着。

受咬歌“乱石阵”、火四“利剑阵”的启发，招贤王满俊和小诸葛郑成伟这几天忙着查看大石城周边的地形，郑成伟巧妙地利用地形，以毕生所学，并结合满俊从兵书上学来的那些行军布阵的方法，以大石城为中心、七里宝山、炮架山、将军山、照壁山为边界，调兵遣将，按照乾、坤、坎、离、震、艮、巽、兑八个方位，在大石城四周布下八卦连环大阵。在八卦连环阵内，又布下方阵、圆阵、疏阵、锥形阵、雁形阵、钩形阵等，攻可进，守可退，阵中有阵，阵阵相连，环环相扣。大石城四周剑气森森，杀气腾腾。

陈介、任寿、吴琮驻扎蔡祥堡的第二天寅时，号兵准时吹响了号角，火头军投入紧张地做饭当中。被号角声从酣睡中唤醒的将士们，极不情愿地起床，收拾刀枪、弓箭，准备着恶战前的一切。

早饭后，趁着天还没有放亮，大军就拔营出发。一支两万多人的部队偃旗息鼓，悄悄地顺着山梁而行。不多时，他们顺利地越过七里宝山，来到丹霞峰林地带。天色刚刚放亮时，他们离大石城已不到二十里的路程了。陈介等能顺利地通过七里宝山，不是镇守七里宝山的飞天猴马冀、李仁没有发现，而是马冀、李仁按照满俊和郑成伟的计划，有意放过他们的。

正当他们来到一山势十分陡峭之处时，突然，面前密林中冒出一队人马，大约百余人。任寿等为之一惊。他想，要是匪寇在这一带设伏，也即便是有千军万马，即便是人人都有通天的能耐也是没有一点点的用武之地，只能任其宰割，吓得他们出了一身冷汗。可经仔细查看，他们见这群人有的手持兵器、有的手持木棒、有的空手赤拳，队形散乱，乱麻麻地一堆，不像设伏之兵，也不像迎敌之兵，任寿等心中才变得轻松了些许。这时，这群人中的一个人战战兢兢地来到任寿等的马前跪下说：“军爷，快救救小的们啊！”任寿问他们为何到此，在此干什么。那人答道：“小的都是沐家营的村民，只因前一段时间被满俊等所逼无奈才上山落草。几天前，一个兄弟无意中听到他们说官兵马上就要前来攻打大石城的消息，小的们见满俊等人忙着布防，便趁夜深人静之时悄悄地溜了出来准备逃回家去。可小的们又都不是本地人，人生路不熟，加之这里山大沟深，东转西转地就转到了这儿。真是苍天有眼啊，让小的们遇上了军爷。求军爷大发慈悲，救救小的们吧！弟兄们可都是上有老，下有小的人……”这人边说边哭边回头对其他人喊：“弟兄们，还不快来给军爷叩头！”随之，他身后的一百多人都哗啦啦跪下，哭着、喊着求任寿等救他们。

陈介说：“你等不必啼哭。既然如此，为何还不赶快逃去？”

“军爷有所不知，他们四处设有暗哨，小的们白天不敢走出林子，只能晚上悄悄地到处乱摸着找出路。如果被他们发现了，那可是死路一条啊！”说到这里，他就鼻涕一把泪一把地接着又哭了起来。看上去确实有点可怜的样子。“今日能遇到军爷，真是小的们此生积来的福分！军爷，行行好，救救小的们吧……”这时，他身后的人哭得越厉害了，求任寿等救救他们。

陈介表情忧虑，一时疑惑不定，而吴琮却仰头哈哈大笑。任寿对这群人说道：“既然如此，你等速速回家便是，本将军不追究你等的罪过便是。”

“军爷，他们四处都是暗哨，小的们自己是逃不出去的。如果被他们发现了，还不是死路一条嘛！”

吴琮斥道：“麻烦！你们就沿着大军刚才经过的路线逃去便是！去

吧，别在麻烦了，我们还有要事在身。”

此人叩头谢恩后，领着他的兄弟们沿着官兵刚刚经过的路上遁去。这群人中的带头人便是大石城副将王冲。

等这队人马退去后。跟随在陈介身边多年的仆人冯信自言自语地说：“这群人定是匪寇所扮前来刺探我军军情的。”虽然冯信不是军中之人，可他心细如发，又因常年跟随在陈介身边处理军务，熟读兵法，深知战略。

陈介接着冯信的话说：“如果真是这样的话，哪我们岂不是放虎归山，后患无穷？”

吴琮说：“明明就是一群难民。就算是匪寇，我看也早已被吓破胆了！”

冯信接着说：“各位大人，小的有一想法，不知当讲不当讲？”

此时心中十分矛盾的陈介说：“有什么话你就说吧，二位大人都听着呢。”

“大人，我军昼夜兼程前来，人困马乏，疲惫不堪，可谓强弩之箭，如果此时与匪寇开战，恐怕于我军不利。不如暂且退回，一则让将士们调养休息，二则乘这段时间先摸清敌情，等延绥军到来，一起择其良策，一鼓作气，将其剿灭，为时不晚。”

陈介听了冯信的话后，觉得有理。可没等他开口说话，吴琮已大怒。他大声叱责道：“你是什么人？竟敢战前妖言惑众，乱我军心？”

冯信被斥责后只好勒马后退。陈介回头看了看冯信，以示安慰。气头上的吴琮便率一队人马直奔大石城而去。陈介、任寿遂率大军紧随其后追赶。此时，陈介、冯信二人心中暗暗叫苦。俗话说得好，县官不如现管，他二人虽然知道这样做的后果是什么，可又能怎样呢？

吴琮等人离大石城约有五六里路程时，忽见前方山谷中走出一队人马，他便传令三军抢占有利地势，列队迎敌。可刚才欲走出山谷的这队人马看见吴琮等人后，就立马掉头遁入山谷，一幅极为狼狈的样子。吴琮见状，胆子就更大了，立即传令全军追击。谁知这队人马左拐右拐的几下就拐到了大石城北门门口，进了城门。

等吴琮率队赶到时，大石城北门再次打开，从护城渠的吊板上涌出无数牛羊，发疯般地向吴琮这边冲来。原来这是民军副将火光、火花兄弟二人出的鬼主意。他们在牛尾巴上捆了鞭炮，将其点燃，牛群因身后"噼里啪啦"的鞭炮声惊吓而惊慌乱跑，羊群也因鞭炮声、牛群而吓得到处乱窜。吴琮见状，大为吃惊。他想，难道匪寇当中还有如此熟知兵法之人？这不是当年诸葛孔明"火牛阵"的变形吗？此时，随着冲过来的牛群、羊群，士兵们先是惊慌失措，队形大乱，接着就开始不顾一切地抢着牵牛赶羊。其实，人的本性与其他动物基本上是没有什么根本性的区别的，总是喜欢不劳而获。也就是说，这个世上没有一个不爱占便宜的人，谁见了便宜都是会眼馋的。不然的话就不会有"鸟为食死，人为财亡"的古语了。只不过，人作为动物中的高级动物，与其他动物的不同之处就是能够辨识、自控而已。

就在这时，大石城内一声炮响，接着冲出两队人马。秃鹰咬歌手提一把加钢板斧，金钱豹南斗高举虎头银枪，以二龙戏珠之势列开队形向吴琮杀来。

吴琮见状，急忙大喊："快快列队迎敌，不得抢夺牛羊！"他一连喊了几声，可士兵们只顾着争抢牛羊，没有一个听他命令的。于是，吴琮大怒："若再不遵军令，格杀勿论！"士兵们还是没有听见他的话似的，只顾着争抢牛羊。大敌当前，吴琮一时难以控制部下，只好自己提刀上前迎敌。南斗见吴琮头戴金盔，身穿金甲，一张气得青筋凸起的方脸上怒目圆睁，鼻下的八字胡随着鼻孔中的粗气颤抖着。他想这家伙已被自己不争气的部下气得差不多了，便抢抓时机，举起手中虎头银枪就刺杀过来。咬歌率领弟兄们手起斧落，一个劲地砍杀这些只会抢东西，不会打仗的官兵。吴琮见士兵为眼前小利所惑，无法继续作战，担心再耽误一会就有全军覆灭的危险。急忙下令撤退。咬歌、南斗那能答应他们就这样退去，立即下令围堵劫杀。吴琮好不容易才从乱战之中捡了一条性命逃了出来。

吴琮败逃时，正好遇上从后面追赶上来的陈介、任寿等人。陈介、任寿见吴琮丢盔弃甲，全身血迹，一时吓得目瞪口呆。他们还没有来得及问是怎么回事，就听身后一声炮响，天眼狼满玉、金面童子火能、哈福成、满太等率领的大队人马已包操了他们的退路。任寿、吴琮见状，心知败局已定，心中正在为自己的自私、轻敌、不听劝告而叫苦连天，可谁又能说出口呢？只能将这苦水再咽回自己的肚子里去。此时，就算是他们喊破天说自己错了也已于事无补了。当然，他们毕竟都是久经沙场的老将，此时想得最多的还是怎么突围。便指挥部队边战边退，欲杀出一条血路突围出去。

哈福成手持一杆素白亮银枪与陈介手下黄荣在一个山谷中展开激烈的厮杀。他二人大战五十回合后，黄荣渐渐沦为下风，只有招架之功，毫无还手之力。而哈福成一杆素白亮银枪越战越勇，转眼间就将黄荣挑下马来。

哈福成祖籍开城，此时二十多岁。其母早年因病去世，父亲又因缴不起赋税被官差活活逼死，那时他和弟弟哈福礼才七八岁。满俊见两个孩子父母双亡，无依无靠，就将他兄弟二人收养在家中，并自幼传授他二人武艺。李素芝也将他们亲生骨肉一样对待。

在激烈的战斗中，吴琮所部游击吴超死于南斗的虎头银枪下，任寿所部指挥武东死于满玉的飞鸿镋下，陈介所部指挥同知张忠礼死于满太的链子铁锤下……两万多官兵被民军分割围困在大石城前的不同山谷、沟壑中，厮杀声此起彼伏……

战斗一直从早晨持续到天将垂暮。

酉时，任寿一对双枪冲破火能的阻击，杀出一条血路，全军撤退到大石城东山后的一个高山上。这座山当地人称它为东后山，其实它与东山之间沟壑纵横，是两座没有任何关联的独立的山峰，只是当地人习惯这么叫罢了。

此时，夕阳坠落，暮色笼罩。激战中留下的漫天尘埃在血色的残阳中弥漫着。散落在山谷中的官兵像没头的苍蝇，东躲西藏，不时地误入民军防区，不时地传来隐隐约约的呼救声……

毛哈剌与吴凯带着一队人马，打着火把连夜清扫战场。他们共缴获各种兵器五千余件，但最值得庆贺的是缴获了两门铜铸大炮。满俊为此十分高兴，遂下令立刻成立大石城炮兵营，由毛哈剌担任队长，吴凯担任副队长。毛哈剌得令，立即带领部下，将两门铜铸大炮分别置于大石城的两个门楼之上。

陈介、任寿、吴琮等败退到大石城东后山之上，因占地势之利，才算有了自保的机会。随后的日子里，满俊派副将哈福礼率人驻守在东后山的山脚下，陈介等人被捆在东后山不敢妄动。

这天，陈介出帐巡察军情，因被困高山无粮无水，加之此时正是三伏天气，将士们只能以林间的野果充饥止渴，全军叫苦连天。整个军营一片狼狈不堪。部队到了这种地步还能有什么战斗力呢？陈介此时不知说什么才好，只觉心中一阵从未有过的酸楚泛起。他信步来到东后山顶峰，双目望着远处炊烟四起的大石城，一双丹凤眼中突然翻滚起无数泪花，接着泪珠就沿着眼角流了下来，落在胸前。良久，他站在那里一动不动。忽然，他拔出随身佩戴的护身宝剑，将剑慢慢地移到自己的脖子上，剑刃上几颗鲜红的血豆随之滑落下来。说时迟，那时快，就在这时，站在他身旁的冯信一个箭步上去，一把夺下了他手中的宝剑。幸好没有伤到要害部位。陈介一语不发，神情木讷。冯信急命随从人员将他抬下山来，送回帐中，喊来军医为其疗伤。

任寿、吴琮得知陈介欲自刎的消息后，急忙前来劝阻。但此时躺在地上的陈介，凤目中只不住地流泪，一句话也不说。

王锐接到军令后一路急行，经甘州时，参将胡凯建议顺路收复被满俊等人抢占的甘州群牧所。王锐认为胡凯说得有理，便命他带兵前去。胡凯率五百人马来到甘州群牧所，驻守在这里的民军主将黄东辉立刻率众出城迎战，可没几个回合，黄东辉就被胡凯斩首。其他人员见主将阵亡，就四下逃命而去了。

王锐率部刚进入静宁地界，传来消息说陈介、任寿、吴琮私自改变作战计划，孤军深入大石城，被满俊等围困在了大石城的东后山。遂命全军在沐家营安营扎寨，等候命令。

就在这期间，一天，探马前来报告满俊说，有一队官兵护送着大批棉布、粮草正在通往甘州的路上，棉布大约上万匹、粮草上万旦。满俊听后，高兴地一个劲地直拍脑袋，还学着那些当官人的模样说：“真乃天助咱家也！”随后，他命急传军师郑成伟到帅帐商量对策。

满俊、郑成伟、火敬等人认真分析后，便令南斗、巴图达赖、李洪三人带一千人马，前去择机夺下官兵护送的粮草布匹。

金钱豹南斗等人不负使命，第二天就探清了官兵押送粮草、布匹的具体行程。于是他们三人在通往甘州的必经之路红城子设下埋伏。等押送粮草布匹的官兵到来时，就出其不意，一拥而上，三下五除二就将主将斩于马下。押着官兵的运输大队浩浩荡荡地返回了大石城。满俊、郑成伟、火敬率众出城迎接。

大石城民军这次缴获的粮草足可让全体人马食用半年之久，棉布也能为每人做一套衣服还略有剩余。大石城上上下下笑逐颜开，高兴不已。满俊下令大摆酒宴以示庆贺。

这时，朝廷派兵部主事阎让前来固原督查陈介、任寿、吴琮等人剿匪的情况。当地官员如实向阎让汇报了当前的战况。此时，还到处流传着满俊等人正在谋划如何攻打陕西长安的传言。眼前的战况，加上如此的传言，不得不让阎让大惊。他急调驻扎在沐家营的一万延绥兵，乘着月高夜黑，悄悄沿着谷底潜入陈介等驻守的大石城东后山附近，与陈介、任寿、吴琮里外夹击，浴血奋战，天亮时，终于杀出了一条血路，救出陈介、任寿、吴琮等一万五千多人。

面对如此形势，阎让在固原不敢多留一天。于是，他便押解陈介、任寿、吴琮、刘清、邢瑞、冯杰等人急忙赶回京都。

第十四章　初遇项忠

阎让一路快马加鞭，不几日便到了京都地界。

到京都后，阎让家都没敢回就直奔白府向白圭汇报情况。白圭听完阎让的汇报后，脸色“唰”地一下变得惨白，什么也没有说，只是不住地摇头叹息。良久，他才自语道：“唉，任大人、吴大人啊，二位戎马一生，位居公爵，为何就因丁点私欲小利，不听劝告，酿成今日之大错？事已至此，该如何是好？”随后便对阎让说：“阎大人，我俩还是进宫面见圣上去吧，此事干系重大，一点都马虎不得！”阎让说：“大人，可现在是非早朝时间啊。”“阎大人，圣上前几日特赦有关大石城战事可直接入宫向他禀报。我也是借这个机会才将孙钦之事禀报了圣上，但圣上什么都没有说，唉……”“哦，是这样啊。唉……”于是，白圭、阎让进宫向宪宗奏报大石城的当前战况。

宪宗听完白圭、阎让的奏报后好不吃惊！他再也坐不住了，在龙案后来来回回地走着、念叨着。“大胆任寿、吴琮，竟……竟敢唯命不遵，擅自行动……陈介啊陈介……你身为一地之长官，就这样替朕守土一方……区……区一群山野毛贼，乌合之众，竟能三番……番五次地打败我几万大军……朕真就弄不明白，是匪寇……寇强悍，还是我朝将士无能？！……”不知是因为气愤还是急躁，这天他结巴的比平时更加厉害。

白圭忍了几忍，最终还是没有憋住心中的话，上前一步拱手奏说，圣上，依老臣看，既非匪寇强悍，亦非将士无能，关键问题是出在了主帅的身上。臣也有用人不当之罪！

宪宗摇了摇头说：“唉，爱卿不必自责，这事又怎能怪你呢？”

阎让奏说：“圣上，臣这次前去，在营救陈大人等的战中斗，亲身尝试了大石城复杂凶险的地形。那里山大沟深，峡谷纵横，四处密林，真是易守难攻！臣不得不承认这也是造成我军接二连三失败的另一个重要原因。”

“是啊，我近万名将士血洒疆场，岂……岂能说他们无能？”

“二位爱卿认为……为当前该如何是好？”过了一会儿后，宪宗问到。

“圣上，恕老臣斗胆！臣以为，当务之急应严惩一批为官不正，引起大石城之乱的地方官员（当然白圭这里主要指的是孙钦和冯杰二人），以安民心，防止匪寇势力进一步扩大；其次要严惩轻敌败兵之将，以整军心，鼓舞士气；至于如何尽快剿灭大石城匪寇，臣以为应派一位沉着老练、精于用兵之人统兵前去，以大兵压境之势一举剿灭为好。”

“圣上，臣以为白大人言之十分有理！”

“是啊，是啊。二位爱卿放心，对辜负……负皇恩、引起大石城暴乱之人，朕定当重罚。但该派……派谁统兵前去才能剿灭匪寇呢？二位爱卿啊，再不能有半点的闪……闪失了！自朕即位以来，外贼内匪此起彼伏，连年征战，这……”

白圭认真地思索了一会儿后奏说：“圣上，都察院右副都御史项忠如何？”

这时，宪宗已回到龙案前坐下。嗯，项爱卿忠心耿耿，精通兵法，能征善战，为人又小心谨慎，是一个合适的人选。

第二天早朝，阎让押着陈介、任寿、吴琮、刘清等人来到午门外等候召见。不多时，小太监宣阎让觐见。阎让急步进入乾清宫，在朝堂上向宪宗及各位大臣简要地奏报了大石城当前的战况，并说陈介等人已被带回，此时正在午门外等候。众臣听后愕然无语。宪宗一脸怒气，大声道："传。"小太监殿外高声喊道："传陈介、任寿、吴琮、刘清等人觐见！"陈介、任寿、吴琮、刘清等战战兢兢地低头步入乾清宫，跪在金銮殿上，口称罪臣叩见圣上。跪拜中，邢瑞、冯杰两人几乎连身子都贴在了地上，像是抽掉了骨头，面色发呆、全身发抖。

"你等知……知罪？"宪宗大声责问。

陈介等低声答道："臣等有负皇恩，罪该万死！"

"好，既……既然罪该万死，还跪在这里干什么？"

"圣上饶命啊！"

"朕视你等为国家之栋梁，社稷之支柱，为……为何如此草率行事，拿将士性命于不顾？拿朝廷安危于不顾？"

"臣等知错，臣等罪该万死！"

"你等罪该万死？罪该万死就……就能解决问题吗？就能剿灭大石城匪寇吗？就能使成千上万死去的将士们复生吗？你……你们拍拍自己的胸口好好想想，那些死去的将士哪一个不是父母所生，哪一个没有妻儿老小？作为一军主帅，你……你们对得起他们吗？对得起他们的家人吗？对得起朝廷的俸禄吗？"

"臣等有负皇恩，甘愿受罚！"

"这个自然！不……不是朕薄情寡义，而是国法难容！"

"是。臣等……"

“来人，将……将……将国家社稷安危于不顾，将士性命于不顾的陈介、任寿、吴琮、刘清四人先打入天牢，等朕剿灭了大石城匪寇后再和他们细细算账。”

这时，白圭、商辂、阎让三人急忙出班奏道：“圣上息怒！圣上且慢！臣等有话要说！”

宪宗瞪了白圭三人一眼后说：“有话就说。”

白圭说：“谢圣上！圣上，任寿、吴琮不吸取前两次兵败教训，而且唯命不遵，不等延绥军到擅自出兵，陈介虽因此而劝告过他们二位，但作为一地之长官、封疆之大吏在大是大非面前丧失立场，随波逐流，导致再次兵败，让朝廷、圣上颜面扫地，百姓不能安居，其罪当罚，无可非议。刘清虽也属轻敌致败，但他首次剿匪就击毙了匪首李俊，功不可没。望圣上看在他昔日的战绩上，从轻发落！而且当前我朝处于内忧外患之时，就让他戴罪立功，继续为圣上、为朝廷效力吧！望圣上三思！商辂、阎让二人也随声说望圣上对刘将军从轻发落！让他戴罪立功，继续为圣上、朝廷效力！”

刘清为人忠厚老实，虽战绩显赫但从不张扬，处处小心谨慎，大家对他都有好感。听了白圭、商辂、阎让的话后，众臣就齐声替刘清求情。奇怪的是向来敌视朝中大臣的梁芳、陈喜、韦兴等宦官这天也站出来替刘清求情。梁芳等替刘清求情其因有二。一是像刘清这样的中间派，朝中大臣想将他拉到他们的这边，而以梁芳为首的宦官派也想将他拉到他们的那边；二是孙钦见自己闯了大祸，又怕刘清说出实情，已将此事向梁芳等人做了汇报。梁芳见刘清对此事一直守口如瓶，宁肯自己背黑锅也没有将孙钦说出，又见大家都替刘清求情，还不如就地卖个好，乘机将刘清拉到自己的派系当中。

“各位爱卿有何看法？”宪宗听完众臣的话后，也觉得对刘清下狱确实有点冤枉，因为前几天白圭告诉了他刘清兵败的实情是孙钦乱指挥所致。于是他就这样问大家。

众臣异口同声道：“请圣上开恩！”

“刘清……刘大人啊，你身为一地之父母官，可……你……你都给朕干了些什么？既然众爱卿替你求情，朕也就落个顺水人情，网开一面，但不是说朕就这么将你放过，罚你俸禄三年，令你戴罪立功，以观后效。如若再犯，定斩不饶！”

刘清忙叩谢宪宗不杀之恩。退下。

陈介、任寿、吴琮三人此时已被锦衣卫押出了乾清宫，正在向天牢走去。

宪宗对还跪在地上的邢瑞、冯杰二人问道：“殿下何人？”

邢瑞、冯杰战战兢兢地答说：“罪臣邢瑞。罪臣冯杰。”

“哦，原来是……是两位大功臣啊！”说完后宪宗脸色唰地一变，大声叱道：“大胆邢瑞、冯杰，你二人可否知罪？”

“臣罪该万死！”

“你二人身为朝廷命官，不思报效国家，辜负皇恩暂且不说，一个胆小怕死，临阵脱逃，于几千将士性命于不顾，于国家社稷安危于不顾；一个横行乡里，鱼肉百姓，引发暴乱，该当何罪？”

邢瑞、冯杰急呼：“圣上饶命！圣上饶命啊！”

“来人，将邢瑞、冯杰二人推出午门砍了，以安慰那些战死在疆场上的将士们的英灵！”

梁芳、陈喜、韦兴等人都不同程度地通过孙钦收受过冯杰的好处，而且孙钦还在给梁芳的书信中说冯杰是如何如何的忠诚于他，要他力保冯杰不死。可现在宪宗要拿冯杰开刀问斩，就不得不替他说几句好话了。其实梁芳欲替冯杰求情的真正原因是为了做给自己的党羽们看的，并不是真心实意地为了冯杰。此时，梁芳又怕宪宗正在气头上不给他面子落个尴尬，便向身边的韦兴使了一个眼色。韦兴会意，急忙奏说：“圣上，且慢，奴才有话要说。”

宪宗看了一眼韦兴说：“有什么话就快说。”

韦兴说：“圣上，冯杰向百姓收取赋税的方式的确是欠妥了些，以至于引起了匪徒满俊、李俊等人在大石城聚众暴动，但他这么做都是为了朝廷。据奴才所知，冯杰每年所收税银都如数上缴国库，从未留为已有。而且他也是击毙大石城匪首李俊的骨干之一，望圣上念在他忠于朝廷、忠于圣上的份上放他一条生路，从轻发落！”

韦兴此话一出，朝堂上立马一阵骚动。众臣心中暗骂他真是一个不知羞耻的小人，怪不得这辈子落了个当太监的命、断子绝孙！竟能把鱼肉百姓、引发暴乱说成是方法欠妥、为了朝廷、为了圣上？其实还不是为了你们这帮狗宦官。真的是说话不怕闪了舌头！狗东西也不睁开瞎眼看看，今天受到惩罚的这些人，除了冯杰，那一个没有为朝廷立下过汗马功劳，那一个又不是从刀尖剑刃下走过来的？与他们相比，冯杰算个什么鸟？他上过几回战场，杀过几个敌人，还放他一条生路，从轻发落？

这时梁芳见众臣闭口不言，宪宗也没有发话，就赶紧出班奏说：“望圣上网开一面，饶冯杰不死！”

宪宗见自己最为亲信之人梁芳亲自为冯杰求情，就不得不给他一点面子。便说：“死罪免过，活罪难逃，贬为庶民，发派边疆，祖孙世代不得返回中原。”

众臣见宪宗如此决定，心中十分气愤。这时，商辂气愤愤地奏道：

“圣上，冯杰为大石城暴动之罪魁祸首，此人不杀，恐怕难以平民愤！望圣上三思！”众臣随之：“望圣上三思！”

宪宗也气愤地说：“此事朕意已决，不必再议！”

冯杰在高呼“谢圣上不杀之恩”、邢瑞在高呼“圣上饶命”之声中被锦衣卫拖下了殿堂。

此时的金銮殿上，一片寂静。除了梁芳、陈喜、韦兴等人相互会意地笑了一下之外，其余的人都好像木头人一样，毫无反应。

最终，还是宪宗打破这个尴尬的场面。他说：“传旨，陕西布政使余子俊、参政庞胜、佥事胡钦、胡德盛等人失察之罪依难赦免，各罚俸一年，责其戴罪立功，以观后效。免去黄泌陕西镇守太监职务，由刘祥接替。”接着他问：“众位爱卿可有异议？”

“圣上英明！圣上明断！”

“各位爱卿，大石城匪寇气焰日涨，剿灭势在必行。那位爱卿愿代朕领兵前去剿匪？”接着又是一阵寂静。众臣你看看我，我瞅瞅你，无一人言语。这一方面可能是大家心中的确不知该派谁领兵前去征讨才能确保胜利，如果推荐错了，再次兵败，自己也难辞其咎；另一方面可能与宪宗刚才徇私舞弊放过冯杰之事有关。宪宗见大家都不说话，心中十分生气。遂大声喊道：“兵部尚书白大人，你……你可有剿匪良策？”

白圭急忙出班奏说：“圣上，老臣以为都察院右副都御史项忠项大人挂帅最为合适！”白圭说着回头向项忠看了一眼。

“项爱卿何在？”

“圣上，臣在。”项忠出班应道。

“爱卿可愿率兵前往大石城剿匪？”此时宪宗的口气缓和了好多。

“国难当头，臣当责无旁贷！”

“好。那就有劳爱卿了！”

“为国家社稷效力，为圣上分忧乃臣之本分！”

听了项忠此话，宪宗在龙案后才长出了一口气。点了点头。

随后，他令人当殿拟旨。命都察院右副都御史项忠为总督，陕西镇守太监刘祥为监督，凉州副总兵刘玉为总兵，都督佥事夏正为左参将，都指挥刘清为右参将，监察御史邓本端为监军，兵部武选司郎中刘洪纪验功次。选调京畿军营神枪手五千、京畿十二营兵马两万，会同陕西、宁夏、凉州、延绥、甘肃等地六万官兵，前去征讨大石城满俊等匪寇。

项忠、刘祥、刘玉等人奉旨后丝毫不敢怠慢，刘祥急忙赶往陕西调集人马，集合部队。

八月二十六日，项忠率领两万五千多京畿军拔营日夜兼程赶往固原。一路上，他认真地分析着、琢磨着刘清、邢瑞、申澄、陈介、任寿、吴琮等人三次兵败的原因和满俊等人的力量，寻思着破敌的策略。

项忠到达固原时，刘玉率领的两万多凉州兵马已前一天到达固原，刘祥调集的三万多陕西、宁夏、甘肃兵马也正在从各地赶往固原的途中。延绥一万兵马本来就驻扎在沐家营，但延绥镇守太监秦刚、副使郑安等人正在赶往固原的路上。

三天后，各路人马均已到达指定位置。项忠大营校场上，两队缨头珠络“五方旗”中间随风飘扬着三军司命旗、主帅旗……刘祥头发花白，穿一身绯红外衣，怀抱拂尘，腰佩宝剑，站立在点将台的正中央。四十来岁的项忠站在刘祥的左侧，身穿绯红圆口短袖紧身外衣，腰系金花玉带，披一红色大氅，浓眉下一双虎目炯炯有神，干净整齐的短须随风飘动，胸前补子上的猛虎绣纹在阳光下闪闪发光。刘玉身穿盔甲，外披大氅，手握佩剑，站在刘祥的右侧。他们正在点验各路将士。

昔日繁花热闹的火石寨云台山一带，由于近年来以冯杰为首的地方官员对过往商客的敲诈勒索，来往于这条丝绸古道上的商队已是寥寥无几，再加上近日来不断的交战和这次朝廷又派来八万多大军，让商客们更是不寒而栗、胆战心惊，一听到这个消息，他们有的就半道上掉转驼头另寻他路或原路返回，有的干脆丢弃所带货物逃命而去。是啊，生命对每一个人来说是比什么都重要的，如果把命都丢了，还要那么多财物干什么呢？贪婪、战争不仅给这里的百姓带来了不可想象的苦难，而且还给与这片土地相关的一切带来了不可避免的灾难。

九月初五这天，首辅彭时得知项忠大军已全部到达固原境内的消息后，便急忙与白圭向宪宗奏报前方军情。彭时并向宪宗推荐说，南京大理寺马文升善于用兵，可提升为都察院右副都御史，让他代圣上巡抚陕西，协助项忠等人剿灭叛贼满俊。

宪宗觉得彭时说得有理，遂命人拟旨。

马文升奉旨后立即移交大理寺有关事宜，初八天一亮就起程赶往陕西，十八日到达长安。

马文升一到陕西长安后就严令陕西文武官员谨慎行事，积极整点兵民固守城池，一旦发现异常情况立即来报，以防满俊欲进攻长安的传言成真；一边与陕西官员一道积极筹备粮饷，准备运往西征大军营中。

经过大家的共同努力，没费几天的时间，就筹集到粮食万旦，军饷百万。九月二十三日，马文升带着从长安筹集到的粮草和军饷来到项忠营中。

项忠、刘祥、刘玉等见马文升带着这么多的粮草和军饷前来，解决了当前所有的军需，甚是高兴。项忠与马文升虽未谋面，但他对马文升的为人早就有所耳闻，大家常说他熟读兵书，善于用兵，武艺超群，刚正不阿，是位难得的帅才。今日相见，项忠见马文升只比自己小四五岁，身高体大，相貌瑰奇，大脑中就不由地闪过前几年马文升任福建按察使期间，不畏强暴严惩当地贪暴狂徒冯某的事来。马文升严惩冯某后，闽人到处传唱“马使留来天有眼，冯公不去地无皮。”马文升的到来，对他来说真是如虎添翼，岂不快哉？于是项忠吩咐下去，为马文升设宴接风洗尘。

就在项忠所部大队人马途径甘沟时，民军探马飞报招贤王满俊说凉州副总兵刘玉率两万多人马已到金佛沟、宁夏副总兵林胜、参议崔忠、靖虏卫参将刘清等率一万多人马已到达红城子，京都项忠率两万多人马、陕西刘祥率两万多人马正在向固原方向扑来。

一连三天，探马都报说项忠、刘祥、刘玉、林胜等只是在距大石城五六十里外的不同地方驻扎，并无什么明显动静。又过了几天，探马报说京都马文升率五千人马，护送大批粮草、钱财到达项忠大营。

满俊听后哈哈大笑说：“皇帝老儿这回还真瞧得起咱家，把老底都端了出来，说不定下一步就轮到他小子御驾亲征了。”随后命哨兵继续监视官兵的一举一动。

项忠所率八万多人马驻扎在大石城周边，对大石城众将士在心理上的确是造成了一定的压力，但满俊却以居天险大石城之地而不以为然，一点儿都没有将他们放在眼中。

大石城主帅营帐内。民军将领会聚一堂，正在商讨如何对付项忠之事。

双鞭王火敬对大家说他对项忠、马文升、刘玉、毛忠、王锐、邓本端等人有所耳闻，他们可都是当今朝廷有名的战将，个个能征善战，绝非孙钦、邢瑞、申澄、冯杰等货色，对付他们得谨慎为之，千万不可鲁莽大意。

满俊说："这个自然。但也不要过于长他人的气势，灭自己的威风。兵来将挡，水来土掩。怕他个什么？"听了满俊的话后，火敬就再不好说什么了。

此时，小诸葛郑成伟说他有一计。大家的目光"唰"地一下都移到他的脸上，等待着他的锦囊妙计。郑成伟不紧不慢地捋了捋胡须说，我们先给项忠等人送一封假意投降的书信。在信中言明我等在此聚众起兵是被以孙钦、冯杰等为首的地方官员所逼无奈，实无反抗朝廷之意，如果朝廷能严惩孙钦、冯杰及当地贪官，我等即刻解散，望朝廷不再追究他人之责，所有罪过都由我们几个带头之人承担。若他信以为真，说明项忠等人也高明不到哪儿去。咱就给他来个以假乱真，先拖住他们，等他们放松警惕之后，瞅准时机，逐个消灭；如若诈降不成，说明项忠等人并非草包，在随后的较量中得多动动脑子才行。

大伙还以为小诸葛郑成伟有什么高见呢，当听了他的话后都像泄了气的皮球。这说与不说，听与不听有什么两样呢？南斗、咬歌二人此时已感到十分失落，不住地摇头叹气。郑成伟也明白大伙此时心中的想法，接着说，大家不必叹气。"将者，腹心也；士卒者，手足也。两军交战，攻城为下，攻心为上。知己知彼，方能百战不殆。"他这些文绉绉的话，听得大家既像明白了些什么，又像什么也都没有明白。

这时，金钱豹南斗再也按捺不住急性子了，便说，军师，你就直说咱该怎么打这帮龟儿子不就行。如果咱不先下手，人家先下手怎么办？是不是……后面到了嘴边的话他最终还是没有说出来。

秃鹰咬歌接着南斗的话茬，气愤地说："军师，我常听说"最好的防御就是进攻！"我们不主动收拾他们，难道要等着他们摸清了我们的家底后来收拾咱们吗？”

郑成伟笑了笑说：“弟兄们不必着急，听我把话说完。大家的心情我十分地理解。但从目前的兵力上来看，咱明显弱于敌人，基本上是三比一的样子，当然，我们也有自己的优势。我们的优势就是这复杂凶险的地形，只要不主动出战，拖都会拖死他们的。如果他们想攻破这天险大石城，那只能是白日做梦。大家目前的任务是守好各自的阵地，不得让官兵有机可乘。如果谁大意失守阵地必将严惩不贷。”郑成伟最后的这句话说得十分洪亮。

“弟兄们不必担心！咱家有郑先生这么一位能掐会算的军师，还有你们这帮能征善战的兄弟，难道还怕他个项忠不成。只要大家按先生所言去做，一定会像前几次一样大获全胜，也定能将项忠老儿的人头砍下来给大家当尿壶。先生的话我是听明白了，就是对待什么样的人得用什么样的办法，如果一直沿用老一套，只能胜得了一时，胜不了一世。俗话说得好，旧窝里没鸟，”满俊说着转头问郑成伟，“你说的是这个意思吗，先生？”

郑成伟含笑点头说：“对，对，大王，我正是这个意思。”

郑成伟接着对满俊说：“大王，我还有这么一个想法，不知……”

“有什么话你就直说吧，先生！都是自家兄弟，你还吞吞吐吐个啥？”

郑成伟说：“宣德二年松潘农民暴动，宣德六年永新艾长胞暴动，宣德九年永丰夏九旭暴动，正统七年浙江叶宗留、王能、郑祥四暴动，正统十三年福建邓茂七暴动，还有去年的广西黄公汉暴动、扬州盐贩暴动都以失败告终。这是什么原因呢？我一直在寻思这事，后来才明白他们失败的原因主要有二：一是只知占山为王，没有及时扩大地盘、势力；

二是穷富不分，官民不分，见谁都抢，没有得到百姓的支持，怎能不失败呢？导致他们失败的第二个因素我们是解决了，大家看，咱们替乡亲们抱打不平、报仇申冤，乡亲们对咱们多好！不到两个月，我们的队伍就从千余人发展到了四万多人，逼得皇帝老儿倾巢出动，大动干戈。大家可能不知我说这话的意思。我是想，是不是应该考虑给自己多留几条路，派人到附近的六盘山、崆峒山、会宁、靖远等地去发动暴动。这样一来的话，既扩大了势力，又拓宽了地盘，万一某个地方失守，也不至于满盘皆输。另外，这样还能分散当前官兵带给大石城的压力。还有，是不是该打发人去和李琦、李连联络一下，看他们二人去联络北元的事怎么样了，多一个帮手就多一份力量，多一份力量就多一份胜算。”

满俊听完郑成伟的话后想了半天才说：“先生这番话句句都是肺腑之言。不过，咱家看他们失败的主要原因还不是因为自己无能，也没有咱这样的天险地盘。”

郑成伟又欲说什么，可满俊却摆了摆手说：“先生之意咱家明白。可目前敌人大军压境，我想还是这样吧，等消灭了项忠这八万多人马后，再考虑先生所言好不好？咱家现在最上心的就是如何收拾项忠这八万多人马。等咱家将皇帝小儿的这八万多人马消灭了，看他还有什么奇招妙数？等皇帝小儿没招了，咱再慢慢地扩大地盘、势力也不迟。至于北元那边的事，咱家认为先生说的也不无道理，多一份力量多一份胜算，就按先生的意思去办。只是李琦、李连二人前去这么长时间，连个音信都没有，估计情况不大。人家有人家的打算，咱有咱的计划，不一定能说到一起去的。对这事，我们尽力争取，但不要报过大的希望。”

马文升到达固原的第二天深夜时分，官兵军营外不远处突然几声炮响，将士们从熟睡中惊醒，整个军营中充满了紧张之象。

正在营帐中商量破敌之策的项忠、刘祥、马文升、刘玉等人听到炮声后，立即带上随身兵器出营查看，却不见一个人的影子。正当刘玉欲下令展开搜查时，马文升忙说："此地地形复杂凶险，月高夜黑，加之我军初到，人生地不熟，不可轻易远离营地，以防匪寇趁机窃营！"项忠等觉得马文升言之有理，遂吩咐大家严加防守，待天亮弄清真相后再作打算。

天刚放亮，刘玉就派人在营地四周查看匪寇昨夜来此活动的痕迹。结果发现在离他们驻地不远处的一棵大柳树上，用匕首扎着一封书信。刘玉急忙带上书信来到项忠帐中，正好刘祥、马文升、毛忠、邓本端等人也在。项忠从刘玉手中接过书信。看完之后，大家都觉得此事有些蹊跷，对满俊的用意猜测不透。这时，马文升说："我看这就是他们的一个缓兵之计而已，岂能相信？千万不能被匪寇的阴谋诡计所迷惑。"

虽然项忠、毛忠、马文升、刘玉等都是久经沙场的老将、名将，但因官兵前几次的失利，加之大石城四周地势险要、易守难攻，满俊等人又诡计百出，一点都不敢妄自出战。为此，项忠令固原官员找来固原防御工程图，寻来几个擅长画画的人，令画匠们根据防御工程图将大石城一带的山峰、沟壑、水源、建筑、村庄等一一详细地标在图上。图画好后，马文升又让多画几份，发放到各营队，让大家在开战前先搞清楚这里的基本情况。

项忠等根据这段时间侦查的情况，再经周密的策划，对当前的兵力分布进行调整，决定兵分六路围剿大石城。项忠、刘祥、马文升、刘玉、巡按御史任佐、姜孟伦及陕西布政使余子俊、参政庞胜率领中路军驻扎金佛沟；延绥镇守太监秦纲、都御史王锐、参将胡恺、副史郑安驻扎酸枣沟；伏羌伯毛忠、陕西镇守都督白玉、监察御史邓本端驻扎木头沟；

参将刘清、夏正、布政司右参议严宪驻扎打剌赤；宁夏副总兵林胜、参议崔忠驻扎红城子；陕西都指挥张英、巩昌府同知罗豫驻扎羊房堡。

项忠一声令下，各路人马立即拔营赶往驻地。

随后，项忠又令六路人马各自抽调精兵良将两千人，从不同方向逼近大石城。两日后发起试探性攻击。一则是为了进一步摸清大石城一带的地形，二则是探一探匪寇的虚实，以便及时调整作战计划，为全面剿灭他们做好准备工作。

第十五章　血战毛忠

招贤王满俊自那天夜里派张把腰等人给官兵主帅项忠送去诈降书信之后，便派人紧盯官兵的一举一动。同时，他与小诸葛郑成伟一边督促大家做好防守、应战准备，一边揣摸着项忠等人的意图。

好几天过去了，仍不见官兵有丝毫的动静。这可让满俊、郑成伟等人等得有点焦躁不安了。满俊心想，这项忠老儿葫芦里到底卖的是什么药呢？为什么来了这么多天了还不前来叫阵？他们是被大石城复杂凶险的环境给吓怕了还是……但这些好像都不大可能。那他们到底在想什么、等什么呢？他一时无法想象得出来。

一天，探马来报说官兵开始调兵遣将，他们兵分六路驻扎金佛沟、酸刺沟、木头沟、打刺赤、红城子、羊房城。这时，郑成伟心想自己的缓兵之计可能已被项忠等人识破，便建议满俊加派人手，打探与官兵活动有关的一切消息。

经过几日的多方打探，满俊、郑成伟等对项忠、马文升、刘玉、毛忠、邓本端、夏正、王锐等官兵头目人物有了一个比较全面的了解。从打探的情况来看，项忠的确是一位骁勇善战，智勇双全，善于用兵的帅才；马文升博学多才，英明果断，用兵如神；刘玉一口大刀神出鬼没，盖世无双……这也正好印证了火敬所言不假。

郑成伟对满俊说："看来，皇帝小儿这次还真再没派那些酒囊饭袋前来。"的确，朝廷这次在征讨大石城的派兵上，无论是从将帅的选派，还是从兵马的调度上来说都是达到了空前，大有饿虎扑食、一举即得之势。满俊听了郑成伟的话后说："先生不必担心，咱家还真怕他龟儿子派来的又是些虾兵蟹将，没等动手就死的死，跑的跑，不过瘾！这次来个货真价实的，正好让兄弟们都过过瘾，哈哈……"他为了鼓舞士气，虽口中这么说着，可心中还是不敢有半点的马虎。

郑成伟建议召集大伙前来大石城共同商量应敌对策，满俊点头同意。

大伙都认为这次前来的官兵不仅人数多，而且的确与前几次来得有点不同，他们摆出一副不慌不忙的姿态，仅从这点就可看出其主帅的老练和城府，这样的人一般都是不好对付的。再从他们兵分六路对大石城形成包围的战略意图来看，他们应该是欲以大兵压境之势，首先给对方造成思想上的压力再开始攻城，这是攻心、攻城之策并举，看来他们谋得不善。郑成伟综合大家的分析，提出了"静观其变，以静制动"的应对决策，甚合大伙心意。满俊下令：命各路人马提高警惕，严守各个关口、要道。在各要道、攻防阵地上准备大量的滚木雷石，随时做好迎敌准备，一旦官兵来犯，就凭借地形优势，只守不攻，等慢慢地摸清对方的软肋后再一个一个地消灭他们，切忌不可轻易出击。违令者，杀无赦！

九月二十八日这天，项忠兵分六路共一万多人卷尘向大石城杀来。

晌午时分，延绥军在都御史王锐、副使郑安的带领下，两千多人马率先来到照壁山前。他们一路杀气腾腾，来到照壁山前既不列阵也不喊话，只见腰圆膀宽，面目清秀，三十来岁的王锐身披黄金盔甲，一马当先，手提虎头金枪直向关卡门口冲去。就在他离关卡二百余丈时，照壁山关卡前冲出一队人马，为首之人正是照壁山主将黑面兽宝歌，他骑一匹黑色战马，手提一把月牙开山斧挡在了王锐等人的面前。

照壁山下，好一场惊天动地的厮杀。

宝歌一上来，他手中的那把月牙开山斧如蛟龙出海，上下飞翻，王锐手中虎头金枪也是呼呼生风，寒光闪闪，左刺右扎，杀得难分难解。这时，延绥军副使郑安高举一对八卦铸铁锤率领两千多将士从侧面潮水般地向关卡冲杀过来。照壁山副将张把腰见状，提起一对鬼头双刀率众飞马迎战。官兵见主将王锐、郑安浴血奋战，士气不由大增，就不顾一切地狂冲猛打。本来王锐手下的将士个个都是不怕死的勇士。可对官兵、朝廷充满着咬牙切齿般仇恨的民军更是变得疯狂，他们恨不得将这些皇帝的爪牙生吞活咽。

双方在照壁山下激战一个多时辰后，王锐见郑安体力开始有点不支，渐渐沦为下风。他想如果再继续这样打下去，必将对自己不利。于是，他手中金枪一抖，使一招金蝉脱壳，跳出战斗，大声喊道："撤退！"官兵们见主将下令撤退，遂相继撤出战斗。郑安也虚晃一锤，跳出与张把腰的厮杀。就在郑安准备撤回时，一群民军士兵不要命似的围了上来，挡住他的去路。王锐见郑安被围，正想回头接应时，张把腰右手中的鬼头刀闪电般地飞出，不偏不斜地扎在了郑安的后心。宝歌见敌将郑安落马，便抢抓时机，手中板斧一挥，民军将士蜂拥而上……王锐见状，不得不含泪掉转马头撤退。宝歌因有满俊"不得擅自出战、不得追击败敌"的军令，也就收兵撤回了。

官兵其余五路人马还没到民军所设关卡时，项忠已接到延绥军王锐在照壁山前失利、郑安与二百多名士兵阵亡的消息。项忠听后不由地吸了一口冷气，吃惊不小。他想，延绥都御史金枪将王锐可以说是当今朝廷上下有名的年轻虎将，郑安也不是无能之辈，怎能一战就败呢？

项忠便问信使：“郑将军死于谁人手下？”

“照壁山匪寇副将张把腰刀下。王将军也只与匪寇主将黑面兽宝歌打了个平手。”

初战受挫，且损兵折将。项忠心中感到很不是滋味。看来匪寇的“八大将”的确是名不虚传，个个都是能征善战的悍将。再从满俊等人的用兵、布阵等一些细节来看，也并非是一群乌合之众，山野莽夫，而是一支训练有素、战斗力极强的如狼似虎之徒……于是，项忠下令各路人马就地安营扎寨，不得擅自出战。

经照壁山一战，民军也亲身尝试了官兵的厉害。满俊想，大家平日里都骂朝廷的官员、军队只是一群酒囊饭桶，昏庸无能的鼠辈，但眼前的这支官兵却并非如此，而个个都是货真价实的猛将强兵。

这天晚上，满俊等再次商议应敌策略。内务总管双鞭王火敬分析说：“从当前的情况看，无论在人数上，还是在武器装备上，官兵都占有绝对的优势，双方将士士气也基本差不多，一到战场都有一股子不怕死的精神。要说自家的优势，也就只有大伙比官兵更熟悉当地的地形而已。”小诸葛郑成伟手握《孙子兵法》，睁开一直紧闭着的双眼说：“以前我也是这样认为的，但现在看来，地形也并非只对我们有利，对官兵也是一样，大家想想，如果我们想要歼灭他们，就因此等地形，也是对敌人无可奈何。”金钱豹南斗急问：“军师，那依你看，我们该怎么办？郑成伟说，化整为零，分而歼之。”于是，满俊就按照这一对策，对大石城的兵力布局又做了相应的调整。

第二天，项忠下令六路官兵各带五千人马前往大石城会战满俊。项忠再次主动发起进攻的主要目的是欲进一步探清大石城一带的地形，趁势而攻，打击一下民军的士气；另一个目的就是欲以战斗来消除昨天照壁山前延绥军失利给整个部队造成的不良影响。

项忠所率官兵一到炮架山、七里宝山、照壁山、将军山的防守范围内，驻守在当地的民军就迎头赶上，激战顿起。但战不多时，民军都佯装支撑不住而败下阵去，退回关卡。官兵将领欲乘胜追击，便全线出动，紧追不舍。而且他们也没费多大力气就夺关而入。官兵见民军落荒而逃，喜上眉梢。一些地方军士兵就开始忙着抢夺散落在战场上的羊只、马匹和器具，一时间乱作一团。项忠得知此事后马上传令："全军立即撤退，敢取一物者，斩！"

项忠传下此令后不久，哨兵报说参与攻打七里宝山的同心千户马洪亮手下不听军令，依然在阵地内乱抢东西。刘清、夏正、严宪没有办法，最后就地斩首士兵数十人，并将千户马洪亮捆绑推到阵前才制止住了混乱。刘祥、马文升、刘玉三人齐声说："好！"随后，刘祥自语道："唉，看来此地的官员真的得好好地整治整治了。这还了得，人人见物就抢，百姓那还有活头？而且有令不尊。"马文升接着刘祥的话说："是啊，刘公公。一个地方政令不畅，怎么安居？看来你今后的担子不轻！"一直沉默未语的项忠这时说道："传令刘清、夏正、严宪三人，将马洪亮押送陕西衙门审理治罪，由副千户临时代理千户。对其军中不听号令者，就地处斩！"

这时，正在攻打炮架山的伏羌伯毛忠见民军退回，便对监察御史邓本端说："今日之战已令匪寇闻风丧胆，我看他们的大批人马应该是退到大石城老剿去了，留在这里守关的人并不是很多，可趁机将其一举歼灭。"

"大人，项大人命令立刻撤离。匪寇诡计多端，不可不防！"

“匪寇已败退，如不趁胜出击，我军就会错过歼灭他们的最好时机。邓大人，我意已决，不必多说，等老夫先灭了炮架山匪寇后再到项大人那儿请罪！”毛忠说完，遂令全军向炮架山发起攻击。

邓本端见毛忠决意要追击匪寇，既拦不住又怕中了民军的诡计，再学一次刘清、邢瑞、任寿等人，心急如焚。便叫过一名传信兵说：“你飞马快报项大人，毛老将军欲乘胜追击炮架山匪寇，不听劝阻，让他速想办法派兵前来援助！”传信兵答应一声，纵马疾飞而去。邓本端扬鞭打马追赶毛忠。

邓本端一路赶来，见毛忠一马当先，手举四刃月牙刀，率部与沿途的民军展开激烈的厮杀。战场上，见毛忠身穿白色战袍，所到之处，如顺山而下的洪流，民军根本无法阻止。老将毛忠白须飘洒胸前，虎目圆睁，剑眉直立，刀枪到处，鲜血四溅。邓本端急忙舞动手中乌金长矛参与战斗。炮架山守将黑鹰满能、满安见官兵来势凶猛，为了减少不必要的损失，一面指挥大队人马撤退到群山密林之中，等待反攻机会；一面派出一支小股部队，由王雄率领，引诱官兵进入满俊设下的伏击圈。伏羌伯毛忠、监察御史邓本端率部一举攻下炮架山北边的山头，都指挥毛海、指挥毛锭、周垒率部也攻下炮架山西边的山头。

攻下炮架山后，毛忠率部一路紧追王雄等人。毛忠等追到距大石城东北方向一两里的一个峡谷前时，刚才那些被他们追赶的民军突然左转右闪的几下，就钻进峰丛密林中不见了。毛忠正在纳闷，忽见大石城城墙上一人手持令旗大喊：“弟兄们，活捉毛忠，全歼官兵！”随着令旗挥动，刚才还空空荡荡的四野，突然树起无数大旗，黑压压的民军如决堤的洪流一般，从四面八方蜂拥而出，直向毛忠所部扑来。毛忠此时才如梦初醒，心中暗暗叫道：“不好，中埋伏了！”转眼间，毛忠所部就被民军围得水泄不通。毛忠真不愧是一员身经百战的名将、老将，惊慌之余，立即镇静了下来。他手持令敌人闻风丧胆的四刃月牙刀高声喊道：“不要惊慌，听我命令！全军迅速布阵，骑兵居前，步兵在后，弓箭手居中，准备放箭！”毛忠的儿子毛海、孙子毛锭、邓本端、周垒四人各守一方，毛忠居中指挥。他们在四面民军围攻的山谷中摆下铁桶阵，欲与民军决一死战。

毛忠在阵中见民军越来越近，大约只有百步之遥时，便大声喊道：“放箭！”顿时，如蝗利箭从阵中喷涌射出，一支支扎入冲在最前面的民军的身上。视死如归的民军将士用自己的血肉之躯顶着喷涌而来的飞箭，发起一轮又一轮惊涛拍岸般地攻击。铁桶阵周围，溅起一圈又一圈的血花。渐渐地，民军的进攻速度在死亡的面前减弱了下来，队形也开始变得混乱起来。战马的嘶鸣声、将士的哀号声响彻整个山谷内外……

项忠得知毛忠伸入民军阵地的消息后，心中已预感老将军毛忠凶多吉少，便当即命身边的刘玉、任佐前去援助。也就在这时，天眼狼满玉接也到了满俊和郑成伟的命令，说炮架山满能、满安危机，令他将西门守卫任务暂交予哈福成、杨虎力，立即率副将火花、陈光所部的两千人马向东侧移增援满能、满安。满玉简单地叮嘱了哈福成、杨虎力几句后，提起飞鸿锐跨马准备操近路向炮架山方向而去。这时，一身穿粉红色紧身短袖罗裙，外套金色战袍，手提一对柳叶双刀的女将飞马从城中而来，要与满玉一起前去杀敌。满玉下马再三劝说，她都不肯。无奈，满玉只好答应。这女子便是顺理王李俊的闺女李莺。

刘玉等人得令后一路疾驰，行进中突见左前方一峡谷中冲出一队人马。为首之人身跨枣红马，四十来岁，穿一身浅蓝色战袍，外套一件牛皮马甲，手提飞鸿锐，向他们飞驰而来。此人正是赶去炮架山增援的天眼狼满玉。他身后的民军一见官兵，杀喊声顿起。刘玉急令部队列阵迎敌。天眼狼满玉冲上前来，举起手中飞鸿锐就砸。因双方都急于前去援助，战斗一开始就进入了白热化状态。

这时，毛忠所率五千多精兵布成的铁桶阵在大石城下面的山谷中如同一阵旋风，忽左忽右，横冲直撞，先后四次冲到大石城护城渠处，但都被民军顽强地挡了回来。天快黑时，邓本端对毛忠说："将军，敌众我寡，再这样下去，必将全军覆灭。不如先集中力量向东边的那座高山（即大石城东后山）上攻去，突出包围再做打算。"于是，毛忠下令邓本端与儿子毛海、部将周垒向东山方向攻去，杀开一条血路，冲出包围。自己与孙儿毛锭负责断后。

满俊、郑成伟见官兵其余五路人马已退出战斗，遂令民军各路人马立即出击，向官兵反扑杀出，但不能过于深入，以防他们有诈。项忠见状，急令大家稳住阵脚，边战边探明满俊等人的意图。并下死令无论在什么情况下都不许追击敌人，以防落入陷阱。

大石城下，监察御史邓本端舞动一杆乌金长矛，毛海挥动一对铁锤，周垒摆动一把大刀率官兵主力部队向东山方向猛冲突围。东山守将金面童子火能、满太见官兵想从自己的守地突围，立即命令将士们向扑过来的官兵放箭，并推下滚木、雷士进行阻击。

人若拼命，神力无穷，万将难挡。好一个监察御史邓本端，舞动手中长矛，一马当先，打落飞箭、挑开滚木、雷石，冲在前面，毛海、周垒紧随其后。官兵将士举盾挥刀护身，在飞箭、滚木、雷石中艰难地随主将向东山方向突围。

周垒一不小心，胸中一箭，疼痛让他不由自主地大喊一声，手中大刀转动的稍微一慢，数十支利箭就像长了眼睛一样地直奔他来，深深地插入了他的体内。

毛海听到喊声，回头见周垒身中数箭，已从马背上滚落，接着被凌空而下的滚木砸得血肉模糊。他心中不由一阵难过，在激战中大喊一声："匪寇，还我周将军命来！"双腿一夹，战马"嗖"地一下腾空而起，跳过滚到面前的雷石，飞马来到金面童子火能的面前，与火能展开了激烈的厮杀。

邓本端此时也顾不了其他，紧随毛海冲到火能面前，二人力战火能。其余突围官兵将士也紧随主将冲上山来，杀入民军阵营，与东山驻守民军展开了面对面的厮杀。火能与邓本端、毛海大战一百多回合后，火能体力渐渐有点不支，毛海凑中破绽，一锤飞出，砸向火能。金面童子火能脑浆四溅，死于非命。

被官兵层层围堵的满太见主将火能身亡，官兵此时是为了逃命而发起的疯狂进攻，心知此时东后山已无法守住，边战边令大家兵分两路，立即撤回东山驻地防守。

这时，杀红眼了的毛海死死咬住向南撤退的民军紧追不舍。突然，战马踩翻一块地上的石头，毛海跌落马下，没等他翻身起来，就被回过头来的民军用长枪刺死。

邓本端急忙勒马回救，但一切都已经来不及了，毛海躺在了血泊之中。邓本端舞动一杆长矛，发疯般地向民军扫去，长矛到处，血花四溅。落在地上的点点鲜血似一朵朵此时山野上盛开的山丹丹花儿。民军见状，惊恐万分，急忙撤退。

此时，马文升率领骑兵五百余人，带着柴草火种正向大石城北边潜进。打算火烧民军军营，引发混乱，攻克敌军。

毛忠、毛锭在退往东后山的路上奋力抵抗追兵，毛锭身中数箭，虽没伤着要害，但终因流血过多滑落马下而亡。毛忠见孙儿毛锭惨死战场，不由他肝胆俱裂，热泪直流，嘶哑地喊了声“完了，完了，一切都完了！我可怜的孩子啊，都怪爷爷，都怪爷爷害了你的性命啊！”就在这时，一支利箭从他后背扎入，疼得他打了一个颤。但这位坚强的老将强忍着钻心的疼痛，仍然挥刀打马奋力向东后山方向杀去。

邓本端见此时民军全部退到了东山，遂令将士们严守刚刚夺到的东后山阵地，自己打马返回接应毛忠。可他没走多远，见一匹血马驮着一个血人向自己疾奔而来。邓本端心中不由一颤，莫非毛老将军他……他急忙打马过去，见毛忠已在马背上奄奄一息了。可怜一代名将，就这样把自己的鲜血洒在了大石城脚下的这片红土地上。

此时，刘玉等人与满玉在大石城西南面的山谷中仍在激战，两支队伍混在一起，已分不出你我，只杀得天昏地暗。刘玉堂弟刘阳、侄子刘浩相继阵亡。满玉虽然身受数伤，但依然如一头雄狮不可制伏，在战场上舞镗厮杀。任佐见状，力劝刘玉先撤退，再议救援之事。刘玉也见民军拼命，一时半会无法结束面前的战斗前去增援，如果再继续打下去，只会造成更大的伤亡。遂下令撤退。满玉也因身负重伤，见官兵主动撤退，也就下令原地列阵、休息，并在将士们面前发下毒誓，就算是死了也要用自己的尸体挡住刘玉等人的去路。

就在双方都退出战斗相互对峙之时，满玉、刘玉好像同时听到侧面山谷中传来阵阵厮杀声。双方甩目望去，见是刘斌、李莺二人仍在厮杀。满玉见状，吓了他一大跳。刚才只顾着杀敌，竟忘记了保护李莺之事。唉，还好，没有出什么事。要是李莺有个什么闪失，自己怎么向死去的“顺理王”交代。于是急忙下令鸣金收兵。李莺听到收兵信号后，便双刀一晃，跳出战斗，一张粉嘟嘟桃花似的脸上满是汗水。她满脸堆笑地对刘斌说："小子，身手不错！本姑娘今天就不赔你玩了，改日在战！"刘斌应道："姑娘身手不赖，人也长得很漂亮！"随后二人打马各自归队。满玉为李莺悬着的一颗心、刘玉为儿子刘斌悬着的一颗心都算放了下来。

项忠率兵来到大石城北门前的一个山谷，见负责攻打大石城北侧的甘州千户丁俊雄怕死不敢迎敌，正欲逃跑。项忠见状，顿时怒发冲冠，拔出腰间佩剑，将丁俊雄就地斩首正法。

马文升率轻骑刚绕到大石城北门，就被那里的守将秃鹰咬歌发现。咬歌立即率兵迎敌。马文升虽然武艺高强，力大无穷，但以他所率五百余人对战咬歌等两三千人，他明白这样的仗是没有丝毫胜算的，便放弃火烧民军军营的计划，掉头向北撤退。咬歌因身负把守北门之重任，见官兵败走，也就不再追赶。

马文升在撤退途中与项忠所率大队人马会合。马文升得知丁俊雄欲临阵脱逃的情况后，建议项忠立即下令，凡有临阵脱逃者，就地正法！此令一出，各地方军官兵的思想波动得到了有效地控制。项忠见此时民军相继退去，遂下令各路人马就地安营，就近对大石城形成包围。

因兵部连连催促，希望早日看到他们平匪的捷报。这次成功的近距离包围了大石城之后，项忠、刘祥、马文升三人商量，就以匪寇被围，不日即可剿平之语上报朝廷，以安君心。项忠便打发家人陶玺回京都报信。

项忠下令停战后不久，见刘斌血人血马飞驰而至。刘斌报说在随父去炮架山援助毛忠的路上被匪寇满玉等人围困，父亲刘玉身受重伤，叔父刘阳、兄长刘浩相继战死。援助部队不得已暂退守在大石城东山西南方向。这时，又来军卒报说伏羌伯毛忠老将军攻下炮架山后，一鼓作气，率部一路攻到大石城下，力挫匪寇，但终因寡不敌众，中箭而亡，其子毛海、孙子毛锭、部将周垒先后阵亡。唯有监察御史邓本端率毛忠余部突出包围，击败东山匪寇，现被捆在东后山。突围中，毛海杀死匪寇“八大将”之一的金面童子火能。项忠听罢大惊失色，不由地后退了几步。马文升在一旁急忙一把扶住项忠，并宽慰道：“胜败乃兵家常事，何况今日之恶战，匪寇死伤远远超过我军，且战局已被我军所掌控，大人不必忧虑。至于如何剿灭匪寇，还得慢慢计议。”刘祥接着说道：“毛老将军一家三代为国捐躯，实属我等之楷模。应立奏报朝廷，言明伏羌伯忠义奋发，争先登城，毙于流矢，贼势已穷蹙。”项忠、马文升点头表示同意。

第十六章　朝堂争持

十月的北京陶醉于彩色的海洋之中，陶醉于花香的蓝天之下。紫禁城内，秋菊傲视万物，香飘千里，枫叶激情似火，尽占风骚……

乾清宫内，宪宗高坐在龙椅上，文武大臣整齐有序地排列两边。户部尚书杨鼎正在奏报山西、河北、河南、安徽等地的灾情……这时，一名太监疾驰上殿，双手捧着一封信笺报说——大石城军情急报。

兵部尚书白圭急忙接过军报，转身向宪宗奏道："圣上，大石城军情急报！"

"快呈上来！"宪宗身边的侍从太监急步走下台阶，从白圭手中接过急报呈于宪宗。众臣心中十分忐忑，不知前方战事是喜是忧。

宪宗阅后大喜。对众臣说道："好消息，好消息啊！项爱卿奏报大石城匪寇已被团团围困，即日便可剿灭！"

朝堂上一阵兴奋。接着，众臣齐声向宪宗贺喜："恭喜圣上，贺喜圣上！吾皇万岁万岁万万岁！"

"项爱卿真乃我大明神武之将、常胜之将！等他班师回朝之时，朕一定要好好地为他接风洗尘！"

众臣齐声道："圣上英明！"

就在大家为大石城战事取得首次胜利、匪寇被困而高兴时，刚才进殿的那位太监又急步上殿报说——大石城军情急报。

宪宗急不可待地说道："快……快呈上来！"众臣都认为这一定又是一封捷报。谁知，宪宗看完后，脸色突然大变，双手沉重地将奏报放到龙案上。在殿下等待喜讯的众臣心中不由一惊，不知又发生了什么事。你看看我，我看看你，谁也不敢说一句话，朝堂上鸦雀无声。

过了好大一会儿后，宪宗才说："刘祥奏报伏羌伯毛……忠老将军祖孙三人皆战死疆场，为国捐躯了……"众臣震惊。

礼部尚书姚夔闻讯后顿时泪流满面，全身颤抖，但他还是拖着僵硬的双腿摇摇晃晃地出班奏说："圣上……节哀！伏羌伯毛老将军一家三代为国捐躯，报效皇恩，实属我辈之……楷模！也是他毛氏宗室之……荣幸！目前国难连连，人死不能复生，望圣上以大局……局为重，保重龙体……"姚夔断断续续地说着，眼泪与鼻涕沿着白须流落而下。

姚夔听到这个消息后如此悲伤，不仅因为他与毛忠交情深厚，因为他俩还是儿女亲家，毛海是他的女婿、毛锭是他的外孙。是啊，哪有老丈人不心疼女婿的，哪有外公不心疼外孙的道理啊？人心都是肉长的，而且都是向下疼的。白发人送黑发人的痛，那是一种绝望的、撕心裂肺地痛！他能不悲伤吗？

"姚老爱卿，你也节哀，保……保重！"

户部尚书杨鼎出班奏说："圣上节哀！伏羌伯毛忠老将军祖孙三代战死杀场，马革裹尸，忠于圣上，忠于朝廷。请圣上降旨赐以国葬，封毛老夫人为一品诰命夫人，以示皇恩浩荡！"

"好。就依爱卿之言去办！"

"圣上，先是项大人报大石城匪寇被困，而后又是刘公公报伏羌伯毛老将军祖孙三代殉国。依臣看，这期间怕有蹊跷。"吏部尚书程信此话一出，朝堂上顿时一片震惊，大家不知程信是什么心思，接下来又要说什么。

“有何蹊跷？能否说得详细点？”宪宗问道。

“先报捷，后报丧。臣以为伏羌伯毛老将军一定是战死于报捷之前，既然我军已将匪寇团团围困，掌控了整个战局，何来恶战令毛老将军殉国？臣的意思是恐怕大石城战事依然吃紧！”

宪宗低头无语。众臣心中暗骂这个向来被大家尊敬的程信今日这是怎么了，项忠与他往日无冤，近日无仇，为何口出此言？狗急了都会跳墙，何况两军交战，哪有不死人的道理呢？

兵部侍郎商辂听了程信的话后显得十分地生气。便出班奏道：“圣上，……”可商辂的话还没有说出口，宪宗就摆了摆手道：“朕身体有点不适，今天就到这里，有事明日再议吧。”侍从太监随之喊道：“退朝！”

其实宪宗并非身体不适，只是觉得此事有点难缠，如果继续下去，恐怕众臣中说什么的都有，不仅弄的朝廷上下人心惶惶，而且大臣们之间也矛盾重重，还不如早点退朝的好。

退朝后，向来极少在宫内召见大臣的宪宗，立即在养心殿先后召见了兵部尚书白圭、兵部侍郎商辂、兵部主事阎让、吏部尚书程信、抚宁侯朱永和内务府大总管梁芳等人。

白圭、商辂、阎让三人进入养心殿后，宪宗问道：“三位爱卿，你们对大石城当前战事如何看待？”

白圭答道：“圣上，今天项大人、刘公公先后报来两道奏章，一喜一忧，但臣以为这两道奏章并不矛盾，而且所奏都是事实，绝无半点虚假。两军交战，伤亡是不可避免的，伤亡并不代表战局失利。臣以为项大人所奏应为战事的全局，因为他是三军统率，而刘公公所奏只是针对伏羌伯等人阵亡之事，这两者之间并不矛盾，大可不必猜疑。故人云‘用人不疑，疑人不用。’如果我们君臣间相互猜测，贻误战机，这才是国之不幸，民之不幸！”

宪宗点了点头，目光接着移到阎让的脸上。

“圣上，害人之心不可有，防人之心不可无。依臣看，刚才白大人分析的极是，但程大人之言也不是一点道理都没有……”

听到这里，白圭脸色“唰”的一下变得紫青。厉声对阎让道：“阎大人，你……”

“白大人，等我把话说完吧！”阎让友好地看了一眼自己的恩师、上司白圭后接着说：“圣上，臣请圣上降旨，令抚宁侯朱永朱大人率驻扎在宣府、大同两地的部队前去增援，一则助项大人一臂之力，速剿贼寇；二则圣上可降旨命哪位公公为监军随朱大人一同前去，负责查清伏羌伯毛老将军祖孙三人阵亡的真实情况，何乐而不为呢？”

“你们的忠心可见。但这又得需要多少开支？目前，山西、河北、河南、安徽等地灾情严重，朕还不知拿什么去赈灾呢！”

“圣上，阎大人之言不失是一个办法。但依臣看，项大人率领的八万人马足可剿灭大石城匪寇，再不必派兵援助。至于项大人是否谎报军情一事，臣以为等项大人剿灭了匪寇班师回朝之后自会明白，没有必要此时派人前去调查，影响前方将士的情绪，贻误战机。况且，目前山西、河北、河南、安徽等地灾情四起，国库也没有那么多的银子。我们还是能省则省吧，平息匪寇是重要，但救助难民更为重要，常言道‘穷则思变’！”商辂说道。

“是啊。此事容朕再考虑考虑。你们先下去吧。”

白圭、商铬、阎让退出养心殿后，宪宗又马上召见吏部尚书程信。

“程爱卿，刚才朝堂上你说项忠所报军情失真，可有凭证？如果事情真像爱卿所言，那又该如何是好？”

“圣上，臣无凭证。臣只是以项大人、刘公公先后两道奏章的内容推测而已。”

“什么？你……你……唉，说什么话都要有真凭实据，随意猜测只会给大家之间带来不必要的猜疑，这样对国家社稷、对个人可都没有什么好处！”

“圣上教训的是。老臣并无猜忌项大人、刘公公之意，只是就事论事而已。朝廷前几次派兵征讨大石城匪寇都以失利告终，这一方面与指挥者有很大的关系，但另一方面也说明了大石城匪寇满俊等人狡猾奸诈，并非等闲之辈，我只是担心……”

“爱卿忠心可见。但此类没有依据的话以后还是少说为好。”

“是，是。”

“那你以为目前该如何是好？”

“臣以为，为了我大明江山社稷，还是派兵增援项大人为好。这一方面可尽快剿灭匪寇，平息战乱；另一方面，从表面上看再派兵无疑是要增加国库开支，可其实这恰好是在减少国库开支。因为，只要能尽快剿灭了匪寇，平息了战乱，不就是减少了国库的开支吗？”

“那你认为派谁统兵前去增援为宜？”

“抚宁侯朱永朱大人。”

程信走后，宪宗接着召见抚宁侯朱永。

宪宗问朱永道：“爱卿可愿领兵前往大石城，一边协助项大人一臂之力速剿匪寇，一边替朕查清伏羌伯毛老将军祖孙三人阵亡的真相？”

朱永低头沉思片刻后说："为圣上、为国家社稷效力是臣的荣幸，也是臣的本分，只是……"

"只是什么？尽管说来。"

"只是臣认为项大人所率八万多将士剿灭大石城三四万匪寇已绰绰有余了，没有必要再派援兵。再说了，人马未动，粮草先行。圣上，这粮草可是将士们能打胜仗的根本保证！"朱永此言一方面的确是道出了自己的心中所想，另一方面也是在给宪宗说话。因为去年朱永率兵征讨广西黄公汉暴动时，梁芳等人克扣军饷，使他在战场上艰辛无比，至今深感不快。

宪宗也知朱永话中有话，但话说回来，就人品而论，怎么说朱永都是一个正直之人，忠于朝廷之人，他因去年梁芳克扣军饷记恨在心也是合乎情理的。就大石城战事来说，朱永说的也不是没有道理，官兵两个人难道还打不过匪寇一个人？于是，宪宗就再什么也没有说。

最后，宪宗召见自己最为亲信的内务府大总管梁芳说："朕欲派抚宁侯朱永率兵前去一边援助项忠尽快剿灭匪寇，一边查清前方战事实情，你如何看待？"

梁芳刚才在朝堂上见程信建议增兵，觉得又多出了个发财的机会，心中正高兴着谋划如何借机发财的事。于是说道："圣上，从当前的形势来看，奴才以为应该派兵援助。近年来，项忠居功自傲，情况是不是如程大人所言还真不好说。奴才还以为圣上应该在出征前重赏将士，鼓舞士气，他们才能奋勇杀敌，大获全胜。臣私下也算了算，这粮饷怕至少需……"他一边说，一边故意放慢速度，查看宪宗的脸色。

宪宗说："需要多少，说来听听。"

"恐怕至少得一百万两吧。圣上，奴才还以为这个监军就让韦兴去吧，并给他一个临时处置的权力，这样才便于行事，不然，奴才怕项大人居功自傲，到时不听韦兴的话……”

宪宗听了梁芳的话后想，这个不知死活的奴才，他如此说话的目的又无非是想借平息大石城匪寇再捞一把。既要朕重赏出征部队，又要朕给韦兴临时处置的权力。他替韦兴要权，说透了还不是在为自己要权。这个奴才，你对朕好，朕也没有亏待过你，好多事朕都是睁一眼闭一眼，内务府大把大把的银子都哪儿去了，别以为朕真的不知道……唉，但这个奴才就是召朕喜欢，也是朕可以说说心里话的唯一一个人，又能怎样呢？

其实刘祥的这道奏章是当时项忠因毛忠等人阵亡悲伤过度，没有亲手撰写，才托刘祥如实奏报朝廷的。谁知，就因这两道奏章出于两个不同之人的笔下，却使众臣理解不一，众说纷纭。

养心殿里，宪宗既气又恼，可又无可奈何。一方面，他确实怕事情真像程信所言，项忠怕失颜面谎报军情，大石城战事依然吃紧，又不知要死多少将士，或者是项忠也别有用心；另一方面是气恼朱永在这个节骨眼上，居然还说风凉话。还有这个梁芳，不看是什么事，只知道借机要钱要权。到底大石城那边的战事如何，到底需不需要再派兵前去援助，宪宗真是被这些不同的说法给弄糊涂了，不知如何是好。

第二天早朝，宪宗脸色十分难看，端坐在乾清宫的龙椅上。众臣礼毕后，宪宗问道：“各位爱卿，大家以为大石城剿匪之事该如何处置？”

程信出班奏道：“圣上，臣以为大石城匪寇凶悍，我军屡战屡败，应再派兵前去援助项大人，以泰山压顶之势迅速歼灭贼寇，扬我军威，震慑那些图谋不轨之辈！”

定襄伯郭登出列奏道："圣上，程大人言之有理。国难当头，速战速决为好，只有这样，才能做到既可稳定民心又可减少国库开支。"

"是啊！二位爱卿言之有理。可该派何人统兵前去支援呢？"

郭登道："圣上，虽然我朝雄兵百万，但将帅至关重要。从当前朝中情况来看，其他将军都镇守或出征在外，目前只有抚宁侯朱永朱大人在朝。"

朱永想，程信、郭登二人向来为他所敬重，今日这是怎么了，非要逼自己带兵增援？去年广西之事，难道二位真的是已忘记了吗？我可是饿得半死、提着脑袋从战场上得胜回来的……

"朱爱卿意下如何？"

朱永在朝堂上将自己昨天在养心殿上的话又简单地重复了一遍。

听了朱永的话后，程信说："朱大人，你身为国家重臣，不会连这个道理都不懂吧,有时精兵能够制胜,但大多数情况下还不是靠人多吗？而且你刚才话中有话，我们这些做臣子的得替大明的江山社稷、圣上、百姓着想，难道你就这点胸怀和度量吗？"

朱永听了程信的话后感到自惭无语。可首辅彭时对程信的话越听越来气。目前战场上敌我力量对比已是一比二，难道人还不够吗？难道这朝堂上就剩你程信一个忠臣了。于是他出班奏道："圣上,老臣有话要说。"

"彭爱卿，有话就讲！是不是有剿匪良策？"

"圣上，臣虽暂无什么良策，可臣以为项大人、刘公公所报军情句句属实，并不像有些人捕风捉影、空穴来风、无中生有、前矛后盾的说这说那，臣坚信用不了多久，项大人定会剿灭大石城匪寇胜利凯旋，没有必要再派兵前去援助，更没有必要再增加军饷、增加国库支出、增加百姓的税赋！"

程信听完彭时的话后，心中十分气恼。但他还是十分平静地说道："彭大人，我这也是以防万一！如果事情真被我言中，那又该当如何是好？不怕一万，就怕万一啊！如果真的到了那个时候，就算你把肠子悔青也都于事无补啊！"

"程大人的好意我心领了。不过，程大人请放心，这事我看是没有那个'万一'的。虽然我是糊涂了点，但轻重还是分得清的……"

程信听了彭时的话后，气得脸色发青。指着彭时道："你……你……你身为当朝首辅，可不能信口开河，侮辱朝廷大臣！难道我这是……是希望匪寇祸乱朝纲，希望百姓遭殃……"

这时，梁芳对彭时说道："彭大人，不是我说你，你身为当朝首辅，应该以大局为重，可你尽然在朝堂上这么说话，我看你真怕是……这是关系我大明江山社稷的大事！"梁芳是想给彭时一个下马威，借机制止那些不愿再派兵增援的人再说话。

彭时刚要开口，可宪宗实在是看不下去了，气得拍了拍龙案，这才算阻止住了朝堂上的争执，安静了下来。

安静了没有多长时间，彭时又出班奏道："圣上，刚才老臣之言的确是有失礼节，望圣上、程大人见谅！但臣以为项大人忠心为国，熟读兵书，善于用兵，而且还有刘祥、马文升、刘玉、夏正等人在他身边辅助，依臣看，有他们在前线，圣上大可不必为大石城剿匪之事劳神。区区两三万匪寇，朝廷派出了八万大军前去剿灭已实属罕见，如果再派兵增援，岂不被天下百姓……"此时，梁芳狠狠地瞪了一眼彭时，但什么话也没有说。彭时接着说："如果匪寇四处流窜，到处烧杀掠抢，那的确就很难对付了。因为宁夏以北不远处就是北元贼寇驻地，如果他们双方联合，恐怕真的一时很难剿灭。但事实上，大石城匪寇现在只潜入山林之中，凭借着险要地形固守。项忠、刘祥、马文升等采取先包围后剿的用兵方略是十分正确的，而且也是很得当的。他们已有效地控制了匪寇外逃，相信过不了多久，匪寇就会因缺粮断草，阵脚大乱，何必再增加国库开支、增加百姓负担？”

没等宪宗发话，姚夔、杨鼎、白圭、商铬、阎让等人说：“圣上，彭大人分析得极是，臣等复议。”大家虽对大石城战事都非常担心，不知如何是好，但经彭时这么一分析，并且老丞姚夔、杨鼎、白圭等都站出来表示赞同，遂齐声说道：“彭大人分析得极是，臣等复议。”

程信急道：“圣上，如果不再派兵前去援助，万一项忠又打了败仗怎么办？到那时匪寇的气焰就会更加嚣张，若要剿灭，付出的代价怕要比现在增兵的要大得多！”

宪宗的心思随着众臣的言辞，一会喜一会忧。真是越听越怕，越听心中越没有底了。于是他问彭时道：“彭爱卿，真的就不用再派兵前去支援吗？”

彭时坚定地答道：“圣上请放心。项大人最多年底就可全歼大石城匪寇，这事我保证。

彭时的直言，听得朝堂上的众臣一个个既担心又好笑。而梁芳却被彭时的话气得浑身发抖，恨不得冲上去扇彭时几个耳光。这个不知深浅的老东西，尽坏我的好事……

宪宗道：“那要是万一……”

彭时答道：“圣上，如果大石城战事真像程大人说的那样，项大人战败了，臣愿意割下项上人头以谢失察之罪！”程信听了彭时的话后气得脸色铁青，但什么也没有说。

梁芳道：“彭大人，你以为你的人头就那么值钱吗？真是……”

彭时正欲回击梁芳，可被宪宗的话挡住了。

“彭爱卿大可不必如此！好吧，那就暂不派兵，等等再说。”

梁芳道：“圣上，如果真要是贻误了战机，奴才建议一定要杀一两个失职的大臣以谢天下。”

宪宗道：“各位爱卿，就这样定了，大家不必再争！退朝。”

退朝后，姚夔、杨鼎、白圭三人好像是在给彭时、商辂、阎让等人解释着程信和梁芳的各自用意。正巧，他们在神武门前与垂头丧气的梁芳碰了个正面。彭时故意大声问道：“各位大人，司马昭之心路人皆知，是什么意思？”商辂高声答道：“彭大人，这还用问吗？你不会是真老糊涂了吧？这个，还是让司马昭那个早就该死的家伙自己告诉你吧。”彭时哈哈大笑。梁芳见彭时、商辂二人指桑骂槐，气得眼冒金星，嘴皮发紫。只说了声：“不得好死的东西，咱们走着瞧，究竟鹿死谁手还不一定呢！”说罢遂快步走出了神武门。

第十七章　石城断水

刚进入十月，中原北方地区已寒风刺骨，雪花满天。

火石寨四周的山坡上，嫩绿的杂草已随着气候的转冷日渐变得枯黄，五彩的霜叶也一天天地凋谢飘落，最后的几片叶子孤零零地挂在干瘦的枝条上，“啪啦啦”地随风颤抖着、鸣叫着……阵阵寒风袭来，卷起无数沙尘、枯叶在空中漫无目的地飞舞。山坡上的常青松也随着气候的变化而变得愈加青黑，像是鼓足了勇气准备着与寒冬抗衡。偶尔，一阵阵顽皮的雪花急不可待地从空中飘落下来，似细沙，似银针……飘飘洒洒的在青黑的松树枝头挂起一朵、一朵、又一朵的小白花，在蔚蓝的天际间银光闪闪地怒放着。远远环望四周，阴坡处的片片积雪，如盛开的一朵朵白色牡丹，在寒风中摇曳舞动；阳坡处褐黄色的野草，在潮湿的地面上犹如一位刚出浴缸的少女闪亮、柔美。

在大石城通往将军山的小道上，玉面童子火四身穿孝褂，头戴孝帽，手撑“引”字白纸幡，走在送葬队伍的最前面。他身后八名年轻力壮的小伙子抬着一口黑色的棺材。棺材后紧随身穿黑色大褂的招贤王满俊、小诸葛郑成伟、双鞭王火敬等人，再后面便是腰间扣着又长又阔整段白布的人流。

金面童子火能虽为汉族，但因他又是满俊的义子，满俊想以蒙古族最高葬礼规格——火葬送他离开这个世界，尽一个作义父的最后一点心愿。当他向火敬夫妇说明自己的心思时，火敬夫妇想，既然人都已经死了，而且招贤王又这般地疼爱自己的孩子，有什么不可呢？

火能的葬场设在将军山的一个小山丘上。焚烧尸体用的木柴、檀香屑、酥油、蜂蜜、松香……早已准备齐全。当火能的尸体被安置在宽大、堂皇的柴堆上时，郑成伟从一名卫兵的手中接过火把递给火四。火四擦了一把泪水，大喊一声“哥哥，一路走好……”便将手中的火把抛向了安放火能遗体的柴堆。顿时，黑烟四起，火光冲天……满俊、火敬、火光、火花、火四等人号啕大哭，“儿啊”“哥哥啊”的悲痛之声在空荡荡的山谷中忧愁地飘荡……

郑成伟扶起哭倒在地的满俊和火敬，自己也泪流满面。满俊和火敬又紧紧地抱在一起，“儿啊，我可怜的孩子……”一边哭一边嘶哑地喊着……

项忠营内，全体人员身着孝衣，七口黑色的棺材停放在院子中央的车子上。项忠、刘祥、马文升、刘玉率领众将在棺木前焚香祭拜，与老将军伏羌伯毛忠、都指挥毛海、刘阳、指挥毛锭、刘浩、周垒、副使郑安的遗体告别……

随着夏正带着哭音的一声“起灵”声，毛忠祖孙三人、刘阳、刘浩、周垒、郑安的灵车分三路缓缓地拉动，出门后朝着三个不同的方向行去。寒风呼啸，雪花飘飞，秃兀的树枝发出声声凄惨的唉鸣……

大石城上空，青烟袅袅，民军已开始生火取暖。

郑成伟、火敬、满能、南斗等人正在营帐中与满俊商量着如何为死去的火能及两千多名弟兄复仇的事。时间一天一天地过去了，因项忠等人用兵从来都不冒险，他们一时也真是想不出个什么绝招妙计来。

一天清晨，满俊起床后见刺骨的寒风呼呼地从帐外吹进，空中飘起漫无边际的雪花。近日被忧伤、烦闷缠绕的他，经寒风一吹，倒觉得精神了许多，便披衣走出营帐。账外地面上已落了一层厚厚的白雪，他不由地打了一个冷颤。

一卫兵见招贤王穿着单衣，两眼圈发黑，疲惫地站在风雪中，便进帐拿来大衣替他披上。亡子之事，岂能不痛？常言道“人生有三大不幸，幼年丧母、中年丧偶、老年丧子。”虽然火能不是满俊的亲生儿子，但在他的心中，火能、火四、哈福礼、哈福成等人就是自己的亲生骨肉。

这时，满俊才注意到为自己披衣的这位小兄弟，衣衫单薄，冻得全身发抖。他懊丧地拍了一下自己的头。对卫兵说：“小兄弟，速传郑先生前来！”卫兵正欲转身而去，忽听有人喊道：“我来了。”满俊和卫兵顺着说话声的方向望去，见郑成伟冒着风雪正在向他们走来。“先生，赶紧把咱们弄来的棉衣棉布分发给大家。天气都这么冷了，别让大家再受这洋罪！你看，人都快要冻死了！”说着指了指面前冻得颤抖的这名卫兵。郑成伟道：“是，大王。”便吩咐这名卫兵立即传令给内务副总管陈东，让他马上给大家发放棉衣、棉布，包括所有的士兵和每位乡亲。还特别叮嘱要照顾老人和小孩。卫兵得令后在风雪中跑步而去。满俊和郑成伟并步走进帐中。

不一会，飞天猴马冀欢天喜地、左奔右窜地走进帅帐，边拍身上的雪花，边兴奋地大声嚷着：“大王、军师，好消息，好消息啊！”郑成伟问：“什么好消息？看把你乐成啥样子了。”马冀像倒豆子似的说道：“刚刚李琦、李连二人传来消息说‘漠北’鞑靼、瓦剌部落答应与咱们联手出兵攻打朝廷，诛杀狗皇上了。他们的大队人马已到黄河北岸，只因黄河天险阻隔才迟迟未到。再过一段时间，等黄河封冰后就立马前来。

你们说这消息好不好啊？”满俊听后好像并没有多少喜悦。郑成伟转身对满俊说：“大王，现已进入冬季，离属九也没有多长时间了，等属九后，黄河就会马上封冰。依我看，目前不管官兵如何挑衅，咱们就按兵不动，坚守不战，等援军一到，里外夹击，消灭项忠老儿的时间指日可待了。真是苍天有眼，项忠老儿，看来你真的是秋后的蚂蚱——蹦跶不了几天了！”满俊说：“先生，这可是不得已而为之！常言道‘靠人人会跑，靠树树会倒。’谁会无缘无故地帮助别人，天上没有掉馅饼的事。不能对别人的施舍抱太大的希望，关键还得靠自己！”“是，大王说的是。”郑成伟、马冀知道满俊从心底里是不愿与外人合作的，也就收住心中的喜悦，不再说什么了。

随后，满俊传令大家前来议事。不一会，火敬、满能、火四、南斗、宝歌、咬歌、毛哈剌、杨虎力、满太、哈福成、巴图达赖等人先后来到帅帐，大伙见过满俊和郑成伟后各自落座。郑成伟告诉了大家李琦、李连刚刚传来的消息。大家都感到十分高兴。接着，满俊就当前的防守任务做了详细地安排部署。随后，满俊还说，既然鞑靼、瓦剌部落已经前来援助咱家，面对强大的敌人，也不失是一件好事，既然人家来了，我们也就不得不借用一下他们的力量了，但关键还是要靠自己，不能把一切都寄托在别人的身上。同时，他还叮嘱大家要千万千万注意，在同他们合作的同时，也要对他们有所防范，绝不能干引狼入室的傻事。

虽然此时寒风凛冽，雪花飘飘，但大家精神倍增，便各自回营布置去了。

大伙散去后，大石城帅帐中只剩下满俊、郑成伟、火敬三人。满俊见火敬十分憔悴，就站起身来，亲自为火敬的杯中添满热茶。他站在火敬的面前，牢牢地握住火敬的双手，说：“好兄弟，保重！我向天发誓，定去项忠人头为能儿报仇！”“谢谢大哥，你也保重！”他二人说着忍不住又流了下两行热泪。随后，他们三人就商量起如何全歼项忠八万大军的事来。

毛忠率部攻下炮架山西、北两个山头后，因急于攻打大石城，在炮架山没有留下驻守将士，所以毛忠率部在大石城下血战时，满能、满安已召集隐藏在密林中的部下，重新返回了炮架山阵地。

这时的战场局势从整体上看是这样的，项忠包围着大石城、炮架山、将军山、照壁山、七里宝山，而满俊等又将邓本端所率的三千多官兵包围在大石城附近的东后山上。

项忠营帐内。项忠、刘祥、马文升、刘玉等人围着一个大火盆，也正在谋划着如何消灭大石城匪寇、活捉满俊等人的计策。

刘玉说：“我军日日围山叫阵，而匪寇不是在山上喝酒就是吃肉，熟视无睹。可每次当我军叫阵无果撤退时，他们就像是从地下冒出来、天上掉下来似的袭击我军，真是气死人了，照这样下去，何时才能全歼匪寇呢？”

刘祥随声说：“是啊，哪有这样打仗的！他们不正面迎战，只时不时神不知鬼不觉地搞偷袭，让人防不胜防。近日这三十多仗，几乎连个匪寇的影子都没有见到就使我军伤亡上千人，这仗到底该怎么打呢？”众人面色沉重无语。项忠呆呆地坐在帅帐后，仰首长叹了一声。马文升手持书卷，来回踱步。

任佐说：“各位大人，天气已越来越冷了，可到现在还不见朝廷送冬衣来，将士们单衣单裤，军中已是怨声四起了。”任佐的话刚刚出口，一阵刺骨的寒风吹进帐来，大家都不由地打了一个寒颤，往紧裹了裹身上单薄的衣衫。

马文升接着任佐的话说："任将军，不仅仅是将士们挨饿受冻的事，我所担心的却是黄河即将封冰，如果匪寇与漠北鞑靼、瓦剌等贼寇串通，合兵一起，形成内外夹击之势，或者是匪寇乘黄河封冰，强行突围向北流窜，与漠北贼寇合兵一起，这才是我们最大的麻烦、朝廷最大的麻烦！"众人像被马文升的话从梦中惊醒，吃惊不小，但又都无语可言。

自从毛忠等人战死后，官兵被大石城复杂凶险的地势、能征善战的满俊等人所难，加之近日连连失败的战况，使大家不知如何是好。项忠一时也不知下一步到底该怎么办。主动攻之，带来的只会是更为惨重的伤亡，继续围之，按刚才马文升的分析也不是长久之计。加之兵部一道接一道要求速战速决的急文，让项忠等人焦躁不安。

满俊等虽被官兵团团围困在以大石城为中心的包围圈内，但他们凭借着这里凶险复杂的地形，死守在山林之中不出，官兵一时对他们也是无计可施，无可奈何。一旦官兵前来叫阵，他们就凭借对这一带地形熟悉的优势，神出鬼没地攻击他们一下，捡个便宜，掉头便走。这些小的攻击，随不能改变当前战局的整个形势，但也算是胜利不断。

这时，一直在地上踱步的马文升说，近日风雪不断，但没有形成有效降水，匪寇储存在城内的饮水应该是快用完了吧。虽然他们抢去了朝廷运往甘州的粮草、布匹等物资，但按人数计算也应该是消耗的差不多了。如果……如果能绝其粮草、断其饮水，就犹如釜底抽薪，我军只围不攻亦可让匪寇灭亡。大家听后，觉得他分析得很有道理，就开始商量如何才能使民军尽快断其给养的问题。

十月初一，项忠下令放火烧山，目的是先使民军断其战马草料。

一时间，大石城及周边的山野上火光四起，浓烟滚滚。借着风力，野草疯狂地燃起，火光中，只听得一片霹雳啪啦的响声。项忠见火势烧得凶猛，并不断地向四处扩散，为了防止引起周边森林火灾，殃及无辜百姓，遂命官兵控制火势范围，只烧大石城周围两三里之内的地方。

接着他又命庞胜负责组织人员，迅速控制大石城附近的全部水源，使民军断其饮水。庞胜奉命在率兵控制水源的过程中，一些士兵用已战死民军的尸体填塞泉眼，虽然庞胜感到这么做有些过分，但大家已经这么做了，也就没有说什么。随后，马文升又加派兵力在各个水源地附近设伏，准备擒拿前来取水的民军。

大石城内，哨兵向满俊等人飞报官兵放火烧山之事。

满俊遂带领正在议事的弟兄们走出帅帐。只见大石城外围四周火光冲天，浓烟滚滚，遮天蔽日。满俊以为是项忠欲用火攻之术来逼他投降。便哈哈大笑着说："项忠老儿，人都说你足智多谋，能征善战。你小老儿也不看咱家这大石城四面绝壁，无树无草，区区一把小火能奈我何？看来你也是黔驴技穷了！在这天寒地冻的日子里，你烧火，咱家我正好暖暖身子骨。"听了这话，大伙都随着满俊哈哈大笑起来，只有郑成伟不但没有笑，反而表情十分沮丧地说："大王，恐怕这火烧得没有这么简单！"

满俊一脸疑惑，什么也没有说，只是目不转睛地盯着郑成伟看。火四好奇地问："军师，那你说他还能咋的？"

郑成伟望着四周的浓烟，长叹一口气说："这点火当然不能把咱们咋的，可今后我们的战马吃什么呢？你们想过没有？"满俊等人这才大吃一惊。郑成伟接着说："项忠等人既然能想到绝我战马草料，也就能想到断我饮水。城内储存的水只能用两三天时间了吧，如果真是这样的话，麻烦可就大了！"

听了郑成伟的话后，大伙才意识到这场火的厉害。

满俊骂道："奶奶的，好他个龟儿子，这小老儿还真是恶毒至极，要饿死、渴死咱家？咱家这就去宰了他！"说着欲领兵出战。

郑成伟急道："大王，莫急，莫急，此事还得从长计议。如果我们现在出兵，不是正中了敌人的诡计吗？况且我们还不知他们是不是想到了这个恶毒的办法，我也只是猜测而已。"

火敬立刻命人赶赴附近的各个水源地查看情况，看是不是如军师分析的那样。如果不是就赶紧先把水源保护起来，以防官兵破坏或控制。如果水源已被官兵控制了就得赶紧想办法夺回，不然麻烦可就大了。不管什么时候，人只要活着，总是要吃要喝的，谁都离不开水。

当天晚上，打发出去查看水源的人陆续返回。他们所侦查到的情况果真与郑成伟分析的没有丝毫的差别，只是使他们万万没有想到的是官兵竟然用已战死弟兄们的尸体来堵塞泉眼。满俊一听，发疯似的大骂："这帮狗娘养的狗东西，良心真是让狗给吃光了，竟然连死人也都不放过，简直就是一群丧心病狂的恶魔，那里还有半点人性呢？不杀不足以平民愤！不杀不足以平天下！"

不几天，官兵在水泉附近就抓获了七八十名前去取水的大石城民军士兵和百姓。项忠等从被抓获之人的口中得知大石城内的储水最多只能用两三天了，心中不由一阵暗喜。一些将领还说再坚持几日，等匪寇无粮无草无水了，说不定不损一兵一卒就可全歼了他们。可项忠、刘祥、马文升、刘玉等人并不这样认为。因为他们知道，兔子急了都会咬人，何况他们现在所围困的是一群如狼似虎之徒。

满俊因城中士兵、百姓无水可饮引起的惶恐而感到十分的气愤和烦恼。于是召集大伙商量夺水之事。

一提这事，飞天猴马冀气就不打一处来，破口大骂道："奶奶的，不如和这帮龟儿子拼了算了！”

“不可！郑先生不是已经说过其中的原委了吗。”满俊说着转头问郑成伟，“先生可有良策？”

“此时，官兵缺少棉衣，衣衫单薄，这么冷的天气，尤其是夜间，守泉的兵卒应该会因天气寒冷而放松警惕。我们可利用这个机会，选精兵良将组成小股部队，集中力量先夺回一处水源，随后再派强兵把守，先解燃眉之急。”

黑面兽宝歌听说只抢回一处水源，便着急地嚷道：“我们这么多人，一处水源怎么够用呢？”

郑成伟摆了摆手说：“可现在我们的一举一动都在敌人的监视之中，不易多路出兵抢夺水源！如果这样做的话，正是敌人所期盼的……”

“是啊，先夺回一处算一处吧。有一处总比没有强！目前的困难是不可避免的，但咱家相信这些困难很快就会过去的。只要大家团结一致，就没有过不去的坎，兄弟们都别再说泄气的话了。越是困难的时候，就越要团结、越要有战胜敌人的信心和决心……”满俊说。

这天夜间，寒风飕飕，天空中飘起了零星的雪花。郑成伟认为这是天意，老天不绝大石城将士，他项忠也是一点办法也没有。便和满俊商量令南斗、火光、火花率领二百精兵，趁着夜色，悄悄地潜入到大石城附近水量最大的一个水源地——西山泉附近，抢夺水源。

南斗、火光、火花依计而行，不多时，就神不知鬼不觉地窜到了西山泉附近。他们见防守官兵冻得哆哆嗦嗦，五人一簇、十人一伙地点着七八个小火堆正在烤火取暖，毫无戒备心理。他们三人商量，由火光带一部分人员负责外围警戒，南斗、火花二人带其余人员按实有火堆个数分组，一组负责解决一个火堆周围的官兵。火光手握镔铁点钢枪，双面圆睁，环视四周。南斗手持虎头银枪、火花举起一对梅花亮银锤率众以迅雷之势扑向正在烤火的官兵。不一会，他们就三下五除二将防守西山泉的近百名官兵全部干掉了。消息传到大石城后，郑成伟立即组织了一千多人连夜往大石城悄悄地运水。天快亮时，满俊又下令增兵两千，共三千多人，由南斗负总责，火光、火花兄弟二人具体指挥，固守已抢占的水泉、取水之路，并负责向大石城内运水。

当官兵发现大石城西山泉被民军夜间所抢后，几次派人侦查，总觉得若派小股部队攻战他们，恐怕没有那么容易，若出动大部队攻之，在这凶险的山林当中，又怕中了民军的诡计。项忠只好下令加强其他水源地的防守工作，再失水源者就地处斩，绝不姑息。

十月初五这天，天公放晴，万里无云。久违的太阳高高地升上天空，孩子笑脸般地照耀着大地。近日被风雪冻怕了的官兵将士们，随着太阳的升起，感到了一阵暖烘烘的舒适与惬意。

刘玉来到帅帐对项忠说：“大人，不能再这样地等下去了，如果再不速战速决，黄河一旦封冰，该怎么办呢？”

“那依将军之见，我们该如何破敌？”

“用大炮攻之，将其炸为平地！”

“不可，刘大人。大石城内有成千上万的老人、孩子和妇女，他们都是无辜的。如果这样做的话，我们与匪寇又有什么区别呢？又有何颜面立足于天地之间？”

刘祥、马文升、刘玉听了项忠的话后，不住地点头。

“既然不能一次性地歼灭他们，那就来个各个击破，先消灭他们的有生力量。”

“怎么各个击破？”项忠问。

刘玉接着如此这般地说了一番。马文升听了之后对项忠说："项大人，刘大人的这个办法未尝不可，我们不妨一试。"

大石城北门距东山较近，且这时邓本端所部还被困驻扎在东后山上。

项忠与刘祥、马文升、刘玉等仔细地商量之后，便命都指挥孙玺、千户陈钟二人领一千人马为先锋正面佯攻东山，吸引东山民军的注意力。都指挥鲁鉴、费澄、佥事陈聪、千户陈冲四人率庄浪地方军五千，绕到东后山寻机与邓本端所部会合，前后夹击，夺取东山高地，以便从高处监视大石城内的一举一动。随后，项忠又怕孙玺、鲁鉴二人在半道上遭民军偷袭，遂派余子俊率人在后策应孙玺所部，庞胜率人在后策应鲁鉴所部。

孙玺、陈钟得令后率领人马直奔东山，可他们刚刚来到山下，民军哨兵早就报知替补火能镇守东山的主将满能和副将满太（此时炮架山主将换成了洪满、副将换成了李莺，原来由洪满负责的自卫队第三小队也已由陈光负责了）。满能、满太急令士兵迎敌，为死去的火能将军及弟兄们报仇。满能率兵迎战正面来敌，满太与东后山守将白刚负责对付暂居东山后山的邓本端等人，以防他们趁机逃跑或从背后出击，使东山驻地陷入腹背受敌、前后夹击的困境。

满能出营后，见官兵已到山下，遂下令雷石、滚木齐发。瞬间，雷石、滚木向着前来的官兵飞奔而下。接着，他又令弓箭手一班接一班地放箭。一时间，雷石、滚木、飞箭如瓢泼大雨从东山山顶顺势而下。这时的孙玺、陈钟只有撤退的时间，毫无进攻的机会。正当陈钟在组织大家撤退之时，一不小心，一块大石从他身上砸过，连人带马死于非命。

孙玺所部在东山前受阻之时，攻打东后山的鲁鉴等却顺利得手。费澄战败民军东后山脚下负责防守的白刚，与邓本端顺利会合。他们正欲趁机攻往前山时，却被手提一对链子铁锤的满太挡住，两军便没命地厮杀了起来。

好一个满太，手持一对链子铁锤，锤随风至，风随锤到，他一见官兵就犹如发疯一般，大喊一声："弟兄们，杀啊！为死去的火能将军报仇，为死去的弟兄们报仇！"他与冲在最前面的陈冲没战几个回合就将陈冲斩首。接着高举铁锤扑向邓本端。邓本端急忙举起手中乌金长矛迎战。刚刚败退的白刚见官兵欲攻打前山，便不顾一切地率兵再次追赶上来。此时气愤填膺的白刚，举起手中镔铁皂缨枪直刺陈聪。东后山上，顿时杀声震天，刀光剑影。白刚与陈聪二人大战八十回合后，白刚凑准陈聪的一个破绽，一枪过去，深深地扎入了他的前心。鲁鉴见状，打马上来，力战白刚。战斗一直进行到了日落西山。

邓本端、鲁鉴、费澄三人由于厮杀时间太长，渐感体力不支，不得不撤出战斗，退回营地休息。满太、白刚此时也是累得力尽汗干，便撤回了东山阵地。

孙玺在前山虽被满能逼的寸步难前，但他们为了给攻打后山的鲁鉴减少压力，没有立即撤离，而与余子俊所部会合，在东山前山下不断地摇旗呐喊，装出一副随时准备扑上山去的样子，将满能牢牢地牵制在了前山。

这一战，官兵虽然实现了邓本端、鲁鉴联合驻扎东后山的计划，但伤亡惨重，陈聪、陈钟、陈冲三人阵亡。项忠等人毫无获胜之感，愁云满脸。

项忠帅帐中，马文升对大家说，现在东后山已由我军彻底控制，今晚深夜，可派强兵猛将，出其不意地从东后山偷袭匪寇满能所部，定会大有收获。

项忠按照马文升的意图，令林胜、崔忠率四千人马悄悄潜入东后山附近，深夜与邓本端、鲁鉴、费澄会合从东后山出击，连夜攻打满能。令张英、罗豫率三千人马，趁夜色悄悄地潜入到东山前山下，与余子俊、孙玺所部会合，截断满能的退路，并阻击前来救援的民军。

满能、满太、白刚等人苦战了一天，已是筋疲力尽、疲惫不堪，吃完饭后倒头就睡着了。

深夜时间，熟睡中的东山民军将士，忽听杀声震天。满能忙从被窝里爬起来迎战，可此时官兵已杀至营中，一片大乱。火光之中，见满能只穿了一件黑色内衣，率众突围欲退回大石城。谁知，他们沿着陡峭的山崖连爬带滚地刚到山下，四周“唰”地一下火光冲天，被早就埋伏在这里的张英、罗豫、余子俊、孙玺挡住去路。满能疯了似的手持一把金背砍山刀逢人就砍。灯光下，满能就像被困在了笼子里的一只黑鹰，在夜色下的灯光中，左冲右撞，刀随人飞，人随刀舞，拼命地厮杀着……

这时，从满能等人后边追上来的邓本端、林胜、鲁鉴、崔忠、费澄一行举枪就刺……白刚见邓本端等人从后面杀来，便大喊一声“兄弟们只管向前突围，我来断后，”便掉转马头去阻击邓本端、林胜等人。林胜、崔忠二人迎战白刚，邓本端、鲁鉴、费澄冲向满能和满太二人。

白刚力战林胜、崔忠二人。他们三人转眼间已大战四十多个回合，林胜趁白刚手中镔铁皂缨枪刺向崔忠的瞬间，从白刚背后一刀过去，将他斩于马下。

夜色下，火光中，东山脚下，马嘶人嚎，鲜血四溅……

黑鹰满能被余子俊和孙玺紧紧缠住，他们三人杀得难分难解。这时，从后面冲上来的邓本端、鲁鉴二人飞马而来，加入到围攻满能的战斗中。好个黑鹰满能，舞起手中金背砍山刀，以一敌四，力战邓本端等人。突然，邓本端大喊一声“看矛”，惊得他们四人同时停下手中武器，飞马而至的邓本端一枪将还没有反应过来的满能刺于马下。

这时，镇守东山的五千多名民军死伤过半。满太依然力战张英、罗豫、费澄三人。当他听到满能的惨叫声时，心知叔父已经遇难，悲伤之情促使他不顾一切地奋力厮杀。满太见费澄马蹄落空一个趔趄，便趁机甩出链子铁锤砸向费澄的头部，费澄落马而亡。也就在这时，满太的战马后踢也踩空了，满太被摔下悬崖。满太被摔落到悬崖下的一堆细沙中，侥幸地捡回了一条性命。

满俊等得知官兵夜袭东山，急忙整顿队伍前去援助。谁知，这场战斗进行得竟然如此迅速，前前后后不到半个时辰就结束了。

满俊等人来到东山脚下时，火光中只见东山山顶上已撑起了官兵的大旗。漫山遍野只是哭爹喊娘的伤员和横七竖八的尸体。他们只好抬着满能、白刚的尸体，搀扶着受伤的弟兄们退回大石城。满太这时也已从悬崖下爬了上来，全身泥土，随着救援部队行走在返回大石城的路上。

第十八章　满俊诈降

满玉听到满能阵亡的消息后，在病床上大声哭道："哥哥，你死得好惨啊……"胸前的伤口再度裂开，鲜血湿透了衣衫，随之昏迷不醒。守护人员急忙找来郎中为他包扎伤口。

大石城里，无论是将士还是百姓，都因满能、白刚的惨死、东山阵地的丢失而沉浸在悲伤的气氛当中。满俊什么也不说，只是一个劲地瞅着桌子上的地图，好像要在面前的这张地图上寻求复仇的办法、时机以及地点……内务总管双鞭王火敬在准备满能与白刚的葬礼时，不由地再度想起死去不久的儿子火能，两行热泪顺着脸颊流下。

面对官兵八万多大军压境、饮水困难、草料短缺等不利因素和"八大将"两死一伤、"二十二副将"一死多伤的损伤，小诸葛郑成伟再次向招贤王满俊建议派心腹之人前往周边的六盘山、崆峒山等地发动百姓暴动，扩大暴动范围，打乱官兵的计划，减少大石城的压力，多寻一片发展空间，多寻一条谋生之路。可满俊仍以自己的理由推脱了郑成伟的建议。满俊认为，凭这里复杂的地形和现有的力量，自己完全有把握消灭项忠的八万大军。再次遭到拒绝的郑成伟只是暗暗地摇头叹息。

官兵控制了大石城东山之后，项忠令邓本端、鲁鉴等人留守东山，借那里的有利地势，日夜监视大石城内民军的活动情况。

这时，满俊为了集中力量，形成一只铁拳，有力地打击官兵，便命令除炮架山洪满、将军山火四、七里宝山马冀、照壁山宝歌所率领的一万多人之外，其他驻扎在周边各关卡的人马全部撤回大石城。

十月初六，项忠、马文升欲乘胜出击，遂令秦纲、王锐、胡恺率延绥军六千人马在前叫阵，他与刘玉等率一万多人马在后，打算从北门强攻大石城。

延绥军来到大石城北门前，秦纲摆下偃月阵，自己指挥中路，王锐、胡恺分别指挥左路、右路，将大石城北大门团团围住。

满俊得知官兵又来叫阵的消息后十分气恼，便亲自与郑成伟来到北门城楼上指挥作战。郑成伟手握《鬼谷子》一书，仔细对城下官兵的队形端详了一会儿后，对满俊如此这般地说了一番。满俊听后满脸堆笑，不住点头。随后，满俊大声喊道："众将听令！"

"是。"

"咬歌带一千人马攻击来敌左翼，巴图达赖带一千人马攻击来敌右翼。你二人切记，只许败，不许胜！城楼上令旗摇动时速速撤回城中！"咬歌、巴图达赖虽感糊涂，但军令如山，而且是两军对持之时，哪有时间多问，遂奉命而去。

"毛哈剌、吴凯听令！你二人速将西门的那门大炮调来，与这门大炮合二为一，等咬歌、巴图达赖撤回时，敌人一定会追击前来，到那时你便开炮，专打敌人主将。"他说着指了指摆放在眼前的那门铜铸大炮。

"得令。"毛哈剌得此令后，心中不由一阵兴奋。他想，自己这个炮兵营长终于有用武之地了，而且马上就能为满能、火四、白刚等人报仇雪恨了……想到这时，他心中一阵如沐春风般的舒畅。

"杨虎力、陈光听令！你二人速调本部弓箭手一千，等炮击过后，对近距离的敌人万箭齐发！”

这时，郑成伟对满俊说：“大王，今天咱就以“其人之器”还治其人。不报昨夜之仇，我郑成伟誓不为人，满能、白刚二位将军也难以瞑目！”

满俊点了点头说：“如果这个计划能够成功，兄长和白将军及昨夜死去的两三千兄弟们也就可以瞑目了！”

城门打开后，咬歌手提加钢板斧，巴图达赖高举点钢狼牙棒，兵分两路，以二龙戏珠之势向官兵左右两翼冲杀过去。

王锐、胡凯见状，立即出马迎战。他们四人大战六十多个回合后，咬歌、巴图达赖见郑成伟在城门上摇动令旗。于是，他二人各虚晃一招，打马败回。秦纲见民军败走，立即下令追击，欲趁机攻入城中。

谁知，就在民军最后一名士兵过了吊板后，大石城城楼上两门大炮齐发。顿时，炮声震耳欲聋，硝烟滚滚，官兵人仰马翻。冲在最前方的两翼士兵，也被凌空而下的飞箭当回。大石城北门护城渠外的空地上，官兵尸体纵横，血流成河，伤亡近千人。项忠见状，不得不下令全军撤退。

项忠等人败回后，又怕民军趁机强攻东山。马文升命刘玉之子刘文会同甘州千户李旺、达官亦撒率甘州五千地方军增援东山。一旦发现民军有攻占东山之意，全力阻击，并速速来报。随后，项忠又令张英、罗豫所部驻扎在从大石城通往东山之路的峡谷两侧，严密监视这条路上的民军活动。项忠做出这样的决定，是打算如果民军真敢前来攻打东山，就给他们来个山上、山下夹击。可民军一直都没有前来。

第二天，余子俊、庞胜对项忠说：“火石寨一带的百姓大多数都是太祖时期安置的前元蒙古族归顺部落，他们信仰胡神。十月初八是胡神下凡的日子，他们一定会有大动作的。因为他们认为这天做事顺利的话，随后的一年内就事事顺利，一顺百顺；如果这天做事不顺利，随后的一年内干啥事就都不会顺利。估计匪寇明日会有所动作，我们得做好应对准备。”项忠听后，觉得他们说得有理。马文升接着分析说：“如果匪寇明日出战的话，一定是攻打东山，其实我们已提前做好了准备，正等着他们来呢。”

十月初八清早，大石城一带浓雾笼罩，只能隐隐约约地看见十几步之内的东西。漫山遍野光秃秃的树枝一夜之间变得毛茸茸的，像盛开了一树一树的梨花，连地上干枯的野草也变得争奇斗艳。一幅冬日里美不胜收的佳景。

快中午时，太阳才慢慢地从浓雾中露出笑脸，树枝上、枯叶上的“梨花”也随着阳光的照射开始轻轻地飘落，浓雾也随之渐渐从山底聚到山顶，再慢慢地升上空中，化作一朵朵白云，飘荡在蓝天上。

这时，突见南斗与王冲一队、咬歌与吴凯一队各领两千多民军向东山方向游动，毛哈刺、杨虎力各率一千余名民军在后列阵随行，以防官兵从后面或侧面偷袭。

东山官兵守将邓本端、鲁鉴、刘文、李旺、亦撒自接到项忠的命令后，就指挥驻守东山的近一万名官兵从半山腰开始布防，共设了三道防线。

南斗、咬歌所率人马还没到东山脚下，邓本端等设的第一道防线已启动应敌。南斗、咬歌越往前，从山上飞下的利箭就越密。箭如飞蝗，无法接近。接着，山上开始向下滚放雷石、滚木。南斗、咬歌等人还没见官兵的面就已死伤几十人。他们见官兵早有防备，看来攻取东山的计划是无法实现了，又怕官兵乘机攻打其他地方，只好退回。

南斗、咬歌等退回大石城后，垂头丧气地到帅帐来见满俊。满俊不但没有责怪他们出师不利之罪，反倒是好好地安慰了他们一番。

南斗吱吱呜呜地说："关键今天是个特殊的日子，出战失利，恐怕……"

"南将军尽可放心，要想干大事，就要有干大事的气度和魄力。不必去计较这些东西。胜败乃兵家常事，何须如此？况且敌人早有所防备。"郑成伟劝道。

满俊接着郑成伟的话茬说："先生之言甚是有理！传令下去，命全体将士吃好、喝好，但时刻要以东山失守为教训，做好战斗准备，不得听信那些妖言。如果谁敢以此动摇、惑乱军心，定斩不饶！"同时，郑成伟建议再增派五百精兵增援水源地，以防官兵再做缺德之事。

双鞭王火敬听了郑成伟的话后叹息道，我军外围现被官兵团团围困，虽然粮草、衣服暂时不是问题，可饮水确成了大问题！

坐在一旁的金钱豹南斗听了这话，把一双正在烤火的手收回，猛地站起来，气愤地说："常言道水火不屈人，这帮狗娘养的东西，除了只会做些缺德之事，还会干些啥？哪天要是碰到老子手上，非杀完他们不可！"

秃鹰咬歌随着南斗的话说："我也是，一定要拿项忠老儿的人头祭奠死去的兄弟们的英灵！"

郑成伟说："士气高，是好事，可千万不能鲁莽行事！"

"虽然我们现在饮水的确是有困难，但我相信，这点困难大家还是能扛过去。现在冰天雪地的，只要他们耗得起，我们也就耗得起。"郑成伟说。

毛哈刺接着郑成伟的话茬说："军师说得对，我们这些人啥苦没有受过，这点困难算得了什么。大伙再坚持几天，等黄河封冰后，就可以提着项忠、马文升等的人头当夜壶了。到了那时，啥困难不就都解决了吗？”

满俊说：“看来，我们是该好好地利用一下外援了。”郑成伟听了满俊的这句话后心中一阵舒坦。便问：“大王，你看我们该怎么利用呢？”“还是按先生的意思办吧！”于是郑成伟就向满俊、火敬、南斗、咬歌如此这般地说了一番，然后派人前往黄河北岸与李琦、李连联系，让他们告诉鞑靼、瓦剌部队主将大石城民军的作战计划。

随后的这段日子里，大石城的将士、百姓都是盼星星盼月亮地盼着时间能过地快点，天气能再寒冷点。而项忠等人恰恰最怕的却是这个，一怕天气越来越冷，黄河封冰；二怕满俊等人北逃或与鞑靼、瓦剌部落会合。

项忠先后多次派兵轮流攻打炮架山、七里宝山、照壁山、将军山和大石城。结果不是民军不迎战，就是被民军用飞箭、滚木、雷石阻击而回。这期间，李旺在攻打炮架山败退撤回的路上遭到满玉、哈福成的伏击，主将阵亡，全军覆灭。陕西佥事胡钦、胡德胜在攻打七里宝山时因被马冀、李仁偷袭双双阵亡，士兵伤亡三千有余。这段日子里，大石城民军白日坚守不战，晚上派出小股部队彻夜骚扰，尤其是闹得东山驻守官兵将士日不能闲，夜不能眠，提心吊胆，疲惫不堪，生怕一不注意就有民军攻上山来。

十月二十日夜，满俊依军师郑成伟之计，再次给项忠送去诈降书信，并指名只有项忠亲自前来大石城才可谈判。

项忠看完满俊送来的书信后，什么话也没有说。只把它递给了刘祥、马文升、刘玉等人传阅。

刘玉看后急说：“大人，千万不可听信匪寇的鬼话，这分明又是一个诡计。你身为三军主帅，若独身前往贼营，万一有个什么闪失，那可如何是好？”刘祥、马文升也点头称是。

“众位尽管放心。匪寇的确是诡计层出，但我看满俊也称得上是一条汉子，还不至于下流到诱杀于我。如果不去，就意味着我们怕了，这不是长了匪寇的气焰，灭了我等的威风。另外，就算是为了大石城中的一万多老人、孩子和妇女，我也是应该去冒一冒这个险的。大丈夫顶天立地，有何惧哉？”

“既然大人决心已定，在下愿随大人一同前往！”刘玉说。

马文升点头说：“既然大人决定了，我也就不好再多说什么。但刘大人言之有理，就让他陪你一同前去，一则探一探匪寇的虚实，二则也好相互有个照应，以防匪寇翻脸不认人。”

第二天日上竿头时分，项忠、刘祥、马文升、刘玉带了一百余名卫兵，打马直奔大石城方向而去。

他们来到大石城北门前不远处，项忠令其他随行人员止步，自己与刘玉二人打马前往大石城城门。

来到护城渠前，刘玉对守卫的民军大声喊道：“天朝将官都察院右副都御史项忠在此，还不开门迎候？”守城民军早就接到了满俊的命令，并见前来叫门的只有两人两马，护城渠远处的随行人员也不过百余人，便放下吊板，让项忠、刘玉二人过渠。随后又立即拉起吊板。此时城门也随之打开，项忠、刘玉二人打马直奔城中而去。

不一会儿，城门大开。刘祥、马文升等人一喜，以为是项忠、刘玉二人出来了。也许这是由于他们此刻心情过于紧张的缘故。结果出来的不是项忠、刘玉，而是二百多名民军士兵。他们个个披甲戴盔，手持兵器，傲慢无比，跨马在城门前来回环绕，一副不可一世的样子。他们是在向护城渠对面的马文升等人示威。

马文升、刘祥等人对对面民军的狂傲行为看在眼里、气在心里，恨不得立刻飞过去将其置于死地。可是他们顾不得理会这些小事，心中只为项忠、刘玉二人的安危捏着一把冷汗。良久，刘祥对马文升说：“东山之战，使匪寇大大失利，他们不会是欲以这种欺骗的方式擒我主帅，要挟于我们吧？唉，万一项大人、刘大人被贼人当作人质扣押，或遇到什么危险，该如何是好？我们该怎么向圣上交代？唉，真是不该去啊！”马文升说：“公公言之有理！匪寇的确是无信义可讲，可现在说什么都已晚了，眼前最重要的就是得想法让二位大人速回才是！”

马文升命随从士兵向在大石城城门前示威的民军喊话，叫他们快入城请项、刘二位大人速回。谁知，他们却非要马文升亲自到护城渠边答话才肯回报。

刘祥对马文升说：“马大人，这分明又是匪寇玩弄于我等，你若前去，万一他们不讲信用，乱箭齐发，又该如何是好？我一时糊涂，没有阻止项大人和刘大人，此时肠子都悔青了，现在说什么也不能让你再前去冒险了！去不得啊！”

“是啊，公公所言不差。但事已至此，如果我不前去就意味着被他们吓怕了，我军军威何存？朝廷颜面何在？况且项大人、刘大人在他们的手上，万一因我不去二位大人有个三长两短，叫我以何面目存活于世？你不必担心，我会小心的。料他们一二百人还对我还构不成什么威胁！”

马文升一行十余人来到护城渠边，没等民军开口，马文升便大声骂道：“大胆贼人，天朝将官马文升在此，尔等竟敢如此放肆？还不快快入城请项大人、刘大人回营！”示威民军一时被马文升一身的凛然正气所逼，什么话也没有说，领头之人便打马入城而去。其余人也没有刚才那么的嚣张了。

不多时，城门打开。项忠、刘玉在前，满俊、咬歌、巴图达赖、李洪、满璹等人在后一起走出了城门。马文升、刘祥及身边的士兵看到项忠、刘玉二人安然无恙，这才把一颗悬着的心放下。

满俊一个手势，卫兵便放下护城渠上的吊板。项忠、满俊等人打马来到马文升身边，刚才门口的那两百多名骑兵手持兵器，满脸杀气地紧随了过来。这时，刘祥带人也赶到了护城渠边。

满俊在马背上对项忠、马文升及二刘拱手说道："各位大人，咱家真人不说假话。我已向两位大人言明，咱等本是当地良民，弟兄们今天走上这个道，并非我等本意，只因以孙钦、冯杰为首的地方官员横行乡里，鱼肉百姓，致使大伙生不如死，才一时气愤在这里聚众起兵。如果各位都是青天大老爷，能替百姓做主，严惩孙钦、冯杰等人，咱等即可解散归家，绝不敢再在此惹是生非。但咱家有一个请求，望各位能够成全！"

"我已说过，冯杰已被流放边疆。至于孙钦等人的罪行，我等定会如实奏明圣上，由圣上定夺。你还有什么话就当着大家的面说清楚。"项忠一脸严肃地说道。

"请朝廷赦免咱等聚众起兵的罪过，永不追究。"

"你等的行为已惊动了圣上、震惊了朝野，你的这个请求我等做不了主，但我等可上报朝廷，替你说情，这事还得圣上定夺。"

马文升接着说道："孙钦、冯杰等地方官员横行乡里、鱼肉百姓之事，圣上、朝廷上下全已知晓，我想圣上自会公平处治。满首领，亡羊补牢为时不晚，改邪归正前路正畅。如果你能速速认错，我想圣上是会宽赦于你的。"满俊在马上拱手谢过项忠等人。项忠、马文升等也随之还礼。这时，双方的士兵才稍松了一口气，手中的兵器也握得不是那么的紧了。

马文升对满璹说：“满将军，你是因劫持才暂居这里，并非真心造反，此事我等已经查明。如果你愿意，现在就可以随我等回到军中，继续为朝廷效力。”铁面人满璹急忙下马跪谢说：“愿意，末将十分地愿意！谢大人明查之恩！”

“既然咱家侄子愿随各位回去，那就随他的便吧。反正用不上多长时间就是一家人了。咱家就暂在大石城等候各位大人的佳音了。”

“好！满首领不愧为一条英雄好汉，本总督希望你能信守今天的承诺！”

“谢大人夸奖。君子一言，驷马难追！”满俊说完后打马返回。

项忠、刘祥、马文升、刘玉与满璹及随行人员也撤离大石城回营。

满俊返回大石城后，立即召集火四、南斗、马冀、宝歌、洪满、毛哈剌、杨虎力等人议事。让大伙没有想到的是满玉也拖着虚弱的身子来到帅帐。大家都十分关心地询问他的伤情恢复的如何。

随后，满俊对大家说：“刚才，咱家按照先生的意思在项忠、马文升等人面前假意认错、投降，又让侄儿满璹以回归朝廷的名义去了官兵营中，这一举动定会对项忠等人有所迷惑。这样做，一方面是为咱家争取时间；另一方也好拖住他们，在这冰天雪地里拖死他们。满璹去了那边，会及时把他们的行动计划传递过来，可谓一举两得。前段日子郑先生派去联络李琦、李连的人也回来了，鞑靼、瓦剌军队完全同意咱家的意思。现在一切准备就绪，就欠黄河封冰这一东风了。大家再坚持一下，等黄河封冰后咱就动手全歼官兵、活捉项忠、马文升等人。”

火敬接着满俊的话说：“大王，官兵知道了我们准备投降的想法后，一定会放松警戒，不如先趁机一举夺回东山高地。现在官兵占领了东山，我们的一举一动都在他们的监视之中，这对我们十分地不利。”

“你这个想法是很好，可山上的雷石、滚木实在是太厉害了，再加上东山山势险峻，易守难攻，怕不好攻。”满俊念叨道。

“这点我早就有所准备，前几天已令王冲、哈福礼二人负责制作了栅栏，栅栏上又钉上了牛皮，五人一组，每组撑一栅栏在前可阻挡利箭、雷石、滚木防身。”郑成伟说。

“先生不愧人称小诸葛，真乃孔明再世也！”满俊笑着说。

这时，火四插话说：“如果我们这样做的话，会不会引起官兵对我们假意投降的怀疑，打乱我们的整个计划？”

“嗯，火将军说的有道理！”郑成伟点头说。

“这个闲着呢，到时候咱就说是个别人不愿投降朝廷，才故意背着咱家这么捣乱，面子上向他们承诺严惩这些不愿投降的人不就得了。”满俊笑着说。

第二天一早，满俊在自卫队中挑选了一千名死士组成敢死队，在南斗的带领下，手持栅栏悄悄地来到东山脚下。随后咬歌、毛哈剌、巴图达赖各率两千精兵分三路悄悄地潜入到东山附近的山谷中，准备南斗一旦得手，就一拥而上，四面包围，全歼东山驻守官兵，夺回东山阵地。

项忠、马文升等人回营后并没有像满俊等分析的那样放松警惕，而是下令各营加强警备，以防民军偷袭。

南斗等刚到山下，东山驻守官兵已摇旗呐喊。邓本端站在山顶向山下的南斗喊话：“你们首领已答应归降，为何出尔反尔又来叫阵？”南斗在山下骂道：“亏你们的主帅项忠还是朝廷的个什么鸟官，不知给我家大王灌了什么迷魂汤，糊弄得我家大王非投降不可。我等才不上你们这些狗官的当呢！要投他自己投去，我们这些人才不干那傻事呢。”这是南斗按照郑成伟的安排回骂的。

待南斗等人逼近山脚下时，山上的弓箭手已开始向下放箭，接着，雷石、滚木齐下。南斗心中倒是想试一试这些栅栏的功效，于是下令士兵持栏而进。可这些从山顶上滚落下来的雷士、滚木，个个都有千斤之力，非人力所能抵挡。一时间，栅栏断裂，人员不死即伤。南斗见状，大吃一惊，急令撤退。由于南斗的先锋部队受挫，咬歌、毛哈刺、巴图达赖就按照满俊和郑成伟的叮嘱，又悄悄地从山谷中返回。官兵根本没有发现他们。

随后的几天里，双方一直按兵未动，似乎都在等待着什么……

十月二十九日深夜，项忠营外卫兵报说抓到一个叫马存礼的人，好像是匪寇的奸细，可他什么也不说。项忠命将他带到帅帐。

马存礼被卫兵推进账后，扑通一下向项忠等人跪下说："官爷，小的是硝河城村民。前几年老母生病向满俊借了些银两，才被强逼上山为贼，小的真的是没有造反之心，小的是被他们逼的呀。今夜，小的瞅了个机会逃了出来……唉，我怎么就这么倒霉，才刚刚逃出狼窝，却又掉进虎口！官爷……官爷，你们就可怜可怜小的吧，放小的一条生路，小的替家中的妻儿老小感谢你们的大恩大德！"说着就鼻涕一把泪一把地连哭带叩头。

项忠问："你为何要乘机逃跑？"

"哎吆，这位官爷，城中断水已经多日，没水人怎么活啊？小的家中还有妻儿老小一大家子人呢……不逃跑，难道还真跟着他们这帮土匪造反不成？"

马文升问："那大石城中的其他人就不饥渴？他们为何不逃？"

"官爷，城中确实是无水可喝，弟兄们早都想逃了，只是满俊派人监视得紧，大家想逃也逃不出来……小的听兄弟们说他们准备今夜造反，杀出大石城,各自逃命。各位官爷,如果你们不相信的话,就派人前去查看,一看不就什么都明白了?如果小的是胡说,愿被各位官爷随意处置!”

“只要你所言属实,本总督自然不会为难于你。如果你另有图谋,自然也是轻饶不了你的。好了,你现在就可以回家去了。”

马存礼走后,马文升立即派人跟踪监视他。并命跟踪人员若发现此人有什么不轨行为立即就地正法。

随后,马文升回头对项忠、刘祥、刘玉等人说:“此人之言切不可信,一定又是满俊在搞什么鬼。但话说回来,大石城因缺水出现内乱之事也到在情理之中。”

刘祥说:“既然匪寇因缺水发生内乱,我看他们也顾不上管其他的事了,何不借机攻打将军山、七里宝山和照壁山,消灭他们的有生力量,缩小包围圈呢?”

“如果城中匪寇真的发生内乱,刘公公的这一想法倒是可行。”项忠说。

刘玉传令东山驻军严密监视大石城内今夜的一切动向。

第二天天刚麻麻亮,从东山传来消息说,昨夜大石城中民军果真发生内乱,在城中打了起来,一直到天快亮时才停止了争斗。于是项忠命林胜和崔忠、张英和罗豫各率本部五千人马立即出发,同时攻打将军山、照壁山。拿下将军山、照壁山后,催忠驻守将军山、罗豫驻守照壁山。林胜、张英兵合一起,率六千人马配合秦刚、王锐、白玉所部一举拿下炮架山,随后夺取七里宝山。另命任佐、姜孟伦、余子俊、庞胜和在东山驻守的邓本端、鲁鉴、刘文、刘晟等随时做好战斗准备,若发现大石城民军有前去支援炮架山、照壁山、照壁山和七里宝山的动向时,立即向大石城发起进攻,死死将他们围困在大石城。

其实昨夜马存礼出逃，大石城相互争斗都是满俊和郑成伟一手策划的骗局，他们是想借这个假象来调动官兵主动攻击，从而寻找战机。

林胜、张英等人得令后立即发兵前往目的地。

中午时分，林胜所部在照壁山下与宝歌所部展开激烈的厮杀，林胜手提大刀，催忠高举双锏与宝歌厮杀在照壁山下。黑面兽宝歌以一战二，毫无惧色，只见他一把月牙开山斧使得神出鬼没，林胜、崔忠二人一时占不到半点便宜。三人大战二百多回合后，突然，崔忠战马在雪地上误失前蹄，人马顿失平衡，跌倒在地。在一旁观战的张把腰那能放过这等良机，遂飞驰而来，举刀直砍崔忠，欲制崔忠于死地。林胜见状，吓了一身冷汗，正想前去救援，可宝歌将他死死地咬住不得脱身。心急如焚的林胜将全部力量集中在手中的大刀上向宝歌头部砍去。宝歌一惊，忙举斧招架。就在张把腰的鬼头刀快要刺到崔忠的心窝时，崔忠一个雪地打滚，躲过张把腰的鬼头刀从雪地里翻身站起，扬起手中双锏，发疯般地向张把腰冲来，飞起一锏向张把腰腰部扫去，另一锏向他手中的鬼头双刀砸去。张把腰一击未中，气急败坏，正欲举刀再砍，可他万万没有想到崔忠的动作如此快速、敏捷，还没等反应过来，崔忠的铁锏已到了他的腰部，手中的一把鬼头刀也被崔忠的另一锏击中，从手中飞出。张把腰口吐鲜血倒在了雪地上。宝歌这时的注意力全部放在对付林胜的大刀上，忽听头顶有风声而来，侧头一看，原来是被崔忠刚刚击飞的张把腰的鬼头刀向他背部飞来。宝歌一提战马缰绳，急忙躲闪。他人马同时侧移几步，躲过了飞来的鬼头刀。正在这时，林胜的大刀又呼啸而至，他急忙举斧隔挡。随着一声兵器相撞的巨响声，宝歌顿感一股热流从心中涌上，口吐鲜血，急忙打马撤回。林胜、崔忠此时也已疲劳至极，也就没再追赶。

就在林胜、崔忠力战宝歌的同时，张英、罗豫也在将军山下与玉面童子火四、白云展开了一场生死搏斗。因罗豫背部被火四所伤，张英不得不下令收兵。

项忠得知照壁山、将军山战况后，遂下令林胜、张英等不必返回，就地驻军，另寻战机。

十一月初一清晨。项忠命任佐、姜孟伦、余子俊、庞胜率八千精兵，用四门大炮远距离攻打大石城,但不许将炮弹打入城中伤害无辜的百姓。顿时，炮弹腾空而起，落到大石城周围，爆炸声震耳欲聋，硝烟四起。尽管如此，大石城还是有一部分人员被活活地炸死。

满俊见状，气急败坏，欲提刀出城迎战，可郑成伟急了，忙令士兵强行将满俊拖到了他住宿的石窑内。

郑成伟对满俊说："大王，看来官兵已被我们逼到了狗急跳墙的地步了，越到这个时候，我们就越要沉得住气，否则就正中了敌人的诡计，以前所做的一切就前功尽弃了。"

满俊发疯般地嚷道："可那么多弟兄们都成了炮灰了，他们也是爹娘生的啊！"

"大王，君子报仇，十年不晚。这仇我们一定要报，但不是今天。如果今天出去，也只是个有去无回的结局！只有莽夫才会这么做啊！"

天色渐黑，寒风吹来，夹杂着片片雪花。任佐、姜孟伦等人见无论如何攻打，大石城中就像没人一样，甚至是连一只鸟也都没有的样子，悄无动静。看着冻的哆哩哆嗦的士兵，就不得不下令收兵。他们失落地踏着积雪，乘着夜色赶回营中。

第十九章　道士献策

日子已跨进深冬。山在哆嗦，河在蜷缩，连空气好像也都凝成了冰。顶着皑皑白雪的群山，一个个无家可归的孩子似的，站在凛冽的北风中颤抖着。寒风吹过，突兀的树枝发出声声刺耳的哀鸣。

刘玉和邓本端冒着风雪走进项忠营帐。他二人施礼见过项忠后，刘玉说："大人，邓将军刚从东山赶来，说有重要情况要向大人禀报。"

"邓将军，什么事？来，坐下慢慢说！"项忠说。

"大人，我与鲁鉴等人奉命驻守东山监视匪情，丝毫不敢慢待。只因这天气一日比一日变得寒冷，将士们……"

"邓将军，你就直截了当地说吧，都是自家人，不必吞吞吐吐。东山那边到底发生了什么事？"刘祥急问。

"虽然近日地方官府为我们送来了一些棉衣棉被，但只能算是杯水车薪。绝大多数将士们至今单衣单裤，只要在外执勤半个时辰，整个人几乎就被冻僵了，大家怨言四起！如此下去，恐怕军心不稳，节外生枝，这该如何是好？"

项忠说："是啊，全军都一样。我已向兵部四次上书、向圣上三次上书奏报此事，但不知为何，迄今杳无音讯。唉，不要说将士们单衣单裤了，这么冷的天气，就算身穿三层棉衣也都受不了……眼看黄河就要封冰了，如果黄河封冰后匪寇北逃，还不知战局会发生怎样的变化？要是这样的话，就不只是挨饿受冻的事了！”

马文升问道：“邓将军，将士们都说些什么？”

“大人切莫生气！将士们说要打就想办法赶紧打，打完后要是还活着的话，也好早日回去。像现在这样，打又打不成，走又走不了，再过些日子，光冻都冻死了，还打什么仗。这样的日子不知何时才是个头……”

听了邓本端的话后，大家面呈难色，无话可说。

这时，一卫兵进帐禀报说有十余名匪寇拉着两车棉衣棉被，为首之人自称姓马，说是匪首满俊送给大人的。

项忠、刘祥、刘玉、邓本端等人顿时气得脸色发青，而马文升却平静地说，各位不必生气，人家送礼来了，还生什么气？遂对卫兵道：“传他们入帐来见。”

十余名民军士兵进帐后向项忠等人见过礼后，为首之人说：“我家大王说已到深冬季节，这儿冰天雪地，十分寒冷，各位大人又大都是江南人氏，至今单衣，怕一时难以适应这寒冷的气候，特意让小的为各位大人送来一些棉衣棉被，一尽地主之谊。虽然东西不多，但也是我们大王的一片心意，望各位大人笑纳！”

马文升说：“好，多谢你家大王的美意！来而不往非礼也，我等出门在外，实在没有什么好东西可送你家大王。哎，听说你们近日缺水严重，人人口渴难忍，尤其是你们的首领满俊，堂堂一个大王，怎能天天喝雪水呢，这样对身体可不好！战争是残酷的，但人情却是长存的。我等就送你家大王几桶凉水以示谢意。哈哈，这也正赶上了句俗话——君子之交淡如水！”

马文升的一席话惹得项忠等不由地一笑。却镇得前来送礼的民军面面相觑。

这时余子俊、庞胜走了进来。余子俊对着前来送礼的人细细地端详了一会儿后，对着他们当中为首的那人问道："你可是陈都堂的侄子陈马六？"此人见自己的身份被人识破，显得十分地慌乱，一时无话可答。等他镇静下来后才说："不是，我不认识什么陈都堂，也不是陈马六。小的姓马，排行老六，叫马六，沐家营人。"

项忠对庞胜说："庞将军，你去按马大人的意思给他们装上几桶凉水让拉回去，就算是我等回赠给他们大王的礼物。"送礼民军正欲退出，余子俊转身指着他刚才问话的那人道："其余人可按大人的意思回去，但你陈马六得留下！"

余子俊说着拱手对项忠等说："各位大人，此人是固原陈都堂的侄子陈马六，我以前见过他。陈都堂在随陈介、任寿、吴琮围剿大石城时战死，没想到他的这个侄子却投靠了匪寇。今日满俊派他前来，我看不仅仅只是为了羞辱我们，一定还另有所图。"

马文升对陈马六说："既然你是因当时兵败活命才投靠匪寇，情有可原，我等也不再追究。你还想不想返回军中继续为朝廷效力？"陈马六战战兢兢地只说自己不是陈马六。项忠接着对他说："如果你能如实相告满俊等人目前的计划，不但没有罪过，反而是大功一件，你叔父陈都堂也算在地下可以瞑目了。"陈马六只说自己是马六，不是陈马六。他是被逼才到这里，只是一个拉水劈柴的下人，什么也不知道。项忠大怒："推出去砍了！"这时，马文升在项忠身边耳语了几句后说："既然如此，那我们就派人送你回老家好好过日子去，好不好？"陈马六急忙叩首谢恩。项忠遂命人连夜将其送回老家。

临行时，余子俊特别交代押送人员叮嘱道："如果此人在路上想逃跑或者有什么异常，可将其就地正法。”果然，不出余子俊的预料，路上，陈马六磨磨蹭蹭，还不时在路上想方设法地留暗号，就被押送他的官兵手起刀落，杀死在了去沐家营的一个山沟里。

一日正午时分，刘祥急步走进项忠的营帐，欣喜若狂地说道：“项大人，好消息，好消息！兵部侍郎戴纶戴大人给军中送棉衣、粮草来了，现在已到大营外面！”

项忠、刘祥、马文升、刘玉等人急忙出营迎接为三军前来送棉衣、粮草的戴纶。

戴纶告诉项忠等人说：“他们向兵部及圣上所奏报将士们需要棉衣、粮草的折子，都被老贼梁芳的人半路所扣。直到前几天，此事才被首辅彭大人得知。可朝堂上，梁芳却说他这么做是为了逼大人速战速决，早日剿灭贼寇，好班师回朝。彭大人和白大人怕派别人押送又有闪失，就令下官亲自带队，日夜兼程，为前方浴血奋战的将士们送来急需的物资。”

众人听后，无不义愤填膺。马文升破口大骂：“龟儿子梁芳，去年克扣抚宁侯朱永所部的粮饷，致使抚宁侯差点全军覆灭，这次又克扣我等的粮饷衣物，真是无法无天了！”

刘祥对马文升说：“马大人不必如此气愤。不管怎样，朝廷还是给我们把棉衣、粮草送来了，其实来的也算正是时候。”

“戴大人，你这可真是雪中送炭啊！暖得不仅仅是三军将士之身，而是三军将士之心！我代表三军将士谢谢你！”项忠说着向戴纶拱了拱手。

戴纶急忙还礼说：“大人言重了！将士们浴血奋战，保家卫国，我所做的这点小事，本是分内职责，何须言谢？大人真是羞煞我了！”

虽然戴纶历尽千辛万苦，千里迢迢踏着积雪为全军送来了棉衣和粮草，但这仅仅只解决了项忠等人心中的一小半担忧。让他们更为不安的是眼看马上就要数九了，数九后黄河就会立马封冰。如果到那时还拿不下大石城、活捉满俊，让他们北逃与鞑靼、瓦剌部落串通起来，麻烦可就更大了。为此，项忠、刘祥、马文升、刘玉等人商量，无论如何，都要尽快攻下大石城，全歼匪寇，一天都不能再耽误了，如果耽误一天，就可能会给朝廷带来无法弥补的损失。

就在戴纶送来棉衣、粮草的第二天，天公突然放晴，大石城上空万里无云。项忠、马文升与二刘打马来到东山邓本端驻地，认真查看大石城周围的地势，看能不能找到什么破敌之策。

站在东山高处望去，大石城四周群峰环绕，悬崖峭壁，城前壕沟阻隔。如不借助吊板，人马根本无法通过。项忠感叹道："真乃一天险之地！"接着问道："各位大人，可想出攻城良策没有？"

马文升指着大石城说："大人，你看，这大石城天生就是一个易守难攻的地方，再加上匪寇在周围修建了沟渠，真可谓固若金汤！当然，天下所有东西都是相生相克的，不可能是一成不变、坚不可摧的只要我们齐心协力，集中力量，就不愁找不出破城的办法。"

项忠、刘祥、刘玉点头称是。但到底怎样才能破城呢？大家心中还是一片迷茫。

马文升沉思良久后自言道："既然匪寇能以挖渠来阻挡我们，我们何不来个填渠攻城呢？"

"马大人，理是这个理。可怎么填呢？"刘洋问。

刘玉说："马大人，怎么填渠攻城？"

马文升估了估从东山到大石城护城渠的距离后果断地说道："架桥填渠！"

"如何架桥填渠？"项忠不解地问。

“大人，你看，从我们脚下开始，如果能架一座简易滑桥，也就是用椽架座只有两个桥边的桥。然后在木车内装满砂石，沿着滑桥放车下去就可将砂石置于渠中，一半个时辰即可填平一段沟渠，开出一条通道来。”

在没有别的办法的情况下，这也算是一个办法。项忠说可以一试。刘玉下令东山驻守将士按照马文升的意思，立刻修架简易滑桥，准备木车、麻袋、砂石填渠。

官兵刚刚着手开始搭建滑桥，就被守城民军发现并报告给了招贤王满俊和军师小诸葛郑成伟。第一天，满俊、郑成伟等人没有看出官兵的用意。郑成伟真不愧被大家称为小诸葛，第二天，他就猜出了官兵的用意。遂令人在护城渠周围开始修建结实的防护栅栏。并命毛哈剌、吴凯将从官兵手中夺来的两门大炮置于高处，炮口对准对面修建滑桥的官兵，一阵乱炸。官兵还没有架好的木桥瞬间就被炸得七零八散。

不但滑桥被炸飞了，而且在这次炮击中，架桥的官兵也被炸死了好几十人。项忠、马文升等不得不下令放弃这个计划。

日子一天一天地过去了，天气也一天比一天变得寒冷了。项忠等人急得像热锅上的蚂蚁。可无论怎样，还是想不出个能尽快攻破大石城、活捉满俊、全歼民军，又不伤害城内老人孩子和妇女的办法来。项忠等人唯一能做的就是加大对大石城粮草、水源等的封锁。

十一月初八这天，项忠、刘祥、马文升、刘玉等人正在项忠营中议事。突然，卫兵报说营外有一道士求见，但不知所为何事。人在烦恼的时候，总是爱乱发脾气。项忠对进来禀报的卫兵训斥道：“不见！传令下去，以后我等在商量军务时，谁都不许进来打扰，谁也不见！违令者，斩！”刘祥说：“不会又是满俊派来的奸细吧？”这时，马文升忙起身说："大人休怒！既然有人来访，见见也无妨！只有见了才能知道他是不是奸细，到底是干什么的。"于是项忠便说："传他进账来见。"

不一会儿，在卫兵的引领下，一位手持拂尘、头戴紫阳巾，身穿八卦衣，鹤顶龟背，凤目疏眉，面色红润，神态飘逸的老道士稳步走进营帐。进帐后，道士施礼见过项忠等人。自报道号玄真子。马文升让卫兵为道士看座，接着问道："道长前来军中，不知有何贵干？"

"贫道云游四方，近日至此，但见两股杀气弥漫，气势汹汹，且争持不下。不经意间路过军营，故前来求见各位，只是想听听为何如此？"

项忠大怒："大胆狂徒，竟敢在此妖言惑众？"道士含笑不语。

马文升一听道士所言，心中不由一惊，他想，既然此人能从周围环境的变化中得知这里正在发生的战事，一定是一位世外高人，也许他会有破城之策。便对项忠使了一个眼色，随后忙令侍卫为玄真子看茶，一边将战事的大概情况说于玄真子。玄真子一边认真地听着马文升的讲述，一边细细地品着香茶，始终没有说一句话，只是不住地点头，以示他在听着对方的讲述。等讲完后，玄真子还是没有说话，只是捋了捋胸前的胡须。

这时，刘祥问玄真子道："道长，剿灭匪寇迫在眉睫，刻不容缓。但如今匪寇依天险大石城而居，不知道长可有良策？"

玄真子表情沉重地说："罪孽啊，罪孽！"

玄真子的这句听得大家糊里糊涂的。刘玉说："道长此言何意？我军也并不是纯粹没有破城之策，只是大石城内现有近万名无辜的老人孩子和妇女，项大人是不忍心伤及无辜罢了。"他说着看了一眼项忠，项忠点头。

"将军宅心仁厚，贫道替大石城中那些无辜之人谢过各位将军！"

玄真子边说边向大家施礼。“师弟啊，你真糊涂，这可都是你当年种下的孽果！”

玄真子此言一出，在座的各位就更加地感到莫名其妙了。还以为是这老道在此胡言乱语呢。

马文升问道：“道长何出此言？”玄真子便将师弟玄机子和道友戌道子二人三十多年前云游此地时无意中道破天机，被满俊听到后活埋生父等事说于了项忠等人。项忠、刘祥、马文升、刘玉一帮人听后，觉得玄真子说得神乎其神，简直不可思议。

虽然大家对玄真子的一番话认为是故弄玄虚，但又觉得人家对此事的前因后果说得头头是道，天衣无缝。马文升问道：“道长既然知道此事的来龙去脉，不知可有破敌良策？”

“各位将军，实不相瞒，贫道今天就是奉家师之命前来帮你们破城的。”项忠等人大惊。

马文升说：“多谢道长！”

“各位将军，要破石城，擒拿满俊，须得先从此事的源头着手。”

马文升道：“请道长详示！”

“今日之事的根源就在满俊父亲的坟墓。可先派人找到满俊父亲的坟墓，将其挖开，放走墓中脉气，大石城自然可破！”

马文升问道：“道长可知墓地位于何处？”

“据此向西南三四十里处有一峡谷，峡谷中有一突兀孤立的山峰，山峰下有一椭圆形山丘，山丘的正上方处应该就是了。”

项忠、刘祥、马文升、刘玉等人面面相觑，心中无底。

玄真子看出了大家的心思。就接着说：“各位怀疑贫道之言也在情理当中。你们不妨按贫道所言去试试，便知是否属实。”

马文升急道:“道长多心了！我等只是觉得此事不可思议,别无他意。”

玄真子微笑着摇了摇手，接着慢慢地喝了一口茶道：“真是天意如此啊！各位，按照家师的意图，贫道已将该说的都说了，该做的也都做了。贫道这就告辞。”

玄真子说完后施礼告辞。

这时，大家心中都猜着一个同样的不解之谜。项忠问：“不知大家对刚才这位道士所言有何看法？”大家你看看我，我看看，都不知该说什么。

随后，刘玉说：“我看这道士是在故弄玄虚，世上哪有这样的怪事呢？”

刘祥插话道：“我们不妨找个本地人，问问满俊父亲到底是怎么死的，他的坟墓现在何处。看与道士说的是不是一样，随后再做定夺。”

“虽然满俊罪恶滔天，千刀万剐也不为过，但我们挖人家的祖坟，如果被传出去不是成了一个天大的笑话了吗？另外，别人又会怎么看待我们呢？”项忠说。

马文升说：“各位说的都不无道理。但我们现在实在没有别的办法。这个玄真子的话，咱们先不管他是真是假，我看倒是可以一试。不知大家意下如何？”

项忠等点头称是。也许，人在逼急了的时候，什么手段都会使，什么能想到的法子也都想试一试。于是，项忠命余子俊负责到周围百姓处打问满俊父亲的死因和埋葬他的具体地方。又命任佐、姜孟伦带领五百余人，按照玄真子所指方位前去寻找满福礼的坟地。

第二天，余子俊来到帅帐禀报调查结果说，据当地百姓所言，大约三十多年前，满俊父亲满福礼去沐家营赶集，一去就再也没有回来。当天还下了一场大暴雨，而且那时正是北元开始入侵固原地区的时候，大家都以为满福礼不是遇上山洪就是遇上了北元反贼而遭不幸。乡邻们根本就连他的尸体都没有见到，至于他的坟地，自然就更无从谈起了。

第三天，任佐、姜孟伦回营向项忠禀报说，他们按照玄真子所指的方位，的确在一个奇怪的峡谷内找到了一座孤立的山峰，并在孤峰下找到了一处坟地，请项忠定夺。

项忠、刘祥、马文升、刘玉等人听后惊奇不已。从任佐、姜孟伦和余子俊的调查结果来看，玄真子所言不假。也因项忠等人实在是再找不到破城的办法，也就只好报着死马当作活马医的想法，打算按照玄真子的说法去撞一撞。只是严令不得将此事外传出去。

次日，项忠令任佐、姜孟伦、余子俊率一千骑兵随同自己和刘祥、马文升、刘玉等去查看满福礼的坟墓。

这天，大雪飘飞，寒风凛冽，但好奇心促使他们不断地加快脚步。因为大家都想亲眼看一看满俊父亲满福礼的坟墓到底在哪里，到底有什么与众不同之处。

就在坟墓快要挖开的时候，突然孤峰上空传来一声“轰隆隆”的响声。大家都十分紧张地向四周张望，但什么也没看到，除了漫天的飞雪之外。此时，一些胆小、迷信的士兵因被刚才的响声所吓，不敢继续往下挖了。马文升下令余子俊喊来十几个胆大的人继续往下挖。并派人到附近四处寻找响声的来源。

不多时，坟墓被挖开了，因为他们看到了墓中的白骨。就在坟墓被挖开的瞬间，墓穴中突然雾气滚滚而上，好像下面放了一锅烧开的水。在场的人无不为这奇怪的现象而感到心中一颤，大家下意识地握紧了兵器，一些胆小的士兵吓得连连后退。从墓坑里冒出的雾气在寒冷的空气中很快就消失了。这时，不知是谁大喊了一声：“蚂蚁！大黑蚂蚁！”听到喊声后，项忠疾步来到被挖开的坟墓前。刘祥、马文升、刘玉、任佐、姜孟伦、余子俊及其身边的侍卫也跟着走了过去。但见墓坑中无数蚕豆那么大的黑蚂蚁到处乱窜，密密麻麻地满地都是。再细看，原来是墓坑的前方有一碗口粗的蚂蚁洞穴。虽然冬天的地面上方冰冻三尺，但地下还是暖和的。刚才的雾气就是从这个蚂蚁洞穴中冒出的。马文升正在给大家解释刚才墓穴冒气的原因。这时，打发出去查看响声的士兵回来了，说刚才的响声是从后面一山峰上掉下的一块大石头滚落沟底所致。大家听后，心中就不再像刚才那么的紧张了。这些被惊吓后的黑蚂蚁迅速地爬出墓坑，在雪地里四散而去。可能是因为天气太寒冷的缘故，墓坑周边的雪地上，留下了密密麻麻的黑蚂蚁尸体。

这时，一阵寒风吹来，满福礼坟墓旁落光了叶子的竹林随风颤抖，发出阵阵哀鸣之声。项忠令全体人员面对墓地鞠躬行礼，以示对亡者的歉意。

等大家对着墓地鞠躬行礼完毕之后，项忠再次对参加今天活动的人员叮嘱，不得将此事在军中、在任何人面前提起，如若违者，定斩不饶!

随后，刘玉下令回营。一路上，项忠、刘祥、马文升、刘玉、任佐、姜孟伦、余子俊等人都在想着刚才发生的这奇怪的一幕，谁也没说一句话。

他们身后的一千多名士兵也因刚才项忠的严令，一路上没有一个人敢提及此事。

第二十章　李莺献关

项忠欲攻下炮架山、照壁山、将军山、七里宝山，缩小包围圈的计划落空之后，虽然任佐、姜孟伦、余子俊、庞胜炮击大石城给了民军一点厉害，但对整个战局仍是没有任何本质性地扭转。本来，项忠让任佐等炮击大石城，也只是想给民军一点压力而已。

这时，项忠组织众将对当前形势再度进行分析，大家一致认为虽然眼前存在着许多不利因素，但整个战局的主动权确牢牢地掌握在自己的手中。项忠心想，若要尽快结束这场战争，从目前的情况来看，唯一的办法还是缩小包围圈。再从炮架山、照壁山、将军山和七里宝山匪寇的分布来看，炮架山只有三千人左右，力量相对薄弱，所以集中力量先攻下炮架山应是当前最明智的选择。随后，再逐一夺取其它三山，强迫民军全部退回大石城，实现缩小包围圈的战略目标。刘祥认为，如果缩小包围圈的战略意图不能顺利实现的话，为了全局，可以考虑动用炮击大石城的下下策。如果再不下决心，恐怕造成的损失要远远比炮击大石城致使一万多无辜百姓的死亡要严重得多。

项忠决定攻打炮架山，遂命刘清、夏正、严宪等人严密监视七里宝山，命驻守在将军山、照壁山附近的林胜、张英所部严密监视将军山、照壁山，同时封锁七里宝山、将军山、照壁山的所有路口，如果发现民军有出兵救援炮架山的意图，立即予以阻击，无论如何都要将他们死死地控制在各自的驻地上，不得走出半步。并命姜孟伦、余子俊、庞胜和驻守东山的邓本端、鲁鉴、刘文、刘晟等随时做好战斗准备，若发现大石城民军准备支援炮架山，就立即向大石城发起进攻，将他们死死困在大石城。马文升、刘祥驻守中路军大本营，负责各路人马的随时调度和指挥。自己与刘玉、任佐、白玉、周玺、刘斌等人率中路军部分人马强攻炮架山。

一切安排妥当后，项忠、刘玉等率八千多人马直奔炮架山而去。

炮架山民军守将洪满、李莺见官兵直逼炮架山而来，一边急忙布兵迎战，一边派人向大石城、照壁山、将军山、七里宝山报告情况。

项忠率众来到炮架山下，并不急于开战，而是下令全军安营扎寨。随后，他与刘玉等人四处查看地形。

第二天，项忠等来到炮架山关卡前，任佐出队叫阵。洪满见官兵前来叫阵，便让副将李莺及金虎、金豹、李晋等人压住阵脚，自己出关迎敌。

洪满单人独马冲出关卡，直向任佐放马过去，举起手中一对红铜锤便砸。任佐急忙举枪迎战。二人大战四十多回合后，任佐因体力不足渐落下风。刘斌见状，急忙打马出列欲助任佐一臂之力。李莺见官兵欲以二战一，怕洪满吃亏，便立即打马出关迎战来将。

洪满见官兵人多，顿起速战速决之意。他心想官兵人再多，但杀一个总会少一个的。他抡起手中双锤，使尽全身力量向任佐砸去。任佐急忙举枪招架。只听“锵”的一声，洪满的双锤砸在了任佐的枪杆上。任佐顿感虎口发疼，胯下战马一个趔趄，一口热血喷了上来。凉州指挥周玺飞马挡住洪满救回任佐，与洪满激战在了一起。

李莺挡住来人，见他正是前段日子与自己交手的那员绿袍俊小将，心中不由泛起一阵无法说清的感觉，便双腿一夹，飞马来到刘斌面前，手提柳叶双刀挡住他的去路。李莺自己也想不明白到底是为什么，自上次与这小子交手之后，心头就时常闪过他的笑容和身影。莫非是自己喜欢上他了？想到这时，她羞得满脸通红。还暗暗地叮嘱自己：当官的没有一个是好东西，要手刃挡在自己面前的每一个官兵，为死去的爹爹报仇。刘斌也是自那次与李莺交手之后，着了魔似的时刻无缘无故地想起她、思念她。此刻，他见挡在面前的敌将便是自己朝思暮想之人时，全身杀气顿失，只是细细地打量着面前的这员女将。她十八九岁，面如芙蓉，眉似柳叶，一双小眼睛虽怒但处处含情，似两朵盛开的桃花，樱桃小嘴不点自赤，两缕青丝随风轻柔拂面，增添不少风情。李莺见对方傻乎乎地看着自己，不由羞得满脸发烫，随口骂道："呔，大胆狂徒！快快报上名来，我要为爹爹报仇！"她也是边说边不由自主地细看面前的这员小将。见他小脸粉中透红，红里透白，像一颗刚从树上摘下的桃子似的，两眼炯炯有神，尤其是那两道忽闪忽闪的睫毛会说话似的，直勾她的魂魄，让她不得心安。

刘斌被对方的喊话惊醒后答道："我乃刘斌，凉州副总兵刘玉便是家父。姑娘，你父何人？怎么死的？为何口口声声要为父报仇？本将军见你小小年纪，又是女儿之身，就不为难于你，望快快离开这个是非之地，找个男人嫁了，好好地过日子去！"他边说边不由地冲李莺做了一个鬼脸。李莺见对方不把自己当回事，不由气上心来，秀目怒睁。"大胆，本姑娘姓李名莺，我爹爹乃大石城'顺理王'李俊，死于你们这些狗官的暗箭。今天，我就先拿你的人头来祭奠爹爹的亡魂。看刀！"说着便舞起柳叶双刀向刘斌砍去。刘斌急忙举起手中双枪迎战。交战中，他二人并不关心对方的招数，而是不停地寻机细窥对方的容颜。眼看刘斌的双枪就要刺着李莺，可半路上却停了下来，李莺的双刀明明闪过刘斌的双枪就要砍到他的身上，可还是没有砍下。他们二人似乎不是在你死我活的战场上，而是在花前月下嬉戏。

洪满越战越猛，举起双锤猛砸周玺，眼看周玺就要被洪满的双锤砸成肉饼。好一个周玺，一提战马，闪电般地躲过。周玺快，而洪满更快，他见一锤落空，紧接着又是一锤，可怜周玺，虽躲过一锤，可再无法躲过第二锤，铜锤着处，脑浆四溅。刘玉、白玉见状，飞马而来双战洪满。

项忠见任佐受伤，周玺阵亡，便命鸣金收兵。

刘斌听到收兵信号后虚晃一枪，跳出战斗。向李莺再使一鬼脸说："姑娘，看来我俩今天又比不出高低了。你人长得这么漂亮，可心怎么就这么黑呀，处处想置我于死地！""知道你家姑奶奶的厉害了？"李莺话一出口，心中随之泛起一丝悔意，尤其是"姑奶奶"这三个字。"小姑娘，今天哥哥就陪你玩到这，如果你不听劝阻，明天还敢来，哥哥我可要将你擒回去拜堂成亲了。"刘斌话一出口，顿时羞得满脸通红。可又忍不住地偷看了对方一眼。刘斌心想她是不是仙女下凡，怎么长得这么漂亮呢，真是越看越爱看，越爱看就越看不够。李莺也被刘斌刚才的话羞得满脸通红。"明天谁不来谁就是狗熊！"李莺说完后收兵回关。刘斌、李莺在战场上的表现却被在一旁观战的项忠看得一清二楚。

刘斌回营后眼前全是李莺的影子。他想如果能将她劝降，再能娶她为妻,哪该是多美的一件事啊！可她为什么偏偏就是匪首李俊的女儿呢，她能归降吗？朝廷能不治她的罪吗？他越想心中越乱，越乱就越烦，便索性睡了。

晚饭后，项忠召集众将议事。项忠说五日之内必须攻下炮架山。可大家心中一点儿把握也没有，加之今日出战，一死一伤，什么也就不敢说了。项忠鼓励大家不必气馁。并说今日之战，虽然任将军受了点小伤，周将军阵亡，敌将洪满也的确是力大无比，但他有一妙计，保证最迟五天之内就能攻下炮架山。大家不知项忠有何妙计。项忠说："明天出战，刘大人可死死缠住洪满。任将军、白将军死死缠住金虎、金豹等人，但不可伤着他们。不管胜负，听到鸣金便立刻收兵。"

大家不知项忠葫芦里卖的是什么药，但作为军人，只能服从命令。刘斌见项忠唯独没有给自己分任务，也没提到李莺。他心中生怕项忠要亲自大战李莺，因为她是匪首李俊的女儿，那她的小命不就完了吗，项大人何许人也？久经沙场的老将、名将！她一个黄毛小丫头，虽然身手不凡，但怎会是项大人的对手。

刘斌心中这么一想，便无缘无故地为李莺着急起来。于是，他说匪寇不是还有一员女将吗？其他人不知刘斌的用意，可项忠却明白，便不肖地说一个小小女娃，岂是我等的对手，大可不必担心。刘斌又问自己的任务是什么？项忠说随后再告诉他。

等大家散去后，项忠一脸严肃地问道："大胆刘斌，你白天与匪寇女将交锋，为何处处留情？难道你想叛逆不成？"刘斌被项忠这么一问，吓得魂飞体外，不知如何是好。项忠见刘斌被吓得哆哩哆嗦。心中不由好笑，这些年轻人啊！于是他接着问："你小子别以为你的那些小心眼别人就看不出来，是不是喜欢上那员女将了？"刘斌只是一个劲地摇头否认。因为自古两军阵前招亲就是死罪一条。项忠说："那就好。只要你不喜欢她，一切都好办，明天我去砍了她便是。"刘斌见项忠要亲自出战李莺，吓得跪倒在地连连说"不、不、不要啊！大人。"项忠问他为何。刘斌无奈，只好承认自己喜欢匪将李莺。项忠说："这不就对了吗。男大当婚，女大当嫁。这有什么错呢？既然你真心喜欢她，我也绝不会做棒打鸳鸯之事，反而很想做你俩的月老。不过，至于人家女娃愿不愿意，就要看你小子的能耐了。”项忠边说边将刘斌扶起。“谢大人不杀之恩！”刘斌边说边伸手擦了擦额头上的汗滴。

接着，项忠便对刘斌如此这般地交代了一番，并亲笔写了一封书信交予刘斌。刘斌跪谢项忠后高兴地回去了。

洪满、李莺回营后，见派出去送信的人都已回来，便急问他们援兵何在？送信的人个个耷拉着脑袋摇头。洪满骂道：“都哑巴了，到底出什么事了？说话啊！”这时，他们当中的一个人才低声说，官兵已重兵封锁了炮架山通往各处的路口，消息无法送出。洪满便命人点起狼烟。李莺想，既然消息都无法送出，放狼烟又有何用？即便是他们知道了也无法及时前来救援啊。看来官兵这次是吃了秤砣——铁了心，一心要拿下炮架山了。就凭炮架山现有的这三千多人，怎能抵挡住来势凶猛的八千多官兵呢？唉，炮架山是凶多吉少了啊。

洪满一边叫大家不要着急，做好战斗准备，一边对大家说：“大王看到狼烟后一定会想办法派兵前来救援的。”

李莺没有一点心思吃饭，便走进自己的帐房，躺在床上想着阻击官兵的办法。可不知为什么，绿袍小将刘斌的影子时不时地就跑进她的视线，害得她心烦意乱。她真弄不明白自己这是怎么了……

第二天，项忠列队叫阵。洪满手提双锤出关迎战，李莺、金虎、金豹、李晋等人紧随其后。

刘玉手提大刀直取洪满，洪满急忙举锤迎战。这时，刘斌走马来到阵前，李莺提刀迎上。

刘斌依然是对李莺处处留情，可李莺却不像前两次，一对柳叶钢刀快如闪电，刀刀都是夺命之招。他二人大战三十多回合后，刘斌虚晃一枪，喊道“姑娘刀法厉害！在下招架不住了。”

“厉害的还在后头呢，今天我若不取你的性命，就无法对得起死去的爹爹。”

“你若真想杀我，就随我来！”

李莺见刘斌打马向远处的一峡谷败走，便双腿一夹，箭一般地追了上去。

金虎、金豹见李莺追击敌将进了峡谷，怕她遇到危险，便打马向峡谷疾奔。可没走几步就被任佐、白玉拦住。

李莺追进峡谷，见刘斌站在雪地上，双枪插在一旁，昂着头，闭着眼。李莺不知他是何意。便勒马大声喊道：“本姑娘不杀手无寸铁之人，如果你还是个男子汉，还有点骨气，就拿起兵器来和本姑娘一拼高低。”

“姑娘如果真想杀在下为你爹爹报仇，那就请动手吧。在下的死若能圆了姑娘心中的夙愿，死也值了。不过啊，你可就错杀了一个真心爱你的人！”

李莺听了最后这一句话，脸扑通的一下红到了脖子上，不知说什么才好，结结巴巴地说：“你……你……欺负人……”便抡起手中钢刀向刘斌砍去。

眼看刀就要砍到脖子上了，刘斌不但没有躲闪反而闭上了双目，面带微笑，站在那里一动不动，他好像等待的不是杀人的钢刀而是恋人的热唇。李莺见状，心中不由大吃一惊，急忙收刀，但还是晚了半步。柳叶钢刀的刀尖已从刘斌的脖子上划过，鲜血顿时流了出来。虽然李莺心知对方伤得不重，但不知为什么，此时她头脑中一片空白，接着全身打了一个寒战，便飞身下马扶住刘斌大哭。刘斌乘势将她抱在怀中。吓得李莺本能地将他一把推开。“莺姑娘，在下说话算数，这一刀没有杀死我，如果你愿意的话，就再来一刀！”李莺气得双目圆睁，从地上捡起双刀，再次向刘斌砍去。刘斌见李莺双刀砍来，又闭上双眼，伸了伸脖子。李莺见状，气得将手中双刀丢在了雪地上，坐下哭了起来。

刘斌捡起李莺的双刀走到她的身边，坐在她身边抚摸着她的头。她也没有拒绝。“莺姑娘，对不起，都是我不好，惹你生气了。”听了此话后，李莺哭得更伤心了。

刘斌接着说：“我虽为朝廷命官，但对那些欺压百姓的狗官的痛恨一点也不比你少。但是，林子大了什么样的鸟都有，世界大了什么样的人也都有，我们又能怎么样呢？做百姓的有做百姓的苦处，当皇帝的也有当皇帝的难处啊。你父与满俊等因以孙钦、冯杰为首的地方官员欺压百姓、鱼肉乡里，没法生活才揭竿而起，我是从内心深处敬佩之至。可当今圣上也是希望自己的臣子都是忠于他的、忠于百姓的，期盼天下太平，百姓乐业。可这世上偏偏就又有孙钦、冯杰这样的小人、恶人，而且为数不少，杀也杀不光，又能怎样呢？你说自己与朝廷有不共戴天的杀父之仇，这是事实，但你总不能为此而在仇恨中度过一生吧，常言道“冤家宜解不宜结”，如果一个人一生都生活在仇恨当中，那是一件多么可怕的事啊！如果真是这样的话，他的活着只会给更多的人带来痛苦与不安，你说对不对？”

李莺反问：“那你说我该怎么办？难道让我放弃为父报仇？她边说边掏出自己的手帕替刘斌包扎脖子上的伤口。你怎么就这么傻啊，为什么不躲？真不怕我一刀杀了你？”刘斌对着李莺笑了笑说：“你该怎么办？我给你分析一下当前的形势，你就知道自己该怎么办了。”李莺便止住了哭啼。

“你们揭竿而起反抗贪官污吏，我从心底里敬佩你们，而且你们每一个人在我心中都是十足的英雄。但区区三四万人，除过老人孩子和妇女，能扛枪打仗的也就三万来人吧。即便人人都有通天之术，又怎能抵抗朝廷的八万大军呢？就算你们把我们打败了，还会有更多的人前来，难道你们能打败所有的官兵？而且大石城现在被团团围住，连水也喝不上，你们凭什么来取胜官兵，凭什么来杀贪官、救百姓？当今圣上还算是一个开明的皇帝，如果……如果你……愿意归顺朝廷，圣上一定是不会怪罪于你的。"

"休想。那我爹爹不就白死了，我不就成了忘恩负义、认贼作父之人了？你说得轻巧，既然你们的圣上那么开明，为什么不把孙钦、冯杰这样的狗官杀了向天下百姓谢罪，还派大军前来诛杀我们。"

"孙钦、冯杰等人的确是罪应当诛，可圣上偏偏却又要袒护他们，真让天下人心寒啊！唉，普天之下，莫属王土，我们这些人又能这样呢？也许圣上有圣上的难处啊！"

"那说来说去你们的圣上还不是个昏君吗？"

刘斌接着李莺的话说："唉，历朝历代，哪儿没有几个奸贼啊？但我想，这个世上好人总是比坏人多的。只要你听我的话，能弃关归顺，我刘斌对天发誓，此生必杀孙钦、冯杰等狗官为你爹爹报仇，如违此言，天……"

李莺急忙捂住了刘斌的嘴说："我不要你发毒誓，我也知道你是一个好人，但我们不是同路人，今生只能是有缘无份了。"

刘斌一边从怀中掏东西一边说："昨天我已冒死在项大人面前为你、为我求情了。这是项大人亲笔写下的字据，还盖了他的官印。你自己看吧。"李莺接过字据。

李莺小将军：

你若能大义献关，本总督保证朝廷不再追究过往之事，而且还要赏你白银千两、黄金五百，并招为刘玉将军部下，官至指挥，与刘斌结为百年之好。

都察院右副都御史、西征总督项忠

李莺看着看着，心中既高兴又难过，不由地又掉下了两行热泪。

刘斌说：“大石城的确是一个易守难攻之地，但不是官兵一点办法都没有，只是项大人不忍心伤及城中无辜的老人孩子和妇女才僵持到了今天。否则，大炮齐发，大石城就算是铁打铜铸的也早都变成炮灰了。项大人是朝中重臣，他向来一言九鼎。还因他时刻想着百姓，我才敬佩他。如果他是个贪图名利的小人，也许今天你我就不可能坐在这里说话了。你好好想想，是不是这个理？”

李莺擦了一把泪水问：“那我该怎么办？”

刘斌说：“献关归顺朝廷，为天下百姓谋福。当年，你曾祖父不就是这么做的吗？满俊的祖父也不是这么做的吗？为了百姓，他们主动归顺大明，难倒他们都就不忠不义了？反而，事实证明他们都是百姓的恩人，百姓心中顶天立地的英雄啊！”

过了好大一会儿后，李莺说：“行。就算这事我答应了，但我也是有条件的。你们不能乱杀无辜之人，炮架山三千多人大都是附近的百姓，他们是无辜的啊。”

刘斌说：“好，这一点我可向你保证！项大人还让我带话给你，炮架山的兄弟如果愿意从军，他张开双臂欢迎；如果愿意回家，便发给路费；如果顽固抵抗，那就……就怕……”

李莺说："谢谢你家大人的好意，我想弟兄们大多还是愿意回家的，他们不会笨到连这点都看不明白的。不过，洪满、李晋等人就不好说了……"李莺长长地叹了口气，接着说，"今夜三更，我以三支火箭为号，你们便可攻山。"李莺说着站了起来，刘斌也跟着站了起来："好，一言为定！"刘斌激动地握住了李莺的手，李莺急忙把手从刘斌的手中抽出，害羞地轻声说道："一言为定！"

随后，刘斌关心地问李莺回去后打算怎么做？李莺说这就不用你管了，我自有办法。李莺说完后翻身上马，朝刘斌含羞地微微一笑，便打马向峡谷口而去。

李莺走后，刘斌也打马返回，向项忠言明了刚才之事。项忠听后十分高兴。便命鸣金收兵。正在酣战中的刘玉、任佐、白玉听到命令，立刻跳出战斗，打马撤回。

因刘斌、李莺二人战场上的爱情故事，刚才他们走出的这个峡谷后来被人们称之为"情人谷"。虽然此时情人谷到处白雪皑皑，但冬天过后，整个峡谷中便开始草长莺飞，奇花异草难计其数，鲜花盛开，鸟鸣声声，空气清新，为此，大家又称它为"天然氧吧"。情人谷出口处便是丁香沟，丁香沟是自西向东的一个"V"字型大峡谷。其实情人谷是丁香沟内向南延伸进去的一个小峡谷。春天到来，从情人谷出来向丁香沟出口处走去，约三四里长的峡谷二面，郁郁葱葱的丁香花应时而开，淡紫、粉红、洁白的花朵流光溢彩，织成漫天云霞，积云堆雪，馥郁袭人，真是一个情人约会的好地方。

刘玉见儿子脖子受伤，急忙查看，幸好只是一点皮外之伤。刘斌对着父亲只是傻乎乎地笑。

项忠对刘玉说："刘大人，令郎今天可是立了大功了。这点小伤值啊！”刘玉莫名其妙地看了看项忠和儿子刘斌。“刘大人，回营后再对你细细地说吧，你就等着取俊俏的儿媳妇吧。这次，我们既攻下了炮架山，你也有了个漂亮的儿媳妇，真可谓是‘双喜’临门啊！”大家被项忠的话弄得一头雾水，不明白他在说什么。

回营后，项忠把刘斌在战场上劝降李莺之事告诉了大家。大家都为刘斌的机智、勇敢、钟情跷起了大拇指，但刘玉脸色十分地难看。大伙都哈哈大笑说刘大人是不是怕这个儿媳妇了。刘玉严肃地说：“一个匪寇头子的女儿怎能做我的儿媳妇？求大家不要再乱说了，否则，我一家老小几十口人的性命可就难保了啊！”刘斌见父亲如此说话，心里难受极了。这时，项忠对刘玉说：“刘大人，你就不要有什么顾虑了，这事要是出了什么差错就由我一个人兜着，是我叫令郎这么做的。他是我的兵，能不听我的话吗？刘大人你就放心，等胜利回京后，由我向圣上解释此事。”不仅如此，我还要亲自为令郎主婚。听项忠这么一说，刘玉心中也算多少有了个底，但他还是放心不下。两军阵前招亲，自古死罪一条啊！

李莺回营后思绪万千，正一个人坐在房间细细地思量着刚才发生的事，她觉得如梦一样，连自己都不敢相信自己竟然会这么做。这时，金虎、金豹兄弟二人走了进来。金虎、金豹是李俊的拜把子兄弟，自李俊死后，他俩把李莺就当作是自己的亲生女儿，李莺也把他们当作是军营中最亲的亲人。他俩见侄女为追赶敌将进了峡谷，为她手中真是捏了一把冷汗，好在她平安地回来了。其实啊，他们二人昨天也就发现李莺对刘斌有那么点意思。

金虎、金豹坐下，李莺为他们沏茶。金虎问她为何闷闷不乐。良久，李莺才说，叔父，我们这回可真是遇上麻烦了，不知该如何是好？金豹急切地问她到底怎么了。

李莺绕着圈子问："你们说就凭咱们这三千多人，能抵挡住官兵的八千多人马吗？"金虎、金豹底下了头，什么也没有说。

李莺接着说："如果官兵明天全力强攻，炮架山必将失守，我们到底该怎么办？"金虎兄弟俩只是一个劲地摇头。

李莺这才回到了正题上来，她说："刚才她追进峡谷后，刘斌如何以死劝她归降，还发誓要亲自替爹爹报仇。"她边说便把项忠写给她的字据拿出让二位叔父看。

金虎沉思良久后说："这小子说的是有点道理。一则人不能光为报仇活着；二则我们现在被围，各路援兵也被官兵挡死，看来啊，炮架山我们是守不了几日了。"

金豹问李莺是何想法。

李莺低声撒娇地说自己已经答应了人家。

金豹说："这不就结了。我们聚众起兵的目的是啥？不就是为了不让哪些狗官欺负，好好地活着吗？我兄弟二人死了倒没有什么，都活了一大把年纪了,可我们兄弟二人在你爹爹坟前发誓要好好地照顾你一生，如果你有个三长两短，叫我兄弟二人到了那边有何脸面去见你死去的爹爹呢？"

金虎说："既然人家对我们这么宽宏大量，我们也就不能出尔反尔，说话不算数，我看就按侄女的意思办吧。"

金虎、金豹能这么爽快地同意李莺的看法也是有原因的。因为自从他俩来到炮架山后，洪满多疑的性格使他二人感到十分地不满。洪满作为一军主将，只听信心腹李晋一个人的话。加之自己以前是顺理王李俊的旧部，虽说现在是一家人，在一起共事，可洪满从来就没有把他们当作是自己人。

于是，他们三人就如此这般地商量了一番，金虎、金豹便出去了。

晚饭时分，洪满派人请李莺、金虎、金豹去他帐中吃饭并商量御敌之事。李莺三人来到洪满帐中，边吃饭边商量着应敌之策。这时，正好洪满的心腹李晋带兵巡山去了。

中途，金豹以解手为由出去了一会。不多时，一名火头兵端着两壶酒走了进来说："各位将军白天奋力杀敌，实在是太辛苦了，小的为几位热了两壶上好的马奶酒，请大家暖暖身子。"

洪满嗜酒如命，见有好酒就馋得直流口水。大叫给他一壶，火头兵随着一声"是"，便将放在盘中右边的一壶酒直接给了洪满。洪满迫不及待地斟酒，自己先喝了一大碗后才与大家碰杯。

火头兵向金豹微微地点了点头。金豹也向他点了点头。

他们四人边吃边喝边聊。不一会，喝了药酒的洪满就趴在桌子上睡着了。金虎、金豹将洪满的手脚捆住后放在床上，随后走出了营帐。此时，天色已黑，一轮弯月清冷、忧伤地挂在天空，寒风吹过，不由人地直打冷战。

李莺三人回到自己的营帐时，替他们办事的人早就等在那里了。他们说大多数弟兄们都愿意保命，已以巡防的名义都去了后山。现在营中不到一千来人，可这些人都是洪满和李晋的死党。李莺说："好，你们也赶紧去准备吧。"

三更时分，李莺向天空射出三支火箭。

早就埋伏在炮架山下的官兵踏着积雪如洪水般地向炮架山上涌了上来。李莺、金虎、金豹三人手提兵器跨马出营，对着正准备抗敌的民军大喊："弟兄们，炮架山保不住了。官兵宽宏大量，如果放下武器，他们绝不会伤害大家。”大伙一听，还以为是自己的耳朵出了毛病。这时，已冲上山来的刘斌大喊，你们的李莺将军深明大义，已归顺朝廷。只要大家放下武器，官兵绝不会伤大家一根汗毛。大伙一听，再看李莺、金虎、金豹跨马定定地站在那里，这才相信自己刚才听到的都是真的。生死面前，有几个人会选择死呢？常言道好死不如赖活着。于是，大家便一个一个地放下了手中的兵器。

刘斌飞马来到李莺面前，一个劲地朝着李莺傻笑，笑的李莺不好意思地低下了头。这时，项忠等人也已赶到。李莺、金虎、金豹翻身下马，跪在项忠面前。项忠下马，疾步前去将他们扶起。并对李莺、金虎、金豹等人大赞一番。这时，集结在后山的民军也都赶了过来。项忠对大家讲清了政策之后，他们大多数人都要求回家。项忠便命白玉、刘斌、金虎、金豹负责发给他们路费，让大家各自回家好好种地、放牧、过日子。

等李莺带着项忠、刘玉、任佐等来到洪满的营帐前时，守门的十几名卫兵已倒在血泊之中，帐内空无一人。李莺大吃一惊，忙跪地请项忠治罪。项忠将她扶起说：“小将军何罪之有？并且老夫有言在先，只要不反抗者皆可从轻发落。洪满走就走了吧，难道小将军非要逼老夫失信不成？”大家哈哈大笑。

随后，项忠命刘斌、李莺、金虎、金豹四人率四千官兵及炮架山李莺旧部一千多人驻守炮架山。

第二十一章　虎力叛逆

金豹抓住洪满嗜酒如命的特点，让人在酒中下了蒙汗药，神不知鬼不觉地将他在晚饭时迷倒，捆绑了手脚，又安排了十几名心腹把守在他的营帐外之后，才与李莺一道离去。

李莺等人离开不久，李晋巡山归来，见洪满帐中灯还亮着，就直接走了过去。正当他准备走进洪满营帐时，却被门口的侍卫挡住。侍卫说将军今日苦战了一天，这会才刚刚睡下，就别打扰他了，说不定明天还有更大的恶战在等着他呢。李晋觉得也是，便掉头返回。面对当前的这种情形，李晋心中十分地烦乱，一点睡意都没有，便披衣出门，在炮架山驻地上随意地溜达。寒风中，山下官兵营帐中闪烁着的灯光，好像无数条毒蛇在不停地吐着血红的芯子，时刻注视着山上的他们。李晋心中恨透了山下的这些官兵，恨不能将他们生吞活咽。夜色下他漫无目的地转悠着，突然，觉得今夜营中的气氛有点不对。一个明显的感觉就是除了站岗放哨的之外，其他人都好像不在营地。他心中十分的不安，便问哨兵，才知是怕官兵夜间偷袭，将军派大伙都出去巡山布防了。

李晋返回自己小队驻扎的地方，见一个一千多人的小队，这时在营帐内的还不到一百人，而且剩下的这些人都是他平日里的死党，也是他安插在队伍当中的眼线。他觉得这怎么都不符合调兵的常规，心中迷惑不解。这时，他的一个部下悄悄地告诉他说：“他们走的时候神神秘秘的，好像有什么事瞒着。”李晋心中突然闪过一个可怕的念头——大哥洪满是不是出事了。因为刚才在他帐外执勤的侍卫中没有一个是自己的心腹。李晋遂让大家带上兵器，躲在洪满帐外的暗处，自己以有紧急军情禀报为由前去门口试探，如果他们不让进去，就说明大哥一定是已被人控制了，你们就悄悄地围上来，立即将帐外的那帮人干掉。大伙说要是弄错了可怎么办啊，这可是死罪一条啊！李晋说：“特别时期，不得不用特别的手段。如果弄错了，大哥怪罪下来由我一个人顶着，与大家无关。”

李晋来到洪满的帐外，果然又被门口的侍卫挡住。李晋因没有听到帐内洪满的呼噜声，就断定洪满十有八九是不在帐内或……便大声与侍卫争吵，其实他这样做是在给此时躲在暗处弟兄们下令。李晋的部下听到争吵声后就悄悄地窜了上来，几乎在同一时间将洪满帐外的十几名侍卫神不知鬼不觉地干掉了。

李晋进账后，一股酒气迎面喷来。他见洪满醉卧在床上，还被捆了手脚，便知大事不妙，急忙提起地上的一桶凉水，向他的身上泼去。

被冷水惊醒后的洪满，才慢慢地记起晚饭时与李莺、金虎、金豹三人喝酒之事，也才明白了他们三人为啥晚饭期间对自己是言听计从的原因了。看来他们图谋叛逆之心早就有了，都怪自己这段时间马虎大意没有发觉，在这关键的时刻才上了他们的当。

这时，山下已传来官兵的杀喊声、马蹄声……洪满气急败坏，跌跌撞撞地嚷着要冲出去杀敌雪恨。李晋太了解洪满的性格了，在此关键时刻，心知劝说无效，便急中生智，一拳将他打晕，命人背起他，带上绳索，悄悄地从后山的悬崖下逃走。

一路上，李晋一行为了躲开官兵，借着夜色的遮掩，钻山林，走悬崖，历尽千辛万苦，才算逃回了大石城，见到了招贤王满俊。

满俊得知炮架山副将李莺献关投敌的消息后，气得就像一头发了疯的狮子，大骂侄女李莺白眼狼、没良心，忘恩负义，认贼作父……蠢得跟猪一样……随后便提起三尖两刃刀要出城与官兵拼命，却被郑成伟、火敬等人强行拦下。

自官兵炮击大石城、李莺献关投敌之后，再加上饮水困难，大石城内的军心、民心日渐开始摇晃，且一天一天地在不断地加剧。满俊的脾气也随着这种情形一天比一天变得暴躁，动不动就对平日里亲如兄弟的将领、士兵大发脾气。大家这些日子都有点不敢见他，即便是不得已遇上了，也总会想方设法地尽快避开他，就像见了瘟神饿鬼似的。

随着官兵日渐严密的封锁，一些人心中慢慢地对大石城的未来布满了一片迷茫，就像置身于浓雾当中，不知去向。渐渐地，一些胆小的人心中就或多或少地萌生起逃生的念头。尤其是看着一些生病的老人、孩子因无药医治、无水可饮而死去的悲惨场面时，有人便以各种不得已的理由为借口出城逃跑。此事闹得大石城内日夜不得安生，弄得满俊等人烦燥难安。于是，满俊便增派守城人员，严令封锁城门，无他手令者一律不准出城。尽管如此，但还是有人侥幸逃出，不过比前几日少了好多。当然，这些侥幸逃出之人，大多又在半道上被官兵所擒。

刘玉欲对所擒之人全部斩首。马文升急忙劝道："这些人千万不能杀，一来他们都是些普普通通的老百姓，大多是受了满俊、李俊等人的蛊惑，还有些是因当地官员欺压无法生存才聚集到大石城的，他们才是真正的受害者；二来如果对这些已反省过来、逃离大石城的人一律斩首，只会引发百姓对官府、朝廷的更大怨恨，进而导致那些已有反悔之意的人铁了心地跟着满俊与朝廷对抗到底。”

为此，项忠下令严格审查所擒人员，对没有其他不轨的，一律发给路贴和路费，放他们各自回家。并令东山驻守将士加强向大石城喊话，如实告诉城内人员，谁谁出逃大石城时被官兵擒住，并发给了路费，现已安全地回到了家中。如果谁还想回家好好过日子，只要不是罪大恶极，官兵照样不追究其罪，照样发给路费，照样放他回家等等……

大石城中此时连冻带渴的百姓和一些意志不够坚定的士兵，被官兵近日来接二连三的喊话所动摇，出城逃跑的人又一天比一天的多了起来，从一天一两个增加到了五六个，再从五六个上升到十几个、几十个。满俊因此事而感到十分地恼怒。

说来也真是奇怪，就在十一月初八玄真子向项忠等人献策如何破城的这天晚上，满俊做了一个十分可怕的噩梦。他梦见父亲满福礼全身是血，看不清面目，只是一个劲地追着要他还自己的命来。他几乎被吓疯了，撒腿就跑，可他跑到哪儿，哪儿都是死胡同，无法脱身。于是，他大喊兄弟们救命，可大家都恶狠狠地瞪他一眼就远离而去了，没有一个人来帮他……从噩梦中醒来后，满俊全身汗水淋漓，心中惶恐急躁，不由地想起自己当年活埋父亲的经过，想起前些日子在炮火中挣扎的兄弟们……他再也无法入睡，就这样一直到了天亮。

清晨，满俊立即传郑成伟、火敬、满玉、南斗等人议事。满俊不顾众人的劝阻，就直接下令，凡今后再有敢出城逃离者，只要抓住，一律斩首。

郑成伟等人心中明白人员出逃的主要原因是城中缺水，并非其他。他们一边极力安慰满俊，一边准备彻底解决引起人员出逃这一问题的根本。郑成伟说：“大王，为了稳定军心、民心，我们现在必须得先想办法解决城中的饮水，再等待黄河封冰和鞑靼、瓦剌援兵的到来。”在大家的再三安慰劝阻下，满俊的情绪也稳定了好多。随后，他决定让杨虎力、哈福礼二人率精兵五百，深夜强夺大石城南侧水源地。

此日深夜，杨虎力、哈福礼二人带领五百士兵，乘着月色，踏着积雪，悄悄地来到了大石城南侧水泉地的沟岸附近。

杨虎力、哈福礼命大家先藏身于离河岸不远处的悬崖下。随后，他二人顺着地坎，猫着腰，慢慢地前行查看水泉周围官兵的布防情况。等他们从地坎上探出头时，见面前的沟底燃着三堆大火，沟底水泉旁边一堆，沟岸两边各一堆，水泉周边的一切都被火光照得通明，驻守官兵轮流站岗、轮流烤火取暖。两个头目各守一岸，不时地走动着，好像时刻在监视着这里的一切动静，监视着每一位站岗放哨人员的履职情况。杨虎力、哈福礼心想，看来自上次官兵丢了大石城西侧的水源之后，对水源地的防护是变得十分地小心谨慎了。看这样子，今夜好像没有半点的空子可钻。

杨虎力、哈福礼二人趴在雪地上，一直等到天快亮时，还没找到一点点可下手的机会。官兵派驻这里的兵力大约有一千多人，是他们的两倍多，不敢硬拼。这时，趴在雪地上的杨虎力和哈福礼冷得手脚几乎全失去了知觉，藏在悬崖下的五百多名士兵也是一个劲地直打冷战。守护水源的官兵毕竟还可以换着烤火取暖，可他们藏在这冰天雪地里连大气都不敢出。杨虎力只好下令撤退。

就在杨虎力、哈福礼夜探大石城南侧水泉的第二天一早，项忠命余子俊巡查各水源地的防守情况。

余子俊一行来到大石城南侧水源地时，正好是中午时分，太阳暖烘烘地照着大地。他见这里四周沟壑纵横，地形复杂，就带上负责此地防守的吴冰、马雄二人，认真地查看附近的地形，并指导他们在一些比较危险的地方如何加强布防。当他们来到东岸时，发现积雪中有大量的足迹。这让余子俊和吴冰、马雄等吃惊不小。因为自官兵来这里布防之后，从来没有发现有人来过，况且地面上的积雪是两三天前落的。于是，他们断定这一定是匪寇前来探测水源而留下的足迹，只因他们防范严密没有得逞而已。再从留在雪地里的足迹来看，他们前来的人马应该有好几百人之多。余子俊和吴冰、马雄想，既然匪寇已准备来夺这里的水泉，上次没有得逞，一定还会再来的，不如将计就计，布下大网，全歼前来抢水的匪寇。

余子俊叫吴冰、马雄表面上放松防守警戒，但实际要比以前更加地小心谨慎。然后，他立刻返回向项忠禀报此事。项忠也赞同余子俊等人的想法，当天就增派兵力三千，埋伏在南山水泉附近的几道沟壑当中。他想，如果匪寇发现这里的防守有所松懈的话，一定会趁机前来抢夺，到哪时，不就成了自己的饺子馅了？

杨虎力、哈福礼前一天夜间去抢南侧水源没有得逞受了一夜的冻，而且回去后又被满俊数落的一顿，真是窝了一肚子的气。他俩经过认真地谋划后，第二天夜里，便带了一千多名兄弟，乘着夜色直奔大石城南侧水泉而去，欲强行夺取。

谁知，当他们刚悄悄地潜入到沟岸时，身后的山坡上突然亮起了无数火把，把这一带的夜空照得如同白昼。顿时，四周杀声震天。杨虎力、哈福礼心知已中埋伏，但又有什么办法呢？他们二人立即握紧兵器，命大家准备战斗，全力杀出一条血路突围出去。

这时，余子俊、庞胜、张高、吴冰、马雄五人各领一队人马向杨虎力、哈福礼冲杀过来。杨虎力让哈福礼率领大队人马从庞胜、张高所率两股人马的夹缝中冲出突围，自己领一百余人断后，阻击吴冰、马雄的追击。

哈福礼手提一杆丈八素银枪率领部队全力冲向前方，心中打算着与官兵决一死战。就在这时，庞胜已飞马过来拦住哈福礼举枪就刺。哈福礼低头让过庞胜刺来之枪，趁机抡起手中素银枪回敬庞胜，只见两杆银光闪闪的枪头在夜色下的火光中，上下左右飞舞。突然，哈福礼招数一变，一杆长枪如狂风扫落叶般地向庞胜坐骑前腿扫过。随着一声长嘶，庞胜的战马失去平衡，连人带马沿着陡峭的山坡，在雪地里向山下滚去。这时，哈福礼听到杨虎力对他大喊“不要恋战，快带兄弟们突围逃命！”也就没有击毙庞胜的心思了，遂率众突围。可这时，被从侧面赶来的张高又挡住了去路。张高举枪就刺，哈福礼虽举枪招架，但没有一点心思恋战。他二人打了五六个回合之后，恰好张高胯下战马在雪地上一滑，哈福礼乘机冲来，一枪过去，张高便顿时气断身亡。哈福礼大喊一声“快快撤退！”便带着弟兄们拼命地向大石城方向逃回。

等余子俊赶上来时，庞胜已从雪地上爬了起来，全身冰雪，头发凌乱，紧握手中银枪，气得牙齿“咯咯”发响。庞胜正欲从身边一员副将手中夺过战马追击哈福礼，却被余子俊挡下。余子俊说这里地形复杂，天黑路险，穷寇莫追！还是合力消灭没有逃出包围的匪寇吧。于是，他二人打马直奔酣战中的杨虎力。

好一个杨虎力，手舞铁方槊，虎虎生风，以一战四，毫无惧色。他们大战六十多回合后，杨虎力被吴冰迎面砸来的一锤震得在马上失去平衡，连人带马倒在了雪地上，吴冰也被杨虎力手中的铁方槊震得从马背上飞出七八仗远，倒在雪地上昏迷不醒……杨虎力被余子俊、庞胜、马雄活捉。

杨虎力被绑押到项忠大营，死活不跪，被站在一旁的庞胜一脚踏倒在地，而杨虎力又站了起来，大声斥道："既然被抓，要杀要剐随你们的便，老子上跪苍天，下跪父母与恩人（他说的这个恩人可能是满俊吧），岂能跪你们这些狗官？杀人不过头点地，二十年后又是一条好汉！哈哈。"这时项忠站了起来，面带微笑地走到杨虎力面前说："杨将军，谁说要杀你了？"他一边说一边为杨虎力解开了绳索。杨虎力什么也没有说，只是此时脸上的怒气稍微减少了一些，但他心中同时又多了一层疑惑。便只用手搓了搓被绳索勒得发麻的手腕。项忠吩咐卫兵道："还不快给杨将军看座？"杨虎力心想，既然被抓，一定没有好吃的果子，便抱着必死的心里。你看座，我就座，为何不坐呢？大不了就是一死嘛，"人生自古谁无死？"他心里这么想着，屁股一甩，便座了下去。

为什么项忠对被擒的杨虎力这么客气呢？因为此时项忠、马文升等人因受李莺献关归顺之事的启发，正在谋划着一个离间之计，欲从民军内部打开缺口，攻破大石城。他们又从满璹、李莺、金虎、金豹等人处详细了解了大石城"八大将""二十二副将"的为人和性格。当他们得知杨虎力被擒之时，觉得他便是实施这个计划最合适的人选了。因为据满璹讲，杨虎力为人豪爽仗义，视老母与妻儿为生命，但又有勇无谋。

项忠返回自己的座位坐下后对杨虎力说："大石城已被我八万官军团团围困，破城指日可待。杨将军，听说你是一个有情有义的明白人，所以我不愿看到将军人头落地的悲剧。常言道识时务者为俊杰，将军有这么好的一身本领，为何不效力朝廷，而上山为匪，真是枉来此世一回啊！"杨虎力屁股在凳子上一扭说："休想！想让我做朝廷的鹰犬，下辈子也做不到！马文升接着说，将军果真侠情万丈！但你先不要把话说得太绝了，杀头不过碗大个疤，对将军这样的英雄豪杰来说，死，真的是算不了什么！可将军不知想过没有，如果你死了，你年幼的儿女、温柔的贤妻怎么办？还有你八十多岁的老母怎么办？难道你真就忍心……”杨虎力看了马文升一眼，什么也没有说，虎目中流下了两行清凉凉的热泪。

这时，刘玉站起身来说：“杨将军，我等知道你对朝廷一些官员的所作所为恨之入骨，我等也不得不承认，朝中的确存在一些横行乡里，鱼肉百姓的败类，在座的各位对他们的憎恨哪个也不比你少。今天，我以个人的人格担保，如果将军愿效力朝廷，我等保将军官升都指挥，赏白银五百两、黄金一百两，如若将军不信，愿以此为誓。”刘玉边说边从腰间抽出佩剑，在自己的左腕上一划。顿时，鲜红的血豆就顺着剑锋流了下来。众人为之一震。杨虎力见状，急忙抓住刘玉的手说：“我等聚众在大石城造反，罪大恶极，按律当斩，将军何必为我如此自伤身体？刘玉说，我怕将军对我等所言不信！杨虎力问，如果我投靠朝廷，真能保我全家平安？”项忠说：“这个自然。如若将军不信，有朝廷榜文在此，请将军过目。”

杨虎力手持榜文，思绪万千。心中不由地想起妻儿老母，忍不住虎目中再次热泪纵横。他想，大石城的处境的确是十分的艰难，如今被官兵围得水泄不通，就算黄河封冰后鞑靼、瓦剌的部队来了，又能怎么样呢？是死是活还不是个未知数。如果逼急了官兵，就像他们所言，炮击大石城也是未尝不可……但满俊对自己恩重如山，又怎能背叛于他呢……

这时，站在一旁的满璹看出了杨虎力心中的纠结。便走到他面前说：“杨叔，侄子有几句话，不知当讲不当讲？”因为满俊和杨虎力一直称兄道弟，满璹也一直面子上称他杨叔。杨虎力蔑视地看了一眼满璹道："吃里爬外的家伙！有屁就放！"满璹说："我知道你是一个有情有义之人，也是为报恩于叔父才不肯为朝廷效力，你这么做是忠，但是愚忠啊！再说了，哪朝哪代没有祸害百姓的奸臣、没有鱼肉乡里的恶吏？自大明开国以来，无论是太祖皇帝还是今日圣上，都处处为民着想，否则，徐达将军北伐时早就将我的老祖宗杀光了，哪来今天的我呢？我是叔父的亲侄子，打断骨头还连着筋呢，为啥我不帮他，因为他这么做是逆天而行，不会有任何的结果，如果一定要结果的话，也只能是死路一条。叔父是你的恩人，但你就算是报恩也得看是什么事啊，总不能不分青红皂白，为了报恩把自己和家人都往死路送啊！你还是好好地想想吧！"

杨虎力像被满璹的一番话钉在了地上，纹丝不动，眼神木呆。他在地上站了许久之后，像一座缓缓倒塌的大山似的跪倒在地，对着项忠等人说自己愿为朝廷效力。马文升急忙将他扶起说，"这就对了。人择明君而臣，鸟择良木而栖。杨将军果真是开明之人啊！"杨虎力说："各位对我杨某如此宽宏大量，杨某当以做牛做马为报！"他又对着满璹说，"满将军，刚才失礼之处，还望多多包涵！"

项忠说："杨将军久居大石城，又是满俊的好兄弟，还身为大石城副将镇守一方，不知将军对破城擒拿满俊之事有何看法？"

杨虎力长叹了一口气说："我听他们说近日欲抢夺东山。"

马文升说："将军提供的这个情况非常重要！说着转头又对项忠说，这可是个极好的机会！"项忠点头称是。

杨虎力又说："大哥……不，不，是满俊，他最怕金枪将王锐，如他在抢夺东山之时他能亲自出战，大人可派金枪将王锐王将军迎战于他，定能将他……"

这时，刘祥自语说："不知满俊打算什么时候攻打东山。这个时间对我们来说是太重要了。”听了刘祥的话后，大家一时沉思无语。

杨虎力说：“大人，这个不难。各位如果信得过我杨虎力的话，现在就放我回去。我会全力劝说他尽快攻打东山，而且还会全力鼓动他亲自出战。如果攻打东山的时间定下了，我会想办法通知各位大人的。但此战关系重大，千万不可大意，如果错过这个机会，恐怕再要他最近亲自出战，就算他自己愿意，军师郑成伟和火敬等人也是不会的，因为他们打算等黄河那边的鞑靼、瓦剌援兵一到，内外夹击你们……”项忠等人听后面面相觑。

随后，项忠说：“多谢将军。如果这样的话，我们就依将军之计而行。将军即刻返回大石城，诱导满俊他们尽快强攻东山，我们大事可成也。只要擒了满俊，将军自然功不可没！”遂令士兵牵来杨虎力的坐骑，还给他铁方槊、头盔和佩剑，送他回营。杨虎力戴上头盔、佩剑，接过冰凉的铁方槊，走出营帐。在营帐外，他回头看了一脸项忠、刘祥、马文升、刘玉、满璹等人后，便翻身上马，朝着大石城方向扬长而去……

第二十二章　满俊被俘

哈福礼枪断庞胜坐骑前腿、力斩张高后，带着八百多名弟兄全力突破包围，甩开官兵，一路快马加鞭，顺利逃回了大石城。

满俊因前一天杨虎力、哈福礼抢夺水源未能得逞，加之近日连斩上百名欲逃离石城人员，脾气变得越加地暴躁。

哈福礼再次落败回营后，左思右想，无论怎样都不敢去见养父招贤王满俊，便心事重重地来到军师小诸葛郑成伟的帐内。他是想让军师在养父面前为自己开脱几句。郑成伟听了哈福礼的话后，长长地叹了口气说："哈将军，你大可不必将此事过于地放在心上，胜败乃兵家常事。谁能保证自己一辈子只打胜仗，不打败仗呢？败仗也是人打的。三国常胜将军赵子龙，也有马失前蹄的时候。只是杨将军至今未归，恐怕凶多吉少啊……"他二人又为当前的战事和吃水之事唠叨了一会之后，郑成伟见哈福礼情绪有所稳定，便说："咱这就去见大王吧！"哈福礼硬着头皮跟在郑成伟身后向满俊营帐走去。

郑成伟和哈福礼来到满俊的帐内，见他一个人愁眉不展地坐在灯下。郑成伟和哈福礼向满俊施礼后，郑成伟坐下，哈福礼因心中有事，又是小辈就没敢坐。郑成伟向哈福礼使眼色让他坐下，哈福礼这才小心翼翼地坐在了一旁。

满俊沮丧地问：“你二人深夜前来，是不是又有人出逃？”他好像忘记了派杨虎力、哈福礼去抢夺水源之事。哈福礼一听满俊问话，就再也不敢坐着了，欲站起来如实禀报，却被郑成伟的眼色给压住没有站起来。

郑成伟对满俊说：“大王，没有。是杨将军和哈将军前去抢夺南侧水源时，中了官兵的埋伏。哈将军浴血奋战，杀开了一条血路带着八百多兄弟逃了回来，可杨将军为了让大家能摆脱敌人的包围，带着一百多名兄弟阻击官兵，至今未归……”

满俊听后，气得虎目圆睁，触电般地站了起来，欲大发脾气，可又见养子哈福礼全身血迹，至今未干，一副狼狈不堪的样子，心中不由一阵难过，便把到了嗓子眼的怒火又压了回去。伸手示意让哈福礼坐下。哈福礼自逃回后一直悬着的心总算是回到了原位。郑成伟也在心中长出了一口气。

“这帮狗东西……杨将军与一百多兄弟们至今不知死活，先生以为该如何去营救他们呢？”

“大王，此时夜色正浓，伸手不见五指，况且我军外围全是官兵，不易出兵营救，否则，只能带来更大的损失！大王请放心，杨将军武艺高强，应该是能冲出敌人的包围的，但那一百多名弟兄们的性命就……”

“唉，但愿如此啊！”满俊伤感地说。随后，他又问郑成伟，“先生，那依你看咱家什么时候强攻东山合适，准备工作都做得怎么样了？”

“大王请放心，一切准备就绪，就等一个合适的时机了。但具体时间还不好说，我们一定要选一个合适的时机才行！”

满俊长叹了一声说：“唉，咱凭借大石城天险，与官兵对侍多日，虽说他们一时奈何不得咱们，但咱们也是一时无法消灭他们。这帮断子绝孙的家伙断我水源，致使城内人心惶惶，军心动荡。咱一定要尽快夺回东山失地以壮军心！到时还是由咱家亲自带队。”郑成伟欲要劝阻，满俊却扬了扬手说：“为了大事，先生就不要再劝阻咱家了。”

他们三人一时无语，只是静静地坐着。过了一会儿后，满俊自语道：“还是先生说得对，当初应该在周边发展一些力量、扩占几处地盘，可都怪咱家没听先生之言，现在悔之晚矣啊！”

“大王不必自责，其实这也与当前形势没有多大的直接关系。现在天气一天比一天变得寒冷，眼看马上就要数九了，数九后黄河不几天就会封冰，我看是咱们的好日子马上就要到了。等消灭了项忠的这八万多人马之后，再着手扩充力量、扩大地盘也为时不晚，大王为何因此小事而自责呢？这也许就是黎明前的黑暗！扛一扛，迎来的便是曙光。”这时，郑成伟也只能用这样的话来安慰他了，“既然机会已经错过了，后悔又有什么用呢？”

接着，他们三人就如何强夺东山之事又从头到尾细细琢磨了一番，觉得这个计划已天衣无缝，一定能够取得成功，也一定能重整大石城的士气。

当他们正准备休息时，突然，杨虎力走了进来。他手提头盔，全身血迹。满俊、郑成伟、哈福礼顿时被眼前的情形吓了一大跳，既惊喜又悲伤。哈福礼一个纵步扑了过去，抱住杨虎力，泪流满面。接着，杨虎力跪地向满俊、郑成伟施礼。满俊急忙扶起杨虎力，哽咽着说道：“我的好兄弟，老哥以为再见不到你了！回来就好，回来了就好啊！”

杨虎力哭着说：“可一百多兄弟一个都回不来了啊！……”

满俊抓着杨虎力的双手说：“别难过了，别难过了啊，这个仇咱家一定会替他们报的！一定会的……”

接着，杨虎力就自己如何被围、逃回的经过虚虚实实地向满俊、郑成伟和哈福礼诉说了一番。

随后他急切地对满俊、郑成伟说：“大王、军师，得尽快想办法好好地教训项忠老儿一顿，为死去的兄弟们报仇。”满俊、郑成伟点头。接着，杨虎力问准备何时攻打东山，还说自己一定要打头阵，为今夜死去的弟兄们报仇雪恨。满俊只说快了，并点头答应了他的请求。

第三天凌晨，东方刚刚露出一线乳白色的鱼肚白，大石城民军已早饭完毕，正在按照小诸葛郑成伟的安排集合队伍，准备攻打东山，夺回失地。

前一天夜里，满俊令人赶往七里宝山、将军山、照壁山通知马冀、火四、宝歌等人，让他们提高警惕，守好阵地，以防官兵偷袭。并受命双鞭王火敬、义子玉面童子火四当机立断权利，如发现七里宝山、将军山、照壁山有什么不对头的情况，不必上报，由他俩全权处置。满俊这也是怕半路上再跳出一个李莺来。

杨虎力向满俊再次讨令要打头阵。郑成伟有点不太愿意，可满俊对郑成伟说，他前两天吃了败仗，想报仇雪恨，就给他个机会，而且他武功也不比满玉差。虽然郑成伟这两天觉得杨虎力神神秘秘的有点不对劲，而且四处打问攻打东山之事，但又没有发现别的什么，况且他与满俊是生死兄弟，又有满俊帮他说话，就不好再说什么，很勉强地点头同意了。

满俊命杨虎力换下负责正面攻击的满玉，率一千多人的敢死队趁天色未亮，官兵尚未起床之时，悄悄地潜入东山，冲入官兵阵营，搅乱他们的布局，打他个措手不及。其他各路人马按照原计划行事。金钱豹南斗率两千人马为左翼，秃鹰咬歌率两千人马为右翼，他与军师小诸葛郑成伟、天眼狼满玉、洪满、满太等率五千多人马为中军攻打东山。留下双鞭王火敬、毛哈剌、巴图达赖、哈福成等驻守大石城。

就在满俊等忙着调兵遣将之时，项忠、马文升、刘祥、刘玉等因前一天收到杨虎力的情报，便连夜赶到了东山阵地，一夜未休，也在忙着排兵布阵，准备活捉满俊等人。

项忠等人为了保守机密，集中精锐兵力，对东山驻军连夜进行了大换防。在东山入口处，他将地方军全部换成了京都十二营的将士。同时，马文升又命延绥都御使金枪将王锐与巡按御史任佐、姜孟伦三人各率两千精兵埋伏在东山入口四周的峡谷中。

一切安排妥当后，项忠命全体将士人不离刀，刀不离人，随时做好战斗准备。令哨兵严密监视大石城及东山入口处的一切动向，如果有白马白盔白甲之人前来，便是匪首满俊。

东方刚刚泛起一线亮光，哨兵就前来报说东山入口处有匪寇活动的迹象，大约一千多人。项忠说："再探！"不一会儿，哨兵又来报说今日匪寇进入东山脚下后，队形涣散，说说笑笑，毫无战斗之象，好像是前来游玩的一样。马文升说："再探！匪寇诡计多端，一定要多加小心，千万别被他们制造的假象所迷惑。当然也不能让他们发现了你们！"

因刘文此时埋伏在东山入口，刘玉一听民军有了动静，便向项忠讨令要亲自去东山入口处杀敌。马文升急道："刘大人，千万不可！匪寇才刚刚探头出巢，如果这时闹出点动静，被他们发现缩头回去，那咱们所做的这一切不就都前功尽弃了？"刘玉听了马文升的话后感到脸上一阵火辣辣地发烫。他想，为了儿子，自己怎么就变得这么地不理智了呢？项忠说："马大人说的是。传令下去，全军就地待命，严密监视匪寇的一举一动。尤其是在东山入口处埋伏的将士不得随意走动，违令者，军法处置！另外，埋伏在峡谷中的将士不得发出半点声响！"随后，项忠自语道："活捉满俊就此一举，可千万别再闹出个啥乱子来！"

杨虎力虽然比满俊等人出发的早，但他一路上磨磨蹭蹭，一直到天快大亮时才到东山入口。他见官兵没有任何动静，心想是不是项忠等人对自己的情报不相信。可他又一想，不对，项忠等人一定是在这里设下了埋伏，只是为了引诱弟兄们上钩，才没有任何的动静。这时，一定有千百双眼睛在暗中盯着自己。于是他下令弟兄们朝天放箭，以引起官兵注意，向项忠等人表白自己是真诚守信的。

满俊率人快到东山时，见东山入口处风平浪静，心中就十分地生气。这个杨虎力是怎么搞的，平时干什么都雷厉风行，干净利落，怎么在这最关键的时刻掉链子呢？让他趁官兵还未起床，强闯官兵阵营，搅乱他们的布局，都这个时候了，还不见一点儿动静。是不是被郑成伟言中了呢？因为刚才郑成伟向他说杨虎力这几天有点不对劲的样子时，还惹他生了一肚子的气。但又由于说此话的是他向来敬重的军师小诸葛郑成伟，才没有发火。他想这怎么可能呢，杨虎力是自己过命的兄弟，怎会出卖自己呢？想着想着，他便令全军加快脚步，直奔东山入口。意欲转中军为先锋，一举歼灭东山入口处的官兵，再攻占东山阵地。

这时，哨兵飞报东山入口不远处又出现一队人马，大约五六千人，正在向东山口急速行进。为首之人骑一匹白马，白盔白甲。项忠一边说"再探！"，一边招手示意马文升、刘祥、刘玉等人一同出帐查看。

项忠等人来到东山山顶，隐藏在密林当中，借着朝霞初露的光芒远望，果见已进入东山入口的一支人马队形散乱，不冲锋向前，只向空中放箭。在往远处看，见一队五六千人左右的队伍，队形整齐有序，杀气腾腾，急速向东山奔来。霞光下，为首之人白马白盔白甲白色大氅，在初露的霞光下，盔甲闪闪发亮，一到东山入口处，便一把尖刀似的直插官兵营帐。项忠见他们已进入伏击圈，便下令放炮发令，命将士们围攻歼战。

随着一声炮响，邓本端、白玉、鲁鉴、刘文等出帐迎敌。一时间，东山口四周炮声、鼓声、呐喊声震天，满山遍野树起无数官兵旗帜。山坡上、沟底里，到处都是官兵，黑压压的一片，成千上万，既像突然从地下冒出来似的，又像突然从天上掉下来的一样。“活捉满俊”之声震天。满俊等一时间被眼前的情形惊得不知所措。满俊不愧为一山之王，一军之主，厉声喊道：“奶奶的。弟兄们，敌人虽早有准备，但咱家岂能怕他？兵来将挡，水来土掩。弟兄们，给我杀，直取东山，活捉项忠老儿，全歼官兵，为死去的兄弟们报仇的时刻到了！”随着满俊的喊声，民军将士像被当头泼了一盆冷水，从昏迷中惊醒了过来，顿时精神抖擞，手持兵器旋风般地杀向官兵。

王锐飞马而至，手举金枪，拦住白马白盔白甲之人大声问道：“你可是匪首满俊？”满俊一边举起三尖两刃刀，一边骂道：“咱家正是你爷爷招贤王。你小子是活腻了吧？竟敢在爷爷面前撒野，拿命来！”说着便举刀向王锐砍去。王锐急忙举枪接招。嘴里学着满俊的腔调说道：“咱家正是延绥都御史金枪将王锐，今天专来取你性命！”满俊一听对手是金枪将，心中虽然有点忐忑，但此时他只有杀人之心。为什么满俊这么地忌讳金枪将呢？原来是在他下山时师父告诉他见手持金枪之人，万万不得恋战，否则性命难保。

邓本端等人见王锐已与满俊交上了手，任佐与满玉、姜孟伦与满太、余子俊与洪满战在一起。邓本端喊道：“白将军协助任将军、刘将军协助姜将军、鲁将军协助余将军，我去协助王将军。大家全力以赴，活捉满俊！”

郑成伟本一介书生，不会武功，如今被围，已是心惊肉战，便欲打马逃跑。正在这时，飞马而至的庞胜挡住了他的去路。庞胜见郑成伟虽手提宝剑，但已被吓得哆哩哆嗦。心想此人不是不会武功就是胆小鬼一个，于是，他打马过去。就在他二人擦肩的瞬间庞胜伸手出去，没费吹灰之力，便将郑成伟从马背上提了过来，摔在雪地上，命士兵将他绑回。庞胜活捉了郑成伟后，立即打马冲向满俊。

刘玉心中一直为儿子刘文担心，于是他忍不住再次向项忠讨令出战。项忠也理解他此时的心情。就命他再率两千人马下山增援。

刘玉高举手中大刀大喊一声："邓将军、王将军，老夫前来助你们一臂之力。"便与邓本端、王锐三人力战满俊。

金钱豹南斗率领的左翼军一进入东山口地界，就被林胜、崔忠所部团团围住。南斗与林胜二人都是求胜心切，一交手都就拿出了看家本领，拼命地厮杀起来。秃鹰咬歌率领的右翼军也是刚到东山口附近，就被张英、罗豫所部团团围住。咬歌手提加钢板斧，忽地一声就砍了下来。

天眼狼满玉与任佐、白玉大战了一百多个回合，终因寡不敌众，被白玉一枪跳下马来刺死。

满玉死后，任佐说："白将军，你看，刘大人刘老将军也亲自上阵了，匪首满俊今日一定是跑不掉了。我们还是先收拾其他的匪寇吧！白玉说，你去帮姜将军，我去帮余将军吧。"任佐说"好！"，他二人便各自打马飞奔而去。

满俊虽然骁勇，但与刘玉、邓本端、王锐三人相战，可谓是顶尖的高手对顶尖的行家，半点都不敢马虎。他们四人战刀如风，刀枪并举，四马飞转，八手舞动，刀枪相撞，火星四射。满俊手中的一把三尖两刃刀舞起，一招比一招狠，一刀比一刀急，招招都是致命之刀，意欲一刀下去就取对方性命。刘玉、邓本端、王锐也欲快速拿下满俊，一个个也是使出各自的绝招。战场上，刘玉使尽平生力气，抡起大刀，上下飞翻，如同雪花一片，“唰唰唰”直向满俊砍去，王锐、邓本端手中金枪、长矛展开四门，上封下挂，内挑外滑，钩挂砸压，劈挑刺扎，向前一扎梨花万朵，往后一撤冷气森森……

正战中，满俊见又有一名官兵战将放马向自己杀来，他心中不由一阵难过。看来今天不是我死，就是他亡。于是心中拿定主意，欲尽快斩将夺路，突出重围再做打算。有道是，人若拼命，万将难敌。满俊心中注意一定，手中的三尖两刃刀就快如闪电，疾如暴雪，上下翻飞，砍向刘玉。

庞胜飞马而来，举枪向满俊后背刺出。满俊听得身后风声，手中正欲砍向刘玉的刀突然改变方向向身后扫去。因庞胜求胜心切，欲一枪制满俊于死地，他便人乘马速、枪借人力，三位一体同时刺出，只可惜庞胜万万没有想到满俊会来这么一招，此刻想停都已无法停下。满俊手中的三尖两刃刀从身后扫过，正好遇上冲向前来的庞胜，可怜庞胜，活生生被拦腰斩断，掉下战马。刘玉、邓本端、王锐三人大吃一惊。就在他们吃惊之际，满俊刀交左手，顺势砍向邓本端。邓本端急忙躲闪，虽然躲过了自己的身子，可坐骑的大半个头颅顺着满俊的刀凌空飞起。满俊正欲借助刘玉等人吃惊之际掉转马头，冲出重围。谁知，就在此时，王锐报着九死一生的念头，大喊一声，持枪离马腾空飞起，人枪一体从天而降扎向满俊。满俊见状，心中一惊，急忙举刀迎战。但还是迟了半拍，没等他手中的刀举起，王锐的枪已刺入了他的左肩。一阵撕心裂肺的剧痛使他不得不将举起的刀收了回来。就在这时，刘玉冲向前来，举刀砍向满俊的坐骑，满俊胯下战马被砍断了两条后腿。接着，刘玉刀锋回转，又砍断满俊战马的前腿，随着战马的倒下，满俊也跌落于地。王锐落地后，手握金枪，快如闪电地刺来，此时，枪尖离满俊的喉咙不到一寸……一拥而上的士兵将满俊绑了个结结实实。

刘玉、王锐活捉满俊后，王锐整个人像疯了似的，右手高举金枪，打马在东山口战地上来回飞驰高呼“匪首满俊已被活捉！匪首满俊已被活捉！”顿时，将士们也随着王锐的喊声，举起手中的兵器高呼“匪首满俊已被活捉！匪首满俊已被活捉！”一时间，整个东山像被王锐感染了，在场的官兵都挥动手中兵器、旗帜、头盔，大呼“匪寇满俊已被活捉！匪首满俊已被活捉！”刘玉持刀立马，脸笑得像一朵盛开的桃花。东山顶上，项忠、刘祥、马文升如三尊雕像，高高耸立在东山山顶。项忠见匪首满俊已被擒住，便下令擂鼓摇旗助威。

这时，正在与姜孟伦、刘文激战的满太，与余子俊、鲁鉴相战的洪满忽闻“满俊已被活捉”的喊声，吓了一身冷汗。满太、洪满二人急忙跳出战斗，向着呼喊声响起的方向望去，见招贤王满俊的白色汗血宝马倒在血泊之中，便知此话不假。他二人见姜孟伦、余子俊、鲁鉴、刘文也在向那边张望，便趁其不注意，在混乱中打马而逃。姜孟伦等见满太、洪满二人想趁机逃跑，哪里肯放过，便打马紧追不舍。

激战中的金钱豹南斗、秃鹰咬歌听到东山传来“匪首满俊已被活捉”的喊声后，惊了一身冷汗，各自虚晃一枪，跳出战斗，打马冲出包围，向大石城方向逃去。林胜、崔忠、张英、罗豫见南斗、咬歌已逃，可能是因刘玉、王锐活捉满俊后激动所致，也就没去追赶，便下令收兵，打马向东山阵地返回。杨虎力却悄悄地尾随在官兵的后面，向东山官兵主营走去。

满太、洪满二人凭借地形熟悉的优势，在崇山峻岭中左拐右绕的绕了好几个圈子，才摆脱了姜孟伦等人的追赶。

刘玉、邓本端、王锐等人押着满俊、郑成伟二人直奔东山主营。项忠、刘祥、马文升及众将在大营门口等候。此时，太阳已经偏西。虽然大家到现在都没有吃饭，而且人困马乏，但个个面若桃花，春风得意，激动不已。

刘玉、邓本端、王锐见项忠、刘祥、马文升率众在寒风中迎候他们，顿时，一股暖流传遍了全身，人也不觉得累了，肚子也不觉得饿了。便立刻翻身下马向项忠、刘祥、马文升施礼。项忠等人急步向前还礼，紧紧地抓住各位胜利凯旋的将士们的手，只是一个劲地摇了又遥，笑了又笑。

刘玉大喊将匪首满俊、郑成伟押上来。随着喊声，卫兵将满俊、郑成伟从队伍中间向前一推。

大家见满俊此时虽丢盔弃甲，头发纷乱，全身上下血迹斑斑，但精神抖擞，毫无惧色。而郑成伟虽然没有受伤，可面色如土，狼狈不堪。这时，众将士齐声高呼“杀了这厮！杀了这厮！为死去的弟兄们报仇！”。王锐对着满俊、郑成伟大声喊道：“跪下！”

满俊十分平静地环顾了一下四周后，哈哈大笑道：“跪下？也不看看你把咱家弄成这个样子了吗？怎么跪？这么冻的天气，既然到了你家门口，还不快请咱家进去暖和暖和身子。难道这就是你们为官之人的待客之道？”而郑成伟被卫兵放开时，腿软的像酸菜似的就倒在了地上。

“押回大营！”项忠说完便与众将领率先走进营门。卫兵们押着满俊、郑成伟紧随其后。

项忠、刘祥、马文升、刘玉与各位将领进入主帅营刚刚落座。卫兵就将满俊、郑成伟二人押了进去。满俊边走边笑着说：“看来还有点人性，懂那么一点礼貌。”

满俊虽然是被绑着押进帅营的，但他倒像是回到了自己的家中，嬉笑怒骂，毫无恐惧，根本就不把项忠等人放在眼里。任佐见状，不由气上心来。便说：“大胆满俊，你真是吃了熊心豹胆，见到总督大人还不跪下！”

“老子我本来就天生熊心豹胆，哪像你们这些狗官自从娘肚子里出来，就只学会了个跪字？狗娘养的狗仔子，连这点礼数都不懂！你家先人是不是都是这样待客的？”

众将被满俊的言语激怒，都欲拔剑。满俊见状冷笑道：“龟儿子，在咱家面前就别卖弄你们的这些花架子了，比这厉害的咱家也见识的多了。还不快给咱家看座？”终于，任佐再也忍不住了，拔出佩剑砍向满俊。满俊见状，便对他大声喊道：“龟儿子，有种你就往咱家的这儿砍，你若不砍就不是你娘生的！”说着晃动了几下脑袋。

马文升急忙喊道：“住手！”任佐只好退回。满俊哈哈大笑道：“龟儿子，看来你真不是你娘生的。还是赶紧回去查清你是从哪里来的杂种吧。”任佐虽被气得脸色发紫，但马文升已下令让他退下，就不得不退下。

这时，项忠示意卫兵给满俊、郑成伟搬来椅子，让他们坐下。

项忠问道：“满将军、满首领，你蓄意谋反在先，不听本官相劝在后，到了今天这种地步，都是你咎由自取的结果。你还有什么可说？”

满俊愤怒地骂道：“你奶奶的，别在这里猫哭耗子——假慈悲，卖乖了，咱家还不是被你们这帮龟儿子狗官逼的？”

“满俊，本官见你也是一位响当当的好汉、英雄，能为受苦百姓请命，所以才自始至终对你这般客气，你也不要得寸进尺，不识抬举了！若再敢胡言乱语，满嘴脏话，就别怪本总督不客气了！”

满俊听了项忠的话后，什么也没有说，便把头靠在椅子背上闭上了眼睛。

“如果你现在能悔过自新，下令解散你的部下，为朝廷效力，我依然可在圣上那里替你说情保你不死。”

“那不是叫咱家投降吗？休想！在咱家的人生字典里，从来没有‘投降’这两个字！既然咱家今天中了奸计被擒，咱家也认了，此生杀不光你们这些狗官，那就等来生吧。既然被擒，要杀要剐，随你们的便，咱家要是眨一下眼睛，皱一下眉头，就不算英雄好汉！”

“你真不后悔？”

“后悔？要是怕后悔咱家就不干这档子事了。不过，不知是哪个狗娘养的这么日能，怎么知道咱家今天要攻打东山，在此设下重伏？”

听到满俊此话后，一直躲在营外的杨虎力不由地向后退了几步。

“这你就没有必要知道了。满俊啊满俊，人算不如天算，多行不义必自毙啊！”

“既然你不想说，咱家也就不再问了。反正已经被你们抓了，要杀要剐随你们的便。”满俊说完后坐在椅子上双腿一伸，双目一闭。

项忠、马文升费尽口舌，欲劝说他归顺朝廷。因为在这一百多天的交战中，项忠、马文升二人十分赏识满俊的军事才能。可不管他们怎么说，满俊就是不理。也许满俊听得有点不耐烦了，便在椅子上睡着了，还打起了呼噜。

项忠见满俊丝毫没有悔改之意，心想再多说也是无用。只暗暗地为满俊没有把他的才能用到正道上而叹息了几声。最后，便令人将满俊和郑成伟二人关入铁笼子，严加看守，不得有误！

满俊、郑成伟被押下去后，众将担心会因大石城民军前来营救他们而引起更多的麻烦和伤亡，都向项忠、刘祥等建议将满俊、郑成伟二人不如就地斩首示众算了。项忠说既然他们已被活捉，至于如何处理，还是先奏报圣上，听候圣上的旨意。于是，众将再无言语，遂散去。

众将散去后，刘祥对项忠说：“满俊已被活捉，大石城内群龙无首，必定乱作一团。我们何不乘胜出击，一举踏平大石城！”而刘玉却认为，既然匪首满俊已被活捉，只要再围堵几天，其余人员定会因无粮、无草、无水而自行解散，就算有不愿散去的也已成不了什么气候了，到那时再全歼他们就容易多了。如果现在进兵大石城，把他们逼急了，死心坚守，还是攻它不破，只会造成更多的伤亡！项忠沉思了片刻后说：“大石城是一定要破的，因为这是圣命，至于怎么破，我们还得想个万全之策才行。”马文升说：“情况恐怕没有大家想的这么简单。虽然我们活捉了满俊、郑成伟二人，还击毙了满玉，但是他们的主要战斗力仍然存在，损伤不大。目前，最重要的是要做好两件事，一是加强戒备，以防匪寇前来救主突袭。我想这点是毫无疑问的，要及早动员将士们做好打硬仗、打恶仗的心理准备，不能因抓了满俊就放松警惕，麻痹大意。二是将满俊、郑成伟已被活捉的消息速报朝廷、圣上及周边各地官府衙门。让圣上放心，让朝廷知道我们全歼大石城匪寇的日子就要到了，让周边各地官府、衙门、百姓知道大石城匪寇已到穷途末路的日子了，让大家不必再担惊受怕。”

项忠下令各路将士严加防范民军因救主而发起的反扑，做好打硬仗、打恶仗的准备。并派出十路旗牌手，先后两路向京都报捷，其余八路向周边各地官府衙门飞传满俊已被活捉的消息，并令他们出榜将此事告知所有百姓，以安民心。

第二十三章　石城救主

酣战中的金钱豹南斗、秃鹰咬歌突然听到东山口处官兵惊天动地的高呼“匪首满俊已被活捉”，不由大吃一惊。顿时，他俩整个人像一座牢固的房子被猛地抽去了檩子、挖倒了地基，一下子瘫了下来。天生的求生欲望使他们急忙跳出战斗，发疯般地冲出重围，带着逃出包围的弟兄们仓皇地返回了大石城。

双鞭王火敬、毛哈剌、巴图达赖、哈福成在城楼上见南斗、咬歌全身血迹，无精打采，身后兄弟们队形散乱，霜打了的茄子似的，对今日的战况就已明白了十有八九。火敬一边忙命守城卫兵放下吊板、打开城门，一边与毛哈剌、巴图达赖、哈福成急忙下城迎接他们。南斗、咬歌领着队伍慢慢悠悠地走过护城渠。火敬见满俊不在队伍当中，便着急地问道：“大王呢？大王怎么没有回来？”

南斗、咬歌二人面色木呆，耷拉着脑袋，一幅失魂落魄的样子。他二人好像没有听见火敬的问话，只从马背上滑了下来，几乎站都站不稳，几名卫兵急忙上前将他二人扶住。南斗这才慢慢地说：“大王被官兵擒去了！”南斗此言一出，在场的人都惊得目瞪口呆，像被定在了原地，一动不动，只呆呆地注视着南斗和咬歌。

火敬闻言后，面色苍白，大脑里“嗡”的一声，身子不由地摇晃了几下。

毛哈刺见状，一个箭步上去，一手扶住火敬、一手使劲地掐他的人中……火敬这才慢慢地睁开了眼睛，有气无力地喊“兄……弟，兄弟……”随后一口黑血喷涌而出。巴图达赖急命卫兵拿水过来……

正在这时，玉面童子火四、飞天猴马冀二人飞马向大石城城门奔来。

火四、马冀进城后，飞身下马。火四见父亲火敬被人搀扶着，不知发生了什么事，一个纵步奔了过来，见父亲面色苍白，脚下一摊黑血，急问他怎么了。火敬说没什么。说着努力地向儿子笑了笑。火四回头，见南斗、咬歌二人全身血迹，目光痴呆，便转身扑了过去，一把抓住南斗和咬歌的手，急不可待地问：“义父是不是真的被官兵抓去了？”南斗、咬歌二人像两俱木头人似的，一动不动。火四边问南斗、咬歌，边回头问火敬：“爹，义父是不是真的被官兵抓去了啊？”火敬微微地点了点头。火四又回过头来，抓住南斗、咬歌的手一边用力地摇晃，一边急切地追问。“你们说话啊，这是不是真的？”“是真的！”说完后，南斗像一个受了委屈的孩子似的平坐在地上大哭起来。火四擦了一把泪水，无奈地仰首望着蔚蓝的天空……这时，马冀对着南斗、咬歌二人大喊：“你们是怎么保护大王的？唉！”

事已至此，就不要相互埋怨了。现在不是埋怨的时候，得赶紧想办法营救大王。火敬说。

大家扶着火敬、南斗、咬歌三人向营帐走去。

到了营帐后，马冀问军师哪儿去了。大家这才意识到今天随满俊出战的军师小诸葛郑成伟、满玉、杨虎力、洪满、满太等人都还没有回来。咬歌唉声叹气地说，军师、满玉、洪满、满太和大王在一起，大王被擒，恐怕军师和……到东山时，我们见大王和官兵已交上手了，正欲前去，可被伏兵所阻，没能和大王汇合，也没看见杨将军他们……

飞天猴马冀急得眼睛里布满了血丝，脸上的横肉不停地抽动，即拍桌子又骂人，嚷着立马要带兵去营救满俊。这时，毛哈刺对马冀说：“大王被擒，军师和众兄弟下落不明，你以为我不着急、不伤心吗？你以为我们都是无情无义之人吗？救人总得有个方式方法，像你这个样子去了，还不是肉包子打狗，白白去送死吗？”马冀被毛哈刺这么一说，也觉得自己的确是太毛躁了，于是安静了下来。

火敬说：“大家不必着急。毛将军说的对，救人的确得讲究方式方法，不然就是白白送死。大王被擒，军师及满玉、洪满、满太下落不明。我看，还是先通知宝歌等人速来商议营救大王的办法，人多点子也就多。”大家都觉得他说的在理，并且这会大家也只能听从火敬的安排。于是，毛哈刺派人一边前去通知宝歌速来大石城，并让副将哈福礼负责守卫照壁山（因照壁山原副将张把腰阵亡后，哈福礼做了替补），一边又派人前去通知七里宝山副将李仁、将军山副将白云等大王被擒，令他们全力守好阵地，以防官兵突袭。

此时，太阳已经西坠。凛冽的寒风从远处的山头上卷起的积雪，慢悠悠地在天空中飘荡着，让人心上、身上不时地打着寒战。

送信的人出发不久，洪满、满太二人全身血迹，带着两千多弟兄返回。从他俩口中大家才得知军师小诸葛郑成伟也被官兵生擒、天眼狼满玉阵亡。当大家问到杨虎力时，他俩的头摇得像泼浪鼓似的说，战场上根本就没有看到他，而且连一个敢死队兄弟的影子都没有看到。

可能是由于天黑路滑的原因，宝歌接到命令后并未能连夜赶回大石城。

第二天一早，马冀又耐不住性子了，嚷着要去营救满俊和郑成伟，大家没有办法。火敬遂命南斗、咬歌二人一同与他出战，各领两千人马，南斗、马冀两人分左右两翼，齐头并进地向东山官兵阵地冲杀而去，咬歌率人绕道去东山后侧，意欲从后方偷袭官兵。

官兵活捉满俊、郑成伟二人，大败民军之后，军心大振，士气高涨。这与他们打了大胜仗自然是分不开的，当然，更重要的是将士们终于有了盼头。谁都清楚，这场战争马上就要画上一个句号了，回家的日子也就不远了。

东山官兵驻地的哨兵见三路民军杀气腾腾地向东山前后杀来，便急忙报告主帅项忠。项忠听说民军前来的消息后，轻轻一笑说：“各位将军，他们终于自己找上门来了，我们不应战怕有点说不过去？他们分三路而来，我们就分三路擒之。”

刘玉说：“大人所言极是。多抓几个匪寇就少几分隐患，而且各位将军也就多几分功劳！哈哈哈。”

马文升说：“虽然我们已经活捉了匪首满俊，大石城匪寇暂时群龙无首，如一盘散沙，但大家千万不要忘记。有道是“人若拼命，万将难敌。”今天他们前来，是报着破釜沉舟，背水一战的准备来营救满俊和郑成伟二人的，今日之战，可是一场硬仗、一场恶战啊，大家一定要小心！”众将点头。

项忠下令命任佐、姜孟伦、白玉三人为一组率三千人马迎战前山来敌右路，林胜、崔忠、刘文三人为一队组率三千人马迎战前山来敌左路，王锐、张英、罗豫三人为一组率三千人马迎战后山来敌。其余人员全部进入战备状态，随时准备增援。

任佐、姜孟伦、白玉得令出营迎敌。他们没走多远，就遇上了前来的南斗。任佐横刀立马，大声喊道：“大胆匪寇，你是何人，你家首领满俊已被我等生擒，还不快快下马受降？”

“爷爷是大石城‘八大将’金钱豹南斗。老匹夫，你若放了我家大王和军师，爷爷就饶你不死，如若不从，定叫你等成为爷爷枪下之鬼！”

“大胆匪寇，好大的口气！既知你家大王被擒，还这么大的口气，真是一个不知死活、不知天高地厚的家伙！”

“好你个不知好歹的老东西，拿命来！”南斗说着举起手中虎头银枪就刺。任佐急忙举枪迎战。

这时的金钱豹南斗气愤填膺，报仇救主心切，恨不得一枪出去就结束了对方的性命，一上来就使出看家本领，枪成一线，枪枪快如闪电，招出要害，招招追魂索命，逼得任佐只有招架之力，毫无还手之机。他二人大战六十回合后，南斗跳出圈子，佯装打马败走。任佐紧追不舍。南斗没走多远，突然掉转马头，右手一扬，几道光亮耀眼之物闪电般地向任佐飞去。任佐急忙躲闪，但还是被击中了左肩。正当任佐低头时，南斗飞马而到，一枪刺向任佐。任佐躲闪不及，被南斗刺中右腿，一阵剧疼直钻心中。任佐忙掉转马头败逃。南斗快如闪电的银枪又刺了过来，就在这九死一生的关键时刻，姜孟伦、白玉二人飞马而至，挡住南斗，救回了任佐。

姜孟伦、白玉被南斗死死地缠住不得脱身，他们三人大战四十回合后，仍不分上下。这时，白玉向姜孟伦使一眼色，二人撤出战斗，向南落荒而逃。此时的南斗，正杀得性起，而且他今日的目标是一定要救回满俊和郑成伟，哪能放他二人逃脱，便打马紧追不舍。

这时，在与任佐手下副将、姜孟伦手下副将激战的陈光、吴凯见南斗纵马追击姜孟伦、白玉，急忙大喊：“南将军莫追，小心有诈！”

可此时南斗已追到一片密林边，根本就没有听见陈光、吴凯的喊话。虽然他也心生疑惑，怀疑官兵是不是有意引他进入陷阱，正欲勒马。可他的战马实在是跑得太快了，一下子无法收足，转眼间已驰入密林。突然，一道绳索从地升起，南斗的坐骑被绊倒，南斗从马身上腾空向前飞蹿出一大截后才跌落地上。南斗顾不得疼痛，正欲翻身站起，可两件冰凉的兵刃已架在了他的脖子上。只听有人大喊一声：“给我绑了！”南斗抬头一看，正是姜孟伦、白玉二人。南斗大骂：“龟儿子，打不过就使阴招，算什么英雄好汉，爷爷不服！有种你就放开爷爷，你两个龟孙子再一起上……”姜孟伦、白玉任凭南斗怎么骂，也不理睬，只押着他返回队列中。

当姜孟伦、白玉押着南斗返回时，见战场上的官兵将士在陈光的金背铜环刀、吴凯的八棱梅花亮银锤下一大片一大片的倒下。白玉忙把刀架在南斗的脖子上大声喊道：“大胆匪寇，再不放下兵器，就杀了这厮。”陈光、吴凯听到喊声，回头一看，见南斗已被他们生擒。陈光气急败坏，舞起手中金背铜环刀直冲白玉而去。欲救南斗。姜孟伦见陈光冲杀过来便飞马而出，挡住陈光的去路厮杀了起来。

白玉下令全歼民军。一时间，官兵将士如洪水猛兽般地扑了过来。吴凯见南斗被擒，官兵气势正盛，如若再战，只能全军覆没，就连个报仇的机会都没有了，便急忙下令，命分散撤退，好让官兵无处追击。姜孟伦见民军四处逃窜，一时无法围剿，便说：“匪寇四散而去，我军无法围剿。如果分散追击，对我军不利，既然已击败来袭，并擒得了匪寇主将南斗，还是回营为好，以免再遭匪寇暗算！”于是，他们押着南斗返回东山阵营。

马冀也被林胜、崔忠、刘文拦在了通往东山的半道上。两军相见，只听飞天猴马冀大喊一声“无耻小儿，拿命来！”手中一口板刀闪电般地向挡在面前的崔忠砍去。

崔忠急忙举起手中双鞭迎战。不一会儿，林胜、刘文见马冀一口板刀使得神出鬼没，崔忠只有招架之力，毫无还手之机。于是，他二人双双打马出战。王冲见状，急忙手提青铜戟出马挡住来敌。王冲自大石城起兵以来，一杆青铜戟在战场上横冲直闯，杀死官兵无数。这时，刘文一杆长枪直向王冲刺去，二人便激战在了一起。林胜飞马去战马冀。

马冀因报仇救主心切，刀刀使得都是毒招，一点儿也不留情。一把板刀上下翻飞，疾如闪电，只想一刀便取对方性命。崔忠见林胜前来，一下子精神了许多，一对双鞭“呼呼”再度舞起，林胜一把大刀左劈右砍，将马冀团团围在当中。不多时，马冀已累的全身是汗。林胜、崔忠二人见时机成熟，故意露出破绽。马冀见他二人露出败象，急忙抽刀，一招泰山压顶向林胜砍去。崔忠见马冀中计，飞身离马腾空飞起，双鞭合一，向马冀后背射去。马冀见状，大吃一惊，急忙收刀躲闪。林胜见马冀的注意力全集中在了崔忠身上，便挥刀向马冀砍去。好一个马冀，真不愧是一员虎将，举刀拨开从空中飞来的崔忠之鞭，忽听胸前风声阵阵，急忙躲闪，但还是被林胜一刀砍中，从马上摔了下来。林胜大喊一声“给我拿下！”士兵一拥而上，三下五除二将马冀捆了个结结实实。林胜、崔忠不愧是一对老搭档，就他们俩的这一招，不知曾杀死过多少敌将。

这时，王冲见马冀被敌将砍落马下，心中一慌，刘文乘机一枪过去，将他挑于马下。民军见主将一个被擒，一个阵亡，一时慌了手脚，便四散逃命而去。

秃鹰咬歌一行打马快速绕行至东山后侧，欲从后面偷袭官兵。可他们万万没有想到，还没等他们到来，王锐等已在东后山脚下等候他们多时了。真是艺高人胆大。其实王锐如果埋伏在这里，咬歌一定不知是怎么回事，就会被王锐等用乱箭射死于马下。可王锐却偏偏地拒绝了张英在此设伏的建议，欲和来敌明枪明刀的打斗一场。这也许与他昨日力擒满俊后的心里有关。

咬歌所率人马还没到东后山脚下，王锐就站在一山坡上举枪大喊："大胆匪寇，你家大王满俊已经被俘，你等大势已去，还不快快下马受降，免你一死？"咬歌耳闻此语，气得七窍生烟，手提加钢板斧打马出列答道："狗官休得猖狂，今日谁死谁活还不知道呢！"

没等王锐说话，张英已长枪一抖，出马迎战咬歌，张英展开他的绝招十路绝命枪法，枪头到处枪花一片，夺人双目。咬歌手提加钢板斧，使出二十四路太极斧绝招，上下飞翻快如电闪，劈、砍、扫、砸，一招紧接一招，如喷泉似地涌来。枪斧相撞，叮叮当当，火星四射，两马八蹄蹬开，溅起的积雪在空中箭一般地飞扬。

他二人大战四十多个回合后，张英渐感体力不足，汗流不止，枪法也跟着乱了起来。这时，在一旁观战的王锐怕张英有所不测，便打马上前大声喊道："张将军，你暂退下，我来也！"张英听到王锐的喊声，便虚晃一枪，打马败下阵来。咬歌也收斧横于鞍前。谁知，返途中的张英忽然右手一扬，三颗钢珠闪电般向咬歌飞去。这时咬歌的注意力全部放在了王锐的身上，根本就没提防败下阵去的张英。咬歌忽听耳边风声，急忙左右躲闪，可张英射出的这三颗钢珠成三角形同时飞来，既有上下路，又有左右路，躲过上路，难躲下路，躲过左路，难躲右路。咬歌用尽全身解数，左躲右闪，躲过了两颗，但第三颗还是深深地打入了他的前心窝。顿时他胸中一股热流涌了上来，眼前一黑，跌落马下。

就在王锐出阵时，民军这边的巴图达赖已高举点钢狼牙棒出列。还没等巴图达赖来到咬歌的身边，咬歌已跌落马下。巴图达赖气得"嗷嗷"大叫，正欲冲上前去拼命。可这时跌落在地的咬歌挣扎着撑起前半身，拼命地对着巴图达赖喊道："快，快带弟兄们撤退！否则就……"他的话还没有说完就再次倒在了雪地里。巴图达赖眼含泪水，大喊一声："听将军命令，快撤！"

这时，张英大喊一声"全歼匪寇！"官兵正欲冲杀。王锐脸色十分难看，大声喊道"退下！"并随手将金枪挂于鞍上，慢慢地掉转马头回阵。这时，张英打马来到王锐身边，问他为何放过匪寇。王锐强忍住心中的怒火只说了句："张将军，你这可是胜之不武啊！"张英万万没有想到王锐会这样评价自己，心中十分生气。答道："王将军，难道我们对匪寇也要施之以礼不成？"王锐鼻子里只"哼"了一声。

宪宗得知匪首满俊被擒的消息后，心中十分高兴。众臣高兴得像过节似的，奔走相告。彭时、白圭、商辂、戴伦、阎让等人也把一颗悬了近半年的心总算放到了胸中。

第二十四章　石城失守

大石城匪首满俊被擒的消息传到京都之后,全朝上下无不欢呼雀跃。可让宪宗万万没有想到的是,就在这时,另一件突来之事使他大惊失色,一时不知如何是好。真是一事未结,一事又起。他怨老天爷这个玩笑跟他开得也是太大了！就在满俊被擒后的第三天,锦衣卫截获一封书信送来,使他坐卧不宁,便急召彭时、白圭二人到养心殿。

彭时、白圭接到宪宗急召后,急忙进宫。他二人来到养心殿内,见宪宗面色十分难看,不知到底发生了什么事,但是宪宗的脸色已告诉他二人,一定不是什么好事,而且还是大事,这点是毫无疑问的。彭时、白圭参拜宪宗。宪宗只说了声"二位爱卿平身。"

彭时奏说:"圣上,匪首满俊已擒,扫平大石城匪寇指日可待,不知圣上如此着急召见臣等所为何事?"

"满俊被擒,大石城匪寇即将剿灭,这的确是我朝的一件幸事。可是,现在又有一件比大石城匪寇满俊造反更麻烦的事在等着我们!"宪宗此言一出,彭时、白圭大惊,不知到底又发生了什么大事。

"二位爱卿,宁夏按察使孙钦勾结外敌,蓄意谋反……你们看看这个吧。"说着将一封密函递给彭时、白圭。彭时、白圭急忙上前接过细看。原来就是锦衣卫刚刚送给宪宗的那封信件。它是被锦衣卫从半道上截下的孙钦写给北元贼寇毛里孩、阿罗出等人勾结谋反的书信。从内容来判断，他们之间应该是联络已久了。彭时、白圭被手中的这封密函惊得目瞪口呆。

彭时正欲奏报他已与白圭、项忠等人多次上折奏报过孙钦等人贪污枉法之事，可万万没有想到这狗贼居然还敢勾结外贼谋反。他刚欲开口，却被身边的白圭暗暗地拉了一下衣袖。彭时见白圭使劲地给他使眼色不让他说，彭时也就只好将到了嘴边的话又咽了回去。养心殿内一片寂静。

随后，宪宗问道："二位爱卿，这事该如何处置才好？"

"请圣上明示！"

"唉，朕也是不知道啊！他……"宪宗说自己不知该怎么办，并把话没有说完，是因孙钦是梁芳的门徒，他不愿深究此事牵扯到梁芳，也不愿将此事扩大，弄得满城风雨，人心惶惶，但又不得不防毛里孩、阿罗出的来犯。

彭时、白圭身为朝中老臣，自然明白宪宗的心思。良久，彭时才说："圣上，从孙钦这封书信的内容来看，毛里孩自去年败退后，就没有消停过一天，他一直谋划着再次犯我中原之事，这次他的目标怕是非延绥莫属了，而阿罗出的目标应该是河套及宁夏一带。"

白圭说："可当前大石城匪寇还没有彻底萧清，宁夏、延绥驻军基本全部都在大石城剿匪，如果贼人这时来犯，那不等于是拱手相让吗？唉……"

彭时说："圣上、白大人，既然我们已经知晓敌情，就不得不及早做好防备。从当前的形势来看，陕西、宁夏、凉州、延绥、平凉等地兵马在大石城苦战多时，已成一支疲劳之师，况且他们的任务还没有彻底的完成，如果再让他们回师御贼，怕不是个什么好办法。再从全国形势来看,其他各地兵力又都不易调动,看来只能调用京畿十二营的兵马了。”

白圭沉思良久后说：“圣上，彭大人分析的句句有理。可这京畿十二营的兵马怕……”

“怎么了，白爱卿，调用京畿兵马难道有什么不妥吗？”

“圣上，我是怕他们担当不了此重任啊！”

“怎么会呢？京畿十二营是太祖皇帝亲手创建，在我朝是战斗力最强的勇猛之师、王牌之师，怎么就不能担此重任呢？白爱卿，你是对他们有偏见啊。”

“老臣不敢，圣上。”

“好。白爱卿，你身为兵部尚书，就及早着手整点京畿十二营兵马，做好毛里孩、阿罗出等贼人再来犯我边境的防范工作。”

“是,圣上。”

彭时道：“圣上，以老臣之见，并非白大人对京畿十二营有所偏见。当然，京畿十二营过去的确是兵强马壮，勇猛无比，可据老臣观察，近年来，进入京畿十二营的将士都是一些纨绔子弟，只知吃喝玩乐，根本就没有什么真才实学，就他们的那几下，连花拳绣腿都算不上了，很难担当此任啊！另外，老臣以为当前我们所要做的事不只是防范毛里孩、阿罗出等贼人来犯，还应立刻派人彻查孙钦等人勾结外贼，蓄意谋反之事，只有先平息了内贼，才能有效地抵御外寇！”

彭时此言一出，吓了白圭一大跳。他心中暗叹，彭大人，你真是不想要命了吗？

宪宗听了彭时之言虽心中不悦，但面对内贼谋反，外寇入侵的形势，也就没有顾得上发脾气。只问了句“那该怎么办呢？”

彭时说：“圣上，虽然京畿军整体上散乱无力，但还是可挑选出一些能上阵御敌的将士，就像项大人带去剿灭大石城匪寇的两万多人还是战斗力很强的，从现有的这十八万人中挑选出八九万能打硬仗的将士应该不成问题。

“唉……”宪宗长长地叹息了一声。

白圭说：“圣上，臣以为，既然此事还在暗中，我们就别将其扩大，只暗中备战即可。另外，臣建议还是给项忠、刘祥、马文升、刘玉四人传一道密旨，让他们得知当前的形势，尽快剿灭大石城余匪，令宁夏、延绥等地部队立马回防做好御敌准备。另外，让项忠带去的两万京畿军剿灭大石城匪寇后暂不回京，分别随林胜、秦刚进驻宁夏、延绥两地。不知圣上何意？”

“好，就这么办吧。”

彭时见宪宗一直闭口不提如何处置孙钦之事，心中已十分生气，可还是和颜悦色地说：“圣上，外寇防御之事已定，那内患之事又该如何处置？”

宪宗长叹一口气后说：“就令吏部尚书程信、兵部侍郎商铬二人代朕巡抚宁夏，一则查清查实孙钦谋反之事，对其手下党羽全部予以萧清，此事朕以为应是孙钦一人所为，就别再查什么幕后指使什么的，以免闹得满朝风雨；二则命他们对陕西及周边地方官员贪污腐败之事进行彻查，对那些贪赃枉法之人予以严惩。”

“是，圣上。臣等这就去办。”

第二天，宪宗以犒劳西征将士活捉大石城匪首满俊的名义下旨，令兵部侍郎戴纶、兵部主事阎让带御酒百坛，前往大石城代天子慰问三军将士，让他们再接再厉，一鼓作气，铲除匪患，尽快班师回朝。并给项忠、刘祥、马文升、刘玉四人下了一道密旨，由戴纶、阎让二人转交。

戴纶、阎让觉得肩上责任十分重大，关乎江山社稷安危，一路上丝毫不敢怠慢，昼夜兼程，不日便到了项忠营中。当晚，戴纶、阎让秘密召见项忠、刘祥、马文升、刘玉四人。项忠等领密旨后大惊失色。

项忠、刘祥、马文升、刘玉请戴纶、阎让回奏宪宗，他们力争二十日内全歼大石城余匪，随后立即令各地兵马快速返回驻地防守。

就在项忠等人筹划如何尽快结束大石城之战的同时，大石城民军因满俊被俘，无人主事，又新立内务总管双鞭王火敬为三大王，统领全军，阻击官兵，坚守石城，寻机营救被擒的满俊、郑成伟、南斗、马冀等人。

虽然此时大石城又新立火敬为三大王，但由于招贤王满俊、小诸葛郑成伟被擒，八大将四亡两擒，二十二副将也已两亡两叛，将士们心中忐忑不安，出城逃命的人就不断地增多。可火敬还是死心塌地的想借大石城天险固守，欲与官兵决一死战，救回兄弟满俊等人，为死去的儿子火能等报仇。为了集中兵力，火敬下令七里宝山、将军山、照壁山驻军全部撤回大石城，并提升巴图达赖、毛哈刺、洪满、满太、马定山、满安、李刚、李仁、李洪、白云、哈福成、哈福礼、陈光、吴凯、火光、火花等人为主将，组成大石城新的战斗力。由火四、巴图达赖负责镇守西门，宝歌、毛哈刺负责镇守北门兼管炮兵营，准备集中兵力，与官兵一拼。同时，他下令对出逃人员一旦抓住，格杀勿论。大石城内人心惶惶。

此时，项忠等人心急如焚，时刻惦记着河套、宁夏和延绥等地的安危。他们心想，既然匪首满俊已擒，为了大局，必须不惜一切代价尽快歼灭大石城匪寇，不给孙钦、毛里孩、阿罗出等内贼外寇留下可乘之机。经他与刘祥、马文升、刘玉四人认真商量之后，项忠便下令各营不分昼夜侦查匪寇的一切行动，如果他们有突围出逃的迹象，立即报来。

经过三天两夜的侦查，见大石城内的民军没有任何出逃的迹象，只是不知什么原因，城中原有的百姓却突然少了许多，也没侦查到他们的去向。

十一月二十五日这天，项忠等人再议总攻大石城之事。刘祥、刘玉的意思是既然匪首满俊被擒，大石城中的大多数人也都是无辜的老百姓，不如令他们各自散去算了。项忠说：“贼自叛逆，杀我战将多人，士兵数万。如今又立火敬为王，如果不彻底把这些带头之人杀掉，即便是暂时散去，恐怕稍后又会起事，始终还是这里的大患，国家的大患！”接着，马文升说，既然大石城中的百姓少了许多，也不知他们的去向，也许是已离开了大石城，也许是藏到了另外一个什么地方，不管怎样，现在还驻扎在大石城的人员绝大多数都是匪寇，不是百姓，我看在这个特别时期，可以集中兵力，抢占大石城周围的制高点，到了用炮击来结束这场战争的时候了。听了马文升的话后，项忠也再没有征求大家的意见，便立刻下令：按东南西北，在大石城四面各制高点安置铜铸大炮两门，明晚，各营以东山火箭为号，同时向大石城开炮，全歼贼寇，扫平大石城。

对项忠的这一决策，邓本端、王锐等人大惑不解。他们心想，项大人、马大人向来爱民如子，眼看再围几日，匪寇大多就会自散而去，就算有拼死抵抗者也就为数不多了，为何他们又决定要炮击大石城？如果这样的话，当初刘玉建议炮击大石城时，项忠为何不同意，非要等死了这么多将士才这么做呢？就算象马文升说的一样，大石城中的老百姓都逃走了或者藏到哪儿去了，但毕竟大石城内现在还是有老百姓的。按照项忠的为人，即便是有一个无辜的百姓，他都是不会这么做的，这到底是怎么了？

马文升见邓本端、王锐等人心存疑惑，便说：“各位，这样做也是不得已而为之啊！国将不存，民何安在？大石城内的大部分百姓不是不知去向了吗，伤也伤不了几个。”

邓本端问马文升："大人此话何意？"

马文升说："邓大人，此事涉及江山社稷安危，大家就按项大人的话去做便是，日后你定会理解项大人作出如此决定的苦衷！"

邓本端、王锐等人越听越觉得糊涂，但马文升说涉及江山社稷大事，也就不便多问了。

第二天深夜，寒风凛冽，雪花飘飘，天色阴沉，伸手不见五指。大风从周边山崖上吹过，传来阵阵鬼哭狼嚎的声音……

大约寅时，东山山顶上一支火箭凌空升起。

大石城周边东南西北四个山顶上，炮声齐鸣，一颗颗血红的炮弹划破黑暗的夜空，向大石城飞去。炮弹落入大石城后放出一朵朵硕大的火花，爆炸之声震耳欲聋。

大石城内的民军还不知是怎么回事，就被炸得满天乱飞。如果是白天，这场面，看到的一定是一片血肉模糊的景象。

炮击一直持续了近半个时辰，东山山顶再次同时腾空升起三支火箭，四山八门大炮的喊叫声才停了下来。

大石城内火光冲天，帐篷、栅栏等都在火光中一个接一个地倒下，片刻变成了一堆灰烬。李刚、哈福成及近万名将士葬身弹片与火海之中。两侧的城门也被大炮击中倒塌。大石城内乱成一片，好多人趁着夜色四处逃命而去。

天刚麻麻亮，项忠下令全军层层推进，将大石城团团围住，封锁所有路口、沟渠、峡谷。并命对所抓捕之人，如有悔改之意就放其回家，如若顽固不化，坚持抵抗，就格杀勿论。

白雪皑皑的山谷中，寒风卷起的雪粒打在脸上如针扎一般。官兵在风雪交加中踏着"咯咯"作响的积雪，迎着寒风，艰难地行进着，一步一步地将包围圈缩小。快中午时，他们团团围在了大石城四周。

这时，官兵已擒四处逃窜的民军、百姓近两千余人，斩首顽强抵抗者五百多人，释放老人妇女孩子一千多人，扣押五百多人。

大石城内，三大王火敬率火四、巴图达赖、洪满、满太、白云等死守西门，秃鹰宝歌率毛哈刺、哈福礼、李仁、满安、陈光、吴凯等死守北门。此时城中能参加战斗的人员已不到一万。但在他们的顽强抵抗下，官兵一时还是难以接近。

火敬看着被大炮炸死的将士、马匹，正在风雪中冒着黑烟的帐篷、栅栏，还有外面摇旗呐喊的官兵，心如刀绞，放声痛哭。

双方就这样一直僵持到了傍晚。

宝歌对火敬说："看来大石城是守不住了，还是趁着天黑，集中兵力，组织突围，能逃出几个算几个，常言道，留得青山在，不怕没柴烧。如果再这样坚守下去，也许到不了天亮，大家都会被官兵……火敬说，唉，事已至此，也只能这样了。只有拼命突围，才能有一线生机……"

天色慢慢地变暗了，夜幕即将降临。大石城外的官兵冻得几乎不能张嘴说话，脸上紫青紫青的，为此，项忠不得不让将士们就地生火取暖。一时间，沿着大石城的四周，形成了一个不太规则的火圈。夜色中，闪闪烁烁的火苗随风不停地摇摆着，似乎在向苍天大地诉说着刚刚发生在这里的一切不幸。

大石城内，宝歌令大家杀牛宰羊做饭，吃饱后与官兵拼死一战。

酒足饭饱后，宝歌、洪满、满太、白云四人率一千死士冲锋在前，火敬、火四、毛哈刺、巴图达赖、吴凯、李洪、满安、火光、火花等人居中，马定山、哈福礼、李仁、陈光四人断后，一鼓作气冲出北门，向前方围守的官兵杀去。

在大石城北门外围守的刘清、夏正和严宪等人见火敬等欲强行突围，急提枪上马围堵。

好一个秃鹰宝歌，见刘清、夏正、严宪三人横枪勒马挡住去路，一挥手中月牙开山斧直向刘清砍去，洪满高举一对红铜锤砸向严宪，满太手持链子铁锤冲向夏正，白云舞动一杆红缨长枪直刺围堵的官兵。一千多名死士在宝歌等四人的带领下发疯般地扑向官兵，一时间，兵器相撞的声音响彻云霄。

不几个回合，夏正就被满太一锤砸落马下。这时，正好火敬率领中路军冲了上来，与宝歌、洪满等合兵一起。火敬一对双鞭，火四一杆亮银枪、毛哈剌一把八卦板斧所到之处，官兵喊声一片，哭声一片，倒下一片。经奋力激战，火敬等终于杀出一条血路，冲出了官兵的围堵，带着从包围圈冲出来的不到两千人的队伍向云台山、扫帚岭方向逃去。就在满太击毙夏正的同时，洪满却被严宪生擒。

说时迟，那时快。几乎就在火敬等人冲出包围圈的同时，刘清、严宪两边的姜孟伦、余子俊、胡凯、林胜、张英、罗豫等人先后赶到，将民军负责断后的马定山、哈福礼、陈光、李仁及两千多民军团团围住。最后，民军终因寡不敌众，马定山死于姜孟伦的枪下，哈福礼死于胡凯的枪下，陈光死于张英的枪下，李仁死于林胜的刀下。两千多负责断后的民军士兵无一幸存。

项忠、刘祥、马文升、刘玉连夜提审被擒的洪满后，才得知大石城内的老人妇女和孩子被转移到了大石城西侧不远处的青山洞。

第二天一早，项忠令姜孟伦、余子俊、严宪率三千士兵，押着洪满，直奔青山洞而去。

姜孟伦等到了青山洞后，见此山险而不高，在满地白雪的映衬下，山体露在外面的地方鲜红无比，犹如在一张大白纸上画了朵朵盛开的红色牡丹。山坡陡峭，怪石嶙峋，山脚处山体呈暗青色，这也许就是青石山名字的来因吧。在洪满的指引下，他们很顺利地找到了洞口。但无论怎么向洞中的人喊话，他们都不肯出来。无奈之下，余子俊下令士兵从周围拾来柴草、树枝置于洞口点燃，在山风的帮助下，黑烟一个劲地直往洞里钻。

不一会儿，洞里面的人咳嗽不止，终因受不了烟熏，才抱着孩子、扶着老人，一个接一个的从洞里面走了出来。他们大都是老人孩子和妇女，大约三千多人。姜孟伦等人押着这群老人孩子和妇女，在白皑皑的雪地里如一条蠕动的长蛇，慢慢地向军营方向返回。

项忠令人带上杨虎力，押着洪满逐一识别，将满俊等匪首的家属暂且押下，并从中选取了十五岁以上的男孩百余名，留于军中，其余人等释放让其回家，不再追究。杨虎力的家人也找到了。杨虎力求项忠予以释放，项忠答应了他，还说要给杨虎力记功。杨虎力感激地爬倒在地，一个劲地给项忠、刘祥、马文升、刘玉等人磕头谢恩。

这时，大石城的人才知道满俊被擒，大石城被破，都是因杨虎力叛逆投敌所致。洪满气得全身发抖，真想将这个叛贼碎尸万段，可此时的他却被捆着双手，一点办法也没有。虽然自己被擒后也为官兵带了路，将藏在青山洞的三千多人献给了官兵，但他是听了项忠等人说不加害于他们才这么做的。从目前的形势看，如果大家一直藏在那里，不被冻死也会被饿死啊。现在大家都被释放回家，他觉得自己这么做也不是对不起大家。

这时，杨虎力正好向洪满这边走来。洪满瞅准机会，用尽全力甩开身边的士兵，一个箭步冲了上去，一口咬住了杨虎力的喉咙……

第二十五章　云台滴血

被洪满死死咬住喉咙的杨虎力，顿时呼吸困难，双目圆睁，双手抓住洪满的头发，使劲地摔着、挣扎着，不多时，整个眼珠都像快要憋出来了。可此时的洪满却像一条饿疯了的恶狼，眼睛里充满了血丝，只想着虐杀已经到口的猎物。

所有在场的人都被这突来的一幕吓得发呆。突然，刘玉大喊一声："抓住他！快抓住他！"卫兵们这才如从梦中惊醒，冲上去抓住洪满，欲将他们二人分开。可此时的洪满从心底里就根本没有考虑自己的死活，只报着为被擒的满俊、郑成伟、南斗、马冀和战死的兄弟们报仇的心，欲将杨虎力置于死地。无论卫兵怎么拉、怎么打，他就是不肯松口。接着，他二人都倒在了雪地上，杨虎力依然紧抓着洪满的头发，怒目圆睁，洪满也依然紧咬着杨虎力的喉咙，在雪地上不停地打滚。不多时，杨虎力停止了挣扎，洪满也在卫兵们不得已的拳脚下不动了，但他仍死死地咬着杨虎力的喉咙。卫兵们没有办法，只得用刀将他的嘴撬开，这才将两具尸体分开。可杨虎力的半个喉咙还被全身血迹的洪满死死地咬在嘴里。

生命是脆弱的，一个人，无论身体多么强壮、多么坚实，无论多么富贵、多么有权，亦无论多么勇敢，多么机智，只要被卡住了脖子，上不来气，摆在面前的就只有一条路可走——在很短的时间内死亡；生命又是强大的，只要意志坚强，信念不变，视死如归，在这个世界上，就不会有任何人、任何事能够挡得住他去实现心中既定的目标。

杨虎力的老母、妻子和两个孩子也是这时才知道因杨虎力投靠官兵，做了叛徒，才害死了无数乡亲，害得恩人被俘。这时，她们的脸上、身上飞来无数敌视的目光和唾沫。杨虎力的妻子赛麦尔和婆婆只是紧紧地将两个孩子搂在怀中，呆呆地站着，没有躲闪，亦没有辩解，也没有看一眼丈夫、儿子、父亲的尸体。突然，赛麦尔一转身，“哇”的大哭一声，发疯般地冲向旁边的一棵大树，一头撞在了树干上，顿时头破血流，倒在了雪地上。老婆婆和孙女卡米拉、孙儿阿里依不顾一切地冲了过去。老婆婆将儿媳赛麦尔的尸体紧紧地抱在怀中，目光痴呆，充满了无限的凄凉、绝望和伤心，两个孩子拉着母亲的手撕心裂肺地大哭……突然，卡米拉站起来也向母亲刚才撞过的那棵树干撞了过去……阿里依见母亲和姐姐都倒在了血泊之中，趴在雪地上哭得晕了过去……等他醒过来之后，这个还不到十二岁的小家伙竟然拾起身边的一块石头，狠狠地砸向了自己的耳部……杨虎力的母亲，一位八十多岁的老人，一位饱经风霜的老人，一位尝尽了人间疾苦的老人，此刻，只呆呆地看着眼前正在发生着的一切……接着，她从怀中放下儿媳赛麦尔的尸体，在雪地里爬到孙儿阿里依的身边，吃力地将孙儿的尸体拖到了儿媳的身边，又挣扎着把孙女卡米拉的尸体也拖到了儿媳的身边。这时，这位沧桑的老人好像已耗尽了所有的力气，趴在雪地里头也抬不起来了，唯一能证明她此时还活着的就是她不停地大口大口地喘气。老人家努力地再度睁开她那双浑浊的眼睛，朝着儿子杨虎力的尸体看了看，两行热泪滚落而下，流进了她的嘴角。她用舌头舔了舔自己的这最后一滴泪水，这滴泪水怎么这么的苦、这么的辣、这么的酸、这么的咸……她右手努力地向儿子的尸体伸了几下后，就停在雪地上不动了……纷纷扬扬的雪花从空中飘下，落在老人和赛麦尔、两个孩子的身上。不一会，一层厚厚的白雪将他们的尸体覆盖了……

在场的人都为刚才发生在眼前的这一幕而变得心情十分地沉重。也许，这就是战争唯一能带给百姓们的东西。

良久，项忠才摆了摆手，命卫兵们将倒在血泊中的六俱尸体抬下去埋了。

火敬与宝歌、火四、毛哈刺、巴图达赖、满太、白云、吴凯等拼命杀开一条血路冲出官兵的重围，带着不到一千人的队伍，甩开官兵的追击，趁着夜色，向云台山、扫帚岭一带逃去。李洪、满安二人在混战中不知去向。

夜色下，大雪纷飞，寒风凛冽，雪粒打在脸上像刀割一样，但身为逃命之人，火敬等不得不拼命前行。他们到云台山时，惨败、落荒、寒冷使他们丧失了所有的理智，便强行住进了云台山的各个寺庙、客栈、商铺及扫帚岭一带的农户家中。

火敬想官兵一定很快就会追来，随后该怎么办呢？此时他一点思路都没有了，脑子里一片空白，便急与宝歌等人商量对策。大家认为这时被官兵所抓或放下武器，都是死路一条。到了这种地步只能是逃，逃出去也许还能保住性命，也才会有东山再起的机会，有报仇雪恨的机会。但目前天寒地冻，冰雪封山，能逃到哪儿去呢？真是无处可去啊！巴图达赖曾在云台山拜师学艺，对这一带的地形十分熟悉，就建议暂时在云台山、扫帚岭一带驻扎，与官兵在这深山老林中周旋、捉迷藏，待明年春天一到，什么都就好办了。大家认为也只能这样了。

第二天天刚麻麻亮，火敬与宝歌等人登上云台山山顶查看地形，见云台山东南面的扫帚岭方圆十里密林如海，的确是个藏身的好地方。在巴图达赖的引导下，他们沿着云台山顶峰东行，突然，面前一十分奇特的山崖钻入眼中。远望此山，像一把弯月似的刀锋朝天而卧，两侧若打磨一般光滑，四面悬崖峭壁，沟壑纵横，十分险峻。经巴图达赖介绍说此峰名叫刀背岭。刀背岭高三十多丈，三面绝壁，只有南面有一条不到两丈宽的山脊与云台山顶峰相连。火敬心中大悦，决定暂将主营设在刀背岭顶峰，让弟兄们分散藏匿在扫帚岭一带的密林之中，等来年春天在做打算。

就在火敬等在扫帚岭忙着安营扎寨时，项忠命白玉、严宪、胡凯三人率五千精兵跟踪追击火敬等人。白玉等一路跟着留在雪地上的痕迹，一直追踪到了云台山。白玉下令将云台山团团围住。然后派人到山下的寺庙、商铺、客栈打问情况。经询问，才确定以火敬为首的民军就藏匿在扫帚岭一带的山林之中。

弄清火敬等的落脚点后，白玉一面命人火速返回禀报，一面与严宪、胡凯商量围堵办法。随后，白玉一边下令在云台山、扫帚岭四周各路口布卡设防，将火敬等人围困在山上，以防他们逃离，一边等待着项忠的命令和援助部队。

项忠得知火敬等藏身在云台山、扫帚岭一带后，遂令林胜、崔忠、张英、罗豫四人率部与刘清所率靖虏卫、固原州地方军暂驻大石城，严密监视大石城周边的情况，捉拿还在四处逃窜的民军，并负责看守在押的俘虏。其余部队全部撤离大石城，前往云台山、扫帚岭，准备活捉火敬等人。

此时驻扎在刀背岭顶峰的火敬、分散藏匿在扫帚岭密林中的一千多民军，由于没有粮食，他们一边靠在林子中射杀野兔、野鸡等为食，一边趁天黑三五成群的混下山去，到云台山下的店铺、寺庙及附近百姓家中抢夺粮食、牛羊等，还对前来云台山进香的香客、路过的商客抢夺。因官兵大队人马的前来，云台山下做生意的商贩、老板大都带上贵重的东西，关了店门逃命而去。昔日热闹非凡的云台山，这段日子里变得冷清不堪，人心惶惶。

项忠等人进驻云台山、扫帚岭的第二天，也就是十一月二十八日，项忠命白玉、严宪、胡凯三人率兵叫阵。

火敬见官兵在山下叫阵，本想不予理睬，可满太嚷着要出战来敌，报仇雪恨。于是，火敬令宝歌、满太率暂住刀背岭的二百多名弟兄下山杀敌。

满太系满福仁儿子满平的大孙子，满璹的亲侄子，刚二十出头，自称“太平舍人”，身高腰圆，豹脸獾目，发如钢丝，手执一对链子铁锤，一马当先冲下山来，直取站在前排的白玉。胡凯见状，立即打马举枪出阵迎战。好一个满太，一对一百多斤重的铁锤舞起，左砸右压，上封下挡，呼呼生风，在阳光下的雪地上，他手中的一对铁锤犹如两朵随风舞动的黑色莲花。胡凯一杆长枪左开右刺，快如闪电。突然，满太大喊一声“着”，左手中的铁锤随声离手向胡凯飞去，胡凯急忙躲闪，但铁锤还是砸在了他胯下战马的屁股上。随着战马的一声长嘶，胡凯连人带马倒在了雪地上。满太见胡凯倒地，左手迅速往回拉刚刚砸出的铁锤，右手中的铁锤又投向胡凯。这时，在一旁观战的白玉、严宪急忙飞马而出。白玉奋力用手中长枪将满太砸来的铁锤挡开，但被铁锤震得耳朵里直“嗡嗡”作响。严宪飞马俯身拉起胡凯置于自己的马背上逃回。胡凯算是躲过了一劫，保住了性命。

这时，白玉与满太战于一起。虽然满太力大无穷，可白玉枪法了得。

不多时，他二人枪去锤来的已大战了六十多个回合。黑面兽宝歌见满太一时难于取胜，便手提月牙开山斧打马出阵，欲二人合力强取白玉。严宪、胡凯见匪将宝歌出马，立即打马出阵，挡住去路，大战起来。

宝歌、满太见以二战三，一时讨不到什么便宜，便勒马跳出战斗。满太大声喊道："今日小爷已累，就让你们多活一夜。奶奶的，如若要死，明日再来！"随后便打马上山而去。白玉、严宪和胡凯此时也已人困马乏，便收兵回营。

接连两天，项忠、马文升天天派兵叫阵。可火敬等藏匿于绝峰上、深林中，毫无下山应战迹象。项忠命官兵强攻数次，可刀背岭山高地险，无法靠近，而其他民军却藏匿于方圆十几里大的密林中，因大雪封山，依无法擒之。只是每攻一次，官兵的伤亡人数就增加一次。

第三天，刘祥对项忠说："虽然大石城已破，逃到扫帚岭的这帮贼寇也不足一千余人，但必须得将他们绳之以法。因为这一带地势险要，易守难攻，恐怕以后还会有叛逆者再次集聚于此，终为国家之祸患！不如趁这次机会，将这里现有的设施全部毁坏，以绝后患。"项忠沉思了半天后说："公公的这个担忧不无道理。但要毁坏此处的设施，只能用火烧了。可这样一来，又得伤害多少无辜的性命啊！"一直在沉思中的马文升听了项忠和刘祥的话后说："二位大人说的都不无道理。如果放火烧山，应先向山上的道士、和尚，山下的商人、香客及附近的百姓发出告示，让他们尽快撤离，但山上、山下这几千年来建成的寺庙、店铺都将毁之殆尽，云台山这颗丝路明珠，就要从此消失了。唉，这可是我华夏文明之精华啊，可惜啊可惜！但不放火烧山，一来无法尽快擒拿火敬等流匪，二来这里以后又必将有匪寇聚集，该如何是好呢？"

正当项忠、马文升二人对刘祥的建议拿不定主意时，卫兵来报圣旨到。原来是宪宗降旨给项忠、刘祥二人临时处置权利，可采取一切手段，尽快全歼大石城余贼。并命完成任务后，让参加这次剿匪的地方军立即返回各自驻地，以防外寇入侵。项忠所率京畿军，一部分暂住宁夏，一部分暂住延绥，剩下的随项忠、马文升、刘玉返京。刘祥全力配合程信、商铬完成巡抚陕西等地的任务。

项忠、刘祥、马文升、刘玉接旨后十分着急，秦刚、王锐、林胜、崔忠等人更是心急如焚。

为了大明的江山社稷，为了更多百姓的安居，项忠不得不再次下命令放火烧山。十二月初一，官兵贴出告示，说将于初三放火烧山擒拿匪寇，让大石城至云台山一带的百姓、和尚、道士、商人、香客全部自行撤离。之后，项忠又一边派人挨家挨户地下令催促撤离，一边命全军将云台山、扫帚岭方圆十里团团围住，对进出人员严加盘查，以防匪寇混入逃跑。

军令一出，本来已乱作一团的百姓、和尚、道士、香客就更乱了，哭爹喊娘，扶老抱幼，在风雪中四处奔走，忙于逃命。

十二月初三一早，官兵首先从云台山、扫帚岭一带开始点火烧山。一时间，浓烟滚滚，黑烟里迸射着闪亮的烈焰，烈焰伸出千百条贪婪的舌头卷向天空，像一群被激怒的毒蛇在疯狂地撕裂着地狱的出口，头颈舞动着伸向天空，不停地咆哮着……

火敬等见官兵放火烧山，一时间慌了手脚，不知如何是好。满太气急之下，没有请示火敬便大喊一声："兄弟们，冲下山去！和他们拼了！"火四、白云、火光、火花、吴凯等几员年轻小将应声手持兵器，欲扑下山去与官兵拼命。黑面兽宝歌大喊："站住！"听到宝歌的喊声后，他们几个便停下脚步。宝歌沮丧地说："虽然官兵是想非置我们于死地不可，但也不能这么白白地前去送命，就算是死也要拉他几个垫背的！这样吧，毛哈刺和吴凯二人立马去扫帚岭组织大伙趁机突围，能逃脱几个算几个。火四和巴图达赖二人保护三大王在后，我与满太、白云、火光、火花等人先冲下山去，等杀开一条血路后再救大王出去。”大家点头同意。

宝歌与满太、白云、火光、火花等人跨马提枪冲下山来。此时负责把守云台山路口的王锐、胡凯、鲁签、孙玺见民军不要命地从大火中冲下山来，便急忙提枪迎战。宝歌、满太冲向王锐，白云、火光、火花分别杀向胡凯、鲁签、孙玺。火光里、浓烟中的云台山下，好一场惊心动魄地厮杀。

好一个白云，一杆红缨长枪全力使出，杀得胡凯一上来就手忙脚乱，他二人大战四十多回合后，白云使出追魂枪绝招，一枪刺出，直去胡凯喉咙。胡凯急忙提马躲过，顺手举刀向白云的后背砍来。白云见一招未中，敌将反转到了身后，便灵机一动，抽枪向后一个反刺，不偏不斜正好刺向胡凯的前心。这时，胡凯手中的大刀也砍到了白云的脖子上。二人同时落马而亡。火光与鲁签激战了五十多回合后，火光奋力将手中镔铁点钢枪刺出，鲁签跌于马下。正在这时，孙玺一枪将火花挑下马来。火光见二弟火花死于非命，发疯般大吼着纵马冲向孙玺，可他二人没打上几个回合，火光就被孙玺生擒。

宝歌、满太二人将王锐团团缠住，双方势均力敌，一时难分胜败，只杀得天昏地暗。孙玺生擒火光后，立即打马来助王锐。宝歌与王锐，满太与孙玺一对一大战在一起。正当他们杀得难分难解时，围守在附近路口的马文升、刘玉、白玉、严宪等听到云台山下刀枪相撞的声音后急忙赶来援助。马文升、白玉飞马冲向宝歌，与王锐三人力战宝歌，刘玉、严宪与孙玺三人大战满太。好一个黑面兽宝歌，以一战三，毫无畏惧。

他们四人大战一百多回合后，王锐一枪刺向宝歌的头皮，跳落了他头上的毡帽，宝歌被王锐的这一枪吓得缩头趴在马上。就在这时，马文升飞马而来，一把从马背上将宝歌抓起，高高举在空中，又狠狠地摔于地下，官兵蜂拥而上将他绑了。

满太与刘玉、严宪、孙玺四人大战八十多个回合时，见宝歌被擒，三员敌将又飞马向自己冲来，他想以一对六，吃亏的一定是自己，便报着乘马文升三人还未到，先解决一个算一个的打算，将左手中链子铁锤丢开，砸向严宪。严宪急忙躲闪，满太一锤落空。由于用力过猛，铁锤落空后闪得他在马背上几个摇晃。刘玉瞅中这个机会，一刀砍向身体失衡的满太。好一个少年英雄满太，他见刘玉大刀砍来，已在马背上无法躲闪，便在马背上一滚，滚落雪地。当他躲过刘玉的这刀正欲站起来时，马文升等人已经赶到，六件兵器几乎同时架在了他的脖子上。

火敬、火四、巴图达赖等三十余人在刀背岭上见山下厮杀之声渐失，便已知结果。火敬等人也终因受不了大火、浓烟的袭击，从刀背岭上下来投降了。只是几个不愿撤离的和尚、道士和几百名藏匿于密林中的民军葬身于火海之中。云台山千百年来的佛道教寺庙和丝路文化遗迹也在这场大火中灰飞烟散，只留下一个个黑色的石窑石窟、黑色的神像佛像、黑色的墙壁，在厮杀声和烟火中哭诉着难以诉说的心酸。

接着，项忠令余子俊、林胜、张英所部将阵亡官兵的骸骼收聚，在大石城附近就地埋葬，随后放火焚烧石寺山、禅佛寺、大石城等地。顿时，白雪皑皑的雪地上形成了从大石城到云台山、扫帚岭约三十里长的一条火带。大火恶魔般地盘旋着、跳跃着、狂舞着，带着一脸的狰狞张开血盆大口四处张望，好像随时准备着袭击周围的一切。这条三十余里长的火带，带着浓烟与灼热，夹杂着肆意妄为的呼啸声，还有让人窒息的气流在大地上焚烧着、吞噬着……浓烟中闪烁的红色火焰如同死神的召唤，肆无忌惮地扩张着它的爪牙，企图要把这里所有的地方全覆盖在它的统治之下。满山的积雪在大火中开始融化，泥水沿着沟渠而下，发出冬日从未有过的哀鸣。

就这样，这条人为的火带，这片人为的火海，在这片无辜的土地上燃烧了三天两夜。

大火之后，平息大石城暴动的战事总算是走到了尾声，在历史的时空中画下了一个句号。可项忠、刘祥、马文升、刘玉等人此时心中还压着一块更大更沉重的石头，他们时刻惦记着毛里孩、阿罗出预谋入侵河套、宁夏、延绥之事。

当天夜里，项忠紧急召集各路将领议事："大石城已破，贼寇基本尽除，至于最后放火烧山之事，也是不得已而为之，庆幸的是没有伤害过多的无辜百姓。虽然现在这里成了一片废墟，但却少了好多的祸患。这里的草，来年还会绿起来，这里的花，来年还会红起来。"

随后，项忠下令宁夏靖虏卫参将刘清率靖虏卫、固原州兵马暂驻大石城，负责当地社会秩序的整顿、流寇羁押及其他一些战后事务的处理。宁夏副总兵林胜率其所部及八千京畿军、延绥镇守太监秦刚、都御史王锐率其所部及八千京畿军立即返回驻地防守外贼来犯，刘文与金虎、金豹等人率凉州兵马即可返回驻地，陕西其他各地方军由刘祥负责安排及时返回各自驻地，自己与马文升、刘玉三人按照旨意率剩下的无改动千京畿军于明日开拔撤离大石城回京。

等项忠安排完一切后，马文升说目前关押匪寇大约有三千多人，如果都要押送回京，一则人多路上难以管理，无法快速行军；二则到京都之后如何看管也都成了问题。还不如把他们就地处决了算了，只押送匪寇骨干分子回京听候圣上发落，这样就会减少好多麻烦。大家觉得马文升的这个建议有理。于是，项忠下令就地处决在押的部分民军。

监斩任务由刘祥、林胜、刘清三人负责。他们经过认真地核对、分析、判断，决定对那些不思悔改，至今报着反抗心理的两千六百多名在押民军进行就地处斩。处斩时间就定在当天夜里。只留下满俊、郑成伟、火敬、南斗、马冀、宝歌、火四、满太、巴图达赖等三百多名民军头目人物押解回京。

十二月初六清晨，凛冽的北风呼呼地怒嚎着，既如一头头咆哮的狮子，又像一把把无情的尖刀，狠狠地刺向这里的每一个人……

各部已按照项忠的命令，一大早在寒风冰雪中整顿人马，准备撤离大石城返回驻地。

项忠、马文升、刘玉等人目送各路兵马迎着寒风、踏着积雪撤离大石城，各奔驻地而去……

第二十六章　押解回京

项忠、马文升、刘玉等人在风雪中送走宁夏、延绥、凉州等地兵马后，正欲同刘祥、刘清及正在准备开拔撤离的附近各卫、州、县将士告别时，突然，秦刚、王锐差人来报，说延绥侦察兵发现有一股约一万余人的鞑靼、瓦剌军队昨夜已过黄河进入宁夏境内，正在朝大石城方向扑来。

听到鞑靼、瓦剌贼寇过黄河进入宁夏的消息，项忠、刘祥等人不由地皱起了眉头。刘祥自语道："好悬啊，要是再迟几天破城，麻烦还不知有多大呢……可现在我们的大部队都已撤离，而贼寇又至，这该如何是好呢。"

项忠一直阴沉着脸没有说话。马文升见项忠一时拿不定主意，心中犯难，便对他说："大人，根据我们所掌握的情况，这股贼寇应该就是杨虎力所说驻扎在黄河北岸的那些，他们过黄河入宁夏的目的是准备与大石城匪寇联手来对付我们，并非毛里孩、阿罗出预谋入侵河套、宁夏之师。如今，大石城匪寇已被我军彻底剿灭，这股贼寇即便是前来也已无利可图。若能尽快将大石城匪寇被剿的消息传出去，他们得知后一定会认为再来大石城已无多大意义，自然就会退去。另外，可派人速传信给林胜、崔忠二人，让他们派人严密监视这股贼寇的动向，如果他们得知大石城满俊等被剿的消息后还不撤退，便将他们就地歼灭。虽然宁夏军此时已十分疲惫，但我认为他们完全有能力解决掉这股贼寇。此事不足为虑！”

刘玉接着说，“另外，我军到此已有半年之久，前前后后经历了三百多场战斗，现在人困马乏，给养紧张，如果继续停留于此，无疑是弊大于利。马大人分析得很有道理，但我还认为，如果北虏贼寇听说我等仍在此地驻守，他们就算是知道了大石城满俊等匪寇已被缴灭还会前来，因为他们的目标是我们，如果我们离开了大石城，他们还来这里干什么呢？”

项忠觉得他二人分析的不无道理，但还是放心不下，便命余子俊率两千京畿军暂时留下，与刘祥、刘清等人暂驻大石城，一边鼓动百姓四处宣扬大石城已被官兵攻破，满俊等匪寇已被押解回京；一边立即告知林胜，命他派人密切监视这股北虏贼寇的动向，做好应对措施。自己与马文升、刘玉等人先率其余两千京畿军押解被擒匪寇先去固原，如果北虏贼寇得知大石城已破的消息后撤回，余子俊即可率暂留人马速回固原会合，一同返京。

就在项忠等人撤离大石城后的第三天，林胜、崔忠传来消息说进入宁夏境内的北虏贼寇中途掉头返回了。于是，刘祥一边送余子俊等人起程赶往固原，一边又安排平凉卫兵马与刘清一道暂住大石城。虽然大石城匪寇绝大部分已被歼灭，但毛哈刺、李洪、满安、吴凯、李琦、李连等人仍流窜在外，刘祥担心项忠等人撤离后他们又返回做乱。

余子俊一到固原，项忠便下令拔营直奔山西太原。

北方的冬天，格外地寒冷，从早到晚，北风呼啸，大雪纷飞。项忠、马文升、刘玉等人虽心急如焚，但由于积雪封路，天气寒冷，无法日夜兼程，只能日行夜宿。他们刚进入山西境内，突然天降暴雪，地面上积了一尺多厚的雪，一脚踏下去，足足淹没膝盖。满山遍野一片白色，连道路辨别都变得十分地困难，走起来自然就更加地艰难了，大家高一脚低一脚的在冰天雪地里行进，不时有人马滑倒。如果在平坦地带还好，滑倒了再翻起来就行了，可遇上陡坡路或悬崖峭壁的羊肠小道，一旦有人马滑倒，就一下子箭一般地滑落山底或从悬崖上掉下，不是摔死就是冻死。他们每日前行的路程不到正常情况下的三分之一。

这天天快黑时，项忠所部仍没有赶上一个村庄，就不得不在空旷的雪地里扎营过夜。

半夜时分，后营存放粮草的一个营帐突然起火，一时间火光冲天，值班卫兵大喊："起火了，粮草起火了！"项忠等人急忙手提兵器赶到现场，见将士们正在扑火抢救粮草，他便命严宪、余子俊、刘斌、李莺等人赶紧组织大家继续扑火救粮救草，命任佐、姜孟伦二人速查起火原因。

项忠心想，在这冰天雪地的荒山野岭，哪来的火种，为什么起火的又偏偏是存放粮草的营帐呢，这分明就是有人蓄意放火，想治我等于死地。

由于营地到处都是积雪，火很快就被扑灭了，但救下的粮食、草料，大多已无法继续食用。他们所带粮草近一半被损。

任佐、姜孟伦沿着留在雪地上的足迹一路跟踪追出了五六里的路程，才见前面有一队人马，大约二三十人。他们见官兵追来，立即散开向四处逃去。任佐对姜孟伦说，全歼这帮贼人看来是不可能了，还是盯准一个方向，先抓几个活口回去弄清情况再说。于是，便命人追击向山上逃窜之人。将士们不辱使命，在风雪交加的雪夜里，抓到了三个活口。

项忠等人连夜审讯被抓之人后，才知放火之事是当初满俊、李俊驻兵大石城时派往北元游说联兵、准备攻打朝廷的李琦、李连和在大石城民军突围时逃出的李洪、满安等人所为。

李琦、李连二人随鞑靼、瓦剌部队北渡黄河进入宁夏后，突然听说大石城已被官兵攻破，兄弟们死的死、抓的抓，大石城等地还被官兵放火焚烧了。被抓民军头目人物正在押解回京的路上。他们二人便离开鞑靼、瓦剌部队，悄悄地潜回大石城周边打探消息。当他俩得知李俊在他们走后不久就已战死的消息时，叔侄二人放声号啕大哭一场，发誓一定要为他报仇。于是，他俩就在附近串联旧部，准备在半道上营救被官兵所擒的弟兄们。在他们网络旧部的时候，偶尔遇到了李洪、满安二人及他们所率的二百多名兄弟，大家为大石城失守、顺理王等阵亡、招贤王等被擒痛哭一场后，率身边的三百多名弟兄，暗中跟踪项忠一行来到这里。

项忠问李琦、满安、李洪、李连等人现在何处，这三人说他们一路追来，飘无定所，现在李琦等人去哪了他们根本就不知道。

李琦等人见官兵这天在这个空旷无人的风雪地带扎营过夜，而且方圆几百里荒无人烟，便认为这是一个绝好的偷袭机会。于是，满安建议深夜偷偷摸进官兵行营，先放火制造混乱，再借机杀死项忠、马文升、刘玉等人，一则为顺理王报仇，二则营救招贤王等人。而李连说这样不行，因官兵有四五千人，自家只有三百余人，一旦冲进去就等于飞蛾扑火，自寻死路。李洪问道，那你说我们该怎么办呢？李连沉思了一会儿后说："他们人多，还有二三百辆囚车，在这冰天雪地里行走，自然是十分缓慢。我们不如这样，叔父和三哥先安排大家在这里吃饭，吃完饭后绕道连夜赶到官兵必经之路的前方等候我们，我与满将军带几名弟兄深夜前去放火烧了他们的粮草，等他们没吃没喝了，咱们在慢慢地收拾他们，救出招贤王等人。”满安、李洪说：“好，我们就以其人之道还治其人，他们先绝我大石城将士饮水粮草，现在也该轮到我们绝他们的粮草了。”

满安、李连二人遂率三十名弟兄放火点燃项忠军营粮食、草料后，立马撤离去和李琦、李洪等人会合。

这时，满安、李连见追击他们的官兵已撤退，李连便吹一声口哨，集合正在向四处逃窜的弟兄们。等人员到齐后，发现三人被官兵抓走。李连心想，官兵一定会不择手段地逼被抓兄弟们说出实情和他们的下落。自己这真是聪明反被聪明误，弄了个打草惊蛇，引火烧身的麻烦。为了挽回大局，便派人急速前去通知李琦和李洪，让他们立刻率弟兄们返回官兵的后方，让官兵摸不清他们的去向。

项忠审问完被抓的三名民军后，心中沉甸甸地。他想，虽然这股流匪人数不多，可给他带来的麻烦倒是不小。现在粮草一半被烧，从这里到最近的城市太原临汾至少也得三四天的时间，且一路荒无人烟，这该如何是好呢？

马文升对项忠说：“大人，粮草被烧，的确给我们带来了不少的麻烦，但维持两三天还是不成问题的，动员大家克服一下，只要我们加快行军速度，一定会在断粮前赶到临汾的，等到了临汾，一切就都好办了，大人不必过于担忧。”

项忠下令全军加强戒备，以防匪寇再次前来偷袭。

三天后，项忠等人还距临汾大约有一百多里的路。按这几天的行军速度来算，恐怕至少还得两天的时间才能到达临汾，可当前连一天的口粮都不够了，再加上这几天在风雪中急行军，将士们叫苦连天。

就在这天夜里，李连又带十余人在夜深人静之时，再次悄悄地摸到项忠营地附近。此刻，李琦、满安、李洪带人来到项忠营寨门口，杀死哨兵，点亮火把，大骂项忠、马文升等人无耻至极，要他们放回被擒的满俊、郑成伟、火敬、火四、南斗、马冀、宝歌等三百余人，但始终没有冲进官兵的营地。项忠、马文升、刘玉得知匪寇李琦等人又前来捣乱，便立刻率众出营御敌。项忠等因满安、李连前几日放火烧了粮草怀恨在心，正愁无法找他们报仇，此时他们自己送上门来，项忠真是恨不得立刻将他们剁成肉酱。

李莺见为首之人是叔父李琦、堂哥李洪和满安，便打马出列前去劝他们不要再执迷不悟了……可李洪大骂李莺认贼作父，忘记了自己的父亲李俊是怎么死的、大伯李达是怎么死的，他要亲手杀了她为家人和大石城的兄弟们报仇，李洪一边大骂，一边提起青铜戟纵马出阵直刺李莺。此时的李莺，见亲人如此，心中难受至极。刘斌见状，怕李莺失手受伤，急忙打马冲上前来挡回李莺，迎战李洪。

李洪一上来就使出青铜戟绝招杀向刘斌。刘斌也因他刚才辱骂李莺而气愤在心，一点不给这位未来的大舅子留面子，一对双枪直取他的要害。李莺见刘斌飞马冲了前来，孤独无助的心中稍微得到了一丝的安慰，便流泪退回阵中，但她实在是不愿看到眼前正在激战的这两个人中的任何一个人受伤。

夜色中，火光下，快如疾风的两匹战马蹄下溅起团团积雪，李洪、刘斌二人戟来枪去，越战越勇。不多时，刘斌渐落下风。刘玉见状，怕对儿子不利，便一挥手中大刀冲向李洪。这时，马文升下令任佐、姜孟伦、余子俊三人率兵从两侧冲出，将李琦等人团团围堵起来以防他们再次逃跑。任佐等立即率兵出动，但他们还没走出几步，就听有人大喊“营中起火了！”项忠等人回头一看，营中果真大火迎空升起。他们仅剩的一点粮草已全部置身于火海之中……原来是藏在暗处的李连乘项忠、马文升、刘玉率众围杀李琦、满安、李洪等人之时，趁机悄悄地潜入官兵营中，将他们仅剩的一点粮草再次点燃。

项忠忙命马文升率严宪、李莺、金虎、金豹等人回营救火。

就在这时，李琦大喊一声“撤退。”民军士兵点燃手中一直捧着的小罐子抛向任佐、姜孟伦、余子俊等人。随之，地面上响起一串爆炸之声，积雪凌空飞起，如大炮般地炸开了围堵他们的官兵，又如一道道汹涌澎湃的海浪挡住了冲上来的官兵。李琦、满安、李洪等人趁机而逃。

项忠见李琦等人欲逃，加之仅剩的一点粮食又被烧毁，气急败坏，大喊一声“给我追！”便一马当先冲了前去，将士们见总督大人亲自出马，顿时精神一振，擦去脸上的积雪，拼命地跟着冲了上去。

李琦、满安、李洪等人还没有跑出多远，就被后面追赶上来的项忠、任佐等人团团围住。

任佐举枪冲向李琦，李琦手持八宝雁翎刀打马迎战，姜孟伦持枪直取满安，满安高举三股托天叉毫不示弱地向姜孟伦冲了过来，余子俊持枪冲向李洪，李洪舞动手中青铜戟迎上。在一千多官兵形成的包围圈内，任佐、李琦等六人六马旋风般地在雪地上旋转着、冲杀着，马蹄后飞起的积雪如一道道白色的闪电不时地在火光下箭一般地飞窜。

突然，项忠下令全军出动歼灭匪寇。虽然此时天黑看不清项忠脸上的表情，但从他的声音来判断，一定是青筋凸暴，满脸杀气。

满安听到项忠的喊声后，不由地回头查看了一下周围的情况。姜孟伦便抓住这一机会，一枪直刺向满安的前心。满安听得风声，急忙回头躲闪，可还是已经来不及了，姜孟伦的枪尖已刺进了他的右肋，阵痛中的满安见官兵已潮水般地围了上来，心想被他们擒住必定会受尽凌辱和折磨，于是挣扎着左手拔出藏在靴子中的匕首，猛地一下刺进了自己的胸脯……

激战中的李琦、李洪叔侄二人见官兵排山倒海般地扑了上来，已知今夜凶多吉少，便报着杀一个够本，杀两个赚一个的想法，在雪地里展开全身本领，与任佐、余子俊厮杀在一起。姜孟伦见满安已死，掉转马头向李琦冲了过来。此时，项忠手握大刀，向李洪、余子俊那边冲了过去。

一千多名官兵全部出动，不一会，李琦、满安、李洪所率的三百多民军就全成了他们的刀下之鬼。

李洪见项忠向自己冲来，顿时心生先解决了余子俊，再力战项忠的想法，便将全部力气用在手中的青铜戟上向余子俊砸去，余子俊见李洪来势凶猛，也是使尽全力举枪接招。两件兵器撞在一起，发出一声巨响，二人均被震得后退几步，眼前电光几闪，胸中一股热流而上。恰在此时，项忠已纵马冲了过来，抡起手中大刀向李洪砍去。李洪急忙提马躲闪，但还是迟了半拍，他胯下坐骑的头已被项忠砍掉。李洪掉落雪地上还没来得及翻身站起，项忠一个刀锋回转削掉了他的人头。

任佐、姜孟伦二人此时仍与李琦大战在一起。好一个李琦，一口八宝雁翎刀上下飞翻，疾如闪电，展开终生所学，逼得任佐、姜孟伦二人节节后退。这时，力斩李洪后的项忠打马飞驰而来，大喊一声“看刀”，手中大刀已向李琦砍去。李琦刚一回头，姜孟伦就趁机一枪刺出，扎进了李琦的右腿，李琦疼得打颤之时，被项忠呼啸而来的大刀砍飞了头颅。

李连等潜入项忠营内放火点燃粮草后，急忙撤离，向之前约定好的地点赶去与李琦等人会合。可半道上，他们见一大队官兵人马迎面而来，便躲藏了起来，等官兵过后又急忙向前赶路。他们没走多远，见雪地上横七竖八地躺了许多尸体。原来是李琦、满安、李洪等人。李连趴在雪地里号啕大哭……他嘶哑的哭声随着呼啸的北风、飘落的雪花在寂静的山谷中凄惨地飘荡。

自此之后，项忠、马文升、刘玉等一路上还算顺利，再没有发生什么意外之事。接近临汾时，地面上的积雪开始逐渐减少，行军速度自然也就快了好多。

将士们吃着充满苦味、焦味、烟味的食物，熬过了三天的时间，终于在十二月二十六日这天，全军到达临汾。由于长时间的作战、饥饿和二十多天的冰雪山路，全军疲劳至极，一些士兵一坐到雪地上就昏昏进入梦乡，疲惫不堪。项忠、马文升、刘玉等人看在眼里、疼在心里，而又急在心里。是啊，哪有父母不疼自己的孩子，将军不疼自己的士兵的道理呢？可这样急行军也是没有办法的办法啊，要怪就怪毛里孩、阿罗出等贼寇贼心不死。

临汾城虽比不上京都、长安等大都市热闹，但此时也已到处飘溢着年的味道。大街小巷上张灯结彩，挂满了耀眼的大红灯笼，街道上到处摆放着糖果、蔬菜及各种各样的年货，叫卖声四起。涌动的人群扛着大包小包地奔跑着，生怕迟到了似的。远处的深巷里不时传来“噼里啪啦”的鞭炮声，把年一声声地催近。

项忠、马文升、刘玉虽心急如焚，但又不得不让部队休整。于是，他们决定在临汾城休整几天，等过完春节后再回京都。

春节过后，天气也好像被节日的喜庆所影响，突然转哭为笑，暖和了好多，天空也仿佛明朗了。将士们经过七八天的休整，看上去精神了许多。

正月初四清晨，项忠下令集合部队，告别临汾大小官员，踏上直奔京都之路。

经过整整十天的跋涉，正月十四这天傍晚，全军到达京都郊外的十里长亭。项忠下令在十里长亭安营等候圣命。虽然这天是元宵节前一天的晚上，但北京城的大街小巷上已挂满了各式各样的花灯，随着夜幕的降临，就一个接一个地亮了起来，鲜花般、亲人的笑脸般地在夜空中摇晃着，好像在欢迎项忠他们的归来。

第二天一早，宪宗传旨首辅彭时、兵部尚书白圭二人前去十里长亭迎接项忠等人。

没过多久，彭时、白圭，项忠、马文升、刘玉率众就来到了紫禁城门口。白圭下令将满俊等罪犯先押入天牢，随后率众将进宫面见宪宗。

项忠、马文升、刘玉等进入乾清宫跪地参见宪宗。宪宗见项忠等人胜利凯旋，笑逐颜开，急忙离开龙椅走下殿来，亲手扶起项忠、马文升、刘玉三人，并伸手示意众将士平身。

众将士随着一声“谢圣上”便站起身来，可这时李莺依然低头跪在地上。

宪宗见一将仍跪在地上，便问：“这是那位将军，为何还跪地不起？”

“草民有罪，不敢起立。”李莺说道。李莺的话把宪宗及满朝文武百官都弄了一头雾水，不知何因。这时，刘玉、刘文、刘斌父子三人和金虎、金豹兄弟二人的心一下子提到了嗓子眼上。

项忠急忙奏说：“圣上，此乃李莺李将军，乃大石城李俊之女。她虽为女流，但深明大义，主动献关归顺朝廷，为我军平息大石城立下了汗马功劳！”

宪宗听后，脸色很是不好。马文升见状，急忙奏说：“圣上，李将军之父聚众起兵，罪不可赦，但他如今已死，臣以为就不必再追究了。此时，朝廷可谓多事之秋，李莺将军虽为女流之辈，但她深明大义，武功高强，是一员难得的虎将，实是我等男儿所不如。圣上向来以仁义治国，不会怪罪李莺将军吧？”

彭时、白圭等人听了马文升的话后也随声奏说：“请圣上开恩！”

这时，宪宗转过头来说：“众爱卿不必担忧，朕不会那么糊涂的！李莺将军如此深明大义，又护国有功，朕不但不追究她的过错，还要封她为京军都指挥，负责京都安全事宜，也就是说，朕把性命就交给她了！”

“谢圣上恩典！草民不做官也行，草民只求圣上不要把我和刘斌二人分开！望圣上恩准！”

项忠急忙向宪宗如此这般地说了一番，宪宗听后哈哈大笑说：“好一个有情有义的女子！这朕可就不依你了，你必须入京为官。”还没等李莺说话，宪宗紧接着说道：“刘斌接旨，朕亦封你为京军都指挥一职，与李莺将军共同效力朝廷，保护朕的安全，你可愿意？”刘斌急忙跪地与李莺二人叩头谢恩。

刘玉等人刚才一直悬在嗓子眼里的一颗心这才算落回了原处。此刻，他才首次满心欢喜地朝儿子刘斌和未来的儿媳妇李莺笑了笑。

随后，宪宗下令设宴，一来为项忠、马文升、刘玉等西征大石城的众将士接风洗尘，二来君臣一起把酒言欢，共度元宵佳节。

第二十七章　处斩满俊

第二天早朝，宪宗降旨，将所缉拿大石城匪寇全部移交大理寺审理定罪。

随后，项忠、马文升奏说："宁夏与北虏鞑靼、瓦剌之地接壤相邻，已成为北虏贼寇进犯中原的首选入口。虽然大石城暴动现已平定，但它给固原当地乃至全国造成的不良影响还将持续存在，要彻底消除恐怕还得较长的一段时间。当前，河套、宁夏、固原等地社会秩序动荡，北虏贼寇又虎视眈眈，为了稳定剿匪之后陕西、宁夏、河套、固原等地的社会秩序，增强防御北虏贼寇的能力，臣等建议在大石城以北的西安州增设一千户所，并将固原州提升为固原卫。"

宪宗说项忠、马文升所奏之事，甚合他意。便问众臣可有什么意见。

众臣齐声奏说："圣上英明！项大人、马大人所奏之事十分必要。此乃关乎我大明王朝江山社稷安危之关键也！"

宪宗问白圭何人能担此任。白圭沉思片刻之后奏说："圣上，臣以为宣府苗凤可任固原卫都指挥，巩昌府阶州知州杨勉可任固原卫佥事，至于西安州千户及固原卫其余官员可让刘祥刘公公在陕西现任官员中提拔抽调。"宪宗同意，并命兵部、户部、吏部立即照办。

接着，程信、商辂出班奏报巡抚陕西、宁夏、平凉、固原等地情况。

程信奏说以宁夏按察使孙钦为首的二十三名地方官员勾结外贼毛里孩、阿罗出谋反之事已经查实，平凉卫何达功等六十六人鱼肉百姓、贪污腐败之事也已查实，涉案人员已被全部缉拿，孙钦、何达功等十一名重犯已押解回京，其余人犯均关押在陕西大牢。

宪宗听后生气地说道：“将他们全部移交吏部严格按照大明律法审理，严厉判处，只许重判，不许轻判。人犯家属全部予以流放边疆，子孙世代不得踏进中原半步！”

随后，宪宗降旨，令白圭、项忠、马文升、朱永、刘玉、商辂等人负责对京畿十二营军务进行彻底清查整顿，通过严格的考核，对不胜任人员予以全部调换、裁减，对徇私枉法之人予以严惩，全力做好应对北虏贼寇毛里孩、阿罗出传言入侵河套、宁夏、延绥等地的防范备战工作。

退朝后，程信站立在乾清宫门口外。一阵略带寒意的春风吹过，他的衣衫和花白的胡须不停地颤抖着。

白圭、项忠、马文升、朱永、刘玉、商辂等人为筹建西安州千户所、固原卫之事，与彭时走走停停地交谈着。当他们来到乾清宫门口时，程信就迎了上来，拱手向彭时、项忠、马文升、朱永等人道歉，一个劲地说“对不起。”项忠、朱永等人急忙还礼说：“没关系，程大人。你这样真是难为下官了……”彭时看了半天程信后，哈哈大笑道：“你这个老家伙啊，犟着来了真是八匹马都拉不动你。好了好了，别再因为过去的那点小事难为大家了，大家都是为了大明的江山社稷嘛……”他边说边迎上去给程信一个深深地拥抱。

白圭、项忠、马文升、朱永等人奉旨后丝毫不敢怠慢，一边积极准备着筹建西安州千户所、固原卫之事，一边着手制定考核方案，准备着手彻底整顿京畿十二营军务。

不觉不知中，已到了三月，阵阵春风吹过大地，北京城的山坡上、街道旁，小草应时破土而出，孩子的笑脸一般。林子里，小鸟自由自在地飞翔着、鸣叫着。庭院里的花园中，已开满了鲜艳的花朵，红的、黄的、白的、紫的，各种各样的都有，蝴蝶、蜜蜂寻着花香而来，在空中飞来飞去，喧闹不停……

经过一个多月的奔波，西安州千户所、固原卫筹建工作基本敲定，京畿十二营军务腐败问题也算得到了有效地解决。整顿后的京畿十二营将士基本上都是从全国各地抽调而来的虎狼之师。刘玉兼任京畿十二营副总指挥，刘斌、李莺、金虎、金豹等分别任十二营的都指挥、指挥等职。

这时，大理寺对满俊等人所犯罪行也已基本审理完毕。宪宗依照大理寺审理结果下旨，本月初十，对发动大石城暴动的满俊、郑成伟、火敬、火四、南斗、马冀、宝歌、巴图达赖、满太等二百六十八人予以凌迟处死，满俊之妻李素芝等九十一人予以斩首。

三月初十这天一早，从乾清宫到午门外的刑场——菜市场门口，一路上军旗招展，杀气腾腾，锦衣卫和京畿十二营的将士们全身武装，持枪带刀，一步一岗，五步一哨，威风凛凛，杀气腾腾。菜市场周围，岗哨更为密集，锦衣卫、十二营的将士们几乎是一个挨着一个，里里外外围成了三道人墙。监斩台上，摆放着一长排桌子，桌面上铺了黄色的台布，锦衣卫林立两旁。一看这架势，大家就知道是皇帝要亲自监斩罪犯了。刑场上，刀斧手早已到位，面无表情、一动不动。

被官兵用肉体构成的围墙外人山人海。因为这是自大明王朝建立以来一日之内处决囚犯最多的一次，也是北京城菜市场门口千百年来一次性处斩囚犯最多的一次，还有大家都想亲眼一睹大石城暴动的发起者满俊到底是一个什么样的人，是不是像传说中说的那样眼如灯笼，鼻似鼓槌，血盆大嘴，三头六臂……

卯时左右，满俊等三百多名囚犯被带往刑场。

在步入刑场的路上，脚手都带了刑具的满俊走在囚犯队列的最前面，不停地向周围围观的百姓举手示谢，还不时地高呼着“杀贪官，救百姓”的口号。满俊喊一声“杀贪官，救百姓”，跟在他身后的弟兄们就跟着喊一声“杀贪官，救百姓”。他们洪亮的喊声中充满了无限的愤怒、仇视、凄凉与无奈。负责押送的官兵见他们马上就是要死的人了，也就没怎么管。周围围观的百姓当中不时传来惋惜、感叹之声。

快中午时，由二百多名锦衣卫护送的监斩人员进入刑场，为首的是一顶金黄色的大轿，后面紧跟着一串串紫色大轿，从紫禁城出来，鱼贯进入刑场。

宪宗下轿走上监斩台，正坐在监斩台正中央后，彭时、白圭、程信、项忠、马文升、刘玉等人一字排开坐在宪宗的两侧。

午时，白圭奏请宪宗后开始宣读满俊等人所犯罪状。还没等白圭开口宣读，刑场上的满俊就大声喊骂：“宪宗小儿，别再放你娘的狗屁，咱家今日落到你的手里，要杀要剐就来快点，给爷爷们来个痛快的，啰啰唆唆娘们似的，怂样！咱家兄弟们能有啥罪，不就多杀了几个祸害百姓的狗官而已……”满俊这么一骂，刑场上顿时混乱了起来。维持秩序的锦衣卫、官兵立即出动，一时的混乱又平静了下来。白圭接着将满俊等人的罪状宣读完毕。便下令开刀问斩。

三声催魂炮响过，白圭抽出一支令牌摔到台下。大声喊道：“斩！”

李素芝等九十一人被判斩首的囚犯，顿时人头落地，鲜血四溅。

这时，从一大早就被捆绑在行刑台上的满俊等人，一个个被脱去了衣衫。行刑人员面无表情地站立在他们身旁。一个二百多名囚犯再加上二百多名行刑人员的队伍，真是够庞大了，也许这是史无前例的。

白圭再抽出一支令牌摔到地上。大声喊道：“行刑！”

二百多名行刑人员手里握着的一把把明晃晃的尖刀，随着白圭的喊声几乎同时扎进了一个个囚犯的肉体。顿时，叫喊声响成一片，整个刑场上鬼哭狼嚎，所有在场的人都被吓得目不敢视……一刀、一刀、又一刀的下去……一块、一块、又一块的肌肤被割了下来。一块块还带着体温的肉块在地面上不停地跳动着、颤动着……

宪宗在监斩台上站起来只说了一声“回宫”，便离开监斩台钻进那顶金黄色的大轿，被轿夫们抬着离开了刑场。跟随在轿子后面的太监、侍女们低头紧随在大轿的后边，没有一个人再敢看一眼刑场上的情形。

负责维护刑场秩序的锦衣卫、京畿十二营的将士们也都被眼前这一声声震天的惨叫声逼得低下了头，不敢正视眼前正在发生着的惨状。一些看热闹的妇女早就被眼前的情形吓得大哭大叫地往外跑，好多男人也再不忍多看一眼这史无前例的刑场，一个个掉转脑袋、捂着耳朵离开了……监斩台上的彭时、项忠、马文升等人也都闭上了眼睛。

“狗娘养的……畜生啊！”这一声叫喊，仿佛石破天惊，自从尖刀扎进肉体一直忍着没有叫喊一声的满俊，终于忍受不了这钻心的疼痛大骂起来。“朱见深，朱见深，你这个狗娘养的东西，你不得好死啊！此生咱家不能杀你，死后化作厉鬼也要取你狗命……”此时，满俊腿上的肌肤已被全部割去，只剩下两条沾满鲜血的腿骨。行刑人员的脸上、手上、胳膊上、胸脯上、腿上、脚上都沾满了鲜血，他们仍然面无表情地手持血肉模糊的尖刀，一刀一刀地割，一声一声地喊：“一百零一刀，一百零二刀……”

监斩台上的彭时、白圭等人听到满俊的辱骂声后大吃一惊。这时，不知是谁大喊了一声“割掉他的舌头！”行刑人员便将一把沾满鲜血的尖刀捅进了满俊嘴里，随之，一股鲜血顺刀从他的口中喷射而出。虽然没有了舌头，但满俊仍在骂，只是发音十分地困难。尽管在场的人都知道他还在骂人、在骂谁，但他骂了些什么，谁也已经无法得知了。

突然，紫禁城上空乌云密布，雷电交加，狂风怒吼。此时，刑场四周围观的百姓们便慌忙地离去。监斩台上，项忠、马文升同时起身来到彭时、白圭、程信身边耳语了几句后，白圭便下令给他们一个痛快。

不多时，大雨倾盆，午门外菜市场周围的街道上，血与水混合在一起，汇成了一片红色的海洋，腥味逼人。这场暴雨一直下了一夜。

第二天早朝，众臣整齐地站立在乾清宫。宪宗在龙案后长叹一口气后对众臣说：“自今日起，历时快一年之久的大石城满俊暴动之事总算落锤定音了，但这次暴动给陕西、宁夏、固原和平凉等地，以及我大明王朝造成了极大的不良影响。暴动分子虽现已得到了应有的惩罚。但通过这件事，从另一方面也说明了我朝确实存在着一大批拿着俸禄，不为国着想，不为民着想，更可恨的是还变着花样鱼肉百姓，套取国家钱财的官员。从现在起，朕要严查一批贪污枉法之人，以正朝纲！”

宪宗的这番话，把整个朝堂镇得鸦雀无声，让站立在两旁的文武百官听得胆战心惊。

随后，宪宗对身边的侍从太监说道：“宣旨。”

侍从太监手持圣旨读道：“首辅丞相彭时、兵部尚书白圭、兵部侍郎戴纶、陕西镇守太监刘祥、延绥镇守太监秦刚接旨。”

因刘洋、秦刚此时不在朝中，彭时、白圭、戴纶三人出班跪地齐声道：“臣接旨！”

“奉天承运，皇帝诏曰：彭时、白圭、戴纶、刘祥、秦刚五人在平定大石城满俊暴动之事中，尽职尽责，舍生取义，特赏彭时、白圭、戴伦、刘祥、秦刚五人黄金各一百两，白银各三百两，丝绸各五百匹，刘祥、秦刚二人各加俸二十石。钦赐！”

彭时、白圭、戴纶三人谢恩回班。

侍从太监接着拿起下一道圣旨读道：“都察院右副都察御史项忠、马文升、凉州副总兵刘玉、延绥都御史王锐、陕西都督白玉接旨。”

因王锐、白玉此时也不在朝中，项忠、马文升、刘玉三人出班跪地齐声道：“臣接旨！”

“奉天承运，皇帝诏曰：项忠、马文升、刘玉、王锐、白玉五人在平定大石城满俊暴动之事中，临危受命，奋力杀贼，及时平定了大石城之乱，功不可没，特封刘玉为都察院左都御史，项忠为都察院右都御史，马文升、王锐、白玉为都察院左都御史。刘玉兼任京畿十二营副总指挥。钦赐！”

项忠、马文升、刘玉三人谢恩回班。

随后，太监接着宣读第三道圣旨，逐个封赏了参与平定大石城暴动的有功将领。余子俊任京畿十二营副指挥使，林胜任宁夏总兵，崔忠任宁夏副总兵；张英任延绥都御史，罗豫任陕西都督，刘清任宁夏都御史……并对战死的将领及其家属也进行了封赏。

封赏完毕之后，宪宗脸色一沉道：“带任寿、吴踪、陈介、孙钦、何达功等人。”

任寿、吴踪、陈介、孙钦、何达功等人被锦衣卫带上金殿。

任寿、吴踪、陈介三人身穿囚衣，上殿后双膝跪地无语。孙钦、何达功二人大喊冤枉。尤其是孙钦就像一只待杀的小羊羔，瘫在地上，眼泪巴巴地望着梁芳、陈喜、韦兴等人，祈求着主子的庇护和帮助。但此时梁芳等人见宪宗脸色极为难看，一定是心中十分地生气，也就没敢说什么。

这时，宪宗道："宣旨！"

侍从太监手持圣旨读道："奉天承运，皇帝诏曰：任寿、吴踪、陈介三人在平定大石城满俊暴动事件中，大意轻敌，致使我朝将士无辜死伤人数众多，罚任寿、吴琮、陈介三人谪戍两广。宁夏按察使孙钦等六人勾结外贼，图谋叛乱，罪大恶极，在职期间，鱼肉乡里，搜刮民财，中饱私囊，为引发大石城满俊暴动之罪魁祸首，罪大恶极，判斩立决！何达功等五人贪污枉法，祸及百姓，罪大恶极，判斩立决！此两案所涉及到的其余六十七名从犯全部予以斩首示众。钦赐！"

任寿、吴踪、陈介叩谢宪宗不杀之恩。孙钦、何达功等人再次大喊冤枉。

宪宗把脸一沉道："推出去，午时斩首示众！"锦衣卫将孙钦、何达功等十一人拖出了金殿。

刘斌当殿请旨监斩孙钦、何达功等人。宪宗许可他与李莺随同商辂、戴纶二人监斩。

项忠也是没有食言，三月十八日这天，他亲临刘玉府上为刘斌和李莺主持了盛大的婚礼。宪宗还特意为平息大石城之乱的有功之臣刘斌和李莺夫妇送去了新婚贺礼。刘府上下欢天喜地……

第二十八章　洒泪石城

孙钦、何达功等人被处斩后的第三天，陕西镇守太监刘祥差人前来兵部禀报，余匪毛哈剌、吴凯、李连等五十余人已被林胜、催忠、苗凤、杨勉等抓获，奏请圣上裁决。

兵部尚书白圭接到陕西捷报后甚为欢喜，急令人向项忠、马文升、刘玉、王锐等人告知此事。大家得知毛哈剌等余匪被抓获的消息后，非常激动，高呼真乃天佑大明也。

项忠、马文升火烧云台山时，毛哈剌与吴凯按照宝歌的安排前去组织藏匿在扫帚岭密林中的一千多民军突围。毛哈剌到扫帚岭时，见周围火光四起，便知将大伙全部集中起来已是不可能了，便只带了身边的三十多人从一个悬崖上顺绳而下，沿着山沟，躲过官兵、冲出大火得以逃生。项忠、马文升等人因没有找到毛哈剌、吴凯的尸体而一直疑心重重，后来，从林胜那里得到消息才知毛哈剌、吴凯等三十余人在那场大火中逃脱，还在陕西等地继续为非作歹。还有回京途中放火烧了他们粮草之后逃去的李连等人，一直都是项忠、马文升等人的一块心病。这回倒好，毛哈剌、吴凯和李连等五十余人全部落网，对他们来说真是天大的喜讯，心中也才真正地感到大石城暴动之事彻彻底底地被了结了。

第二天早朝时，白圭将陕西刘祥传来大石城余匪毛哈剌、吴凯、李连等五十余人全部已被抓获的消息禀报了宪宗。宪宗闻讯后十分高兴："近日，毛哈刺等人继续在陕西境内犯上作乱，罪大恶极，理应像满俊、郑成伟等人一样判凌迟处死，但囚犯现关押在陕西长安，押送他们到京，路途遥远，实在是太麻烦了，那就便宜他们一下，就地处斩算了。"

众臣道："圣上英明！圣上明断！"

宪宗接着说："但朕还是想派一名爱卿替朕前去陕西长安监斩毛哈刺、吴凯、李连等余匪，顺便沿途前往固原、开城、火石寨一带察看战乱之后当地的社会秩序和百姓的生活情况，不知哪位爱卿愿意前往？"

马文升出班奏说："圣上，臣愿前往。"

"既然马爱卿愿意前去，朕也觉得你是再合适不过的人选了。"

马文升领旨退回。

宪宗问道："不知哪位爱卿还有奏报事宜？"

彭时出班奏说："圣上，臣有本要奏。"

"不知彭爱卿所奏何事？"

"圣上，臣听说因大石城匪寇暴动之事，加之孙钦等人谋反，当时西征大军不得不采取一些非常措施，为快速剿灭匪寇后回京而放火攻山，大石城匪寇才得以全部擒拿。同时，项大人、马大人见那里山大沟深，如果不斩草除根，怕又有匪寇再起，不得不放火烧毁了那里的所有设施，百姓流离失所，生活十分艰难。臣请圣上开恩，让马大人带上赈灾粮款，在巡视期间散发给灾区的百姓。一则让朝野上下都感知圣上以民为先，爱民如子之心；二则可使当地百姓安心置业，永远不思叛乱。"

"彭爱卿之言甚合朕意，就这么办吧。"

白圭又出班奏道："圣上，老臣有一事想请圣上恩准。"

“白爱卿，何事请讲。”

白圭奏道：“原平凉卫佥事满璹近年来在抵御北元贼寇中战功卓著，为人正派，办事公正。因其为大石城匪首满俊之侄，在奉命捉拿满俊时受骗被俘，但他自始至终没有参与暴动，伤我官兵将士一人，可见满璹忠心报国之心，忠心报效圣上之心。在项大人、马大人的好言相劝下，满俊也将满璹释放返回军中。满璹返回军营后，不计个人得失，不惜亲情，在攻破大石城之役中出谋定计，立下了不少战功。臣请圣上开恩，宽恕满璹无罪，让其继续为圣上效力、为朝廷效力！”

宪宗犹豫了一会儿后问项忠、马文升刚才白圭所言是否属实？项忠、马文升齐声说道：“白大人所揍千真万确，毫无半句隐言。”宪宗道：“好。看来满璹真是一个大义灭亲，效忠我大明江山社稷的好男儿。那就命满璹接任陕西西安左卫都指挥，为我大明江山社稷继续效力尽忠。并让他随马爱卿一同起身前往陕西上任去吧。”

白圭等人齐声说：“圣上英明！臣等替满璹谢过圣上。吾皇万岁万岁万万岁！”

“众爱卿快快平身！”

这时，项忠、马文升二人接着奏道：“圣上，据臣在征讨大石城时了解到，近年来我朝地方官员中像孙钦、何达功等这种贪婪成性之人为数不少，无视朝廷法纪，为非作歹。前段日子，程大人、商大人对陕西、宁夏、平凉等地奉旨进行巡查，查出贪污枉法之徒近一百人，臣估计全国其他各地也好不到哪里去。如果让这些小人执掌地方大权，恐怕出事只是迟早的问题。为了我大明江山社稷稳固，臣建议圣上向各省派出巡查大臣，严查不法之徒，早日将其绳之以法，避免再发生大石城之乱！”

宪宗说：“二位爱卿所奏之事甚为重要。古人曰，夫君者舟也，人者水也。水可载舟，亦可覆舟。君以此思危，则可知也。众爱卿都是饱读诗书之士，定能明白这个道理。百姓为水，君王为舟。水稳则江山稳固，水荡则社稷危矣。百姓之事，社稷之根啊！”

“圣上英明，圣上宅心仁厚，我大明万民之福啊！”

“朕英明什么？举国上下,贪官污吏百出不穷,百姓涂炭,朕之过也！”

“臣等罪该万死！”宪宗摆了摆手说：“罢了，罢了！”

接着宪宗问彭时道：“彭爱卿，你看这事怎么办较为合适？”

彭时思索再三后奏道：“圣上，依臣看，此事涉及官员的履职和德行两个方面，应让吏部与礼部抽调人员，报圣上恩准后前往各地，严查地方官员履职情况！”

宪宗点头称是。随后，宪宗问姚夔、程信二人道：“姚爱卿、程爱卿意下如何？”

“是，圣上，臣等立刻照办！”

随后，姚夔奏说：“圣上，腐败之事涉及社会各个方面，恐怕就吏部、礼部两家查处，力度还是小了点，如果涉及军务之事，就无法查办。不如将刑部、内务府、都察院也加进来，由吏部牵头，可能查办起来就方便多了。”

宪宗道：“行，就这么定了。”

为了彻底整顿官场歪风邪气，宪宗令吏部、礼部、刑部、内务府、都察院联手，抽调得力人员，分成八组，对全国各地官员勤政廉政情况进行全面的考核复查，一旦发现贪污受贿、鱼肉百姓、搜刮民脂民膏者，严惩不贷！

三天后，马文升带着御赐赈灾粮款，与满璹一行离开京都，一路上快马加鞭向陕西长安赶去。

不几日，马文升一行到达长安。此时已是四月天气了。

四月的长安城内，桃花杏花虽已开始飘落，但梨花正在伸展花瓣准备绽放，芬芳四溢，蜂蝶翩翩起舞，花香醉人，鸟儿鸣唱枝头，处处美景，其迷人之处一点也不逊色于京都。

马文升来到长安的第二天就对毛哈刺、吴凯、李连等五十多名大石城暴动余匪按照圣谕进行了就地斩首处决。

随后，马文升与陕西镇守太监刘祥、陕西新任都御史王成凤、满璹等前往固原，准备去开城、火石寨一带巡查民情。

一路上，他们向沿途的百姓打问固原新任都指挥苗凤、西安州千户杨勉等为官情况时，大家都赞不绝口，说他们二人都是好官、清官。马文升、刘祥等人听后甚感欣慰。

到固原后，马文升将宪宗御赐粮款交予苗凤、杨勉二人，命他们张贴告示，尽快将粮款发放到百姓手中，还特别叮嘱要照顾那些缺吃断顿的困难人家和孤寡老人，让大家感受皇恩之浩荡，安心定居，勤劳耕作。

三天后，赈灾粮款全部发放完毕。马文升、刘祥、满璹在王成凤、苗凤等人的陪同下来到火石寨大石城一带。见经过战乱之后的这里，百姓生活十分困难，他们便商量为当地百姓减免税赋三年，并张榜公示。还决定从当地的青壮年中挑选壮丁一千余名，充实到固原卫和西安州千户所服役吃粮。

百姓见状，高呼皇上万岁，青天大老爷英明！

临离开固原返回京都的前一天，马文升与刘祥、王成凤、苗凤、满璹等人前往大石城。他们一行打马来到炮架山，站在炮架山山顶向四周张望。战地重游，感慨万千……

经过一个冬季和春季的洗刷，被大火烧过的这片土地，虽已长出了嫩绿的小草，但远远望去，四周还是一片黑乎乎连绵起伏的群山，这种黑色让他们感到不寒而颤。

不知什么时候，天空下起了小雨，像绢丝一般，又轻又细，听不见淅淅的响声，也感不到雨水的淋漓，好像湿漉漉的雾气游荡于空中，无声地轻抚着这块大地的伤痛。此时此地，此雨此景，使马文升、刘祥等人心中不断地加重萧瑟、凄凉之情。其实，人之悲欢、喜怒、哀愁、与雨又有何干？

马文升、刘祥等人打马来到大石城东山下伏羌伯毛忠祖孙三人殉国的地方，大家的心情就像此刻这阴沉的天空一样。雨，淅淅沥沥地下着，像是苍天的泪水，充满了对世事的无奈，对战争的哭诉……马文升、刘祥等人翻身下马，站立在微雨中向毛忠祖孙三人殉国的地方鞠躬致敬……

随后，马文升、刘祥等又打马来到埋葬在大石城之战中死去的将士们的墓地前。想到近三万多将士的身躯将永远地掩埋在这片空旷的墓地下时，昔日他们的身影就飞来似的浮于眼前，无论是在战场上的英姿，还是休闲时的笑容……这么大的一片墓地，不知刺疼了多少母亲的心啊！此刻，不知有多少父母、妻儿的心还在流血、落泪？雨滴落在墓地前不多的几朵野花的花瓣上，花儿心情沉重地低下了头；雨滴落在墓地前的小草上，小草却坚强地挺了挺腰身……也许，此时此地的每一株小草就是昔日一名将士灵魂的化身和再现，马文升、刘祥蹲下身子，轻轻地抚摸着脚下的每一株小草，泪水不由地伴着雨水洒落而下，滴在了地上……突然，不知从哪儿来的一阵轻风，吹得地上的小草摇摇摆摆。马文升、刘祥等人站起身来，向着将士们的墓地深深地三鞠躬……

接着，马文升含泪写下《石城记略》一文，托付王成凤、苗凤随后在墓地侧面勒石雕刻，以警示后人。

残元部落巴丹者，仕平凉为千户。太祖兵至归附，授平凉卫正千户。部落散处开城等县。成化丁亥，巴丹孙满四等，倡谋从北虏叛，入石城。乃命右副都御史嘉兴项忠为总督，镇守陕西太监刘祥为监督，凉州副总兵刘玉为总兵，统京营并甘、凉兵五万往讨。马公文升以南京大理卿，服阕升右副都御史，巡抚陕西协剿。

我军奋勇，贼遂大败。斩首七千六百奇，俘获二千六百，生擒满四至军前。城中复立平凉达官火敬为主。阳虎狸家口令认给还其生全军力破石城，再擒贼千余，斩一千八百余，择留满四、马冀、南斗、火敬等二百名并满四妻解京，俱伏诛。其未殄土达，令其本分耕牧。石城北填所，固原州改卫，复添兵略佥事一职。马文升撰。

注：《石城记略》一文摘自《固原地区史志资料（第三辑）》（1987 年版）

随后，马文升等继续前行，当他们来到被大炮炸得狼藉不堪的大石城北门时，一大片新翻的泥土钻入他们的眼帘。细雨中、湿地上，新翻的泥土显得格外的耀眼。马文升、刘祥等人对此觉得十分好奇，便打马过去。他们来到这片新翻泥土的面前时，不由大吃一惊。原来，这片新翻的泥土地都是坟墓，整整齐齐地分三排而葬，而且每个墓前都立了墓碑。第一排的两个墓碑上依次书着：“大石城招贤王满俊之墓、大石城顺利王李俊之墓”，第二排的十个墓碑上依次书着：“大石城军师小诸葛郑成伟之墓、大石城总管双鞭王火敬之墓，大石城八大将满能、满玉、火能、火四、南斗、马冀、宝歌、咬歌之墓”，第三排的二十二个墓碑上依次书着：“大石城副将巴图达赖、白云、洪满……之墓”。

马文升、刘祥一行站在满俊等人的假墓前，思绪万千，一时不知该如何对待眼前的这一幕。此时，满璹触景生情，泪水飞流而下，再也无法站立。他在哭啼声中跪倒在地，向着叔父满俊等的假墓叩首。

刘祥、王成凤、苗凤三人不知如何是好，只是眼含泪花地看着马文升。马文升伸手擦了一把脸上的雨水和泪水，看了看跪在地上的满璹，又看了看刘祥、王成凤、苗凤等人之后说：“虽然他们曾经与朝廷作对，犯下了不可饶恕的罪行。可话说回来，我还是认为他们个个都是顶天立地的英雄豪杰，因为他们在此聚众暴动，是被孙钦、冯杰等这些贪婪成性，鱼肉百姓的官吏所逼无奈！”听了这话，满璹掉头向马文升谢恩。马文升一边搀扶满璹，一边自言自语地说道：“官吏不廉，国将不幸，民何安也？”刘祥、王成凤、苗凤、满璹流泪点头。马文升接着说：“如果我朝官吏都能如圣上所望，能以大石城之乱为镜，廉洁自律，爱民如子，我大明江山社稷何惧不兴，我大民百姓何惧不富啊？唉……”

马文升、刘祥、王成凤、苗凤、满璹在满俊等人的假墓前三鞠躬，随后翻身上马离去。

他们一行返程经过炮架山时,马文升又身不由己地打马登上炮架山山顶，回头望着不远处的大石城及其四周。此刻，大家的心情都沉重急了，谁也不愿说一句话。细雨中，山风从山顶吹来，带着阵阵凉意，似乎在诉说着昔日发生在这里的一切不幸，又像一双双母亲的手在轻轻地抚摸着病中的孩子。

良久，马文升什么也没有说，翻身上马，打马返回。一路上，只有身后马蹄踏起的泥水四处飞溅。

后　记

2015年3月27日，对我来说是一个值得激动、兴奋的日子。

近年来，我如一个百无一用的可有可无之人，又似一位艰难行进中的盲者，看不清眼前、脚下是平、是凸、是凹，是路、是泥、是崖，伤心、无奈、寂寞地在这个纷乱、浮躁的时空里整天无所事事地飘荡着，内心除了孤独就仅剩下伤感做伴了。好在没有被身边的环境完全迷失，也没有丢失个性的所有，在内心深处保留了一份属于自己的爱好——喜欢文字。就凭着这点爱好，以打发生命中的这段闲暇时间而揣摩着写完了自己的首篇小说《大石城》，而且还美其名曰长篇（真不知它够不够这个称呼的资格），几乎连自己都不敢相信这是真的。无论它能否面世，亦无论它的质量、价值如何暂且不议，但它终归是这两年来我的心血所在，是我在自己的人生道路上，曲曲扭扭地留下的一段真实的痕迹。换句话说，就是庆幸没有给生命中的这段旅途留下过多的空白与遗憾，所以我兴奋、我激动。

其实，写这部小说对我来说纯属是一个偶然，但又包含了许多必然的因素。2011年初，我被调到火石寨国家地质（森林）公园管理处工作，每日出没于火石寨这片苍老而又充满神奇色彩的土地上，也很自然地与同事、朋友、这里的老乡们经常谈论有关这片土地上的历史、经济、文化、风土人情、民间传说等，也就是在这时，我才对当年发生在这里的震惊明朝朝野上下的“大石城之战”有了一个轮廓性的了解，并对这段历史产生了浓厚的兴趣。加之自己又是一个不甘寂寞，不愿向命运低头、不愿让自己的人生空无可谈的人，在失落、失败的面前总想试探着另寻属于自己的阳光。正好此时工作比较单一，没有什么过多的杂事，还可能是因为前几年日日夜夜忙碌习惯了的原因，就很自然地一头扎进了这个偶然的兴趣，开始着手查找有关记载这段历史的文字。先后翻阅了大量有关明代的史料，但它们大多对当时这场震惊朝野的战争的记载不是一笔带过就是聊聊几句，即便是遇到算是比较详细的记载也不足千字而已。一个偶然的机会，在网上看到了明朝马文升撰写的《西征石城记》(全文大约五千字左右)一文，算是比较详细地记载了这段历史、这场战争的全程。读过之后，心情激动，感想颇多。

由于自幼酷爱文字的缘故，从学生时代到现在，闲暇时一直坚持学写一些小诗、短文之类的东西，也有部分见诸报纸杂志，但少之甚少，甚至可以说是凤毛麟角，不值得一提。也许正因这个原因，加之此时心灵的失落和空虚，又有较多的闲暇时间等众多因素催使我心中萌生了一个大胆的、不知高低的想法，用自己的文字把“大石城之战”的全程比较详细地复原再现于世人的眼前，让更多的人对明朝时发生在家乡西吉火石寨大石城的这段悲壮、不幸的历史以及火石寨的风土人情、历史文化有所了解，其实当时更多地是为了打发又不浪费属于自己生命中这段闲暇而又宝贵的时间，在自己的这段人生旅途上或多或少地留下一点相对有意义的痕迹，无论整齐有序，亦无论纷乱庞杂。经过一段时间的酝酿，便报着迎接流言蜚语的心理准备，报着尝试一回写小说的真实感受的想法，于2013年7月开始动笔，历经近两年的时间，总算完成了对这段历史故事的涂鸦复原。

故事以明宪宗成化四年（公元1468年）发生在宁夏西吉县火石寨大石城一带的“大石城之战”（史称“石城之乱”“石城征讨”或“满

四暴动”）为原型，以火石寨当地的地域特征、明朝时当地的民族风情、百姓生活及“大石城之战”等为素材，以主人公满俊祖父把丹（元朝平凉卫万户）归顺明朝定居火石寨为故事开端，以此时蒙古草原上的北元统治者（即前元残余势力）入侵中原、中原各地地方官员鱼肉百姓、北方地区自然灾害频发等政治、自然、经济因素为故事发展的原动力，通过讲述主人公满俊的出生、成长、聚众天险大石城发动农民暴动，最后因叛徒出卖被俘到凌迟处死的人生轨迹，描述了明宪宗时期地方官员贪污腐败、大肆搜刮民脂民膏，致使百姓流离失所、生活极度苦难的社会现实，向读者逐步交代了“大石城之战”的起因、过程和结局，以及朝廷为了剿灭以满俊为首的大石城农民起义军而先后动用11万多官兵、发动300多次战斗征讨大石城的历史史实。并在故事中简单地穿插介绍了火石寨一带佛教、道教、伊斯兰教的兴起、衰落，作为古丝绸之路上一颗璀璨明珠——火石寨的兴起、衰落过程。故事跨时整整一百年（公元1369年—1469年）。其目的主要有三：一是向读者再现“大石城之战”的历史全景，通过对战争残酷性的描写，告诫当今为政者以史为镜，清廉从政，忠心为民，引导人们珍惜眼前这来之不易的幸福生活，热爱我们的国家、家乡，并为建设我们祖国美好的明天而努力地干好自己应干之事；二是全方位向读者展示西吉火石寨一带的地域特征、民族风情、人文环境、历史文化，尤其是这里独特的丹霞地貌风光，达到一个宣传火石寨、提高火石寨、提高西吉知名度的作用；三是通过简单地向读者阐述火石寨在古丝绸之路上的兴起、衰落的大致过程，唤醒今天生活在这片热土上的乡亲们，用自己的智慧和汗水，努力把家乡火石寨打造成新时期“丝绸之路”上的一个新亮点。

今天的火石寨，在春风的吹拂下、阳光的照耀下，已成为一块集国家级自然保护区、国家级地质公园、国家级森林公园、国家4A级景区于一体的风水宝地，作为他的儿女、而且常年生活、工作在这块宝地上的我，真心地祝愿他的明天更加灿烂辉煌！祝愿生活在这片故土上的父老乡亲们更加幸福快乐！

今夜，当我写完小说的最后一字时，才意识到此时正是一个阳光明媚的春天，满山的小草已探出了嫩绿的小芽，遍地的桃花即将含笑绽放，一切都正在向生机勃勃、欣欣向荣的前景迈进着……

在这里，还需要交代一下的就是从开始着手写这部小说到现在，我真的没有对它的质量和价值抱有任何的幻想，也没有考虑过它能否与读者见面，更没有想借它出名或任何与它有关的非分之想。或者更准确地说，只是为了打发自己生命中的这段宝贵而又闲暇的时间，让自己寂寞的灵魂有所安慰，让自己失落的心情能得到一点点的安慰而已。当然，作为一个文字爱好者，在完成了这部所谓的作品之后，还是有那么一点点冲动的欲望，就是期盼它有朝一日能够有机会与读者见面，让自己有机会聆听各位大师的指导！

自小说《大石城》定稿后，先后得到了身边好多领导、朋友、同事的好评，固原市文联李方老师在《六盘山》（2015年第3期）节选发表了第九、第十章，我单位云里飞主任更是为了该书的出版而四处奔波。在西吉县委、县政府等部门领导的关心和支持下，本书得以正式出版，这是我从来都没有想过的事情。

在此，在这个生机勃勃的日子里，我要向为了该书的出版曾多次奔波的云里飞主任，我的妻子刘淑芳，我的挚友李义、李耀斌、袁志学、柯万昌、康鹏飞、牛丽萍、李晓娟、何永红，我的网络文友禅心如莲、断桥斜阳以及所有多年来一直地默默鼓励我、支持我，让我有信心、有毅力写完这部小说的每一位领导亲人、朋友，表示衷心的感谢，并祝他们今后的生活就像这三月里满山绽放的桃花一样灿烂、芬芳！

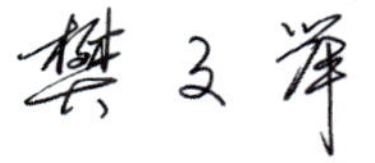

草于2015年3月27日夜

2016年4月20日改定

附　录

西征石城记

［明］马文升

残元部落有把丹者，仕于陕西平凉为万户。我太祖既平江南，克燕都，下三晋，兵至陕西，而把丹等率众归附，授平凉卫正千户。其部落则散处开城等县为百姓，抽其壮丁为平凉卫军，使自耕食。彼既以养生射猎为计，而复无徭役，用是殷富，家有畜马数百而羊至数千者，咸仍胡俗为乐。

正统己巳，虏酋也先寇大同、宣府，脱脱卜花王寇辽东，阿乐出寇陕西，土达渐遭剽掠。天顺庚辰，虏酋孛来、毛里孩统也先余众寇固原，而土达生畜被掠者十之八九，生事渐荒。迨成化丙戌，各酋大举入寇，土达有李俊者独以羊酒奉孛来，孛来喜，赐以马，俊遂有北从意。时都御史铜梁陈公介巡抚宁夏，适都督张泰致仕居本镇而养生于鸣沙州迤南，与土达相邻，牛马多被贼掳掠，传闻非虏贼，即固始土达张把腰等假之也。

丁亥春，陈公移巡陕西，泰令家人状张把腰掳掠事于陈。陈至陕，遂付分巡佥事石首苏燮授逮问，而张把腰已惧。先是，巩昌府通渭县人户逃于把丹孙满四等堡潜住，县遣里长追捕，遂为满四等所杀，竟不知其由。

至是，县亦上于陈公，逮之，满四等雅素纵佚，不知官府，益危惧。会新任靖虏等处参将都指挥刘清至固原，守备指挥冯杰索各土达马匹、鹰翎等物。满四等因谋于俊，而俊实奸黠，遂倡谋从北虏。

时把丹曾孙满璹者，四之侄也，袭祖职，以功迁平凉卫指挥佥事。有司移文平凉卫捕张把腰、满四等甚急，其卫指挥日逼督满璹，以应解者。璹，戆人也，了不知俊、四等已有叛意，遂率火镇抚弟火四等二十余人阴携铁索刑具往捕之。四等知之，俟璹至堡，给璹所率散各家具食，尽杀之，因劫璹、四等数人叛入石城。石城者，东西俱山，左山峭壁高数十仞，无径路，上者俱拽绳而登，西山顶平可容数千人。城中无水，有数石池。外设栈道，而栈道下则筑小城护之。前有小山，高亦数仞，如拱壁状，两傍空处并后面悉筑墙，高亦二丈五六尺，各留一小门，仅容单人马过之，不知何代人造此以避乱者。城外皆乱山，形甚恶，人至此毛发耸然。满四等常围猎至此，熟知其险可据，遂居之。已而李俊往诱东孛合泥土达，见杀于仗义者。

分守参将刘清领军自靖虏来与战，不利。报至，陕镇守太监黄泌、宁远伯任寿与都御史陈公介，会遣都指挥邢端、申澄率陕西各卫兵往捕，战于城下，申澄死之，邢端遁归，官军大溃。事闻，远近惊骇。兵部请以陈介、任寿并宁夏总兵官广义伯吴琮、延绥都御史王锐、参将胡恺各率所部兵会讨之。宁夏兵先至，陈与吴竟不候延绥兵至，自固原急趋蔡祥堡。夜二鼓，营垒始定，军士劳苦。比晓，即出兵架梁顺岭而行，去石城十里许，贼数千出迎请降。时军余冯信最知兵，随陈公，言于诸公曰："贼虽诚伪叵测，然我军夜间未息，凌晨即行，且乏水饮，无执戈力，不可与战，姑从彼意退兵，徐议攻讨。"吴琮叱曰："兵已至此，岂可听彼诱退？"遂麾兵进。贼先遁去。至城，遂驱牛羊数千在前，而精兵后继，时尚无兵甲器械，各执木挺而鬪，官军遂败。任寿、吴琮俱退保东山。陈欲自杀，左右人护下山。遗失军资器械不下千数，大铜将军亦二座。兵犹有被围在山者，皆弃之而归，尽死于贼。贼遂乘势猖獗，凡系土达俱逼入城，而于静宁州大路抢掠运送甘州冬衣布花万余匹，粮米不可胜计。时兵部主事阎让催军至固原，具奏以闻。或传其党导以窥陕者，朝野益震，陈与任寿、吴琮、刘清、冯杰俱解赴京师。

八月，乃命都察院右副都御史嘉兴项公忠为总督，镇守陕西太监刘公祥为监督，行取回京凉州副总兵刘公玉为总兵，都督佥事夏正充左参将，都指挥刘清充右参将，监察御史邓本端监军，兵部武选司郎中刘洪纪验功次，益以京营神鎗官军五千，复调甘、凉、延绥、宁夏、陕西官军共五万往讨。予时以南京大理寺卿居忧于家，服初阕，奉敕升都察院右副都御史，巡抚陕西，协剿叛贼。总督总兵等官有事计议，务在戮力同心，共济边务，时戊子九月五日也。

予奉命七日即行，十八日至陕。申戒所属，整点民兵防守城池及攒运粮饷毕，十月一日，至固原项公营。方到一日，是夜二鼓，闻营外一里许炮声甚近，营中皆惊，予尚未寝，急令官军严守营门。至天明视之，乃贼留文书一纸，云容我每石城居住，免纳粮差，奏闻朝廷，饶我每罪等语，众愕不可测。予曰："此不过欲缓我兵，何足信？只可整兵以俟进讨。"因与项、刘诸公讲求用兵方略，地利险易。众皆言石城之险不可轻进，又以前两失利，皆难之。乃令善画者图其形势，兵分六路，项与二刘并予及巡按御史任佐、姜孟伦、右布政使余子俊、左参政庞胜屯中路，延绥镇守太监秦纲、都御史王锐、参将胡恺、副使郑安屯酸枣沟，伏羌伯毛忠、镇守陕西都督白玉、御史邓本端屯木头沟，参将刘清、夏正、布政司右参议严宪屯打剌赤，宁夏副总兵林胜、参议崔忠屯红城子，陕西都指挥张英、巩昌府同知罗豫屯羊房堡，期三日诸路少出精兵先示贼，且探地势，乃大举。

比至城外，贼觇知，就来迎敌，延绥官军恃勇首失利，阵亡者二十余人，而贼之死伤者亦多，众益惧。至十三日，会兵复往探山势水头，贼复迎敌，佯败去，官军逐至城下，时贼尚多居城外者，官军忽之，贪取财物，贼遂敛众入城，伏羌伯毛公曰："贼能有几多？速进兵剿之。"官军四攻上城，贼极力拒敌，毛公攻其东山路，险隘不能进，贼奋死捶阬，官军退败，堕崖死者众，而毛公亦被害。贼被鎗炮死者不可胜计，斩首数百颗。予时在中军，领马军五百余带草束欲烧贼栅，西路之贼乘胜复回东路，官军不能支，亦却，总兵刘公被围于城下，官军溃散，刘公亦中流矢，家人阵亡者三四人。项公斩甘州退怯千户丁某以狥，官军惧，复登山。予亦调度所领兵破空填列，以振声势，败军犹欲遁，予号令敢有逃者斩之，中伤者移置山下，众稍定，不敢退。俄刘公子斌来报曰："家父被围，乞阻败军。"予曰："第入视汝父。"少顷，项公至，忧郁失色。予从容言："胜败兵家常事，况今日之战，贼死者亦多，势已不振。此时黄河未冻，贼不北从，无深虑者，徐可再图。奏报明言伏羌伯忠义奋发，争先登山，毙于流矢，贼势已穷蹙。"且语所遣舍人陶玺等，至京但言贼当就平，以安中外。时朝廷久望捷奏，至即令宣捷，升玺等为所镇抚。

其月，彗出西方。兵部及抚宁侯朱永、定襄伯郭登议以满四骁勇，恐其渡河与北虏连和，祸不止西陲，乃交章拟益兵赴援。项公与予谋兵应益与否？予曰："若不益，万一贼不能平，益兵晚矣。第请令抚宁侯朱永率宣府、大同精兵五千顺边而来，贼平则止之，未平则并力剿之。"项公从以上请。且日督兵攻围，贼在山熟视不出战，官军至暮则回，项公忧之。予又谋于项公曰："贼城中既无水，而刍粟亦渐乏，若绝其刍汲，则彼若釜中之鱼，当自毙矣。"项公从之。遂令官军尽焚左右近地之草，贼马死者殆尽。则又尽以死人马填塞城外水泉，候贼夜汲者设伏掩袭之，多被擒，益知彼中消息，正难于水。予曰："此时贼穷蹙已甚，不足虑矣。"

石城南门与东山相近，时令都指挥孙玺领兵数百驻于上，以视贼之出入，追兵将回，此兵先掣。贼据前山，矢石雨下，我军不能出。时都指挥鲁鉴统庄浪土兵千余人出为前锋，入为后殿，每被贼袭，至夜方回。予复言于项公曰："孙玺军掣之太早故也，俟中军兵行远，山上兵方掣。"项公从之。自此贼不得上山，中军兵结阵而回，贼竟不敢袭。其后独延绥军与贼门相对，日被攻围，中伤者众，势不能支。予又言于项、刘诸公曰："彼处当发兵邀击，攻其所必救，贼若上山攻我，我以此精兵冲其胁，贼必败。"众从予计。乃遣刘公子文同甘州达官指挥亦撒率土兵五百人候贼上山，兵即继进，以邀其后。贼信胡神，十月八日，神降日。若今日出战，胜则利，不胜事不利矣。至日，贼果出攻我山土兵，我兵依法捣之，遂斩首十数级，贼始惧。

会续调甘州都指挥刘晟兵三千至。十八日复会兵攻城，兵已上山，山势高峻，卒不能克。又日值景短，不久即晡，兵在山上者数千人，彼此皆惧，而贼尤甚。予方忧兵不能掣，而贼复恐我攻山，乃诈请降，欲总督、总兵官诣城下。项、刘二公皆单骑诣彼，久不回。贼披戴明盔甲者数百人环遶门外，而轻骑往来示武。予与太监刘公在沟外，予曰："贼穷蹙，无信义，万一二公被遮留，何以言之朝廷？速邀二公归。"贼坚诉要巡抚大人来，予曰："若不往，是示怯。"乃从数十骑至沟边，大声骂曰："贼徒无礼，天朝将官咸在此，尔岂应以精兵四外旋遶？"叱去之，贼遂入城。予至城下，满四同满璹等乃出诉曰："我等本良民，被刘参将、冯指挥激变。我今既如此，愿赦死请降。"予乃言："刘参将等激变尔等，朝廷已知之，各官解赴京师矣。尔速降，朝廷必宥尔罪。"贼皆罗拜，兵始获从容而下，一无所伤。予因问满璹曰："尔被逼劫入城，非反者。"璹乞命，予遂带璹回营。次日，贼即设木栅于山上请战，不复言降矣。

一日，夜五鼓，城内有李旗者至营外报曰："今夜城中贼自相雠杀，可乘机剿之。"予与项、刘诸公谋曰："此言固不可深信，但以理度之，恐不虚。"遂令中营军士晨餐及传诸营俱蚤至山下，贼果乱。未久，俱上山，乱矢下射。战良久，我军仰面受敌，予与项、刘亲在阵前督军，矢至面无敢避者，贼亦多伤，但不能得其首级耳。日将暮，遂掣兵。晨至山下，则用守城大将军铜铳往城中击之，死者不知其数。然天气严寒，军士不敢燃火，贼坚壁不出。迨暮，始回。军士颇嗟怨，窃相谓曰："攻则攻之，使我辈早还。终日受寒，何日得了？"予闻之，又言于诸公曰："顿兵日久，恐生他变。即黄河一冻，北虏入套，我军岂能久驻？彼时贼乘间突出，奔入河套与之合谋，贻患有不可言者。莫若攻城破之可也。"众不敢决。

时城中有一人代满指挥送铺陈马匹到营，有识之者曰："此陈都堂牢子张马六儿，陈公军败，遂从贼。"予问曰："尔可回否。"马六惧不敢对，因留。询城中事，彼既不吐实，顾复诈诱，欲陷我军，遂遣人给送回固原宁家，即于山沟内杀之。

石城外有壕，深丈余，人马不能至城下，予思欲用土填之，乃取各城上围竿木数十缚成天桥，置去厢车轴上，轩昂随人，亦可用以攻城。至期，遂推至壕边，低其前以遮矢石。命军士数百人每人负土一袋以填壕，须臾壕平。车至城下，以竿絜城，果高二丈五六尺，贼乃开旧所立木栅，悬大石以防。予因欲举此临城，众恐伤人，予曰："岂有攻城不伤人之理？"诸公终犹豫不决，乃止。贼见，用是益惧，渐有出降者。予与项公议曰："此辈不可害也。"遂给军贴，令旗牌手送出营，任归家，自此逸出者日众。贼虽严法禁之，终莫能遏。我军围困日密，贼既无马与水，渐有逃散意，乃令晓番语人四外招之。

时回回阳虎力骁勇，有谋略，四倚为谋主，见势不可为，遂以十一月十六日晚出听招至大营。时予方会诸公筹画兵事，虎力至，心甚恐，予曰："汝既听招而来，不必惧。"刘总戎刮刀与誓曰："尔若能生擒满四或杀死来献，朝廷有榜文赏白银五百两、金一百两，升尔指挥。"遂以银示之。送出帐房外，屏人问曰："何日可战？"虎力曰："只在明日，倘落雪，又有水，难以为力。但满四最怕神鎗，至日若战不可放，放则彼即退去。"予又曰："何处可战？"

虎力曰："只在东山口。"予复曰："贼精锐尚多，尔可计移其兵上山方可信。"项公亦厚慰之，乃遣去。次日，至五鼓，予与项、刘二公整兵而出，至山下，其东山口系延绥兵所守地，而机又不可预泄，乃谓延绥参将胡恺曰："尔营兵连日伤损实多，中军兵可代尔守一日。"胡应曰："诺。"予即命掣其兵，移中军兵于山口。令人于高山上视之，见有骑白马出城者，乃四也。既而，东山上果有披戴明盔甲精锐数百人，项公方信之。刘公恐其子文在彼不利，欲麾兵进，予曰："不可，兵一进彼必退矣。"如此者三。探者忽来报曰："今日厮杀，贼箭往上射。"予叱之曰："贼多诈。"已而，约王公锐等麾下悉前，两军相战良久，彼此杀伤相当，我军因奋勇鏖战，贼遂大败。俄报满四等已生擒。少顷送至军前，争功者不已，予手?欲杀之，众方散。予与项、刘诸公议曰："四既就擒，城中破胆，乘胜逼城，崩之必矣。"刘公曰："既得四，且罢，若进兵，恐城坚守，卒不能平。"遂以四归营。官军大悦，予乃书火牌十数面，行各边并陕西各府知之，以安人心。贼有马骥、南斗，俱骁勇过人，四皆待以心腹。次日，复率其众出战，官军辄擒之，贼势益蹙。乃以擒四等捷闻，且止援兵。有敕奖谕，并赐羊酒犒劳。

不二日，城中复立平凉卫达官镇抚火敬为主，以拒官军，凡逃出者即杀之。项公令诸营各遣夜不收数人夜侦城下，贼北行即报，南行勿追，盖欲散彼之党易成擒。二刘总戎议，欲任城中余贼皆散去不追。项公与予议曰："贼自叛逆，杀我一伯三都指挥，官军死者数千人。今若纵之，后稍不遂意即又叛矣，终为陕西患。论法不可恕。"乃日探之。至十一月二十五日，贼度不能支，一夜溃出四散而去。因悉发诸营兵捕之，擒斩数千级，惟满四侄太平舍人能最骁黠，逸去。询其党洪满，云能熟知青山洞。用火熏之，方就擒，并获其家属百余口。诸营官军日搜山，又得贼五百余人，幼男妇女不下数千，尽分给官军，止选取十三岁以下者数百以俟取用。阳虎力家口亦被获，虎力日望救之，予令旗牌手引虎力逐一认之，俱给还，而其亲戚以虎力被宥者亦众，盖以其预有功也。

惟旧时为盗者百十人走彗箒山，置帐房数十顶居之，累招不下。项公命攻之，亦不克。予与项公议曰："此亡命残贼不足虑，终能得之。第石城之险，非尽夷前后所筑城垣，恐后有叛者必据此为巢穴。"遂令万人悉平之。至于阵亡官军之骸骼，久暴于城外，则令右布政余公子俊收聚，起大冢葬之，祭以牲醴。复立石记平贼岁月于山崖，以示永久。乃会项公至彗箒山视之，予方欲设法攻剿，忽延绥报北虏已入河套矣，佥谓我军久暴于外，倘此虏闻之，拥众来此，其何御之？乃留精兵三千于本山之外伺贼，予与项公等于十二月二日并诸营军马悉回固原。

予乃宴总督、总兵并各镇巡抚、将佐。尚有所获土达老妇人三百余口，予与众议以之解京，途中劳费，悉责其亲戚放遣之。项公以二十六日归陕，而诸路兵俱回镇。其生擒贼千余，恐生变，即营中斩八百，余择留。满四、马骥、南斗、火镇抚等及其党与之罪大者二百名并满四妻解赴京师，俱伏诛。且以兵后久安无虞之计上闻，再奉敕奖励。而彗箒山余贼，至成化己丑正月十四日，贼首毛哈剌亦叛诛，传首至陕，余贼解散。其未殄土达悉不究，令其本分耕牧，盖虑其奔河套以从大虏也。于是石城迤北古西安州添设一千户所，除官拨军防守。又以固原千户所改为固原卫，奏选指挥等官苗凤等七十余员理卫事。复添兵备佥事一员，举巩昌府阶州知州杨勉任之，项公等遂班师。

本年三月，论功行赏，太监刘祥岁加俸二十石，刘玉升左都督，项公升右都御史，予与延绥巡抚王公锐皆升左副都御史，余皆升职有差，而赏亦厚。先是，项公日披坚于石城下督军杀贼，虽矢石如雨，略无惧色。予尝劝其持重，公曰：“奉命讨贼，久无成功，死所甘心。”舆论伟之。及是，人犹以功大赏轻，为不足淬励人心云。任寿、吴琮、陈介谪戍两广，刘清、冯杰亦坐诛。先李俊之侄洪，满四之侄安亡去，予督捕，竟获，亦解京弃市。

四月，奉敕谕安所余土达，予复亲诣固原检其户数拘其老者面谕以生生之乐，释其惊疑，众皆叩头俯伏曰：“誓不敢为乱。”遂奏给复三年，以安其心，复榜示晓之。选壮丁千名随军，皆乐从，愿效死力以报。后再奏，复指挥满璹官陕西西安左卫带俸，以绝后患。师旅既靖，西方底宁，予年四十有四，滥膺巡抚重寄，于兵事蜂午之际，得偕项公等同心戮力，凡营居野外者六十余日，亲犯矢石者二十余战，始克获丑献馘，殄平巨寇，迄今三十有六年，历历若前日事。偶因项公后人求论次其先烈，而并及其始末之详如此，使观者有以知兵祸起于微细，战功系于谋画，当思患于未萌，图成于先事，是亦有志建功为国者之一鉴也，岂直备史氏之略，着一时同事者之绩而已乎！